秀巖集

〔清〕胡世安　著
劉　奕
鄧雅姿　點校

巴蜀書社

圖書在版編目(CIP)數據

秀巖集/(清)胡世安著;劉奕,鄧雅姿點校.—成都:
巴蜀書社,2021.1
(巴蜀文叢)
ISBN 978-7-5531-1405-7

Ⅰ.①秀… Ⅱ.①胡… ②劉… ③鄧… Ⅲ.①古典詩歌-詩集-中國-清代 ②古典散文-散文集-中國-清代 Ⅳ.①I214.92

中國版本圖書館 CIP 數據核字(2020)第 227544 號

秀巖集
XIU YAN JI

〔清〕胡世安 著
劉奕 鄧雅姿 點校

責任編輯 王承軍 李小依
出版發行 巴蜀書社(成都市槐樹街 2 號 郵編 610031)
電　　話 總編室:(028)86259397
　　　　 發行科:(028)86259422 86259423
網　　址 www.bsbook.com
排　　版 成都完美科技有限責任公司
印　　刷 成都國圖廣告印務有限公司(028-83420992)
版　　次 2021 年 1 月第 1 版
印　　次 2021 年 1 月第 1 次印刷
成品尺寸 240mm×170mm
印　　張 32.5
字　　數 460 千
書　　號 ISBN 978-7-5531-1405-7
定　　價 180.00 圓

壬戌孟冬上澣
秀巖集
臺孫嚴侗題

秀巖集書影（清康熙三十四年胡蔚先修補本）

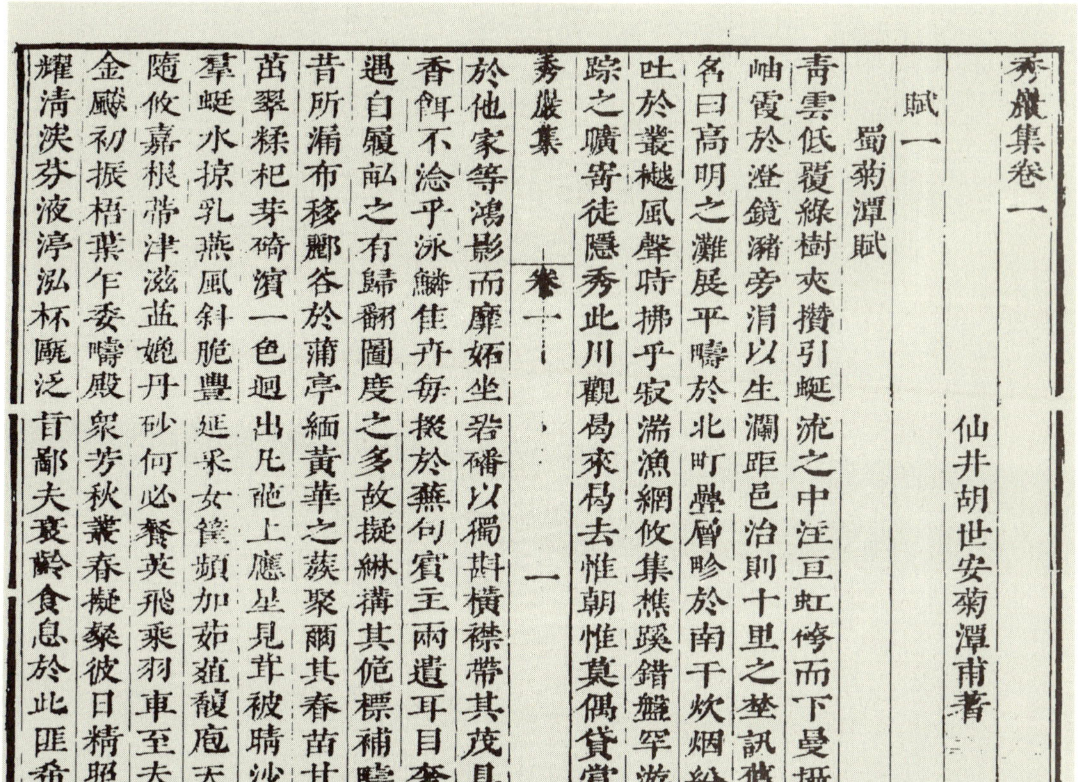
秀巖集卷一

仙井胡世安菊潭甫著

賦一

蜀菊潭賦

青雲低覆綠樹夾攢引蜓流之中注亘虹倚而下曼掭
岫霞於澄鏡瀦旁涓以生瀾距邑治則十里之埜訊舊
名曰高明之灘展平疇於北町疊層畛於南干炊烟紛
吐於叢樾風聲時拂乎寂湍漁網攸集樵蹊錯盤罕游
蹤之曠寄徒隱秀此川覩鳥來鳥去惟朝惟莫偶貸賞

秀巖集　卷一　一

於他家等鴻影而靡姤坐碧磻以獨斟横襟帶其茂具
香餌不淰乎泳鱗隹卉毎擬於蕪句賓主兩遺耳目奢
遇自屣觚之有歸翻圖度之多故擬緋講其俺標補疇
昔所漏布移鄰各於蒲亭緬黄華之蕤聚爾其春苗甘
茁翠糅杞芽碕濱一色迴出凡葩上應坐見茸被晴沙
羣蜓水掠乳燕風斜脆豐延采女饞頻加茹菹馥庖天
隨攸嘉根帶津滋盐媲丹砂何必餐英飛乘羽車至夫
金飈初振梧葉乍委疇殿衆芳秋叢春擬粲彼日精照
耀清渼芬液渟泓杯甌泛旨鄙夫衰齡食息於此匪希

秀巖集書影（天津圖書館藏胡蔚先修補本）

俊情誼特深，於是移家汾陽以就之。康熙二年（一六六三）病殁，時年七十一歲。

崇禎帝的内閣首輔大臣，周延儒之後是井研的陳演；胡世安官運略似同鄉前輩，在順治朝中仕至大學士，宦途不可謂不達。政治人物，首重事功，次看操守，以此衡量，陳演庸庸，誤國有餘，世安碌碌，難稱幹才。陳氏拼命做庸官，身與名如浮漚消散太空，理當如此；胡世安却不同，他官做得並不那麽熱衷，大概隨波逐流之意爲多，對於著述之事，却孜孜汲汲，終身不倦。他描述自己「圖書盈案老秋帷，市隱那工取世資」，《秀巖集》卷十六《自述酬許曼公中秋惠韻》。晚年回顧一生，仍是「拂拂魚箋墨未乾」卷十七《寄懷旦明次韻》。而已，即唯著作差可自信之意。

胡世安著述雜多，據他在《秀巖集》卷首開列的著述總目，存者佚者共計三十五種，一百數十卷，而他的《大易則通》十五卷閏一卷、《易史》七卷等還遺漏在此總目之外。這些著述中，《大易則通》《禊帖綜聞》《操縵録》《秀巖集》，《四庫全書》列爲存目，而《異魚圖贊箋》四卷和《異魚圖贊補》三卷《閏集》一卷兩種，皆被《四庫全書》子部譜録類收入。

楊慎是有明一代以博洽著聞的學者，胡世安作爲蜀中後學，頗能繼承楊氏好奇嗜博的學風。他的《異魚圖贊箋》，是對楊慎《異魚圖贊》的箋釋，《四庫總目提要》稱其書「博採傳記，以爲之箋，徵引頗極繁富。其名實舛互者，於目録之中，各爲駁正，亦殊有辨證」。此書箋證的特色，「是徵事之書，非復訓詁之體。然其搜採典籍，實爲博贍，故殊形詭狀，一一皆有以考辨其源流。雖不免糅雜之譏，亦未始非識小之一助也」。而《異魚圖贊補》及其《閏集》，《四庫總目提要》稱「以楊慎《異魚圖贊》尚多所闕漏，因摭其遺脱，作爲此編。凡魚類補一百五十四種，爲贊五十七首；海錯類補三十八種，爲贊二十八首。

前言

一九九七年以後分屬四川省眉山和樂山兩市的仁壽、井研兩縣，歷史上一直同屬一郡。它們山川相接，風土相同，行政相隨，自成一文化地理小單元。二縣地方不大，却自來文教鼎盛，人才蔚出，而甲視於蜀中。僅以井研論，宋代名詩人韓駒，大學者李舜臣、李道傳、李性傳、李心傳父子，牟子才、牟巘父子，近代今文經學宗師廖平，辛亥元勛熊克武等，都是縣中之英。而明清之際的胡世安（一五九三—一六六三），也庶可厠足諸賢之列，允成一家。

世安，字處静，號菊潭，明萬曆二十一年（一五九三），出生於井研一個簪纓世族。八世祖胡亨，永樂中官御史。五世祖榮，成化二十年（一四八四）進士，官至雲南按察司僉事。族伯父汝政，萬曆二十三年（一五九五）進士。父親汝爲，貢生，漢陽教授。胡世安生而聰慧，好讀書，喜著述，他於天啓七年（一六二七）鄉試中舉，次年崇禎元年（一六二八），聯捷成進士。關於世安考中舉人的時間，嘉慶、光緒《井研縣志》以及嘉慶《四川通志》的《選舉志》都著録爲天啓四年，只要稍微翻看胡氏的詩文及其傳記、墓志即知其謬，這裏不多贅言。他在明代，官至詹事府少詹事。降清，歷掌翰林院、國子監，升内翰林國史院學士，禮部左侍郎，禮部尚書，内院大學士、入直辦事，復改武英殿大學士兼兵部尚書。順治十八年（一六六一），聖祖即位，以原官加少師兼太子太師致仕。時蜀中久已化爲榛莽之地，而世安與會試房考官朱之又閏集一卷，魚三十餘種。冠以摩竭海多非常之魚，亦各爲之贊。而其子璞及其門人雷瑄等共加箋釋。……慎之作贊，雖屬文人游戲之筆，而源出郭璞，要自古雋可觀。世安續加仿傚，其徵據典博，亦不失爲馴雅。與慎書相輔以行，於水族品目，亦略備矣」。

此外，胡世安還有《大易則通》十五卷閏一卷，專門闡發《周易》的圖象之學，薈萃各家《易》圖，而爲之闡説。有《龍乘》十六卷，收集劍與馬之歷代故實與辭章，等於專門類書。有《操縵録》十卷，是關於琴類樂器、樂曲故實與詩賦的匯録之書。有《禊帖綜聞》十五卷，匯録《蘭亭集序》的歷代史料。案此書《四庫總目提要》著録爲一卷，爲館臣之誤。又有《華胥逸史》四卷，博采廣搜古人關於夢的事類與藝文，匯録成編。有《譯峨籟》及《譯峨籟續集》，前者收録自己遊峨眉山所作詩文，後者是一部峨眉山志，收録歷代材料不少，爲清代的幾種《峨眉山志》所祖述。這些著作與清代考據之學不同，反映了晚明的博物之風。

以上這些博物著作之外，胡世安更創作了大量詩文。據其《秀巖集自序》，胡世安曾在順治三年將手邊的詩文匯録成集，予以刊刻，共三十一卷。遺憾的是，崇禎十二年以前的詩文稿，留在井研家中，早已付之兵燹，大部分没能保存下來。《自序》又説：「編次篋藏雜著，並附其後，總冠之以《秀巖集》。」也就是説，「秀巖集」既是胡世安詩文集的專名，又是他詩文加上雜著的合集的總名。《四庫總目提要》著録的《秀巖集》三十一卷，采用的即是前一種狹義的專名。今北京大學圖書館藏有兩部《秀巖集》，一部七册，詩文集之外，另有《衍囈語》《異魚圖贊》《異魚圖贊補》三種著作。另一部十二册，多收了《操縵録》一種。詩文集加四種雜著，未必就是作爲合集的《秀巖集》最初規模。胡世安之孫蔚先在康熙三十四年跋《秀巖集》稱，當年移家山西時，因爲諸書刻板太多，不得不留在北京故宅。三十年來，書版「爲司閽無賴者盜典豪室」，自己「百計拮据，購以重價，始得劍合延津，珠還合浦。力爲刷印，布之於世」云云。可見，胡蔚先只是購回舊版重新刷印，所購是否全璧，究竟原先收了多少種雜著，已不得而知。

這次整理，暫時只針對三十一卷的詩文集。《秀巖集》卷首，除自序外，另有他人之序十一篇。這些序少不了許多浩如渤瀚的吹捧之辭，如撇去飾辭與浮言，我們還是能看出胡世安詩文的一些特色。首先是「高渾奥典，不作一凡近語」。薛所蘊序。胡世安的文字，尤其是古文辭，不受唐宋古文的牢籠，大概自置在漢兩京之間，所以用詞求典，造語古奥，鄉曲淺學之人乍視之，恐有不知所云之感。胡世安曾注解過樊宗師之文，有時他的文章僻澀難以句讀之病，大概也是有意效法樊宗師的結果。文辭上力求「恢奇」，議論上則「傾倒孔、釋之秘藏。縱横下上，横豎鈎貫，則亦風會使然」，錢謙益序。錢謙益比之於鄉先輩趙貞吉，不無道理。胡世安的詩也受復古風氣影響，而不名一家。方拱乾説：「菊潭詩，古體置身在漢魏上，退亦扳顔提謝，而入其奥窔。近體則出入張、蘇、李、杜間，奇不詭理，華不傷骨，運以自成之杼，而絲絲合于古人。」把顔、謝、張、蘇、李、杜的名頭抹去，剩下的評價就比較接近實際了。

總的説來，《秀巖集》的史料價值更大於文學價值。胡世安著述繁多，因爲遭逢易代，當時就散佚不少，幸而散佚著作的序跋大都留存在文集中，讓我們得以一窺其寫作緣由與大致内容。而他爲友朋著述所寫序跋也不少，這有益於我們了解胡氏本人的學術以及明末的文化風氣。

明清時代，井研胡氏與雷氏是互相聯姻的兩大科舉世族，胡世安的夫人即是雷氏。兩族文學之士不少，遺憾的是，完整存世的別集僅僅胡世安這一種，其中記録的兩族人物的關係及往來事迹，就彌足珍貴。

《秀巖集》中，更多的史料關涉胡世安與明清之際官場人物，尤其是京城官場人物的往來關係。明末黨争不斷，一直到清初的南北黨争，仍是其延續，這是學者熟知的事情。但透過胡世安的詩文，我們更容易跳出黨争的視角，觀察到另一種政治力量的作用，即科舉的關係網絡。胡世安是崇禎元年戊辰科進士，這一科的同年們，在明清之際的政壇上，非常活躍。張采、史可法、金聲、周鑣、吕大器等，震采於明末；劉正宗、胡世安、薛所藴、方拱乾等，揚光於清初。胡世安交遊最密切的人物中，朱之俊是自己的房考師；劉正宗、薛所藴、方拱乾是進士同年，而且是清初北黨領袖與中堅；張縉彦是劉正宗的同鄉密友；柳寅東是舉人同年，進士後一科的晚輩。胡世安的密友大多屬於北黨，這點顯而易見。同時，他的進士同年好友陳于鼎是江蘇宜興人，另一個同年好友曹勳是浙江嘉善人，而南黨領袖陳之遴是海寧人，與嘉善同屬嘉興府。還有一位與胡世安往來密切的著名文士曹溶，則是崇禎九年胡氏典試浙江時取中的舉人。而曹溶則是陳之遴的同鄉好友。這樣，胡世安有過黨護陳之遴而被彈劾的經歷也就不奇怪了。胡世安在清初官場左右逢源，平流穩進，顯然得益於他的這張科舉關係網絡。而這些政壇人物也非常重視對這一網絡的培育。我們看《秀巖集》中《公祭施羽皇座師文》《公祭同年少司農梁眉居文》《公祭葉母方太夫人文》這類題目，就知道當時人有不少超越黨派而刻意培植同年關係的活動。

《秀巖集》只在胡世安生前的順治年間刻過一次，後來胡蔚先於康熙三十四年重新刷印時加過一個跋。《四庫全書存目叢書》和《清代詩文集彙編》都據北京大學圖書館所藏此本影印，我們看這個康熙跋本，其中完全不避「玄」「燁」的諱，就知道胡蔚先對原版應該没做任何改動，只是刷印而已。我們即據以整理。整理時，除了個別完全無意義差别的異體字、俗體字改爲通用字以外，其他一般保持原貌。正錄二。

集之外，筆者輯録集外詩文若干，作爲附録一。另從正史、方志中采録胡世安傳記與墓志六篇，作爲附

筆者學殖淺陋，且時間有限，整理中疏漏之處一定不少。契深心於前賢，或有未達；發幽光於異世，亦謝難能。菊潭翁泉下有知，伏祈諒祗。

己亥年夏六月劉奕摩訶甫識於寶山葑村

目録

秀巖集卷二

秀巖集卷三

秀巖集卷四

秀巖集卷六 …… 四三

秀巖集卷十一

秀巖集卷十二……一三九

秀巖集卷十五 …… 一七九

秀巖集卷十八……二四五

秀巖集卷二十一 …… 二六九

雖設而常闕得十二絶句　……　二八六
省興十二首　……　二八七
秀巖集卷二十三　……　二八九
客竹居偶存一　……　二八九
五技草叙　……　二八九
紫函集叙　……　二九〇
甘十洲詩稿叙　……　二九〇
題李德潛贈言　……　二九一
千柳墅集叙　……　二九一
笈詠叙　……　二九二
詩叙　……　二九二
佛花詩叙　……　二九三
凃之瀾詩叙　……　二九四
贈聶尹思擢雲中少参序　……　二九四
賀陳贊皇特簡端揆序　……　二九五
賀顧青城給諫叙　……　二九七
賀司農莊星銘奉勅總督省直勦餉序　……　二九八
左曙樓封公壽序　……　二九九
朱完素憲副壽序　……　三〇〇
李母鄒太孺人八袠序　……　三〇一
秀巖集卷二十四　……　三〇三
客竹居偶存二　……　三〇三
異魚圖贊箋序　……　三〇三
異魚圖贊補引　……　三〇四
刻龍乘引　……　三〇四
龍乘引　……　三〇四
總論小引　……　三〇五
匣龍小引　……　三〇五
廐龍小引　……　三〇六
福泉私習引　……　三〇六
館課引　……　三〇六
會景堂稿引　……　三〇七
南軒隨筆引　……　三〇七
入蜀淡墨引　……　三〇七

秀巖集卷二十六……三三一

秀巖集卷二十七……三四一

秀巖集卷三十

附録一　集外作品輯佚 …… 四二五

附録二　傳記資料

序

余觀《全蜀藝文志》，自漢之長卿、淵、雲，以迄宋之眉山，古今文章之變，備於蜀矣。當夫金牛通道，魚鳧開國，蜀之山川星緯，渾渾爾，芒芒爾。相如韓韡秀發，淵、雲繼踵，而後大漢之文章，炳焉與三代同風。譬諸望帝治蜀，以褒斜爲前門，熊耳爲後户，玉壘成都爲城郭，江潛綿絡爲池澤，而後始知有連山絶險，崇墉飛閣之勝。長卿之於文章，實全蜀開創之祖也。風氣既闢，文明茂著，一江雙流，三峽一門，粘天浴日，歙吸終古，而莫知其紀極。少城、濯錦之綺麗，石笋、犀牛之譎詭，卧龍躍馬之所經營，江楓廟柏之所賦詠，千狀萬相，旁見側出，而濬發爲眉山子瞻之文。於是乎天地之園囿，古今之藪澤，人心之花瓣萌甲，包孕籠挫，訴説條達，無復憖遺。繼長卿而起，盡開創之能事者，子瞻也。遡全蜀之藝文，長卿導其源，淵、雲淪其脉，而洪流巨浸，至於子瞻而始大暢。舉蜀文以蔽天下之文，自濫觴以及大壑，則一而已矣。間嘗論文，昭代正、嘉以來，蜀之文人有三：楊用修之淵博，熊叔仁之奥古，趙孟静之閎肆，掉鞅詞場，三分鼎立。蓋又百餘年，而菊潭先生始出。遠則規摹漢代，近則包舉三氏，汪洋浩瀚。其書滿家，全集俱在，可覆視也。而余竊闚其指意，則在乎子瞻、孟静之間，何也？古今不相及久矣。其所以俛仰謦咳，千古一室者，有神以行乎其間，而非其駢枝儷葉之謂也。《子虚》《上林》之恢奇，兩《赤壁》之平易，文從字順，易地皆然。世之論者，或尊古而卑今，或捨難而趨易，皆目論也。子瞻之文，小言長語，游戲翰墨。子雲之《逐貧》、子淵之《僮約》，嬉笑怒罵，無所不有。論世務則發揮賈、陸之體要，譚道理則傾倒孔、釋之秘藏。縱橫下上，橫豎鈎貫，則亦風會使然，而非其有意爲之也。唯孟静能師法子瞻，唯菊潭能步武孟静。其詩與文，結構不同，意匠各别，閉門造車，不出於眉山之轍跡一也。若夫援据百家，極命庶物，《稧帖》考訂，南邨讓其精，《異魚圖讚》，景純遜其博。此則兼楊、熊二氏之長，孟静或未免左次者也。先生全集，久閟篋衍，松陵雷令君得其副墨，梓以行世。以余爲知文者也，俾爲其序。余於論文不敢爲佞，遂臚舉蜀文，以識古今文章之變，而標表其指意以告學者，不獨以爲斯集叙而已也。常璩《華陽國志》叙述其公卿士女，曰：「龍宗有鱗，鳳集有翼。」由長卿、淵、雲以迄今，兹蜀之龍鳳備矣。龍質而鳳變，鼓吹潤色，踵益先生之清塵，以葴全蜀藝文之盛，令君尚懋勉之哉。東吴同社友弟虞山蒙叟錢謙益再拜謹序。

秀巖集序

三峨高出五嶽，秀甲九州，中國第一山也。蜀人士鍾其靈者，𨘢𨘢俶儻瑰異，振奇千古。淵雲以後，代不乏人。明之中葉，楊升庵先生標赤幟焉，學士家翕然宗之。迄於今，不得不爲太史菊潭胡君屈第一指矣。太史性沉静，處世落落然，每對其人，如入萬山深處，精神内斂，終不以示人。余覺其有異，嘗叩所得，間一舉似，僅麟之片甲、鳳之一毛耳。客歲，余被徵，再入春明廬，與太史周旋二時，秋風一起，隨賦《遂初》。太史始盡出名山業相印可，余寓目未周，咋舌歎服。近世作者林立，非不珝珝而議，孽孽文之。然言姸於理，即轂擊曜聯，徒勞頰舌耗煤楮爾，其足滿戴晉人之一吷耶？太史發於情，達於性，自弱冠以踰艾，有景必即，無事不登，總結所集，數十餘種，新新之智，其理可書，其文可樂。余乃知太史之得於内者深也。彼著書而不能移人之情，必其於理有未盡者矣。計太史前後彙題曰《福泉私習》，曰《譯峨籟》，曰《公車草》，曰《館課》，曰《會景堂稿》，曰《南軒隨筆》，曰《楚聲》，曰《再北征》，曰《研北文逋》，曰《吴越閲我》，曰《歸紀》，曰《初月樓》，曰《嶲規揶揄》，曰《衍囈語》，更有《和陶》、《集句》、詩餘、雜文諸帙，及他輯《華胥逸史》《異魚圖贊箋》《補異魚贊》《龍乘》《操縵録》《多識續詮》《客竹居》《石芝集》《禊帖綜聞》《譯峨籟續集》《範驅餘札》《原易》《夢易》若干卷，總冠之曰《秀巖集》。蓋太史家來鳳山下，因以勒名，志不忘本也。集中有目載而文亡者，兵火之餘，不復可得。《南陔》《華黍》，名著《毛詩》，人副天數，半存《繁露》，庸可删乎？余每讀太白「峨眉高出西極天」之句，恨不飛度峰頭，一觀其勝。今太史著述之富且精，高不可及，有如斯者。江山發太史之精神，太史亦復發江山之精神。刻成，秘我帳中，倘得縱觀，以當卧遊焉。余幸矣，余幸矣。大清順治丙戌清明日汾友人朱之俊題於瑯嬛閣中。

序

《秀巖存詠》者，菊潭宗伯自裒集其生平笥中詩，而以故廬所依止總名之，示不忘本也。宗伯自垂角耽聲律，珥筆承明，且廿餘年，著述若林，學人共仰。但兵燹散逸，據目考之，蓋存者無幾矣。雖然，嘗一臠知鼎味，况斑斑若斯乎？宗伯學富如淵海，心細如髮，氣静如止水，凡遘一境，拈一韻，擢胃鏤肝，出風入雅，無論不屑今人，并不肯倣古人，實乃合古今人弗能外此。弗能外者何物？曰法也。法寓于筆墨之中，亦行于筆墨之外。陶靖節之閒遠，李青蓮之逸宕，杜少陵之沉渾，迥不相侔，而圓軌方矩，出門合轍之車，心手自喻。是以千變萬化，其中之不變不化者自存，否則詩之亡也久矣。余素追隨宗伯于旃厦，得窺此解，讀斯集而益逌然有會也。世之爲詩者，或摭拾矜博，詰曲貌古，刻削競新，設以法律之，譬彼踶嚙之馬，有時貌類權奇，而孫陽所顧，必先範我馳驅者耳。故情匪法不止，法匪情亦不生。詩首唐虞，必曰言志，極之神人可和，無非是物。今觀宗伯之詩，壬子以後，深秀文明；戊辰以後，含弘光大；庚辰、壬午間，蒿目多憂；至羈中數什，迺明夷百六矣。興觀群怨，直上接《三百篇》之旨。詩至此，雖欲不存焉不可得，非宗伯之有意于存也。集中所載，固如日星昭回，即彼湮没于荒榛斷莽内者，亦終當寶氣騰燭，與岷峨江漢俱永。異日者歸卧秀巖，不識肯遠寄數帙，使故人得披全豹否？古北海郡安丘年弟劉正宗題。

秀巖存稿序

《秀巖存稿》者何?菊潭宗伯所自輯生平撰著稿也。輯所自著稿,而冠以「秀巖」者何?著地也。何著爾?居恒誦讀,朝夕託處焉,以之名稿,示不忘也。「存」者何?傷兵火之散軼,有不存者,而存者以顯。亦曰其存者,散軼之餘云爾。宗伯居山水奇奥之鄉,於書亡所不讀,肇總角,迄貴顯,起壬子歷今,閱四十年所,無時無地不寄諸詩文。其所爲詩若文,又咸高渾奥典,不作一凡近語,以供人耳目翫。蓋胸笥所貯,多三代以上之書,即下而斷自先秦、兩漢、建安、開元、長慶之間,此外弗屑屑道也。他文不具論,兹集特詩之存什一于千百者,樂府古歌謡穆然邃,始類《彈歌》《皇娥》,近亦不減漢《郊廟》《安世房中》諸什;五七言古,在建安、大曆之間;而近體比格高、岑,降亦不失爲錢左司、劉賓客。善哉!吾友憲石之言,曰總之不離乎法者近是。迺因是重有感于蜀山水之奇詭,而人文之鍾山水以生者,多瑰瑋洽聞之士。司馬長卿、揚子雲、王子淵之于漢,陳正字之于唐,眉山父子之于宋,尚矣。近世如楊升庵慎,該洽爲一代冠。而宗伯以高渾奥典囊括之,其不作凡近語以供人耳目玩,蔚爲儒宗,與岷峨玉壘錦江甲天下,大哉觀乎!乃吾黨猶有憾焉,以兵火之散軼,不獲披全豹耳。雖然,苟高渾奥典而軌于法若此,即擬于吉光片羽、黿鼎一指,亦足奪人目晶,芬人齒頰。矧存者纍纍多帙,不止片羽一指哉?《三百篇》外多軼詩,往往散見於諸子史,令讀者想見當年流連唱歎之遺。即《南陔》《華黍》諸章,有目無文,猶足生忠臣孝子之心,而油油興起。今宗伯所撰著,兹帙雖不概存,或藏之名山,識之學士大夫之口誦心維,安知不與千古逸書同散現天壤間？即果軼矣，如古《丘》《索》闕文，斷簡殘碣，俾後世學者徘徊景慕，幾幸一見而不能已已。則所存者，巋然若魯靈光，愈足鄭重于世。惟是兵燹毒焰，全蜀爲墟，所稱岷峨玉壘錦江奇詭甲天下者，剩有荒榛灌莽，猿嘯猩啼，而秀巖片石，亦竟與鴻文秘笈同燼烈炬，則睹是存稿也，宗伯之所回首悽然者矣。

中州年弟薛所藴題于燕京之桴庵。

秀巖集序

《秀巖集》者，余同年胡菊潭宗伯所著之詩若文也。稱《秀巖集》何？其生平誦讀處也。集有稱《存稿》何？時更喪亂，散佚頗多，猶《詩》之三百，《書》之今文，其存者不能敵其不存者也。宗伯生於蜀，蜀山水之秀甲區域，蔚爲人文，聲光踔絶，亦峕峕高于天半，放乎四海。他不具論，近在耳目間者，詩莫尊於少陵，文莫雄于子瞻。少陵夔州以後，子瞻儋耳以前，其境遇無所不歷，其氣體無所不完。後世誦法家原其所自生，則曰：「是殆峨眉江漢之靈所搏捥決排，以罄發其胸中之妙，而兩先生實不必盡藉地靈也。」是以宗伯志秀巖意也。抑聞坎以孚而習，澤以麗而盈，水之入水，百折必東，萬川皆滙，東海北海，總是一海而已。惟江漢之流，上閱瞿灝，下閱匡彭，雖合流數十里，而一爲中江，一爲北江，各自率其孤往朝宗之性，故稱四瀆。瀆者，言其獨自入海，不肯借潤衆流，成其深且廣也。惟詩文之道亦然。余與宗伯三十年老兄弟，道誼文章，融於水乳。今宗伯高文典册，黼黻郊廟，而余樵歌漁唱，放浪江湖。燕市重逢，恍如再世，子爲我序，我爲子序。老友坦庵，稱能口辨淄澠者也，試以所言問之。甲午初秋古吴年弟東干釣叟曹勳題。

序

余之兄事菊潭宗伯也，二十有七年矣。春明竹馬，以逮水衙講幄，無日夕不以筆墨追隨。作賦先窺，有倡必和，菊潭亦若獨暱就予者。兹讀其存集，向來耳目所經，率不一得什之一。此其於身世，今昔之交，友生聚散之故，詩篇存佚之闕，可以思矣。雖然，猶幸斯篇之琅琅，猶幸予之再得讀菊潭詩而且序之也。則當略諸感而獨與菊潭論詩。菊潭詩，古體置身在漢魏上，退亦扳顔提謝，而入其奥窔。近體則出入張、蘇、李、杜間，奇不詭理，華不傷骨，運以自成之杼，而絲絲合于古人。今海内莫不頌菊潭之詩，抑知菊潭之詩，其詣所由臻而位所由立乎？予從事於詩久，嘗上下先代。詩言志，志者心之所之，實以存乎其人也。仁人之言必不劌，厚人之言必不狷，正人之言必不佻，真人之言必不僞譎。歌智竭海清之句，而廣平相業昭然；讀曲江《感遇》數章，而九齡風度懔懔如覿。可見詩之道，原肖其人以成其聲，非其人之託於其聲以自肖也。菊潭以身爲朝野所繫庇，同人所欽佩，垂三十年。其人莊以廉，故其聲肅而則；其人沖以悦，故其聲和而昌；其人博以容，故其聲大而永。今試披其集，中灝噩之氣與江河涵，而光明之體引日月下。菊潭之詩，其人爲之也。古今文章關世運，有挽衰之人，有留盛之人。波靡已極，迷不知歸，挽之者心極苦而力綦顯；彙物將亨，人思還軌，留之者氣極静而功更深。今天下歌詠盛明，事事有崇先正之意，則菊潭之人，又留天下之人心，而標以合於黄初火曆之元聲，功不獨在詩矣。予久伏田間，唯嘯歌不廢，此來與憲石相國、行屋學士，日商榷此道，殊慙野僑，乃公然爲菊潭序詩，菊潭亦復需予序以存其詩，殆猶之以集名「秀巖」意也。何也？予也者，菊潭人中之秀巖也。甲午春仲同學年弟方拱乾拜手題。

秀巖集序

予與菊潭先生同里，同登賢書，先後成進士。菊潭才識學什伯倍于予，而著述亦然。予漂泊東南天地間，無意小草，菊潭提衡典禮，職掌絲綸，以更老立朝端，楷模師天下。升沉既異，道路亦修，心未始不同，而白雲悠邈，山川間之矣。今歲强起入都，僦居石芝，與菊潭比鄰。夢得云：「海北天南零落盡，兩人相見雒陽城。」若爲今日詠也。菊潭朝會之暇，每步屧過訪，長歌酬和，乃得遍窺其笥中之書所謂《秀巖集》者。其古文詞不拘拘規摹古人，而氣格堅老，風骨沉鬱，自置一位於西京以上。詩則渾雄嚴邃，振頓蒼涼，徵實不縟，蹈靈不纖。叙一代之故實，風雅不傷；奪山谷之精英，性情相取。曹、劉、李、杜之下，罕有其儔。至於《補樂》《和陶》《集古》諸編，又特出之奇峰，别開之爐鞲也。天未喪文，菊潭其古之博大真人歟！雖然，不止此也。菊潭自諸生時，便空作者三十餘年，石渠編纂之外，綜貫古今，參贊天地，紀言紀事之文，等身而過之。桑海以來，十不存一。其富足以駕弇山而軼懷麓。今讀《秀巖集》，中有有其目、有其引，而無其文。假如其書至今盡存，勢必斷峨眉之松爲烟，接岷江之源注研，豈止汗牛充棟已哉？吾蜀自眉山之後，博學弘詞，冠冕一代者，惟推新都。眉山書既散失於江流，新都亦八九燬於蘭燄。今百餘年而得菊潭，其博同，著作同，殘缺淪亡同，而較列篇章，比挈風力，排蕩太空，縋心九淪，又後來居上矣。從來喆人取資造物，類不欲其盡，豈獨功名厚勢爲然？詩文尤造物最秘惜之物矣。吾於《秀巖》之殘失，而知時順治甲午歲午月七曲年弟柳寅東書于石芝寓舍。

《秀巖》存者之必傳。菊潭學道久，黃花赤松，時時在寤寐詠歎間，其傳又豈獨名臣、藝苑耶？時順治甲午歲午月七曲年弟柳寅東書于石芝寓舍。

秀巖集序

貞胤於菊潭夫子祖洽之誼，有自來矣。憶丙子濫竽賢書後，家君子督課，不少寬於前。爰哀諸鄉墨，一一評較，示曰：「觀十五國風，咸遜浙闈。即兩浙十數科闈牘，莫盛兹科。吾以服主者知人，斯文其在仙井乎？今而後孺子識所宗矣。」乃庚、癸兩經敗北，匆匆往還，弗克執贄絳帳，每懊負家君子庭訓。今漂泊十有一載，方得拜謁夫子於燕臺。一見即遇以國士。人生大義，惟切生成，感深知己，曷罄筆舌。因思前人著述，藏之名山，傳之其人，貞胤非其人也，而有志焉。問奇請益之暇，稍稍窺笥珍，恨鄉國經妖氛蹂躪，簡編多殘，其目具在，不勝《南陔》《白華》有題無文之歎。然所存者，聿稱昭代鴻寶、蜀都文獻矣。手爲編録，將公之海內，敢妄贅一言於末簡曰：昔王元美謂「漢廷兩司馬，當世于鱗」，小子則謂漢廷有揚馬，當代惟先生。非諛言也，天下之公言也。揚馬以賦相祖述，而夫子甄奧，奚讓《上林》《長楊》？桓譚評《太玄》可以配《易》，而夫子《原易》《夢易》，識解精透，默契羲皇未畫之先，千載而下，自有定論。若夫諸詩，有沉鬱頓挫如少陵者，有飄逸奇宕如青蓮者，有序事愷切如元、白者，有音節瀏亮如錢、劉者，又有龍蛇變幻，仙佛脱胎，娥眉臨妝，丹青意匠如韓、柳、仝、賀、義山、飛卿之互見者，不可名以一家，獨能集其大成，裔裔皇皇，洵不朽盛業哉。然其經濟本領，要以致君澤民爲大，循名責實爲先，是故誠以體國，毅以處事，温恭以引後進，慈愛以近下民。凡流露於詩文之中，一篇一句，無不可想見仁人君子之心，豈徒尋章摘句，苟爲作者耶？嘗觀近世博綜家，每推丘瓊山、楊用修兩先生。丘在當時，已蒙誚散錢無緡索。至於楊，傳書數十種，良云浩博矣，而好事者諓諓摘拾其疑謁。夫子無一書不究終始，無一物不析本末，盡性致命，窮理格物之學，不特時髦頫首，實高出先正之上。今年週一甲，猶且健食履，精神敏給。朝入寅清署中，講求典制，論斷天下大計，夕而退食，應接賓朋，及箋啓觴詠不少懈。繇此徵家國生民之倚毗，文章事業之焜煌，富有日新，將與歲俱未艾矣。抑小子因是而有感焉，暌家君子者十一載，晨昏定省，缺然罔修。茲得拜謁夫子燕邸，丙子庭訓，依稀如昨。蓋小子不得報所生之恩，而典型在望，成我等於生我，故不禁其心銘而辭數也。雅安門人穆貞胤題。

石芝集引

夫子既以《秀巖》名集矣，兹胡然而易綴以《石芝》？曰志地也。志地而時與變在其中矣。歲維甲申，銅馬横戈，乾坤易位。變定之餘，始有石芝之居，因有《石芝》之集。作詩者，其有憂患乎？然感而不激，悲而不傷，危者使平，此夫子讀《易》之本旨也。夫子讀《易》，夢中神授，有悟於九、六二用，故樂天知命，安土敦仁，極古聖賢所難之境，無不出之以學問，而應之以性情。今全集具在，所紀者八九年間事耳。即八九年間，痛念蓼莪，興慨滄桑，以迄亭池之登眺，友朋之離合，萬物之榮落，四氣之循環，於焉悉備。興觀群怨之源流，讀者可静參而自得，於以嘉惠來學，豈淺鮮哉？爰付剞劂，俾同志君子得以閱覽焉。

壬辰七月既望雅安門人穆貞胤謹識。

楚聲引

聲音通於性命，而大業孕焉賡平。梅花早鉉，黄耳近則，撑炎州，數中原，視顧命定策者，嘯歌誰伯仲也？深心人欲爲山水開新面，隨眼杪眉雲流屯宿道，一静中横飛直宕之物。籟以情活，情自性胎，時傳生，時靚抹，時呵風，時噴露。爲衍之吹，爲虞之絃，聲之所以得乎其天也。菊潭在秀巖時，見兆紫微之夢況，岣嶁字閃四壁，如蒼水使者告以經世大手筆矣。鼓吹鑾坡且數年，赤帷入郢。噫！夢中禹篆，今可正之祝融峰耶？性興情流，情興而籟起。平章風景，皆吐吸玄微中事，非絢鳴于雁後花前，以鬬寒陵片石也。菊潭曰：「吾問津武陵，故楚其聲，以極馬首之所際。」晉卿曰：「竊聆其音矣，吞雲夢、撼岳陽，南國之雄吼也哉。遠不數宋，近豈讓韓歟？丘歟？」壬申中元日之溪年弟馮晉卿題。

楚聲贅説

昔司馬子長咀六藝之菁華，獵百代之聞見，已取精於蜀之奇山奇水，猶必歷龍門，浮沅湘，劉覽洞庭之勝，而後文思浩蕩，爲正史開基。是地靈能重人，人文能重地，有自來矣。菊潭太史世居仙井之鳳山，以太尊人振鐸漢陽而生太史，乃其地亦名鳳山，是太史合蜀、楚山之勝，而文成五采，名高石室，其丹山之威鳳乎？鳳非梧不棲，非竹實不食，而太史蕭條高寄，頓絶塵氛；鳳有道則見，不遇舜、文不出，而太史遭遇主，奮翅紫霓，與鳳何異；鳳發音和亮噦噦，響合宮商，而太史觸景生情，隨地發趣，不爲鉤棘，并不費推敲，莫非天然之致，噓焉而成聲，宛然太白之淋漓揮灑，與鳳聲又何以異？兹奉命來楚，以一路烟雲之色，吟詠成帙，弁曰《楚聲》。聲加以楚者何？太史生時所托，今日所臨，皆楚地也，而韻亦成於楚，不謂之楚聲不可。乃張正見鳳詩有云：「影照龍門水，聲入洞庭風。」則即楚聲爲鳳聲亦可。雖然，吾不貴其聲而貴其實。太守文則肩子長，詩則躋太白，業則步夔龍，如鳳間世一出，而天下文明。則余在野水蘆花中聞之，亦自釋鈞而忭舞。亟取楚聲歌之，則又索吾鈞矣。蓋余不能爲實，并不能爲聲。有人問余以實，但指丹竈；有人問余以聲，但指天籟。無實無聲，又何足以知太史之聲之實？江漢野人梅調燮撰於渚宫。

秀巖集自序

憶幼課家塾，屬對行文，率意而諧聲律，先季父每加擊節。嘗語人：「是兒可與言詩文。」於是經文籤課外，稍稍訓以《唐音》《文宗》諸編。迨補博士弟子員，季父宦遊，無所質正，雖亦稍稍私有肄習，如違禁貨物，未敢輕以示人。猶幸社中無長短兹學者，不過業餘游衍而已。壬子後，始有存稿，迄于今未倦。或數年共帙，或專年一帙，或先詠後文，或先文後詠，或文詠各帙，皆隨月日筆去，不復分體。每一展閱，而所經之地，所遘之景，所即之事，所周旋之人，歷歷目前，冀他時可備往迹之稽。己卯秋以前稿，咸笥封以付長兒璞，行笈所携寥寥。豈意家園重罹兵燹，三十年官神勞役，露電委之。頃以竹軒偶暇，盡檢笈存者，彙録成卷。甲申春以前者，詩曰《秀巖存詠》，以後者曰《石芝軒集》，雜文一帙，曰《客竹居偶存》《石芝軒續存》，別疏「逸目」、「存目」於卷首，以庶幾有收録於燼餘者。目力頓減於昔，恐今不再帙存者，復爾淪散。後人即欲追述先業於百一，徒風之捕也。編次篋藏雜著，并附其後，總冠之以《秀巖集》。秀巖者，託廬其下，五世於兹，筆墨貸靈，權輿久矣，未敢以東西南北之身，昧所自云。順治丙戌上元蜀仙井胡世安書於石芝庵東舍之客竹軒。

秀巖集總目

逸目

歸紀丁丑，予告舟歸，自夏歷歲除詩一帙
初月樓戊寅、己卯家居詩文一帙
華胥逸史二十五卷，甲子輯
多識續詮四卷，乙丑輯

存目

公車草丁卯仲冬迄戊辰春詩一帙
衍囈語戊午以後共一帙
楚聲壬申奉使榮藩詩一帙，刻
和陶甲戌以後共一帙，刻
嶲規揶揄己卯北上迄庚辰夏初
客竹居庚辰迄癸未，每年一帙
集句自戊辰迄己卯，存逸各半，餘全
石芝集甲申以後，每年一帙
範驅餘札己卯以後，文一帙
譯峨籟續集刻
龍乘十三卷，刻
巽魚贊箋箋四卷，補一卷，已刻

原易刻
夢易刻
操縵録刻
禊帖綜聞刻
寒友編刻
度除彙紀刻
樊子句解刻

秀巖集卷一

賦一

蜀菊潭賦

青雲低覆，緑樹夾攢。引蜒流之中注，亘虹磅而下曼。攝岫霞於澄鏡，瀦旁涓以生瀾。距邑治則十里之埜，訊舊名曰高明之灘。展平疇於北町，疊層畛於南干。炊烟紛吐於叢樾，風聲時拂乎寂湍。漁網攸集，樵蹊錯盤。罕游踪之曠寄，徒隱秀此川觀。

曷來曷去，惟朝惟莫。偶貸賞於他家，等鴻影而靡妬。坐砦磻以獨斟，横襟帶其茂具。香餌不淰乎泳鱗，佳卉每掇於蕪句。賓主兩遺，耳目奢遇。自履畝之有歸，翻圖度之多故。擬緗構其佹標，補疇昔所漏布。移酈谷於蒲亭，緬黄華之蔟聚。

爾其春苗甘茁，翠糅杞芽。碕濱一色，迥出凡葩。上應星見，茸被晴沙。群蝂水掠，乳燕風斜。脆豐延采，女筐頻加。茹葅馥庖，天隨攸嘉。根蒂津滋，益媲丹砂。何必餐英，飛乘羽車。

至夫金飈初振，梧葉乍委。疇殿衆芳，秋叢春擬。粲彼日精，照耀清涘。芬液渟泓，杯甌泛旨。鄙夫衰齡，食息於此。匪希仁知，樂山樂水。庶屏浮華，無涉臧否。舍斯良謀，莫施孫子。

初月樓賦

覽德來儀，自東北隅，止於震嵎。振苞采乎秀巖，展麓級以世吾廬；歷數傳而繁子姓，紛意搆而失舊居。臺井左右，習委丘墟。嚴君樓厥南，以適余之讐書。迨强仕而弘緒，始克樓兹北區。丁丑家食，締繕伊初。偶重軒以帙四庫，遽敞櫺之延望舒。

子弟咸集，進而言曰：「對峙則幼所下帷，新配則昭垂詒厥。謝客有筆墨之緣，尚友補聞見之闕。更廩爨而文明，成楯楹之峻發。清俗敗於麗儓，聆好音於近樾。視昔有加，何以表揭？」屬卮酌之初行，不禁撫檻而嗟咄。地之閱我僅四十餘年，而興替之由，同歸飄忽。盈虧朓朒，請驗諸月。哉魄哉明，東升西没，月未改形，而顧兔别越。其藉之榜顔，庶或典以核。

僉謂今夕之月，端有待於斯樓。紛入懷之明矚，奚芥蔕於去留。鄙夫竊慮，事無恒優。難諶者魚龍之晝夜，不爽者蟪蛄之春秋。詡夢靈與醉趣，將抑鵠以伸蝣。祛俗情之顛倒，憑我法以夷猶。礪修宫之玉斧，拳擣藥之仙覦。徒奢願乎造物，終喪寶乎反求。一觴一詠，一壑一丘。信古名賢之有託，匪僅乘化以沉浮。

博稽世務，靡新不故。相對厖眉，昔皆童孺。撫塵兹游，豈期匠作。焉知輪奐，風雨無妬。逆旅齊觀，信宿舒裕。蟾輪何私，暱此履素。高明是居，亦趨亦步。華胥之都，大庭之庫。雖信美而非吾土，詎越畔而有歆慕。矧借濡中山之毫，拾潘仲宣之賦哉。

文事賦

昭明太子適樂游苑，諸文士侍應，令賦大言細言，太子稱善。既而曰：「忘憂之館，往彥蜚英；伊几案友，誕助缶鳴。卒泯厥功，俾有替顯名。子大夫曷補若闕，以示鵠文衡？」咸口：「唯唯。」

於是王錫賦紙曰：「剡木剖竹，事紀森陳。庚用幡帛，修短殊因。故布魚網，剉擣肇倫。既平滑而如砥，抑聯綖其从巾。播黃門之遺業，液穀樹以闢新。廉方中度，柔瑩方絜。秘府珍函，文園雅具。或縹紅見錫於前星，或青赤申命於工作，或藤角矜重於文書，或幱幭通庸於封署。至存是非之前聞，允矣功倍於竹素。」

張纘賦筆曰：「古史分載，言動以詳。時文援寫，玄圖孔章。聿弗不律，名號易方。何蒙恬之衒業，先芝誕而擅場。顯選趙兔之秋銳，柱假豐狐之脊芒。兼漆枲以牢束，截華管而剽揚。御几陳錯寶之跗，鶴禁副博山之牀。隋珠和璧飾其匣，繡衣玉履庸其長。於以闡三才之奧義，嚴萬世之否臧。高周舍執牘以規趙簡，小班生傲岸而希傅張。」

王規賦硯曰：「稽帝鴻之墨海，欽樸制於孔庭。鐫礲質秩，班采晶熒。壯城池於筆陣，法天地以定形。貞水土之和氣，掞文心而炳靈。青鐵表異乎閬貢，錦几藉映於瑶星。滴玉蜍之積潤，融點黛以窮經。慎無延邪讒而污白，徒太息於焚崑石而澆滄溟。」

殷鈞賦墨曰：「易結繩而取夬兮，偉點畫之森羅。資松煤以肖象兮，與漆丹其分科。劑仲將之珠麝兮，迄臼杵其功多。擬筑陽之山石兮，煉碎礐以仍螺。撰經輸汁，觀書受賜。香丸喻糜，犂然舊志。題宮入木，噴紙成義。無當甲鍪，仙跡標異。自著述之如雲，競染翰以論勳。德居晦以明用，奚鯽涎之足云。

宜賢喆所共寶，垂拱璧於斯文。極人工其日焕，偲天雨之或聞。」太子曰：「工欲善其事，必先利其器。燁燁奎府，雕龍騁驥。匪徒譼文，載輝聖治。敢用書紳，以箴暴棄。」

來鳳樓賦

黿嶼南望，帶雙溪於左，鑑蓮沼而支鳳山。接闍烟爐，乍斷俏提，封而前闢。昔作牛馬午道，逕鱗畝而違閌闠；今則觚稜宮檻，踞流崿以煩俉班。多明宰兮意匠，收王氣兮縈環。偶登臨兮元夕，際春塘兮澄碧。俯萬仞之結璘，瞥千章之襞積。來火戲兮兒童，躍明珠而淵渚。何玉節之促脂鞏兮，使人輕辭故土而即客。

客竹居賦有序

蜀館舊在乾石橋北，突敚戚豪，易築棠梓衙衕。西鄉一區，廳事南軒三楹。面對而東鄉者敞之，可校讎，可宴親友。中餘半畝，植竹三叢，輔以奇松。二種俱盡蓊菁之性。小石時葩，差足點綴。余題以「客竹居」，冠厥夥者，且以儗倫里居之書室。其辭曰：

懷浮筠之鳳穴兮，有誦習之舊廬。延清風其入座兮，影綠篲以拂除。或子弟之質疑兮，即萃茵夫林於。豈復省簪組之羂縛兮，盤桓章句其有餘。俄焉登籍，易主而客。十載燕臺，五遷邸宅。叨容膝之窈幽，睠退食以弋獲。移丙舍於宦游，盻寵徑之三益。於是壅腴堵環，買翠西山。乘彼醉辰，予以大還。時其灌溉，疏闕扶孱。虞託根之堉薄，相敗葉而先刪。祝繩繩其及裔，挺虛中以侶閒。東風摇曳，竿篞矢茁。

葱鬱班階，檀欒抽節。宗捎雲而養風，條翻礪以揚雪。進徂來之德隣，伍茂苞以轗轗。更鱗接乎芳蕤，集朋禽而競舌。余嘗戲賓乎此君，冀涣物我之小群。君且逆旅乎頑主，謂何位置之過分。跡等蓬梗，孰定孰紛？稔從前之曷來去，知今昨之判見聞。月月弦望，日日暹曛。所未辨者，蔽於陰雲。聊乘化以茂對，謝禮數之殷勤。主人爽失，諦審名實。匠搆奇棲，委非我室。矧身外之周旋，晞永保其膠漆。羨飫鳳與化龍，徒結癡於意必。企聆音乎仙壇，緬還丹以無術。庶幾投老乎淇園，優游紫脱蔓生之日。誰其截嶰谷之六寸九分，爲我吹黄鍾之宫律。

惜餘春賦

鼉歲單兮竹秋及，焕青章之火新。盤傳籟於參伏，駕貿形於建辰。日月方奥，以適余容與兮，曾不知時序之有革因。爾乃含桃肇薦，榆莢催雨。治貸圭衡，朱飈導暑。企駘蕩之少留，躋熙臺而延佇。拂桐葩兮星麥收，景赫赫兮氣浮浮。邀巳螯以薺杖，懷招凉於蕭丘。辭惠風與甘澍，悵石爍而金流。敷和訖兮，茹荼莠而環兵戟，逝將託皇世以優游。

眼鏡賦

緬少壯之流覽，矜英元其烔如。披霧縠以極遠，湛冰壺其昭疏。雖有時而青眩，尚臨炬以訬書。奚有假於外朗，競燭龍之洞虚。若乃踰耆精耗，銀海滋眊。難覩蝨輪，近眯羽翿。風謡技癢，圖史森導。輒欲罷而不能，賈中懷之篤好。爰託玻瓈，濬巧西師。匡以韌鞹，製成雙規。承諸玉璧，披灑攸資。展晶瑩於出匣，恍珠蚌之昱池。等洪纖於畫一，瞷遐邇而易施。於時芸窗玉案，爐緋楮璨。寶硯墨融，陶情染翰。

或賦或詩，或銘或贊。瞬睫無礩，毫髮悉見。至若宋刻唐鏤，絲繡棘猴。麗於牛毛，細半蠅頭。藉圍光於俄晷，劇攝視之玄修。豈天工之人斂，擬胸正而瞭眸。水母游兮蝦是目，律陀智兮餘四矚。矧内景之淵澄，鑒天光雲影於且煜。又何疑夫四目之明，纍纍乎繁露之前覆。

退谷賦 為少宰孫北海作

惟溪山之窅寄，逼耳目而眩甄。閱滄桑以顯跡，端有待夫幽人。緬西岑其擁翠，玦北極之右垠。支太行以別搆，闢水府而籥淪。蘭若兮高下，亭榭兮紛蒑。泉石兮錯落，松檜兮輪囷。步禆窣其獲峻踞，倚清樾而愜欠伸。抽毫素則己康樂，撰杖履又一子真。

曹犄者文武，力營者商賈。烟霞蕪徑，蘭芷存圃。人亦有言，閒者是主。鏡豐柦以齊鵠蝣，撫階庭之移今古。邀蒼旻之錫那，揖臺皓其與伍。山之人習而稱之曰退翁，翁遂儼然而安之曰吾土。陳帙罤於繩牀，狎花鳥於廊廡。探洞穴之蜿蜒，幻木石而龍虎。不惠不夷，何去何取。

谷南則時葩接茁，膩節叢標。雪松帥眛於廣廳，丹碧纈繢於層翹。極樓觀與壁榜，匪董巨所罄描。瞥香陀之引興，嘅榆搶之虛憍。谷北則俄然列嶂，依流增況。青隣高閶，小敵蓬閬。悚棒喝於俯臨，借瀑杓而隔望。遘櫻桃之春藪，憩嵐嵒以睥曠。谷東則象教新煌，壁立廻塘。循途幽討，葱鬱千章。桫羅之樹雲攢，浮圖之級霄昂。聊偃息於穠蔭，豈疲憊乎津梁。谷西則清瀠崿澗，浮藻抽亂。朋引子皃，時來客雁。横青黛於連岡，際風雨之無患。締修榦以永盟，享歲時而清晏。

惟此退翁，嘉遯自公。振塵緇於闤市，静聞見乎畝宫。山太古而日長，目虚寥而腹充。存玄牝以自頤，何他石之借攻。惟此退谷，碩人薖軸。慳持贈之娛雲，秘休糧之黄獨。廬依貫時之松筠，坐泛垂濱之杞菊。鑒次山干進之遺銘，尋愚公無險以卜築。

蒲萄賦

嘉奇種之西來，附漢使而郵置。辭大宛與龜兹，望上林其旅寄。倚培壅之殊恩，習土宜以若蒔。蔓引雲敷，條房星綴。迎薰風以累丸，烘快日而增味。若乃胤衍繁蕪，廣樾扶疏。植周秦野，陰結魏都。社陵之半百畝，華園之倍百株。不獨宫禁所珍偉，多於蒟子之茂舒。於時火帝返旆，金天氣顥。陸離編珠，膏潤錯寶。芳苞水晶，色焕瑪瑙。甘酸適劑，荔橘參討。益氣强志，豐臞充飽。延年輕身，載諸《本草》。胡他果之能仇，聊百縑以明疇。蘊天乳於掩露，覺麴糵之匪侔。王母設以享帝，孟他遺而擢州。西域以萬斛侈富，魏詔以善醉稱尤。紆傳杯之日月，馨食品之陽秋。雖益智曾依美於廬阜，而羌桃未敢驕語其兼收也。申之以歌曰：

萃和玄圃，託靈根兮。延育上京，越玉門兮。彈實纍纍，爛華軒兮。含津翁翁，解酲煩兮。發彼兑房，畜乾元兮。氣體自然，宜子孫兮。

熏爐賦

汝漢之子，首山之孫。嬗太白之餘粹，伏慈石以營魂。散天錢於北落，秉兑行乎西垣。充九牧之鑄貢，備五色以秩存。爾乃冶段效職，量齊成式。造端鼎彝，燦然款識。從革靡常，致用倏忒。進巧絀莊，香几表特。匠意代儇，寶鴨博山。嵌空濛以弇煦，移紫塞乎函關。供攤書之清玩，佐操縵以幽閒。猶隆重其位置，匪褻器之可班。匠意代拙，逢迎炙熱。圜橢匡修，捧提區别。養熾煤以法灰，敵朔氣之嚴冽。雖鍛鍊其極工，僅手足之争烈。以語於罔兩之竄亡，勳德所久閼。奚猥火穢金之儔，尚足與溯宗祧而衡優劣。

樂府補亡

葛天氏八闋

《吕氏春秋》：「葛天氏之樂，三人持牛尾，投足以歌八闋。」《上林賦》注張揖、韋昭所引同，而「闋」皆作「曲」。《路史》云：「葛天者，權天也。爰儗旋穹作權象，故以『葛天』爲號。其樂八士捉⿰牜介投足，摻尾叩角，亂之而歌八終。塊柎瓦缶，或臯從之，是謂廣樂。」八闋名存，其辭莫考。

載民

載民伊何？維天之載。視遠聽卑，我敬我愛。窮鞠及躬，莫或敢怠。朝斯夕斯，天工人代。

玄鳥

題彼玄鳥，下上其音。錫我蒸民，似續孔任。毋忒爾儀，毋貳爾心。施於子孫，式玉式金。

遂草木

苑彼草木，區以别矣。疇尸亭毒，位以列矣。有以生之，有以成之。惟其因之，永以申之。

奮五穀

⿱山毋⿱山毋原隰，五穀克昌。民德攸明，誕膺嘉祥。馨我黍稷，諶我祭饗。比屋可封，曰予有慶。

敬天常

秩秩天常，悖凶修吉。敬之敬之，基命宥密。民之質矣，或得或失。聖之一矣，有始有卒。

達帝功

穆穆帝功，蕩蕩旋穹。不大色聲，化成萬邦。録乎鼓之，爆乎舞之。昭回在上，作孚在下。

依地德

天無私覆，地鮮頗德。咸依衍亨，表正邦國。興幣通滯，以蕃以殖。怡爾食息，莫知帝力。

總萬物之極

昊天陰隲，總總物則。不有建極，孰貞儀式。血氣尊親，景爲形即。逎昭一德，庶無缺職。

神農氏豐年詠

夏侯玄《辨樂論》：「神農教民食穀，有豐年之詠。」

粒食厥艱，惄調饑。耒耜時舉家國肥。

黄帝掆鼓曲

《歸藏·啓筮》曰：「蚩尤出自羊水，疏首，登九淖以伐穹。黄帝征之涿鹿之野，作《掆鼓之曲》。」《雲笈》云：「黄帝出師玎鹿絶轡之野，以掆鼓爲警衛。」其曲有十，其辭無考。

震雷驚

震雷驚，光赫煜。曷小顥，於涿鹿。明號令，厲五兵。鼓初伐，震雷驚。

猛虎駭

猛虎駭，妖狐藏。風肅肅，六斿揚。旗所指，燀火弭。賁鼓彭，猛虎駭。

鷙鳥擊

鷙鳥厲征，殺伐用張。誓靖小醜，盛水之陽。填填晉鼓，飭我徒旅。鶚首前麾，折衝樽俎。

龍媒蹀

龍媒蹀躞，虎賁振威。龜符叶應，式衍握機。天一在前，太乙在後。提鼓逢逢，稽首拜受。

靈夔吼

跉踔靈夔，潛雲振響。協律武功，率舞林莽。步伐不愆，鼙鼓徹仗。若謀僉同，招搖在上。

鵰鶚争

勁鶚蒼鵰，横空争戾。猛氣逢迎，百禽辟易。旗纛旆旆，營陣裔裔。鼓行鐲鳴，式齊警衛。

壯士奮怒

壯士奮怒，聲討不庭。蜩螗中冀，載除清寧。拂以和風飲甘露，兵刑頓遠保生聚。三鼓振鐸作車徒，廓清六宇奠宸都。

熊羆哮呴

熊羆哮呴，壯我爪牙。麒麟郊游，洽我祥和。桓桓振振不相謀，無康職思殷副求。坎坎讙動戰則克，止戈飾怒何淵塞。

石盪崖

石盪崖，緬碚礐。夷堯學，戒衡縱。前禽失所集，駭獸紛迷蹤。窺天開詄蕩，行地禦𨏥𨏶。天人協助順以信，同心合德堅營陣。泰石壓卵鮮留甐，有咢其拊告馘訊。

波盪壑

波盪壑，揚泥沙。驅鯨鯢，泊虺蛇。陽侯供汛路，馮夷應笳撾。三光淪精曜，罔象喪其家。鞠旅陳師阪泉道，塵净風恬明羽葆。灃灃聲歇鐃聲裊，兵洗天河張天討。

伶倫渡漳歌

《水經注》：「黄帝命伶倫使於大夏而作。」

漳水清兮，不可梁兮。雖有美篁，不中嗈鳴兮。瞻太行兮，俾我越以營兮。漳水濁兮，不可櫂兮。雖有修竹，不叶律籥兮。濟滆淖兮，俾我遠有索兮。揭戾發苞遬崑崙，青青玉節蘊樂元。八風從此獻歙根，漳兮漳兮識吾言。

嬥歌

《韓詩傳》：「巴人嬥歌。」《説文》：「巴渝曲也。」雖聲譜亡存，今之竹枝，或亦遺響矣。

潭潭江水，鬱鬱岷山，水有鰜兮山有鸕。誰使吴趨與楚調，離人忘却巴渝道。

木客吟

《吴越春秋》：「吴王好起宫室，越勾踐選名山神材而獻之，使木工三千餘人入山伐木。皆有怨望之心，而歌《木客吟》。」

梗柟杞梓會稽岑，胙土有夏茂至今。和濡雨露表遥簪，求材殘木罕斧尋。君王俛首稱臣妾，青青不改柯與葉。猨欻悲吟禽舌喋，林光慘澹愕應接。輪奐侈觀自姑蘇，榮楯宲楝未越須。童山疲役效遠輸，班爾攦指日月徂，木客木客將焉如。

秀巖集卷一終

秀巖集卷二

樂府雜擬

擬沛里群兒和大風歌二章

大風起兮水回流，廣潤沙鹵兮美田疇，願得良相兮奠禹州。

大風起兮光燄長，明並日月兮魑魅藏，願得聖子神孫兮接武明堂。

擬漢鐃歌十八曲

朱鷺

鼓之填填，赤舄翩翩。振羽充庭，於萬斯年。

思悲翁

有家有室，孚息振振。化而螫毒，不避等倫。思悲翁，悲翁思以辛，省厥咎有因。皇天后土胡不仁？

艾如張

荊棘塞道，狐狸肩摩。日月非不照臨，風雨噓潤竊翔和。艾蘭置旃失前何。從彼中阿，麟鳳入羅。

上之回

上之回，鈎陳衛。闉窮荒，府形麗。不可象，名同帝。東扶桑，西戎裔，南丹穴，北祝栗。叶。禮樂舉，邪謀閉。吏虎政蝎遠畜靈，主聖臣賢千萬歲。

翁離

磨翁華離，不可以居。畓畓衍沃，是畝是廬。慰爾作息，祝篝車勝擁華離。

戰城南

兵刃接，酣郊圻。金湯即足恃，閫外有頹威。衡旍摧堞聲震瓦，雨燐風嘯胔原野。群烏觖望稻粱謀，私幸謀疏折衝者。肉食者鄙，食肉者豪。洗兵無力，何用錢刀。

巫山高

巫山高，尚可越。瞿塘險，尚可筏。躓康莊，鴆膏粱。轡不柔，馬不剛。我閱何渠艾，牧馬去其害。

上陵

上松陵，雲靉靆。翼風輪，周海岱。方帝以味供，蟲長以類從。元儀以氣應，音律以候通。卉食匪蠶，露飲匪蟬。不日不月，知何鵠晷與蟀年。東家之右西家左，世態龍蛇無一可。習抾口珠儒，自甘埋堀堁。堀堁不能埋，振衣天可階。

將進酒

鹿藿榮，侯騷實。倚軒幌，展粕帙。客問奇，豁所期。揆先後，此一時。碧琳腴，玉井香，樂我嘉賓無太康。

君馬黃

君馬前，臣馬後，抶日鞭霆出天廐。野策沉光同牧阜，皇垂策，帝擊手。唐虞按轡，君馬和鑾相左右。詭銜竊鞫況淪精，息駕風塵齊天壽。

芳樹

芳樹臨清池，柯葉何扶疏。貞心貫四時，無人亦芬敷。上棲脩齡鵠，下泳不淰魚。同樂矢有終，不以日月渝。他心難忖度，風雨起清虛。芳樹根無移，中懷與之俱。

有所思

有所思，違秦齊，猶從鶡燕訊東西。朝朝誤卯酉，昔昔迷箕斗。芝蘭室遠而，空憶同心臭。觸故故相思，感新新相思。易地有同情，傍人豈得知？

雉子斑

雉子斑，蜚止山梁間。雄雌視子趨，飲啄一何閒。天倫野嬉亦如此，無以翁雉孺雉子。黄鵠高蜚輕千里，養翮亦從鷇音始。但遠車馬塵，雲霄非所望。莫從王孫行，樊籠神不王。

聖人出

聖人出，天地官，集譯琛，格階干。閣足足，囿般般。進皋夔，逐申韓。雍時昌穀室家完，賓旅如歸往來寬。爲君難，無難難。

上邪

相知不在深，相成不在淺。夷跖雖久要，藥石寧交勔。松水可旌心，冰炭可觀善。莫效悠悠徒，盍簪陋少選。

臨高臺

臨高臺，涉深淵。千金之子心凜然，謇何振衣濯足神偏全？亦有竦身若士、泳洪丈夫，險危世界等浮烟。

遠如期

遠如期，上自卵儀待剖時，下歷塵海草以滋。野無洚旱虐，國省兵刑司。疇知狂蜡飲，不復瑞期頤。誠哉開闢君民至今在，華封之祝何足奇！

石流

石流日移瞬，動静指各標。灧澦閲今古，閶碣信風濤。我心不可轉，物候自榮凋。晏坐不必逸，胼胝不必勞。桔槔止方寸，鼇極已紛撓。所冀知識冥，白黑息懸招。下遂野鹿游，上運無爲杓。

秀巖集卷二終

秀巖集卷三

箜篌引

汎星查，梁黿鼉。徵賕海市，探石機河。不如宴處，少避風波。誰言忠信狎洪沱，楚有正則曹之娥，如何復如何？

日出東南隅

日出東南隅，光開西北林。結伴誰家姝，不憚多露侵。共此林中照，照顏不照心。疇肯委白璧，疇能賤黄金。人希詈者許，我疾貞而淫。三復陌上桑，可廢白頭吟。

長歌行

矗矗城下樓，迢迢山外流。莫林還倦羽，久客杳歸舟。旅穀懷積倉，桑柘曠簿羞。新風振舊岑，古月寂前儔。雲中白鹿駕，猶復少壯不。却此玉箱藥，委順黄華秋。戀生一何愚，不死且長謳。

君子行

君子慎名器，濁激清以揚。螭龍無蝘蜓，鴟梟勿鳳凰。冠不加沐猴，爵不詔爛羊。弦鈎別繩尺，泥黽自摧藏。欂櫨及宗柱，工師秩短長。位置適厥用，朝野式乂康。

善哉行

有美藝文，束縛見聞。尺帛勺粟，何益衣饋。一解

人亦有云，業廣惟勤。豈其浚築，頓却澤弁。二解

雨氣氤氳，山川出雲。圓洄方折，珠玉攸分。三解

驥局轅下，鶴表雞群。圭璋特達，不藉玄纁。四解

夸毗誰氏，咄咄夔獖。步趨無惑，滌垢揚芬。五解

步出郭門，鬱鬱古墳。聖愚莫辨，我心如焚。六解

折楊柳行

蠖色食使然，禽化亦時因。投閣以符命，自省負草玄。一解

工瑟不齊售，能函不適燕。虞奚非始愚，秦斯乃侈賢。二解

夷吾雖小器，髮袛保無遷。柳下云和光，耿介獨天全。三解

名實稽古人，利鈍匪由天。開榛杜陵徑，無落伯成佃。四解

西門行

出西門，步踟躕。昔日習耕鑿，今日長萑苻。一解

今視昔，出入多憂虞。委身聽所遭，侮予無地無。二解

利弧矢，剡矛殳。禦侮重罹罔，翼虎縶有徒。三解

謀生敦安土，何用走險途。温厚逼眈視，遠役緩斯須。四解

焉得仙人費長房，使我往來背跖徂。焉得仙人費長房，使我往來背跖徂。五解

驅車極西嵎，可佃復可廬。其中飛走侶，但貪化日舒。六解

東門行

出東門，望扶桑。崦嵫招奔御，夸父立徬徨。若華升燭龍，欲往從之限渺茫。一解

去日與來日，何短復何長。徙倚恒春樹下，世外高踪共徜徉。二解

共徜徉，不貪倘來之富貴，不拒上加之星霜。天地從教芻狗物，松柏受命獨勝常。三解

天地從教芻狗物，松柏受命獨勝常。嚱！履心康莊，斸迷陽，佩蘭芳。四解

豔歌何嘗行

冬雷夏霜飛，垂雲翼焉圖。六極何嘗窄，毛羽紛吾徒。俯仰猶却顧，擇止小丘隅。去以六月息，豈伊畏羅罦。北溟遺書詰，久旅爾忘家。驕語扶摇力，遂欲藐江湖。冥鴻雖哲保，避弋費躊躇。不見雉雀决，蜃蛤

與群居。

豔歌行

辛勤夆與蠶，竭力營蜜絲。甘美娛他人，口體不自持。感慨商絃絶，坐惜芳英萎。今日方畢業，明日償刀錐。物我其冥冥，得失鏡者誰。蟹匡及蟬緌，從臾莫能施。情意薄所厚，他娛誼何居。主人嫺古處，茹荼服無奇。進御效區區，權衡不可欺。

枯魚過河泣

魴鱮報枯魚，聞餌即遠遯。尚有涸轍求，誰亨魚服困。

行胡從何方

殊實來使查，似續益以多。仲思黄中忽鹿麻，榴蒟葡萄與菴蘿。

雜歌

蘭香巖石間，香遠未可即。故交書往來，風擾雲端翼。前後不成行，差池空悵望。

猛虎行

爪牙銛利，天豈爾私？騶虞可則，偏效窮奇。藜藿不採榛棘多，假威戕類奈爾何。

蛺蝶行

結遊侶，逐和風。適饞喙，嬈芳叢。嬈叢芳，貪晝長。蠋蝓方祝網，粉褪且披猖。不用命罥羽，同群莫救將。覆監雖昭前，倀倀背項望。勿詡無争患，殘賊搤其肮。賄焚小大均，行樂慎淫荒。

古咄唶歌

甘橘産洞庭，無言萃四方。筥篚以時薦，得升君子堂。㯱㯱道傍李，童牧不回眶。

上留田行

富貴易交妻，借鉏子德色。平居尚鬩墻，外侮空情亟。

今日樂上樂

曼曼青琅階，呦呦白玉堂。星榆裁作柱，月桂斲成梁。賓樹蔽前墀，琪花紛翼墻。浮筠來蓬頂，機石贈銀潢。實木移蟜淵，垂龍蔭曲廊。九芝玄圃種，千步海南香。芳苡然研几，若華照書牀。

燕歌行

煌煌車馬少壯遊，風雨冥晦競白頭，形役陳編他罕求。膴睨相即亦不留，晝享無何晏息休，鼎鼎閲齡敢賒憂。攊志徒爾語蒯緱，萍鄉蒿里訊朋儔，誰云人世有丹丘。往來燕鴻遄春秋，殷思耿懷限阻修，蒼梧雲黯湘江愁。陵谷遷易歲月遒，乘龍騎箕事信不，我欲汎查訪斗牛。

俳歌辭

俳技雜呈，五官易令。喑資手語，聾假目聽。仰踵扛鼎，俯蹻競涎。吞刃握熚，析骸剖膈。竪地連環，蛇趨疾翮。

秀巖集卷三終

秀巖集卷四

五言古存詠

帙書 壬子以後

啓櫝撿遺編，紙鐫稱善本。紬繹甲乙堆，幸無蠹魚損。籤軸半有無，諂目互矛盾。方怪顛越初，收藏率爾渾。窮日類歸之，斷璧增煩懣。全部僅二三，餘聞借癡匽。或不密鑰緘，臧獲有竊橐。先人積留思，笥封等琰琬。接武識咿唔，將以醫倱伅。披誦倍情鍾，太息生也晚。

秀巖四詠 烟雨、暑樾、晚霞、月夕

郊郭淡相承，清光誰洗出。巢禽惑準繩，濕吹接篷蓽。石皮脆可餐，野蔬紛潤茁。我亦託溟濛，深藏讀書室。右烟雨

火龍蟠溽土，卑喧痛骨蒸。振衣百仞岡，何自踏層冰。千章引來颸，張幄匝垂藤。無用灑龍皮，磐石快曲肱。右暑樾

松屏銜半日，遺照驅浮雯。鶴背攢絳嵐，歸溟霜林醺。炊烟結綺蓋，熊熊光氣氲。蕭然虛白室，蘭芷泛餘芬。右晚霞

極目入寒蕪，疏林凈於洗。浮屠表女墻，竹葉光泥泥。顧兔影婆娑，邀客共浮醴。散步抱膝餘，有以舒四體。右月夕

尊經閣晴望三峨

矗矗翼鳳岑，丸丸蒼翠擁。遥天掃族雲，晶帶臚峪嵷。目游限微茫，宜楙效慫慂。欲借奇肱車，乘風一賈勇。

鄉薦宴歸志感

龍駒競飛騰，頑卝始入冶。孫薛遇殊時，脛翼非他假。耿耿趨庭餘，皇皇怡膝下。成名遲七年，低回淚盈把。

萬縣晚泊同玄鑒瞻屺熙海廉水步月觀戲主人肅入翠袖殷勤復命登場續演賓主盡歡

歸舟漫紀 丁卯公車

舟行匝月程，維舟偶南浦。膧膧峨眉磧，殷殷譙初鼓。相將狹斜行，夷猶轉幽塢。重籬隱勸酬，軒棚戲優侶。席地賒餘勸，遺情頻易酤。啓扃前致辭，小人實草莽。有子垂畢婚，親朋脩慶舉。鄉諺寵高賢，似續

邀篤祜。我忝不速客，煩爾東道主。共醉檀板場，淳風緬古處。

峽中望巫峰

插漢署名殊，睨舟纔二六。峰形别向背，陰雨及晴昱。頃刻幻千容，檣移輒遷目。吾訊山行人，巑巒紛起伏。雖不與舟謀，總系巫之族。遠近有無中，何能渾水陸。五岳真形圖，恐亦有遺録。

展趙志 壬申使楚

相逢掞藻流，持贈趙州志。褰輿閒討論，揆符聊易地。九原誰與歸，四豪非比類。經濟曩擅場，于今空赤幟。

順德道中聞杜鵑

負笈曩山居，兼之課農圃。感兹啼血魂，兩事縈昏睹。一行溷朝籍，習暇翻多竄。爾既不余提，亦廢雞宵舞。驅車來邢野，聆音甚覼縷。蜀山暫得歸，殷勤謝杜宇。

湯陰懷古

演易傳兹里，血衣共此途。聖賢素患難，臣誼肯踟躕。鵬舉起戎行，血性古人俱。守貞不逆詐，甘爲臣罪誅。生死雖岐跡，忠隣信不孤。

渡黃河

衍沙開北岸，積沙亘中流。縈沂混茫間，東西逐浪浮。來際微辨天，去直一霞繆。盈盈一隔望，忽作廿里遊。是午苦陰蒸，河風暑不收。徒令趙怒勢，有挾駭行舟。攘臂魚豹群，持罟競魚湭。豈有濁淖中，可用智謀求。篙師耶因急，寂坐戒同儔。獨憑忠信涉，私擬迓神休。賢宰慰藉余，昨濤比山丘。長年稱力竭，始獲敵蛟虬。偶憶泛寒澌，鳴榔訝御飆。今來尋彷彿，頓異舊時眸。徒殷桑海感，魚鼈切民憂。

過鄭用王摩詰韻

競暑御風鄉，度河方信宿。歷討迎眄奇，往往髡虎僕。京水清心魂，泰山遵鴻陸。我雖車馬來，豈足驚耕牧。行厨靡侈味，蘧廬無擇屋。獨喜耳目前，秋苗垂就熟。雞犬享清寧，人烟接遠谷。處處八蜡通，客遊分百祿。

登昇仙洞與道人立話移時

神芝閟具茨，久不逢黃蓋。潩水引砂源，忘形溷野澮。馬翁來飲此，獨與神情會。百日扃懸崖，饔飧且捐汰。磬聲雜木魚，縹緲傳仙籟。偶然拂衣起，第曰道無外。索飲水一盂，不知身已蜕。相去百餘年，子孫猶未艾。車塵暫息間，拾級洞雲靄。誅茅仍平岡，松柏蔚肺肺。敞宇愜睛睇，胸吞何芥蒂。酷炎不能來，人境得三昧。道人揖余言，留題兹古鄶。訂以再登臨，時移景異繪。北來閱山川，勝遊今稱最。

入澧

曙霞輕鏤日，箐草淡生光。宿霽留烟渚，浮苴胥岸篁。不知踰晴嶺，何以入霖鄉。彼來快暾爽，我僕獨濡裳。分閲約里餘，村鳥訝殊翔。前林仍氣燥，接陌稻催黄。迤邐南平道，原際辨岑蒼。茝蘭徒聞名，荷芰粲盈望。脉脉美人思，豈曰從無梁。一身移所遇，有如汎野航。感懷八桂夜，靡用積螢囊。

玉虛洞

香溪帶巴峽，明妃村北涯。溯流朐腮岸，東屏翠參差。陵層三洞窈，玉虛雄長之。在昔湮草莽，仙靈實導師。土人躡往踪，神界敞逶迤。旅次秭歸城，賢主訂前期。長年停晴橈，剪徑遂攀危。呀然豁百尋，黄門細竹孳。循塗冞歷降，平展大庭基。卯位峙芝掌，天湩晝夜滋。餘潤繞前檻，注右滙小池。甘芳爽飲啜，茗鐺尤攸宜。仰觀磧鍾乳，形狀何離奇。或巨如化鯤，摶空振羽儀。或怪如猨玃，接臂競巖馳。倒鋒森劍戟，斑駮羅鼎彝。一部鈞天器，散陳文士資。出壑蓮葉舟，篙工鼓棹遲。奥角摟浮屠，七級鈴鐸垂。顛趺莊嚴相，矑珠映牟尼。扃啓百斯闔，中藏未許窺。優人偶侑觴，傳聲反舌疑。豈其玄修徒，疾嚚起詈訾。賓峰迓羲御，光湛鱗之而。驪龍雖屏跡，蝘蜓尚魂褫。玉牀蟠卧痕，摩挲若躨跜。模棱熙寧碣，幽探繼者誰。可知凡俗鞅，清覞莫能追。舉手謝洞靈，吾今邀厚貽。明日紅塵道，何以慰相思。

重題白兔亭　丁丑

昔來凭雨檻，今到敞晴軒。探奇共宗雷，相對難忘言。朔吹將紅葉，指點桃花源。緑組貫明珠，時競驚虹掀。前望廬峰瀑，倚舲作夢喧。麋鹿木石居，如斯静耳根。何庸倒銀潢，逝將浄橐鞬。

展墓 戊寅春

潛闥邀冥錫，松楸鬱芊芊。仰依詩禮澤，穰穰及圭田。烝嘗雖以時，攝裸十二年。將毋蒙予告，迢遞息歸轕。空邑避寇氛，尚未接廬烟。草率陳反面，撫碑涕泗漣。

王甫堰莊居

竹樹隱樓居，蜒溪節深淺。略彴取椽林，藤束殊頎典。既足便往來，釣濯亦佳善。酒菽餉村隣，山珍分狩獮。保兹太古年，何必榮軒冕。褒博來宿儒，陪話燭頻剪。

靈龜寺

浪跡幾兩紀，籃輿一徑深。桑麻迎習畛，頓忘夙幽尋。蚱蜢紛緑疇，鳴鳩拂樹陰。吠際辨寒烟，欵欵入叢林。圖碑仍封蘚，蘭若增新綝。緇流競麥秋，雁堂寂梵音。俄喧檀越來，烹茗拭釜鬵。旋示搨宋碣，近得自崩隤。稍悉肇創因，五季迄於今。自笑慣風塵，翻客故鄉岑。

福泉摘星亭

傑搆劖懸巖，翬飛出樹杪。向來逋景多，有待肆幽討。烟靄帶獅嵎，貊流縈渺淼。翠鎖校讐居，林隙摭環抱。物與無隱情，軒然匠心巧。呼吸帝座通，妖星迹應掃。

辭闈 己卯北上

登籍十三年，里門凡兩入。承顏今稍久，井臼增於邑。男子事四方，慈訓尤咠咠。小草負荻畫，脂轄百感集。子孫森盈前，兄弟亦既翕。北堂介祉駢，遊子何庸悒。鴇羽覼唐風，陟屺懷魏什。無限陽尊情，躊躇幾縈繫。

戎州同童華伯雷元生暨姪玄一遊涪洞

晴筇蹕遠岑，孤亭勢接趠。兀對如幽士，曠懷未易貌。彷彿有無中，或逢隱霧豹。三子肆討同，載酒且命櫂。徑屐不習期，悠然得窅窱。隔岸失遊踪，隙林蘊勝眺。置身木石居，先後豈殊調。可賡梁甫吟，可繼蘇門嘯。連岡礧以陳，池樹地攸造。陟降山態移，寂喧辨闃隩。級窮即穫畦，頑畱前相勞。蜿鎛盤猢梯，何年正洞號。壁間宋元鐫，古誼森大導。踞顛俯樵蘇，競反牛羊道。暫謝檣帆緣，閒分仁智樂。背出野矼東，甜問申別約。曲涓待汎觴，巖卉延夕照。苔老烟荒際，亦自見壺嶠。涪翁風韻存，百代恣憑弔。

瀘陽偶遊張園歷大佛寺返棹作

垣竹趾江風，誅茅頷嶺月。泉瀹山頂踵，有無瀞俗骨。位置高下因，疏藝左右樾。景物公目游，居然虛白窟。同人具主賓，更問誰搆揭。屬厭別循途，微醺就溯筏。灌木鬱嵚崟，招提臨涘兀。信步快躋攀，晻光正睨橛。老僧擬茗供，俛竈祝榾柮。主勞可奈何，歸艘應蚤發。

同華伯遊岑公洞

公名孝，隋末避地于此。後以煉服，得道飛昇。唐時祈禱有應，封虛鑒真人。

拏舟南浦南，峨磧競森動。沙石具篆文，似尋仁裕夢。迤邐菁蔥盤，乃得岑公洞。寒淙曳縈蘿，巖麓滋鴻絧。浙瀝韻谽谺，野獸飫天湩。篠卉四時春，蓬瀛有伯仲。紫芝秀可餐，沆瀣彌顥幪。開池滙沮洳，爽塏攸折衷。蓮甍龍乳坏，僧寮資茗供。在昔丁隋季，幽棲避倥偬。木實泉石英，居然世外貢。高隱證仙班，寧非道德用。霞際想飛羊，月宵或駿鳳。縹緲絡冰絲，雨工唯操縱。春藥假薪夫，應時啓巖塳。一自賦遊仙，何煩山鬼訟。雨暘況丐靈，榆社爭崇奉。我來捫古碣，藉甚閱唐宋。遐躅已難攀，山川因名重。咫尺限塵緣，真人肯予挏。

龍乘篇次元稹説劍四十韻

神物散星精，角房締英友。猛氣向旄頭，醉涸高陽酒。章臺莫浪馳，搗石肯輕剖。蓮鍔騁蘭池，妖氛摧礫缶。國士獲攸憑，旗幢不創壽。養鋭思酬恩，時作虬龍吼。俯睇駑鈍質，碌碌何足偶。鮫室韜寒芒，蟻封别勝不。匪侔唐肆求，奚俟藉中取。長價孫陽門，摩挲薛燭手。誰與兼擅長，揮斥無掣肘。千里金連羈，三尺玉飾鈕。棧木傅曲直，帶光照左右。吁嗟鹿脯頑，盡力悲代走。變見銅器精，形神相配久。飛鑣不揚塵，生烟借磨朽。提衡雄駿資，利用備戰守。游閒富貴容，俗目驚希有。式自伏波傳，術從袁公受。古誼重脱贈，志豈在報玖。玄象暗庛駟，紫氳掄牛斗。不庭疇蹀血，小腆有遺首。耿介空倚天，異寶徒施紂。乘佩名實違，辱餘鞶纓綬。焉得從事輩，慷慨勿鹵莽。無鬼辨成材，朱虛鋤粱莠。延浦合雌雄，沙丘略牝牡。出處詎習謀，云何非天牖。奇緣慳乍逢，悠悠同敝帚。覿面喪懷來，翻爲鄙夫詬。既已感前茅，保無羞牛後。知希審我貴，德俱用乾九。伏櫪襲繞中，聲氣伊靡負。過都矯龍游，刜鍾如未扣。行地與燭空，精力殊龐厚。邂逅有心人，攜御必不苟。莫邪原有夫，屈强亦有婦。卜治撫神芝，疾惡驅如狗。會當清晏時，買牛却糞垢。吕覽公孫龍，并息堅白口。

遊泉林

五月風帆緣，七日車塵逐。建橐其何時，處處嗟震蹙。蕭條歷魯封，泰柱延來轂。道左蘊清泠，悠然翳灌木。穴石競淙淙，濬源陪尾麓。朱碧錯承流，腥鱗不漫育。泛酌可蘭亭，侈華可金谷。謝彼逢迎紛，遂兹真率築。委用輸員官，垣扃恣遊目。川逝仍昔觀，乾坤太僕僕。

贈朱菊水之任莊浪　辛巳

龍門挺孤桐，直幹厲清風。豐城潛寶劍，光氣燭長空。人情矜衒玉，天道自張弓。才生屬有用，呵護費神工。不回滋後福，蚤譽審能終。精鏐餘百鍊，分陜任何隆。召方既拜命，頗牧勝禁中。謇余依蘭臭，毛髓就昭融。臨岐俛仰意，西顧慰丹楓。

和答張揆百小齋菊飲

記珠餘簡帙，可以備遺忘。分飽天庚白，已勝竹根黃。隙駒閲客况，省息倚南窗。瑩疑來契友，益知迴冒陽。疏除葑雜卉，隨意與洗妝。時當秋圃歇，寒叢茁孤芳。氣稟清淑全，質勁私彼蒼。卓越羽化侶，烟霞腹莫量。遺餌資服食，尚足引年長。或挺殘柯表，帶甲似文鴦。或睨疏離笑，諧世曼倩狂。霧或豹同隱，風或鸞俱翔。異芬驅甲煎，夕照寫銀缸。對之詩脾醒，無妨數舉觴。一秤蠻觸夢，四序兔烏忙。花前應盡醉，沽值且傾囊。

書感 壬午

竅鑿混沌餘，智角詩書夢。誰知大人體，苦縛小人弄。莫保腐草光，坐惜營蠅凍。日月習崩奔，乾坤原澒洞。陽春澤亦疏，不見榮茁空。歌舞自娱何，欲問丹山鳳。

元日偶作 癸未

勞生五十年，範冶只鑄錯。試問振庭鷺，何如芝田鶴。三復行路難，閒録襄陽樂。有士陋酒狂，未識中所託。傳火不傳薪，書豈遺糟粕。學古如魯男，可以擅述作。陛侍朝看馬，典乘秩毛群。權奇三百匹，隊隊耀龍文。金鞍錦繡韉，玉珂飾寶幘。蹀躞玉階下，嘶風欲躡雲。可知豕豆棧，穉齒未從軍。馳驅羽檄林，然後别蘭筋。

遺情蟦蟩倫，不復知有我。蝦蚉忘市德，欵曲相問砢。古誼森動潛，須糜翻水火。退施以進嫫，惡右故交左。未省失楫時，同心濟風柁。凜凜我師型，無可無不可。

有鳥來南枝，喈喈呼儔侶。愛兹息患争，飲啄載樂胥。暫得謝塵緣，琴書堪共語。士運向征茅，人情習賦芧。彈雀何庸珠，忌器應恕鼠。抱此百年心，衣冠忝楚楚。

霄繪

仲夏望旬九，朝回天宇清。旭翠開西爽，妙染顧東生。誰其掃長空，流崿兀森呈。渲絢淡濃間，天趣豁眸迎。歸來耿儀圖，臺觀物秩明。嘗讀少文論，幽層有遁情。載展康樂賦，瑣屑未天成。探奇輞川刻，摭異壁寰瀛。大小致以殊，靈變實相衡。無此寫生手，彷彿色或聲。遂令荆關輩，丹青浪博名。

七月十一日僕來得展四月初三日家書

離家四易秋，兩僕今遠來。對之喜以驚，緘封函索開。高堂首寄語，便足慰腸廻。横戈斷行旅，豈僅萬金裁。溯憶裁書時，念我始衰頽。雖饕大官奉，冷落庭娱杯。具員虚啓沃，繹什靦華陔。比聞含沙徒，金縢作舌媒。何能遂黨謀，牝馭還蜀隈。

兵垣觀唐畫宋符元印有序

九月望廷試進士，余與受卷之役。十七日，六垣共事諸公，具酒飯於西首垣，邀史局在事者公會，名曰觀《學士圖》，循舊例也。垣吏凈拭几案，設中庭，奉卷軸置上。展閱之，則唐博陵閻立本所畫《十八學士像》。首杜如晦，終劉孝孫，像前各八分書官銜名字一行，系以讚十六字一行。面皆右向，獨許敬宗戾左。服飾唐巾、束帶、小袖、色袍、執笏，祭酒蘇臺獨黃冠，而冠下頂右露七髮旋，布列如七星。帶有巾佩者，房玄齡、于志寧、蘇臺、陸元朗、虞世南五人。末有沈括存中八分跋十四行，凡二百七十二字。首叙太宗追悼薛收之亡，以孝孫補之，命立本圖真，志寧作贊。及考核名字，與史傳異同甚悉。又出宋鍍金銅信符二面，背有反刻陰篆文，上「聖旨」二字，下兩行「合當差發，不信者死」，各四字。元銅印一顆，背刻楷書三行：「綏阜州印，尚寶寺造，至大元年月日。」蓋武宗戊申歲所頒也。

策士與觀成，庚辰及癸未。春秋緬殊時，展圖今其二。昨午飲吏垣，漆案撫光蔚。云歷至元初，堅樸渾瀰賁。玆從論世餘，胸臚烱涇渭。登瀛豈乏人，事業冠杜魏。鑒戒後先同，名稱集指視。忝厠帝王友，來督森可畏。俛仰千齡奇，泰茅競征彙。宵旰殷求賢，文經以武緯。凜飾銅符文，可以懲規避。比聞武備疏，纍纍罕剛毅。異代遺物存，目擊增餘愾。

送李見可予告歸蜀　甲申春

雙丸熤晝夜，照乘光何施。矧彼黎丘伎，欲張霧縠而。二儀積風雨，南北極無移。豈謂封隅促，目中瞇四維。同君閱野馬，物息幾生吹。高者薄雲漢，沉淪等崦嵫。素心可千載，寧止晨夕宜。四海壎篪誼，應求不我遺。彈冠矜王貢，絃外合牙期。鼎鼎百年内，萍踪憶聚時。波瀾共酌酒，雲樹介哦詩。既翕高陽里，清風拂草池。雁行如北鄉，尺素慰遐思。

邇絃索有感羈中

氣短兒女情，豈緣聲震瓦。籠中閱飛丸，誰念悠悠者。同室别悲歡，何殊獺膽畁。欲續琵琶行，凄絶不堪寫。

秀巖集卷四終

秀巖集卷五

七言古存詠

茁芝 壬子以後

接葉含膏亘四序，苔蘚繡錯石巖巖。春澍灑林三寸澤，沙彌筐筥競松杉。天花刻玉馨牙齒，茜菌團瓊侑遠函。兒童偕往將分美，忽報雲芝蔟北嵌。紫雯黄蒂紺金幹，高下洪纖挺立儳。緑茸蹬䥖流霞爍，風拂奇芬入袓衫。老僧慫恿芸窗供，幾回撫玩不忍劖。

晏池淤

�敵錮鑑臨北閣，遺界小存非舊區。夏淋乍集淪漣後，想得喧闐競邑酺。荷沼東隔烟闉徑，稻陌西連入沮洳。桑塵溟渤不能保，何況盈盈蝦鮰居。焉知百千餘年下，不復汪洋滙某湖。

中巖

臨江曲窈開亭閣，幾處僧寮藏丘壑。我來正值晚春天，茶焙新香簹甘籜。池魚好客競掌聲，巖卉薰空纈錦幕。聽溪樓畔水潺潺，石筍殿前烟漠漠。蓊蔚山椒隱静廬，猱猿雨嘯鳥風呼。攀籐星牖穿茅蹬，雲白峰青夢覺俱。愛茲離茲絆塵鞅，虛負三巖分隽享。

羌女吟

十四羌娃氊帽頭，玄雲覆額眼波秋。瓠犀編齒玉筍柔，胸袜結束文貝裯。細褶帷裳純音準袴緅，夷妝野掠自風流。呼之含笑且含羞，欲語未語意悠悠。徐奏口琴一再休，低言玉環産蜀州。

翠屏遊分得有字蔡明府拈出「山水有清音」分賦，有序。互見七律。　丁卯春

蜉蝣逆旅，奚矜箕斗之虛名；熠耀流光，欲豁烟霞之癡骨。致形影以煩神釋，偕物我而迷夢因。請尋寄寄之何歸，便識勞勞之太拙。去來吾適，携取誰私。於時鼇山應節，兔魄開宵，宴罷文昌，尊移松巘。鋪茵初茁，臚木石以多賓；幽籟若逢，觸山水而餘曲。古今未易地，笑點綴之偶諧；僕從快先鞭，恰性情之同暢。紀遊五韻，分賦一篇。

龜嶼榮光帶兩溪，文昌傑閣倚南斗。漁歌牧笛接書聲，松篁杞菊春花柳。憑堞徑溷龍斷登，伏案千金享敝帚。今來城市九枝張，寒岑通照烏栖後。談洽介儐二美俱，共欣暫息牛馬走。如斯賒賞豈無人，閒主山川詎未有。明府政閒雞犬寧，外户不閉歡童叟。乘興封郊秉燭遊，星橋乍集西南友。攀危盤曲坐松陰，清謳野籟將杯酒。火樹銀花不夜岡，回流震爆潛蛟吼。土人託廬擬鹿門，茲行直以齊峴首。蔡，襄陽人。山靈應快德不孤，漫道開先始某某。

春山行送朱崟山歸楚

雲雪埋山玄冥臥，明凈裝秋夏翠墮。風華冶淡笑迎人，獨喜豔陽展茵坐。筀嶺枇杷鍊團金，小樹盧都火齊大。吐綬戴鵀競翰章，紫燕黄鸝鳩鳩和。避人負笈昔三嵎，觸景乘除耳目俱。吮毫欲貌行生趣，格格胸喉腕竟逋。古來翎毛及花卉，工傷纖瑣寫意麤。非子天機清妙者，焉能潑墨不葫蘆。吾聞品藻自前輩，蜀山景物稱三昧。鶗啼撲撲香山詩，桐花小鳳李賦在。偃波戔上展佳篇，蘭若案頭分妙繪。荃昌美集熙後誰，能事不拘真厥對。荆江委受自岷江，摭拾奚囊景物厖。從此躡峨穿峽去，硯田開拓十千雙。盍簪蘭臭無多得，相與留連話北窗。他年促膝知何地，鄙吝還依叔度降。

澧州縱舟至上觀舖放歌 壬申使楚

珮浦鳴榔截急流，迎峰翠揖别峰悠。小港投罾一葉浮，去樵來犢不驚鷗。雨荒官道遂尋幽，坐擁江山汗漫遊。沙岸漲痕明曲埶，僕夫商徑擬辭舟。問津田叟亦暗不，唯否難憑雜野飀。輿穿林莽路如蚰，上披荆棘下防溝。閴無人境俯梯睬，俄望飛甍露斜丘。回看森柏赤英旬，已是輪蹄十里修。畢聞厲揭有餘嘎，鹿疃何緣陟鳳洲。

題贈張仲脩卷

竹介如石石遜筠，松貞同竹竹生霦。紫莖篔谷引風勻，翠葆陶籬裛露新。我愛仲修神骨真，恰于此君締夙因。有時水劃及霜皴，幀幅霏微澼俗塵。扃扉共卧袁安雪，開徑不迷蔣詡埒。寒餒炎凉忘所閱，噫嘻仲修節竹節。蓼莪風木懷本原，遜業營生不憚煩。亭亭孤幹受天存，噫嘻仲修魂竹魂。身外長物無侈想，朝晴暮雨從翻掌。守寸守尺守尋丈，噫嘻仲修養竹養。大兒化杖葛龍縱，小兒成音緱鳳羾。正直貽謀冥莫奉，噫嘻仲修用竹用。所以與君成石交，静師丰幹動師烋。幻爲蘭菊及松梢，或壑或丘或汪砮，類從此君作影胞。

庚辰閏正朔購得東坡手蹟彷其筆意縮成小卷因次韻紀之 己卯北上

江豚競拜江颱沙，惠風沿岸催柳衙。身同棲遲征雁影，筆憶蓓蕾上林花。韓生一卷持示我，云自竹溪歐陽家。焜煌元祐休沐作，益知往搨皆塗鴉。先生心腕蘊神妙，千秋珠玉吐奇葩。拂箋不磨釵股跡，生意時類槍旗茶。焚香臨摹紙數幅，野漏參差鼓三撾。卷舒創獲珪日月，蕪薉似有鳥耘爬。枌榆社忝先後輩，羹墻見異巫陽嗟。古來交臂歎相失，仙標況復隔雲霞。

泊柳子洲觀韓吕諸子角射效山谷體

風旗戀戀扳柳洲，岸沙側身引粼流，歸鴉競先掠檣頭。健兒控弦巧張勢，自矜飛土術窮羿，結伴平原小試藝。箙中鶡羽志趨堋，雌雄未决知誰能，青蚨已訂酒如澠。

劉生瑞一善五星自蜀走燕今復返蜀持卷索書率筆應之 辛巳

衣涅京塵不計年，徵逋尚挂買山錢。行藏信有冥司物，忠孝何憑問卜緣。悠悠行路心南北，矻矻豪華戀蟻國。桔槔園叟狎鷗翁，共向猶龍叩守黑。劉生盡我酒一杯，垂簾市上歸去來。

爲李實庭從祀黌序賦應子侍御振聲徵 壬午

巋然物望表關西，德業淵源入品題。里突寒烟徯廪給，笥經懸的引階躋。君陳孝友先施政，有道人倫勝析圭。出處一身型範遠，光塵不峻古初稽。寄高落落難知己，絳帳頻移仍菽水。袖中不乏華嵩雲，眼底尚有周秦史。出緒郿城靖萑苻，疏榮仙舄輝橋梓。後學俄摧泰斗宗，宫墻無忝依夫子。

閒齊偶展蘇卷再次原韻題識中多隱括前人論跋語也

如印印泥錐畫沙，顔楊以來誰建衙。成都石笥蓬瀛客，氣挾風濤蘸筆花。仿佛餘酲搦散卓，鑪錘造物伯諸家。疏疏密密隨意布，晨空掠雁暮歸鴉。波偃盡洗會稽濁，高潘北面時闘葩。購藏已符魯直跋，把玩豈僅君謨茶。每逢韻士始展示，擊節會須折鐵撾。人間遺墨此其一，紛拏舊揚費梳爬。忠義文章兼第一，當年即有穨泰嗟。翹首華峰卓參昂，霏霖星月散綺霞。

五懷歌 有序 癸未

斗室彌熇，冰槃時御，竟無能勝，驕陽虐燄。偶思家園閒適，隨寓清凉。既絆浮名，夢緣亦減。此五地者，疇昔寄踪，神遊非邈，一經舉似，怳風回蒲箑，珠握招凉也。

我所懷兮鳳山廬，森森古柏摟浮屠。三峨前疊卜晴雨，一水要趨混藻魚。左峙龜鱗偕龍首，參差靈窟隱樵漁。爨閣禪林接蒼翠，咿唔清籟到庭除。問奇此外全無客，寡過繇來賴有書。人烟四塞寒梧竹，鐘鼓晨昏督菑畬。服官空蠹廪庖給，螢疑燕詫草玄居。嗚呼我歌兮歌意悠，介壽兕觥託夢遊。

我所懷兮翠屏烟，上滋苓母下芝田。膚寸釀霖緑畝足，蔬苗增味地皮鮮。松花香冷攤書塢，笛聲遥遞牧牛阡。逐婦鳴鳩破樹暝，刻羽流商競老蟬。襏襫耒耜紛原隰，遽于腐儒手摩編。飛淙欲洗塵胸眼，挾得風濤落竹椽。偶從閒裏閲晨夕，益信日長如小年。嗚呼我歌兮歌聲矯，肯使屏翳擅清要。

我所懷兮龍潭月，驪珠皎沁蟾蜍闕。山椒翠簾碧琉璃，棲禽響蟪澄秋窟。雲不繒纓水不鱗，桂枝兔穎明毫髮。仙人倒瀉玉壺冰，慣與村甿澆煩暍。天上未必矜奐翰，人間幞斧徒矻矻。憶昔解衣盤礴時，凉飔謖起增清越。邀客酒狂謝青蓮，應負望舒惠重樾。嗚呼我歌兮歌情深，譜得遊仙會入琴。

我所懷兮三嵎漲，沐日浴月不盈量。巖觀乍幻廣陵濤，潮頭小角錢塘壯。岸樫鋪委雜荇藻，鵁鶄鬭魚争下上。浮査夭矯共龍尊，嶼宇微嵐入蓬閬。巖麓荷香通芸案，鋤雲芝蕈來僧貺。駛流信宿水平橋，村朋載酒邀同暢。漁舟活火待網鮮，日莫分携等漭浪。嗚呼我歌兮歌趣沖，任他鳴雨與呼風。

我所懷兮高明灘，東流亘石巨龍蟠。旁渠一道分餘怒，介互因緣寄宿餐。馮夷跋扈石疑裂，跳沫垂紳搆別觀。杞菊精英貯静滸，松筠積翠影氿瀾。狎鷗不避舟巡數，衮衮紅塵隔一湍。天錫莵裘魚鳥共，地方環堵往來寛。按圖寫合山居賦，好與勞人洗肺肝。嗚呼我歌兮歌願弘，相期九夏踏層冰。

秀巖集卷五終

秀巖集卷六

五言近體存詠

盤蘭　壬子以後

破寒先蟄藹，梅外更誰行。賴有風巖秀，來舒燈下香。月廬揺水碧，雲室漏砂囊。几畔餘延景，從教谷内芳。□□□□舟，自冬歷夏，艶放無衰。花葉墜露，輒繁種裔，亦逸品也。

伏鑊春遊

王春開上九，共禮紫虚宫。耕鑿咨農苦，倉箱祝國豊。良宵傳問道，往事紀呼嵩。不審千秋後，幽懷孰與同。

城頭觀穫

雉堞通書閣，螺原俯稻阡。無違師友課，得督獲臧愆。遺穗紛貧筥，旁枝引暮蟬。牛羊尋牧返，群譟養風天。

仙人山

竝轡探幽境，行行望遠山。馬蹄石徑滑，象鼻階流環。度箐黄茆麓，攀蘿紫壘關。從兹離俗軮，分餉老僧閒。

昔隱蓬山客，今開祇樹林。通天纔箭栝，無室不雲岑。松洞凝烟碧，岡亭俯掌黔。肇宗來牧豎，虎豹跡沉沉。

辭母 丁卯公車

晝荻承祧訓，嚴裝陟屺心。燕臺俶越梱，雲翼耿分林。未博春暉報，先沾峽淚襟。寧知遊子感，此日忽相尋。

留别凝恭兩弟

笥經承舊德，夢筆競新華。待爾珠三樹，難兄幟一家。尚憑歡膝下，聊用慰天涯。鄭重匡時業，逢人莫漫嗟。

留别從弟培之

昔年逢挾策，賦贈帝京遊。今我携行笈，低回子舍悠。鴒原同愛日，雁字寄中流。擾擾追隨夢，西江北極周。

諭別璞兒

訓禮追先志，賢書已後時。那堪兄海内，翻覥父家兒。阿叔韋弦在，重闈菽水嬉。從今著代始，堂構效支持。

合江望泊

乘風四日棹，晚艤合江城。入望中庭照，相隨野次清。漁歌聞遠曲，鶴唳徹寒更。爲語長年老，遲遲載夢行。

多寶寺

突兀疏鐘出，曹溪别一天。影流虬榦綴，寄蹬鳥梯懸。塵夢迷雲屐，貪心涸米泉。山靈長静閲，幾許利名船。

灩澦石

委受餘千里，岷江爾柱之。洄紋憑日寫，苔色與霜宜。固圉蛟龍窟，平威象馬時。難盈邏卒壑，恃鎖競刀錐。

黄陵廟

屏嶂開天塹，檐楹絶世囂。派分文武勢，人頌聖神勞。界蜀仍三漩，時諺：「黄陵廟前文武水，南沱三漩出川江。」通荆歷萬艘。幸逢清宴會，無事慮滔滔。時傳逆璫伏誅。

峽口雪泊

回飈封雪峽，聯舳暫荒涯。天絆遊人跡，地當道士崥。敵寒分唓甕，占霽候鳴鴟。明日猿聲裏，瑶臺辨紫芝。

入峽

東流開碕壁，納照借巖光。乞食神烏嗛，攀危子犹猖。藿泉仙湩引，獅石景雲藏。攸賴篙工指，推舲應接忙。

新灘有序

巨石亘流，空舲越渡。昔有行僧發弘願，欲槽石梁以通利涉。江神夜告之曰：「此天所以養斯地窮黎也，如公約，民不聊生矣。」遂已之。蓋放舟剥運，皆貸力於土人耳。

殷雷亘卅里，午櫂快江晴。近埠呼牢杙，躋崖俯趠聲。闔流資土著，負載錯山征。獨有鸕鷀侶，往來逐浪輕。

灘肆共酌戲贈朱廉水同年

候裝閒命酌，技癢探春回。楚女黄金縷，王孫繡榻媒。冶情賒客共，韻事背燈開。莫泥風塵賞，欺人豆蔻胎。

出峽

未度巴東峽，依然故國身。楚山方肅客，江水亦辭人。返照夷陵道，前驅驛路塵。欲憑南鄉雁，一問帝城春。

襄陽司李曾穎軒招飲西郊園亭

北道欣逢主，西園乍秩賓。笑談文社舊，指顧物華新。佐郡峨峨表，征途衮衮塵。何能移此會，取醉帝城春。

同李熙海曹瞻岵朱廉水命酌大堤

遊目襄堤豔，開尊碧玉家。繡幃調白雪，雲髩彈烏鴉。香篆留寒座，瓶梅鬥晚花。莫言交尚淺，夢覺即天涯。

南陽同張龍田觀春

春事先遊冶，遨頭錦繡窩。王孫矜技角，尤物避肩摩。暫借他家賞，閒舒逆旅歌。上林花信早，留待試鳴珂。

戊辰元旦

獻歲懷家慶，玆辰疊旅悰。輪蹄雖信宿，花鳥未從容。散步看題楔，傳聲似梵鐘。清閒輸作客，偏向酒杯慵。

渡黃河

滎澤衝寒渡，舟人戒北篙。斷瓊揚軟浪，積滓擁隆皋。未識圖呈處，空聞璽出濤。澄清殷夙志，遠涉敢云勞。

黃粱夢

雞窗餘飽食，夢不到邯鄲。白璧城前過，黃粱枕外看。浮名如可藥，仙籍竟無官。世界恣游衍，華胥豈獨寬。

臨洺元夜

村鼓繁星下，棚謳醵座間。他鄉燈結伴，故里月臨關。笑曆工迎客，蹻繩戲舞蠻。倦遊賒旅枕，或蜀或燕山。

琉璃河

派衍朝宗地，塵清拱極天。長虹橫涷浸，曙鳥下寒烟。浪跡方來蜀，依光動隔年。迎輿紛舊役，不省曩因緣。

入彰義門

僕馬桑乾渡，斜陽問禁門。龍飛欣獻策，虎視憚司閽。髮道紅塵滿，行題墨字渾。西東迷邑館，至止迫黃昏。余邑館在東茶食衚衕，導者指之西，誤名同也。

仲夏二日出都 壬申使楚

五載緇塵裏，南風盪去車。酬知慚具位，啣命亦皇華。戀戀桑乾水，悠悠楚望霞。猶餘陟屺感，秋盡始寧家。

定興公署蜀葵

風雨天中節，輶軒憩晚凉。客閒尋鳥語，茶熟坐庭芳。蔟錦花分縣，循名友有鄉。託根臨日下，心共爾傾陽。

自保定之慶都

晨發金臺驛，嚧圍午夢闌。乍於坊記里，已度邑三盤。離樹驅風暑，叢蘆吸日寒。里閭饒古意，未改土茅觀。

之新樂輿中偶作

南入鮮虞國，標題閱漢唐。古人僑寓意，異代景行望。幕樹希黃鳥，鄅風只白楊。不知于役者，卸得幾名韁。

發欒城至趙

亭午欒城道，斜陽指趙州。蘋風乍拂拂，㙐氣斂浮浮。鳴樹雞情適，循途鹿意幽。更餘懷古思，感慨係千秋。

沙河

應宿當斯邑，侈沙擅厥名。雖無絡繹擾，竟迫解推情。風起天先合，雨增岸乍明。延袤十五里，南去始從耕。

紅花

回風掠日照，綠畝散金英。采采提筐處，叟叟接杵聲。避槐攤絳雪，點堿遣雕瓊。不是天台路，霞標爛赤城。

再題黃粱夢

溷藉邯鄲舍，紛紛夢客過。見身揚曇法，糊眼引詩魔。或遇蒙莊卧，如逢劉子酡。盧生雖喝棒，心跡竟殊科。

渡香水河

渡河則邯鄲地盡，入磁界矣。風景略似吾鄉。

南渡香河岸，斜堈甫一登。螺丘青俯瞰，龍卵赤紛承。風樹蟬吟細，塵原燕影翻。鄉關尚夢邈，見似最堪悽。

自出都始於磁之杜村見鷹鴉鴝鴒呼侶

冀塵迷鳥跡，寂歷閲遥岑。晉樹開烟羃，啾鳴振夏林。頡頏非比翼，下上是南音。怪爾多幽侶，防機獨未深。

入禹

兵衝仍夏甸，繡錯古來聞。魄峙稱雄鎮，潁流入夕曛。嵂嵂連藝陌，岰岰出閒雲。爲問留侯侶，遥天杳鶴群。

次襄城用韓退之韻

陽翟趨襄野，逶迤九十盤。雲屯初放霽，林潤未全乾。入望登龍里，來尋牧馬壇。連岡有殊色，芋鬱萬株攢。

過葉

滍水規黄柏，浮林露翠微。甫經迷聖地，又向問津歸。龍亦邀名下，鳧因戀闕飛。如今漂麥者，樂泌尚疑非。

發舊葉至裕州

草潤水餘滋，開荒處處碑。枳垣周道直，松嶂逐程移。寂歷牛羊野，霏微烟火籬。居人陳近况，猶是樂豐時。

過襄陽柬蔡玉虹先生

五載縈思劇，南旋挹德輝。雖除林慮長，竟拂畎川衣。猶及荊枝茂，偏憐玉樹菲。鹿門仙隱窟，高躅與同歸。

曉發孫黄

林霽通微旭，曇雲復溽迷。湖窮松嶺亘，天敞稻疇低。鵝鴨呼群出，牛羊逐草稽。蟬鳴催晚蓺，處處競晨犁。

問桃花源宋吉揮使君有答

詑仙矜古蹟，迷徑慨先民。雞犬曾通漢，山川不隸秦。今臨紛騎道，别搆引漁津。坐使遺塵者，揶揄耳食倫。

雨發公安

殷雷收宿雨，秋色泠屏星。遠水浸天赭，長堤淡樹青。淰魚奔小港，客雁覓晴汀。遊目霏微裏，蛩蛙聒道聽。

雨憩觀瀑四首

瀑冒長莎，縠囊紛紩，與他壁垂者不侔。

杖奴攀鳥道，屏翳虐游裾。數息冬青樹，遥尋水碧廬。誰移耳目遇，别倒峙流儲。焉得相晨夕，塵襟託滌除。

軒開勞陟地，雨憩倦游時。爽氣偏來座，飛聲助賈疲。輕容羅翡翠，碧玉藉琉璃。舉似巖觀際，徐凝和我詩。

巴道看三疊，峨峰望九綖。擬倫兹曳練，拔萃在縹青。疏派蟠龍洞，傳聲瑞兔亭。憑欄對啜茗，清氣掠屏星。

何代此垂紳，逢迎幾故人。莎間青白眼，澗底竹絲茵。老衲通禪定，征車欵主賓。振空長織雨，况復灑粼粼。

初月樓 戊寅

小築依東壁，高披傴北除。置幗分四庫，染翰課三餘。埤堄蟾輪上，觚棱鶴髮疏。茶鐺將酒斝，幽䁠閲更初。

落成開滿照，天錫此嘉名。謝客橫經處，飛花競筆生。壁琴風引細，屏鏡劍韜明。擬種階前竹，篩光之籟清。

嘉州留別子弟輩 己卯北上

旋車風鶴際，別舸露葭前。今夕稱遊子，春光憶隔年。萊庭懷舞綵，衡賦欠歸田。饕禄非吾事，殷勤北雁傳。

王春石相國邀飲園亭索賦

自擬篔簹谷，誰知宛委天。有梅標宋賦，無客與揚玄。苔澀酬恩劍，嵐荒洗耳泉。一從虚借箸，時事倍瓔然。

鑑湖塵不到，荷語及梅醒。士引平津閣，人傳絳帳經。擘窠凌北海，探奥類西銘。世自攀躋杳，龍門未峻扃。

緑野偩城闉，池臺盡領新。披風懷吉甫，摇筆躡崔駰。案有元經在，居方竹隱真。東山殷繫望，不負子牟身。

遠猶隱一區，得失具潛夫。御變家仍國，逢時瑟與竽。偶分勝讀話，不僅飫郇厨。適楚轅其北，倀倀愧步趨。

平都山

渺澔山前水，森芩紫府居。一枰荒歲月，萬事付樵漁。琳宇分閒地，金庭有秘書。不應塵土狀，問俗到華胥。

巫山高

空際辨寒蒼，芙蓉削渺茫。驅車盤鳥道，懸構影魚梁。猿競藤游戲，雲將石徜徉。鼎圖朝莫態，何事賦荒唐。

秭歸感賦

北郭空臨水，南山亂結廬。競傳齎盜糗，又欲給兵儲。峽口燐明滅，戈船勢疾徐。飛鴻懷集澤，愁報將星徂。

舟行阻風甘十洲柬寄次韻答之

歲時閲荆楚，雲物習維舟。風爽征帆信，情因我友留。前期懷共月，今夕幸同洲。茗啜岷江水，思情會有繇。

城陵磯月眺

籟寂俯清泠，烟光隔洞庭。檣影斜分岸，蘭香細繞艫。極目生虚白，連峰綴遠青。忽動當年感，勞勞念脊令。先君訪季父于巴陵，經此。

陵湘夾詠蘭

杙纜臨湘渚，紉芳遺客查。倚櫺抽五箭，侑斝恰三葩。謝女工吟絮，丁娘解索花。莫令今夕賞，韻事屬他家。時女及家姬環座。

閏元夕

堤草移春晝，江雲妬月光。徒增燈火夕，再見畢箕狂。野泊兼防盗，寒生懶命觴。豈無鄉夢樂，鉦柝未渠央。

過武穴悼梅胎仙房師二首

金臺懷射策，沙市嗣循墻。歲月文園老，烟霞武穴荒。擬魂招正則，作賦緬山陽。五技悲成讖，騎箕自徜徉。師梓詩文名《五技集》。

勁節師元亮，高風裔子真。足中雖有鬼，胸次迥無倫。幕燕非新入，庭華尚舊春。貽謀寧不遠，悽絶百年身。

猿歎

憶辭巫峽雨，來逐楚帆風。有月聞清嘯，登崖戲灌叢。步趨尋水母，形影弔山公。寂寞王孫草，江南哀不窮。

韓曾丘同舟踰時今有閩遊率筆贈之

歷盡岷江險，侵尋白下春。陰晴同歲月，雲樹忽燕閩。游屐開疆遠，奚囊掇景新。他時相即處，應幻子長身。

送張晦中宮諭册封益藩 以下庚辰

益藩東壁府，使節北扉仙。五月雲軿遠，三台星履懸。隣虛王翰願，時與比隣。才憶孟將專。不獨盱江景，來邀筆墨緣。

送黄改庵中允册封淮藩

鸞坡資麗澤，雁跡共生涯。憶昔分湖景，於今隔使車。如椽留薦福，介壽足胡麻。啓沃還虛席，無辭客路賒。

送楊澹淵同年之清江鈔關

依依尺五天，出處挹攤玄。筆奥冬官記，權明秋水篇。作舟才小試，擊楫志長懸。應召來宣室，陳謨只席前。

贈王子凉宰如皋 以下辛巳

匡時稽古用，長白毓名豪。倬爾珠三樹，鏗然樂八璈。儀鴻騫渤海，馴雉向如皋。司牧羅公輩，耕疇化劍刀。

贈王大有都閫之任永生洲

東南要害地，雄略借英游。鼓角轅門晝，戈船海氣秋。仗羅繕怒士，風肅永生洲。麟閣伊誰伍，酬恩問蒯緱。

午日坊署齋居四首

雲漢君憂劇，風愆臣咎多。五絲徒續命，赤地不迎和。室僻風將燠，神煩夢亦苛。殷殷粒食望，無力淪天河。

招婦鳩聲急，度河豨影無。龍分乾隔轍，馬躪撲塵塗。目斷穦丸瀝，心同龜礎枯。周庭昭假意，自訟大夫俱。

乘船宜應節，爍石乃恣行。豈是邢稽討，將無羊漏烹。艾環思諒輔，獄决待真鄉。競射雖團黍，田工減作成。

吟風蟬候午，翔日燕朋分。幾絶書年筆，難工詛魃文。齋袚通臣庶，奇荒慘見聞。豈無昌歜酒，憂結不成醺。

朱甓園示試新茶詩和答二首

冀北螻鳴候，江南穀雨初。試新争早晏，索價太嬴餘。披記祈甌蟻，同誰泛玉蛆。閒齋慵應接，鐺候問何如。

水火閒須活，薑鹽總不宜。去苛湯董奉，益智草潘尼。近展嘗新什，尤深換骨思。故園應蚤摘，不得與甌匙。

滙園二首

纔夏荷香塢，乘閒集友生。庭虚湖氣入，樹帀禁烟輕。淳朴山川别，栖遲几案清。潛蛟應熟寐，不溷管絃聲。舊傳池有卧龍。

旅邸違幽賞，名園愜素要。碧筒紛侑斝，紫燕話垂條。咄咄通真隱，盈盈隔俗囂。坐移白日影，賸有赤松邀。

曲水園後遊

窅窱行仙窟，聊浪隱市心。臺池天小有，魚鳥地華林。月影松篁汎，風徐蟋蟀吟。主人投轄意，不信漏沉沉。

送姚瞿園水部榷務荆關

登庸自瓚流，緒畫佐鳲鳩。將母郭雲近，榷關郢樹秋。能詩今水部，截鐙此荆州。報國無恒職，玆行亦壯遊。

送謝篤生録事以催儹驛遞節裁之蜀

青天懷蜀道，碧澗影楓林。驛舍纏兵氣，山川動客吟。民艱餘害馬，土價競輸金。昔昔家園夢，憑君一寄音。

和李青藜同年小齋賞菊四首

譜傳順聖紫，色亞疊羅黄。小圃兼存種，幽尋共踽凉。群賢邀盼睞，野蔌佐盤觴。花意殷投轄，揮戈倩魯陽。

射地無他卉，餐英興不孤。度風香引細，背日影增癯。蘭德標先屈，梅神寫自逋。佳篇多九錫，知己未云徂。

乍開腓草地，植得傲霜枝。逸態偏依坐，寒香習入卮。益顔留泫露，劈蘂待輕颸。不有名賢賞，空催甘谷涯。

素心晨夕共，佳節詠觴同。蘭室聲相應，芝田夢亦通。東籬酒不乏，北海客何窮。底事辭花遽，重綿怯晩風。李畏寒增衣，故謔之。

有工章鑴者持扇索贈

世態趨愈下，多君志古初。盈軒鐘鼎氣，游藝槧鉛餘。緯象連奎壁，毫端辨魯魚。案頭分寶贈，璀璨五車書。

閒齋雜興八首 以下壬午

褦襶逢迎減，縹緗應接頻。煩情勞鳳點，韻事付龍賓。鳥夢松陰熟，苔痕筍坼新。不知投筆侶，若个净邊塵。

幌日交繩繫，庭風倚管吹。悠悠千古感，脊脊一身疑。紙上熊羆夢，髀間頗牧思。無能參幄運，空歎亦男兒。

蠻觸馮人巧，雞蟲閱世忙。逐嵎悲夸父，煉石憶媧皇。靜樹忘憂草，閒詮已姤方。是非隨舊史，無乃吠聲場。

細雨無留潤，虛庭有獨清。菀枯卉自取，去住鳥何情。靜日能兼晷，陳編幾寫生。玄黃看野戰，雌黑築長城。

論世齊今古，參身市盾矛。不能解鬭虎，何取狎浮鷗。禹錫髭圖染，常樅舌信柔。誰知形歷鏡，刻刻幻春秋。

炎塵侵僻室，清氣散重藤。想像虛涇渭，嫌疑轉炭冰。穴堂延蟻鬥，屬草教猱升。吾羨南華叟，扶揺志化鵬。

讀易疏疑義，臨書課法家。茗烟通雀室，�日敞蜂衙。勿訝三三偈，何矜七七花。尋常興寐事，静享亦榮華。

客竹賦逍遥，裁雲慰寂寥。玉塵輸十斛，仙釀静千朝。亭日遲松影，薰風長菊苗。丹臺曾夢署，終欲訪佺喬。

賦得星液劍贈張揆百兵憲之皖

張示余一劍，云星隕耀州城外，成一頑石。積薪燒十有二日而液出如菽渣。遇異人，冶煉成此，銛利絶倫。

金液流星石，兵材軼漢文。臘從桃氏制，佩許茂先分。黄兔歸雄冶，青龍自冠軍。攙搶憑一剸，麟閣待銘勳。

贈張奎鄰比部恤刑畿北

啣命周畿輔，持平有釋之。漢章原畫一，湯網自無私。夏月寃霜凈，輶軒沛雨隨。期君真德業，明允答虞咨。

後雜興四首

案拭塵仍積，垣低日半加。虹蜺垂硯額，膠漆覓天涯。食色徒猜蠖，鳴公欲問蛙。蘧廬争出處，漏盡未寧家。

精氣彌天壤，誰與計塞通。馬魚欣雅韻，雞犬識新豐。朒朓非殊月，雌雄漫别風。如何鍼子午，不省逐西東。

睡鄉無雜客，醒石有清尊。丸市人平忿，戕天筆欲髠。炎凉還斗室，聚散總乾坤。荆棘何因翦，芝蘭又樹門。

見身三昧地，拔宅上清文。蝶夢渾無我，蜻游不亂群。行空天馬逸，記事寶珠聞。明旦非今日，陶潛亦有云。

送楊蠖庵兵部之留都

非我論交刻，如君道氣深。轆轤聊閱世，磊塊肯留襟。候雁隨南北，蟠龍空古今。長卿游未倦，何限子牟心。

遊張英國淼園索賦率報二章

幽墅圍秋水，高人枕漱便。獨持大隱意，閒詠遠遊篇。白社僧伽供，青箱學士緣。臺西爽氣逼，何處覓榆天。

適喻蒹葭志，偏來魚鳥親。松篁欣有主，詩酒習留賓。紫禁烟霞接，琳宫鐘磬匀。爲裁平子思，相報葛懷民。

太康伯張憲臺邀同館兄弟遊液園二首

自昔耽遐討，于今識勝遊。江南春策蹇，冀北夏乘流。鷺眼窺蓮醉，魚衣罥荇柔。陰晴閒際閲，臺榭隱滄洲。

野航穿莽蒼，前導籟天人。不有探奇侶，誰參習静身。松篁争侑斝，魚鳥解留賓。歸路催詩雨，隨車洗庾塵。

贈王鍾淑學憲之蜀

華踐文昌位，錦窩簡鉅儒。閲人忠孝坂，造士魯鄒區。論自中郎秘，才原大令俱。殷殷子弟慶，冶鑄獲良模。

季子觀風舊，文翁式化新。龍門師範在，牛耳士林因。大冶魚梟國，平章桃李春。地靈逋景廣，暇筆一傳神。

送黄仲霖侍御按部湖北壬午春新析湖南湖北二差

匪游江漢邈，於赫簡書新。賴子疆南國，彌天共北辰。洗兵還禹甸，擊壤借堯春。鵠繹蘋蘩節，酬知始展輪。

楚服標雄據，全昌控上游。如何風鶴習，坐失釜魚謀。持斧先何策，驅車定幾州。固知盤錯理，原不屬庸流。

癸未秋玄一姪得隽南宫志喜并勖二首

戴經傳德舊，奕葉振華新。兆憶文林虎，綢恢聖世麟。秋蓂春色在，曙幌晚香夤。忠孝家箴遠，儒冠豈誤身。

光燭千尋上，名成四十餘。宗祊徵積累，造物妙乘除。癡叔慚前武，阿咸賁後輿。蓼莪無用廢，張閥肇清譽。

送童華伯館甥司李惠州

作李稱邦直，行春到博羅。世傳清白吏，郡動袴襦歌。石埭晶簾敞，豐湖影閣峨。眉蘇標蹟古，榆社待鳴珂。

羈中柬共事諸公　甲申

易度連星緯，河山擁巽哀。智疏猗頓計，身受冶長灾。萍聚蘭心照，蜻遊蝶夢猜。招魂徒咽筆，化碧愧多才。

和答孫二如吏部

從君累日話，益信我生勞。委瑣詩書用，支離木石高。吏難隱曼倩，世莫識山濤。相對平生感，情深脱寶刀。

秀巖集卷六終

秀巖集卷七

七言近體存詠

題福泉書室 壬子以後

碧澗香茵匆剪亭，和風緩轡欵山扃。林圍太乙燃藜閣，石闢空王應鉢庭。近識洞龕封寶籙，遠來鸕鷀集漁汀。閒情未儩浮華戰，時向僧寮寫竺經。

春夕家宴同季父詠瓶梅影壁

膽瓶寫照破寒枝，燭昱風微鶴唳時。不與榮蘭争馥席，几蘭正放。擬尋焦尾侑浮巵。影射囊琴。扶疏近挹蟾輪桂，歷落平鋪荇藻墀。自愧才華非小阮，侍歡承命掞新詞。

登執笏山

菁葱拔地俯松篁，春日猨攀醉野芳。石几纔容三五座，樹陰遥接百千章。渟泓水壍披襟帶，耕鑿人家互陌𤱶。共倚崩砥亭士運，俗諺：山石隕兆邑内科名，非試年不概見。村居無復起青陽。宋賢青陽族廬其下，簪纓蟬聯。

西郭莊樓晡眺

春水春山倚夕曛，敞欞俯狎白鷗群。市歸荷擔循阡語，野牧横吹隔嶺聞。遠樹鶴鳴烟靄靄，近籬犬吠草芸芸。閒身不與農桑事，終日高扃課典墳。

高明灘夏漲

雨歇南林失鬱蒸，鸊鵜鸂鶒快遨朋。石梁高閉馮夷府，瀵瀑中垂玉女繒。岸柳顛絲縈束楚，梯田腰畛競開罾。廣陵八月濤聲壯，來此重輪醉夕澄。

吕莊竹樹坐月

稻香菌美綠筠居，勝友開襟話夜初。野蝠捕蚊紛繞樹，水螢照蟈乍鳴除。茶烟細裊添苞翠，酒盞頻傾吸影蜍。散步度林蛙漏午，聲聲唱答過溪漁。

翠屏遊 有序

丁卯上元前夕，雷孝廉墨卿宴邑宰蔡玉虹於城西龜山之文昌閣。余時暨荆友朱峑山在坐。遥睇松屏攙翠，月籟浮溪，蔡明府欣然命駕，欲班兹山於羊峴。於是屏騶從，携優童，散步西郊。捫蘿躡嶺，藉草勸酬，儀略賓主。顧左右曰：「前此有吾四人今夕之樂者否？」咸對以「斯其開先」，相與絶倒。因各拈韻紀事。時有友人叩東流子仙者，書一詩，命主人遺余。詰旦展誦，私慶方外遐踪，亦賞余輩此舉也。漫賦奉答來章，并識如左：「宿霧褰松幄，遥聞曳履聲。人烟寒北郭，燈火度西城。天上來公子，花間集友生。便偕三益樂，何詡四難并。歌吹流雲遏，琅玕抖腹呈。文章南斗外，象緯自應明。」

縱步西郊席月明，溪光松籟侑飛觥。城頭鼓角圍龍燭，嶺表雲霞度鶴笙。靈貺偶賒塵外賞，幽懷偏録曠中情。武夷亭幔無賢主，空負登高作賦名。

漢嘉登舟 丁卯公車

翦鬌南還壯北游，追隨同社戒棠舟。鐘聲林表凌雲寺，松蓋湖邊倚月樓。命酌不違家慶地，鳴榔已入旅程謳。他時踪跡懷汀雁，人與風帆晝夜浮。

宜城拜岳祖雷震宇生祠

立朝風節表西川，治績猶芬父老傳。雉堞功開圜府穴，虹堤勢壯水臣肩。爛題橤榜聯三葉，蔚起荆門嗣百年。今日展祠紫蓋下，競誇世澤楚封專。

荆門拜叔岳雷小岡生祠

百年尸祝此庚桑，堂構鴻規闢楚疆。如此口碑翻貝錦，哀然腹笥未巖廊。鳩兹待翥王喬舄，時冢公宰蕪湖。鳳穴鏘聞索靖琅。欲識在人高厚處，我來猶得薦壺觴。

涿州劉刺史園亭 壬申使楚

南渡琉璃信客蹤，雨餘涿鹿薄高春。出都偶就真長宿，持豆仍勞子驥供。木石一區經濟手，圖書盈架古今胸。盍簪新識士行母，忠孝承家驗所宗。

渡洺河僕夫遥指太行

泯泯蜒溪小作潺，舊傳疏派太行山。晴舒積翠生雲處，暫借凌寒擁石斑。盡向輪蹄賒望眼，幾從猿鶴買孱顔。三嵎返有移文到，恕我回車不閉關。

磁北十里道上

馮式異徵南北概，滏陽仿佛錦官城。雲層柳浪分山翠，鱗次荷風入轄清。但少因渠收稻利，却能易市集商贏。身逢樂土懷鄉土，入憶愁深碩鼠情。

有斐亭雨憩尋趍程淇邑途中漫賦

雙彴高村水寫環，問渠淇澳類冥頑。亭開有斐傳餐地，人挹如金汎彗顔。風戛平疇聲亂鳥，雨疏斜照縷垂山。王程親切希賢里，僕僕征輪倍意閒。

發亢村道

晨發亢村雲圞圞，凉飔驅暑指黄河。周遭去徑惟桑柳，前導行軒偶鸛鵝。喜聽西成書大有，每因南望動微哦。出門未醒京華夢，昨夕分明逐玉珂。

登昭明臺懷古柬襄陽令李岦軒同年

梁家幼海摛華地，襄國中區攬勝臺。環翠習埋名士照，縈清遥濯客游埃。葛彊間讓江山主，叔子生兼治亂才。漫道高陽徒浪飲，斯人經濟亦悠哉。

登峴石寺次壁間歐陽永叔韻

迎鞚風清出谷間，炎微翠擁待瞟扳。棲霞洞窈雲根潤，嘯月臺孤樹籟閒。泉滴僧傳羽試茗，妓來人識謝登山。夕陽帶漢催明滅，倦鳥應憎客不還。

蔡素昂鶴鳴設餞習池再用峴石韻

館搆高陽漢水邊，衡龍祖帳此追扳。里今冠蓋渠何盛，歌昔銅鞮孰是閒。灌畝蒙泉猶籍習，倒羅歸騎肯輸山。獨憎不浣風塵色，候吏逢迎慶錦還。

入荆

襟喉自昔扼中原，沃野如砥任奏奔。益信虎牙關是户，直通魚復浦爲門。界塍白颭新添水，疊樹青迷對出村。塹險古人雖匪恃，富彊有據尚應論。

杭荆江

揚帆風伯負南趨，别罣三廵趂岸凫。路出柳堤仍接舳，烟浮沙市合層蘆。茅茨處處分魚國，野吹時時和鳥呼。不分涔雲生樹杪，蕴隆雨意在前途。

取凉競夜渡三橋子抵孫黄夜幾午矣

三橋溪火醮漁舟，野唽催程暑氣收。堤月翼輿頻照夢，岸星粘樹已侵秋。聊因鼻息徵宵漏，乍歷村居誤曉鸐。亦有行人通此解，去來楚語自悠悠。

發新建舊驛十里驟雨如注

病魔偏解挾炎熅，無那馳驅逐雁群。最怪南霖多易北，倏從乾土劃長濆。岡圍烟縠藏秋水，巘隔松屏峙夏雲。憶昔傳驂逢未替，暫能休僕待晴分。

澧署夕庭泛爽

譙罷初鐘未月時，冬青覆坐待來颸。閒因小史徵謡俗，賸有東君惠酎醹。單袷漸加吟蟀後，積牋那問换鵝誰。蘧廬此日因緣了，曉漏征輪任所之。

登德山楚望閣

逶迤幽徑慣栖烟，松老篁深隱棒禪。有閣晴圍山翠纈，隔溪紛盪艇紋牽。俯流舊釀崔婁酒，背郭長耕善卷田。遥指桃源津可問，獨能無意緑蘿天。

武陵迎恩亭賦别梁慕莪同年

聖主不忘麟趾澤，小臣承乏賦皇華。五年學仕聯燕邸，六月追隨向楚車。鳳嶺夏林虚我席，龍巖秋瀑識君家。那知此際官亭路，雲樹參差各一涯。

胎仙梅老師命棹遠訪兼投有句步韻謝之

歸狎松筠野徑開，胎仙樓倚武山隈。參同不作支離竈，致一應游太始垓。話及友生雲樹隔，棹尋聲氣漢濱來。浹旬勝訂千秋業，自愧無能負鼎台。

朱峑山至自監利深慰積慕之懷用來韻却贈

傳聞寂寞草玄居，雲白青山水碧渠。到處適情同海鳥，此身底事不濠魚。西屏句憶賡仙籟，南國香來識芰裾。咫尺追陪仍旅刹，酒船歌月樂何如。

癸酉夏同童若虛別駕汴梁渡黃河

陘谺横滎駛昔舟，今來直展豁南眸。甫辭艮嶽繁華感，對酌朋尊汗漫游。玉節旁臨瓜蔓水，紀星無改地神流。前旌聞有萑苻警，借箸誰知擊楫謀。

瀘州飲大觀臺　己卯赴京

雄構分霄敞大觀，平津賓客儹追歡。嚴城鼓角初風肅，遠浦漁燈共月寒。下榻何人叨異數，論兵茲夕幾登壇。江山自有名賢主，作賦才疏愧子安。

新灘遇殘兵聞楊世恩羅安邦二帥隕師之報因而肆感次子美諸將韻五首

連雞漫自詡秦城，封豕無端擾漢旌。黼扆特恩隆閫鉞，肉謀何故縱潰兵。三巴東北先塗炭，數載西南望廓清。内省請纓無寸略，素餐寧不負生平。

畇畇禹甸信南山，玉帛年來已閉關。鐵騎誰教紛域内，纍金空自降行間。風昏骨壑游魂咽，月照燐原戰血殷。極目提封徯墨守，斷頭聊爾羨嚴顔。

中原無地不傳烽，咄咄金湯百萬重。一日輿尸悲楚服，三軍風鶴徧唐封。天河兵甲何人洗，里閈妻孥半賦供。腰佩犢牛無寸展，荒阡旅穀憶歸農。順昌旗幟未能標，愁對攙搶氣不銷。雖有貔貅恒虢虢，豈應頗牧竟寥寥。賞歌杕杜頻頒敕，貺賦彤弓幾珥貂。每憶至尊憂日劇，徒然鵷鷺詡盈朝。灘頭忽遇曳兵來，釁起無援重可哀。戊己戍虛屯險隘，癸庚呼不達岑臺。搴旗尚冀舒韜略，化碧空令酹酒杯。露布邇來聊塞責，圖麟端屬中興才。

灘下遇雷氏歸舟與周陳童雷諸子聚飲

灘頭鷁首各東西，月駐風留信美栖。爲憶聯檣歸昔好，不堪把酒話今携。慈闈有託傳魚雁，客路無何戒鼓鼙。聚散此緣真夢寐，汐潮相况未云齊。

荆舟和答甘十洲二首

落落英游孰與歸，漫將秋實儷春菲。同舟不識携鉼跡，信步堪尋釣玉磯。尚白揚玄耽寂寞，守雌老學自精微。相逢共展登樓賦，劉表如存未可依。

平輿宦况似翁歸，松菊蕪園未改菲。燕市壯懷諳酒缶，楚江旅望寄漁磯。璞藏龍虎從人辨，書逮鄉嬛得解微。何必寶裝矜過約，充庭詩禮足依依。

長陽合浦殿下過訪

維舟荆涘向春初，寂寞依然揚子居。梁苑無能侍筆硯，渚芳何幸照簪裾。才名鄴下推流亞，禮樂河間擬竝譽。自諗交情堅傾蓋，王孫草色倍憐予。

和答東籬宗友

有美東南自仲翔，肯將隻譽讓黄香。應知瑞世原龍種，不獨成材表豫章。天禄飫探鴻寶秘，雷封行式錦裁光。他年履曳星辰處，共慶宗英受祐皇。

和答十洲惠餞

韻事空懷李郭舟，逢迎風物總堪儔。春庭欲返辭巢燕，麗日何私狎水鷗。忽有驪歌來畫舸，不殊鶴吹下仙緱。幞中斤斧慙頑鈍，莫助君修五鳳樓。

舟次漢陽展先君祠志感

絳帳當年懷吏隱，初衣信宿返萊庭。宦情不入惟三事，世德堪求止一經。月旦有評存漢水，春秋崇祀耿蒲亭。重來俛仰懸弧地，春夢何能促汗青。

東風不縮客塵顔，依舊菁葱啓蟄山。畏壘人情原久闊，圖書家學未全慳。岷江襟帶諳梟舄，漢口烟波影劍環。簡點經師餘跼蹐，此身作述難惟艱。

登晴川閣

閣上烟雲羃笠蒼，江頭風浪捲沙黄。春來别麓還茵草，人立危欄又夕陽。熟閲簪裾愴陟岵，厭憑舟楫動懷鄉。浮生役役天南北，愧謁參差鶴背郎。

九江遇黄侍寧大參之任

潯陽春水暫停橈，使節南蕃去路遥。夢裏光儀方快即，覺來鄙吝未全消。次公宦業歸流亞，韓子文名正斗杓。自是聖明殷遠服，股肱端不負昌朝。

書何芝函司李册

皋謨翼帝只祥刑，近得廬江頌景星。緯絡自公絲是素，風塵遇士眼偏青。策探老嫗知餘慶，器並潛山緬獨醒。更向五雲多處望，輝煌聖治有遺經。

登泰山四首

幼志中年五岳游，仙閭今始識來輈。春深藥草鋤雲出，風駛苔痕帶石浮。顥氣遠吞齊楚合，榮光近抱汶洙悠。置身繫練迎眸處，攬勝何須問十洲。

東維一柱表天孫，絶巘千尋俯日門。不與他山衡木石，兀肰首物闢乾坤。雲埋芝簡辭封事，地湧金泉廣國恩。經側不聞憂猛虎，野人草草度朝昏。

紅塵杖屨託丹霄，漢柏秦松慰寂寥。偶憶云亭紛玉蹕，孤存文字俯霞標。天教扶寸驅雲雨，夜有重暉出海潮。靈閟不應慳誕降，翰周何事尚蕭條。

玉虛洞府寄巑岏，廻馬峰連十八盤。雞犬白雲何處跡，蔬苗青嶂足春餐。祝釐香火來他郡，入望威儀失舊觀。怪底嶺松閒閱世，乍逢花鳥事闌珊。

送楊旭崙贊善册封定藩 以下《客竹居庚辰集》

離群訟過不勝情，暫爾依硎又遠征。三晉河山歸副墨，十洲麟鳳集高閎。褰帷目擊誰圖俠，摇筆思深我愧衡。霖雨幾時來岱岳，佇看荃宰慶繇庚。

寄懷曹峨雪同年

米索長安與願違，去來踪跡競鴻飛。憶君昔話安仁樂，愧我今餘伯玉非。書幌蠹塵看冉冉，御河鶯柳尚依依。匡時共數平陽業，肯爲蒼生易綵衣。

楊澹淵同年見惠墨竹用題韻賦謝

家園三徑緑雲交，不禁來禽迭啄嘲。自與此君成契闊，頓憑佳筆貺斯苞。膩香競赴鵝谿絹，清籟疑分嶰谷梢。莫怪虛庭驅酷吏，薰風拂拂出蹲螯。

贈登守桂君素

海澨干城繫望殷，遴才鷺序舊升聞。只言淶邑懷仙舄，藉甚牟州綴黑雲。固圉勿庸驅石智，匡時何取碣眾文。公餘試陟蓬萊閣，蜃市桑田閱峻勳。

送柳鳳瞻侍御按部粵東

袖引清風出故山，峨肰增重觸邪班。嶺南天澤通華夏，斗北輶軒歷間關。廉守且令珠復浦，清時肯使鱷分闤。褰帷若遇安期叟，爲報鯫生覓大還。

贈唐本孩少參之畢節

郢南舄重鵷班，父老思深德雅顏。治緒已周圜府畫，雄名借鎮木稀關。星軺到處風生肅，蘭署開餘政益閒。獨有歌驪交誼切，望來輿頌度燕山。

送張鎮九同年之鎮江

慎陽絳帳集青衿，驪邑薰風入宓琴。兩地瞻依齊北斗，三山氣色引南吟。秋鴻影自懸籬雀，春樹雲迴隔案蟫。寄語舊諳題識侶，風塵誤我愜幽尋。

贈張宿松赴任南民部

黃華新展上林秋，鴻羽儀南入望悠。青瑣不存鑾觸夢，白門小試石鈞籌。落星岡上浮明月，鑄劍城邊利蒯緱。報國志長騷興逸，知君懷抱趂佳遊。

送楊忠吾操撫之留都

宵旰殷懷奠鼎區，資君箸畫鎮三吴。已知龍虎盤增壯，直使鯨鯢浪若驅。佳景公餘邀翰墨，異才填委集蝥弧。臨岐只有加餐祝，伯起聲名泰斗俱。

題覲墀封君壽册應子月潭太史徵

娱閒文社廻雲阿，駐景無煩倩魯戈。鄉曲式君如鳳璞，箕裘有子振鸞坡。崢嶸梅里光風度，駘蕩椿庭惠日和。憶得弧南星耿際，侑觴盈聽女夷歌。

贈郭正夫同年督學閩省

鴻賓菊友恰離亭，誰使觥觥憶典刑。六籍補亡推學海，七閩不夜耿文星。玉羅龍虎輝東壁，風假鯤鵬徙北溟。暫爾樹人襄國運，汾陽功業不勝銘。

贈里友朱升陽宰滎澤以明經膺特簡，旨允題名國學。

彈冠無用訝朱門，姓字同標雁塔尊。一日牛羊方受牧，千秋鸞鳳治應論。黄河兩岸萑苻警，墨綬同人黼扆恩。報塞屬君無異術，鮫函黻角變山村。

贈漢嘉守道吴金堂

山青水緑漢嘉城，井鉞參旗導使旌。課績吴公原第一，籍才於越允無京。每懷鄉國横戈騎，不負龍圖裕甲兵。叨炙光儀先竹馬，金臺話别倍含情。

送成都府丞于衷抑還任以下《辛巳集》

如君徑可冠金閨，小試翻疑昔品題。四海盍簪誰伯仲，三巴迎刃歷東西。情殷陟屺來王會，話到殲渠一劍携。莫怪鶯花催叱馭，錦城有待静征鼙。

同雷伯石朱廉水弘善寺觀海棠

精藍叢灌隱南村，雙樹還堪止世尊。地僻且能辭俗駕，春深猶有未醒魂。攢紅玉界銖衣纈，浮白雲窠醉頰渾。誰是前身拈笑侶，亂香飄綴不留痕。

送方坦庵宫諭册封楚藩

東山甫出又南轅，輟草明光向兔園。黄鶴白雲千古共，丹臺魏闕一身尊。星占使節還家慶，月湧仙查入楚藩。負笈呵甥僑白下，莫令無興賦高軒。

送徐勿齋宫諭册封益藩

星軺計日到盱江，入望前旌雁影雙。槐陌友聲知續夢，蘭舟岸態競披窗。從王授簡偉長筆，問道尋師傅相邦。莫戀姑蘇艱命駕，神功泉釀詡遊缸。

送周巢軒宫諭册封衡藩

青茅燾土緬齊封，持節仙班信客蹤。經憶石渠堪論最，思深宛委禹書重。雁行馬足民艱裹，驤首鴻章黼座供。入望萊庭歡晝永，朝天星履漫從容。

次張三丰韻書偏洲上人卷有序

三丰昔寓夔之開元寺，與海上人最契。於其别也，遺麈履几杖數事，并書一詩貽之。文廟訪三丰遺蹟，僧賫進，上留杖履數事，賜玉龍環袈裟，授僧録司，仍以其卷歸之。卷首有解大紳叙，暨本朝諸名公題詠盈軸。凡徒裔替職，必携環卷來都。今廣永持卷索書，因有此作。原章附録如左：「深入浮屠斷世情，奢摩他行恰相應。天花顥顥呈凝瑞，風葉琅琅詠大乘。密室晝閒雲作伴，空亭夜静月爲燈。魂銷影散無何有，到此誰能見老僧。」

開元剎蹟昔雲蒸，世外招呼天作應。隱市真人留玉筆，傳宗闡士悟金乘。步虛聲度金銀闕，御賜環同日月燈。私擬方今平叔在，仙人星見見高僧。

熊自福蜀遊用佛花來韻賦贈

無事焚香展貝函，有時決眥內雯曇。飲人氣自芝蘭足，遺世緣於筆墨酣。仙跡須窮九老洞，詩壇許築百花潭。名賢杖履山川借，莫使狐犴得溷參。

曲水園

塵闤爲覓清涼地，計部招携曲水園。拂徑綠陰通石室，深春紅潤憶桃源。竹寮槃礴欣逢主，文墨紛披不一軒。欵欵佳遊忘晝永，燭庭絃索又開尊。

贈張世叔分訓井庠

眉山先後幾壎箎，翹楚儒林屬紫芝。敝邑會開新絳帳，君家原有舊臯比。雲依阜柏家園夢，月影山房子弟思。文社英遊憑寄語，鳳麟羅網厚相期。

贈蔡靖公分憲茂州公二甲第一，舊例應禮曹，而改署之兵。

掄才經武易春曹，盛事雲蒸振譽髦。共式正人光鷺序，暫令益部展龍韜。齋前茄莧堪充餌，麾下貔貅與醉醪。片石岷峨存信史，銘勳何必屬韋皋。

上元夕孟肖形老師招飲 以下《壬午集》

天街塵乍避纖阿，太白星倡擊壤歌。碧落寅杓新歲月，師門春讌疊恩波。讐書閣上明藜火，奉教燈前散玉珂。尚憶漢臣樽俎夕，崐崘關已肅干戈。

白兔朱甓園席上拈文韻同賦

的的衡星散斗文，爰爰馴室婀羅雲。霜華冷浸長生杵，月窟遥依縞素裙。十二玉樓閒鍊魄，一雙銀海静舍醺。豪吟欲秃中山穎，姓字仙班舊有聞。

花燈 同前共用庚韻，俱上元後一日。

火毬雪浪綴金檠，蘭室晶熒佐酌觥。帷月小窺花影淡，釭星浮動篆烟輕。窮簷已耀君心燭，頽景終煩相業擎。時美政釁沛。同在徐吾陳席地，絲懷何事賦秋情。見江淹《燈賦》。

贈衛紫嵐巡方真定

化洽唐虞景物新，畿南草木待行春。月珠在側分餘照，鎖鑰當門豈異人。京觀不教污漢土，穆風早已拂綸。恒漳襟帶恢猷始，共道翁儒有後身。

贈楊亢石視鹺維揚

箕裘端不負遺經，斗野群占御史星。文學舊諳鹽鐵論，風裁初發莫干硎。公餘客宴梅花嶺，事簡人熙芍藥亭。却怪隋家糜煮海，未知輸輓裕龍庭。

贈朱容齋同年按黔

玉牒峥嶸鮑氏驄，霜臺冰月傲黔中。版圖在昔原分蜀，王會於今不盡戎。望望褰帷疏解澤，依依殊域治仁風。簡書肺腑紓南顧，銘伐何多馬援銅。

贈劉安侯侍御按蜀

繡衣行部始西川，帝里春光惜别筵。吏治列眉歸月旦，民艱引領等書年。秦關早叱王尊馭，蜀國先懷祖逖鞭。何限田疇子弟願，就公陽燧與蒙泉。

坊署分賦玉河春柳

澹蕩春光匝碧流，夾堤垂線引風柔。罘罳細綴千行雪，翡翠遥翻十二樓。映日旖旎生軟浪，坐鶯閒静愜幽求。槐庭咫尺通清蔭，傳籟櫺東硯北悠。

同坊兄弟弘善寺觀海棠二首

惜閒首策探春功，載酒重來訪舊叢。不入名園争俗豔，自能佛國引清風。雲霞慣客忘朝暮，蜂蝶無媒悟色空。衮衮憑欄勞鼻觀，商晴較雨付兒童。

去年此日亦南郊，雨妬塵欺寂歷梢。今席邀花成七客，伊人換骨自三茅。兄梅婢芍殊多事，唄梵烟猊締素交。怪是夕陽催返馭，山僧目送或心嘲。

贈李岦軒之留省兼懷南中諸同譜

提封閩楚漢循良，入對疇庸拜夕郎。借箸錚錚鼂董策，立朝蹇蹇向鰌行。鎬豐重地開青鎖，鸞鳳徽音寓皂囊。蘭室挹芬南北邈，儀鴻增憶共翱翔。

送南同卿高枝樓之滁陽

翹楚崇班骨是仙，昭回卿月駟星前。泉雲兼領何貧僻，騋牝蕃游卜塞淵。三隱不窮涓壤獻，一譙有恃甲兵延。時流氛逼滁，兼有兵任。輶軒南指薰時度，肯向滁亭問聖賢。

贈李見可光禄掄才三晉

冀都分野蜀都同，指顧文星度泰風。聖世網羅新異數，是科增額八名。才人衡鑑舊宗工。登龍共快依韓斗，相馬何資式援銅。元愷地靈應未歇，看君藉手獻丹楓。

贈張雷溪兵部典試山東

颺言先後擅時名，共識蟠胸富甲兵。簡命載驅齊大國，品題增重魯諸生。驪珠不使遺滄海，杼柚兼能訊軾衡。晶鑒攸懸尊泰斗，獻琛應自價連城。

和李青藜中秋飲露臺之作

秋光漸淡遠山痕，入夜晴暉不雜喧。斷續寒砧敲落葉，參差邏嘯静重門。玄譚我借疏塵胃，緑蟻君同盪旅魂。爲語結璘良晤在，座中奉世與長源。

秋塞新調

嘶風群牧隱悲笳，馱得穹廬處處家。雁度紫臺催白雪，月明青塚擁黄沙。遺烟野燒訛烽堡，索米營炊望輓車。秖恃秦城同趙壘，將軍終日醉琵琶。

星髭

五天無力湼星髭，攬鏡空憐少壯時。幸不積逋東壁課，覺來生澀北堂巵。奪將尸鬼庚申席，乞取仙人戊己芝。聖鐵比來何處用，破雲月自照峨眉。

贈保督吕東川同年 以下癸未

三月鶯花别帝畿，兩甄貔虎肅征旂。巖疆快倚今方召，世業争看舊杜韋。鉅鹿風雲俱勝慨，圖麟日月有餘輝。傾儲儘足酬當宁，何事逢人説拂衣。

東閣牡丹中堂限用先輩倡和韻各四首

春叢爛熳殿群芳，御圃移株迥出常。宣朝賜蒔。耻向豪華睞賞目，止依密勿理明妝。卿雲麗旦翻階綺，遲日烘晴照瓦黄。長是蕘蓂共雨露，十朝經侑太平觴。

百卉乘時各擅芳，鹿胎仙蘂豈倫常。玉堂富貴分嘉錫，鈴閣絲綸代促妝。白傅初名雒左紫，潞公曾謚汝真黄。星精所散應奎壁，北斗寅杓贊挹觴。

築玉霞標别一芳，東君扶育不尋常。豈無霜雪對寒榦，賸有文章洗靚妝。葉自迎風鸝背緑，心同向日鞠塵黄。託根何幸鑾坡地，得遠巃豪對舉觴。

尺五天南久閲芳，幾同帶礪表彝常。無情不入纖妖品，解語欣從翰墨妝。拙筆已知輸曳白，時醫何用點硫黄。誰言李昊風流在，辱甚酥煎佐泛觴。

又代詠四首

光風摇曳上林芳，太液池邊錦百常。西苑有牡丹圃。自是籞欄留聖澤，繇來椽筆寫仙妝。雲霞漫妬偏清秘，蜂蝶何從褪粉黄。物我相觀渾逆旅，暫時茂對莫辭觴。

獨占瑶林第一芳，肯從凡卉較奇常。凌空天女葳蕤手，玩世仙人頃刻妝。塵净玉階翻翡翠，風和閬苑囀鸝黄。農桑憂卹廻民愛，見白樂天《諷諫篇》。何事清平調侑觴。

年年春事借芬芳，遍歷陰晴秖覺常。桃李不言媒雜徑，芙蓉有態衒妖妝。何如熛闕垂榮赤，詎假明駝蠟蒂黄。竊幸公餘歌帝德，花神應亦快傳觴。

卜地清嚴貯異芳，舒葩韶景故當常。人情解逐名園賞，天意偏憐禁闥妝。舊品只知誇富貴，新題吾欲重雌黄。勞勞簪筆誰間主，南北萍踪幾聚觴。時周吴有視師之役。

送余太朴尉丞還蜀

用世相期正斗杓，逃名豈合老漁樵。不應蠻觸分形畛，遽使風波溷市朝。絃上南薰堪解愠，枰中北局坐生驕。知君熟閲邯鄲枕，身託松筠任後凋。

送楊桐若大行奉使還蜀

星軺纁夏别皇都，驛路鶯花似昔無。望裏晉秦深攬轡，兵餘蜀楚感乘繻。緑蘿天外儀鴻羽，青草湖光照劍袂。久旅歌驪鄉思耿，平安報我藉先驅。

楊旭崙宫庶見惠天花洓酒賦謝

塵勞晚憩納風清，臺匝槐陰待月明。雲蔟芝房分玉乳，香浮竹葉劇金莖。九靈赴召誰爲號，五貺遺騷我欲賡。毛髓從君叨伐洗，素心晨夕久移情。

送李青藜儀部歸省

燕山一葉報新秋，遊子初衣颺去舟。雞黍庭闈隔夢寐，桔槔世局閱沉浮。何妨索米灊金馬，底事芸瓜慕故侯。我亦擬歸歸未得，鯨波待靖鑠師謀。時道梗冠氛。

送甘韶之同年任粵東臬副

衣冠氣簇五羊城，八月星查導使旌。心有賦泉堪伯仲，業應運甓共峥嶸。諜然駿略輕鹽鐵，卓爾龍圖裕甲兵。入憶芝蘭室倏遠，于時比隣。嶺梅雖寄不勝情。

西郊即事

霽郊萬木倚秋清，烟壑嵐峰放午明。何處鐸鈴殘騎夢，此詩槐柳寂鴻聲。兵餘未減鋤頭澤，砧際無端閫外情。時遣禁旅平寇。魚鑰遲歸竣月祀，蜒衢燈火鬬星晴。

中秋有懷棘闈坦庵旭崙巢軒諸同年

庭懸珪月爽松篁，案展圖書閱漏長。旅食四秋歸夢度，耿懷三益阻心將。無營清福能分據，有事弘甄自合忙。私擬附開桃李種，不教落殖陸家莊。

輓曹氏一門全節 以下甲申羈中

禮義藩籬矢共貞，肯從狺隊乞餘生。證因不作彭殤解，持世應傳母子名。伯氏蒯緱存頸血，遺孩旅食尚心旌。喧聞毒痡連巾幗，競羡高閭得獨清。

用曹明瑞韻與同羈諸公話別

窮愁何用酒爲年，擲地榆錢未可穿。枝借鷦鷯原偶爾，皁同牛驥亦悠然。餘生只合雲舒卷，往事無憑月缺圓。自省羈朋邀夙締，欲分携處倍堪憐。

秀巖集卷七終

秀巖集卷八

五言長律存詠

贈楊忠吾侍御督學留都 甲戌

持斧等持筆，是非不一端。課文如課吏，真贋亦殊觀。世仰諫臣用，君登作者壇。載新建業化，争識惠文冠。博雅今遵彦，剛方古仲桓。還將三立事，留作斗山看。

韓雲巘邀同張揆百泛觴舟 己卯北上

雲日微分霽，風光小借春。有懷青翰棹，一問化龍津。康伯邀遊處，季鷹休沐辰。同舲聲氣聚，命酌曲謳頻。岸際人烟邈，窗臨水鳥親。晚霞争酒暈，夜嶺吐弦輪。不恨辭欣懫，渾忘感故新。鳴榔催散客，河伯恐餘嗔。

雲陽同聯舟諸子遊張桓侯廟

鳳嶺冠飛楹，爐烟接太清。將軍此血食，先主暝夔城。化碧星河壯，雄銘刁斗呈。憲邦文武用，扶漢虎龍并。高誼懷千古，危欄俯一泓。肅風留去袂，新月勸加觥。入坐如聞語，殲渠愧此生。

偕同譜諸兄弟陪肖形老師遊後湖　庚辰

爽氣已迎秋，澄陂溽暑收。循墻師訓在，伐木友聲稠。地切舞雩問，人斯閬苑遊。吟蟬依柳曲，駛燕暫堤留。風静黿巢穩，雨新魚食柔。葡萄陰客座，菡萏馥鷁卣。戲取庭闈樂，形忘爾汝尤。酒箴通吏治，枰局入兵籌。何必陳荀里，星占景亦侔。

贈李雨然少參分憲武昌

劍氣不分霄，蘭言信久要。猶龍道德用，繹鵠聖明朝。胸盡嫏嬛秘，人斯姑射標。鑾坡均視草，驥駕載揚鑣。注易江呈硯，搜詩錦溢瓢。客塵驅我俗，鄙吝託君消。十祼依星履，先秋忽鄂軺。政知廣略變，任識德昂超。舊歷觀兵地，今殷振旅幖。文章飾吏事，綸羽靖邦妖。斗北名原重，藩南績以翹。巋然黒是守，屹爾白爲招。麟閣儒臣在，鴻儀天路遥。還虚皋契席，黼扆自唐堯。

上元午門賜百官宴恭紀　辛巳

鳳曆重光歲，鼇山不夜城。宸居調玉燭，淑景轉璿衡。道洽王褒頌，人徯太皡旌。充庭周禮樂，列讌漢簪纓。御幄春雲繞，天庖甲鼎烹。堯階依駘蕩，禹甸入熙明。願假千燈豔，同將萬壽觥。輝華先月得，喜起與時并。贊德慙前著，承恩恰後庚。是日辛卯。何當干羽格，率土載寧清。

寄贈方賓如邑宰

智襲處堂燕，謀疏徹土鴟。承平恃後福，捍禦失先資。僻小如吾邑，兵氛未與罹。遽修墨翟守，蚤斷晉陽絲。戎馬郊生日，經綸幄運時。孫吴書外畫，杜召口同碑。人式百年計，令賢十萬師。程勞應上賞，仙舄望來儀。

擬聽講有述 癸未

建極追前烈，觀文究至言。三餘開秘殿，千古炤華軒。聲入惟心印，新知自故温。儒臣頻析旨，古訓恰逢源。東壁唐虞典，西銘周孔論。鴻編懸琬琰，奥義綜乾坤。詎意尋章句，於時豁耳根。性形覛肖子，德業仰詒孫。

秀巖集卷八終

秀巖集卷九

五言絶句存詠

書樓題壁二首　壬子以後

尋文非囂寂，崿流無與承。晝閒鶯囀竹，夜永鼠窺燈。
窗碧引遥林，掠霞雙鳥過。輕風遞茂蘭，習入横經座。

仙人山八詠

凌霄梯

屐跡亂雲痕，石間補嵐缺。誰道階天難，振衣策虹蜺。

雲藏閣

畫埒倚天成，劈空崇雲構。梵唄引閒禽，前林蔽静岫。

飛虹橋

絶陘臨百仞，前後只通呼。誰展竿頭步，仙凡共此途。

大還洞 洞前有五鬣松二株

緑烟凝石室，丹竈隱雲封。時有雙栖鶴，梳翎五鬣松。

華嚴樓

琢石接飛楹，違天尚幾里。老僧翻貝函，靉靆封其几。

八角亭

鈴鐸突摩雲，翼然開八角。每候山震摇，不迷月望朔。

仙掌石

誰踏白雲岑，遺痕仍渾敦。莓苔不敢封，雨露時盈寸。

金剛石

媧皇補漏餘，寶此洪爐碧。偶置蔚藍天。來朋靈幻跡。

魚復浦 丁卯北上

舊傳方陣法，砂礫隱風雲。昔歷牟彌鎮，披圖廣異聞。武侯陣圖存蜀者三。

望白帝城

昔雄虎豹關，下據蛟龍窟。太息襲承平，人烟淡峴屼。

巴東

倚山開百爨，供億等提封。焉得移鄒魯，絃歌繞赤峰。

題滋水渡頭 壬申使楚

滋流停潤溽，聞尚待山湍。漠漠沙烘柳，緘鳶巧妬綄。

過柏鄉

在昔千金渠，濬源匹瀝藪。如何不易民，今遂歎露肘。

衛河

五月朝歌地，沿溪木作陰。車隨南羽遡，意寄北流深。

溱渡

夏漲不盈咫，孤舠繫望雙。如何輿濟處，尚未見徒杜。我計功成約，因循疑習懶。或云衆母遺，未敢形其短。此議之滋弊甚矣，雖謔語，作事者不可不識。

周八士墓碑豎王洛子店南道左。

降嵩傳繼變，潛闔復同肩。因憶寅恭際，鵷班半鶺鴒。

林木驛阻雨

計程遭雨妬，林水識青旌。疑節炎勞意，連旬恰半晴。

杜康臺有序

臺兀宜城雉北，俯隍規而沼之，紅蓮最甚。其井相傳在臺下。

層搆浮闉北，俯隍展碧環。獨憐泉冽處，舒豔尚酡顔。

清化午憩書張仲修四益友册

勁節兼清介，風塵作導師。看君幽用意，與我拙存宜。

山泉

净日通原照，輕沙徹底沉。濺來瓔珞顆，噴出海潮音。
石罅疏流細，筠軒引籟寒。侍童新汲取，烹就小龍團。

山鳥

飛止不避人，單群只依嶂。聞啼不辨名，歸去問師曠。

紙幖雀

具體翾羽微，尾拖三尺帞。綠陰掠片雲，傳書來瑶島。

躍龍庵 己卯北上

鷲宇臨官道，猊烟隔世塵。固應潛照者，聽法幻儒紳。
梵音繚繞處，盪盡鯉塘腥。尺木雲霞裏，曾參般若經。

黄峽

霧霽江津縣，舟移半日程。峽觀先灌落，蔓引少猿聲。

三分水

壁竇縈虹氣，清霏薄逝川。舊聞中峽水，伯仲古名泉。

卞橋書目擊

遠礮堯山戰，班師倏卞橋。但存篦具在，排闥任蒐苗。

高郵東郭外浄土寺同朱廉水閒步

廢刹車塵外，高閒暢旅懷。挐舟尋甓社，更省辨青鞋。

李青藜邀同廉水飲西關夏園

瞉雨三春朔，荷風滿夏園。異鄉同譜侶，水國幾開尊。
賓筵秩五馬，客路漾雙舟。相待金臺畔，西郊載酒遊。

西海子 庚辰

初秋將易律，西苑偶閒過。別蘊湖山致，何來擊壤歌。
宸遊同樂地，禁旅振威場。千頃澄波碧，洗兵必挽潢。

歸自後湖

八月初七日，同方坦庵、周巢軒國學展拜，歸飯海潮庵。因竝轡之金剛寺，取徑稻畦，駸駸乎入鄉夢矣。

循阡互主客，野韻隔烏紗。今日聯鑣處，西成恰過家。

崇德庵看喜佛因説此偈

人間苦惡趣，範像轉莊嚴。空色如通解，請從大治餤。

仲冬雹

朔辰方喜雪，礮磹詰朝明。誰使玄冥令，先兼二月行。

同程斗翰觀丁海峰教棍 辛巳

六六縱横勢，摧鋒戰勝場。寧知紀渻子，柔養却全剛。

邀誠齋甓園坦庵勿齋巢軒暨吴若谷飲西郊郭園二首

帶沼清桃漲，時風度竹林。一觴閒畫話，七哲緬同心。
麥畝紛晴雊，蔬籬競午鋤。登臺周視處，處處小莊圖。

述聞 仲冬望

樹啓靈陽洞，真人卧玉膚。爲償淫婦債，自笑喪童軀。
濱都宫殿古，四壁紙泥裝。肖貌傳仙手，浮埃避净光。

紀元旦異數 壬午

垂旒降黼座，西鄉禮師臣。喜起占新業，維艱報塞身。

紀變

入秋纔二日，雷雹擾晴空。頓洗遥天净，重虹劃室東。

題仲修畫竹册四首

暎幌娟娟静，扶竿箇箇開。清芬頻拂座，簾外故人來。右風

背影交舒翠，敷梢厚積陰。平安好報我，倚爾萬書金。右晴

低亞千龍玉，紛披萬蚌光。濕雲看未卷，慰藉待晞陽。右雨

曳碧看如滴，迎暉泫欲流。夜來新沐浴，秀色引饞喉。右露

題畫

紅葉溪前曲，青崖樹裏居。應知世外跡，避客理琴書。

一徑入寒烟，欹橋出野塢。幽踪未可尋，别有探奇處。

郝崑岳邀飲淼園 癸未

六月荷花畔，舟廬共泛凉。牢山邀語𥅆，移醉白雲鄉。

飲韓芹城園 季夏十七日

臺觀周極北，墅秀隱城西。主意通屏翳，催歸馬競嘶。

秀巖集卷九終

秀巖集卷十

七言絶句存詠

鳳山書屋

遲日林聲度鷓鴣，小窗案簡課咿唔。請看蕉鹿盈庭訟，曾到囊螢半榻無。

雪藕

玉臂新擎碧沼丰，片雪飛度紫棱鋒。莫論蓋實通浮蟻，怪得絲房蟄老龍。

蔟新

籜龍薦味蕨拳肥，瀹出湯鬻入嚼誹。天錫野人供應别，不教鹽醬引貪希。

梅

本爲幽居點綴齊，雲梢春動竹東西。山禽解逐羅浮夢，不放寒香過小溪。

雨夕獨酌戲作俳體

隔檽疏雨灑燈光，近火醇醪煖凍腸。問影我何如李白，不然慵癖類嵇康。
侑觴莊解與離騷，苦被輪人笑讀糟。漫向江潭論醉醒，此身浮拍總鴻毛。

舟發嘉陽 丁卯公車

風恬解纜際陰除，仙侶蘭言勝笥書。今夜月明何處泊，侑觴猶有璧津魚。

新灘觀放舟

空舲越石捷天飛，奪取龍宮赤幟歸。旅上鱒鰉争辟易，不教腥沫濺袻衣。

余自夷陵登陸玄白姪仍乘舟之蕪湖把酒話別

連牀市月渾浮家，北輠南帆去路賒。寄語先鞭文社長，飛鳬屬望到京華。

玉泉

茗烹峨勺來西竺，共道靈源又楚輸。旅爨恰隣流鉢處，啜漿還似舊泉無。

家書付襄陽回使

辭鄉書劍漸春明，暫倚襄陽望錦城。爲報風塵身健在，高堂無用慮寒征。

宛署除夕

行厨真率薦辛盤，初向天涯度履端。主僕不妨環坐飲，星回倚夢效承歡。
競獻椒花少一人，慈闈應念遠遊身。宛南今夜燈前影，不是吟窗醉後春。

西漕道古柳 壬申使楚

春來亦自拂梯青，晝帶流禽夜帶星。謝盡從前婀娜態，龍鍾争出擅儀形。

安肅道上偶得閨歎

春鎖芳蕤乍委苔，庭前羞對守宫槐。生憎犬借邢家種，誤阻郎君向晝諧。

入定

鄚桓舊志陶唐里，風物關人今古情。清水河南溏水北，柳陰遥接博陵城。

定州塔

遥瞻曳練入青冥，近睨垂陰傍使星。十級風鈴當午寂，燕群交繞語丁寧。

題緑柳長廊

客路蒸塵逐馬鬃，晴雲護日意蕭森。冶城直溯東垣境，十里蟬吟接緑陰。

渡滹沱

遲日風微浪濺沙，戒航咫尺渡津涯。行人習述冰堅事，亭敞蕪蔓隔莫霞。

梁原店古槐

虬幹鱗鱗老蘚苔，市庭偃蓋擬徂徠。影紋蹙作千層碧，風雨前村湧浪回。

望淇西諸山

淇門西望盡横嵐，聞有幽奇未許探。輸與野麋清耳目，時分翠色到逵南。

新鄉公署庭榴

婆娑列植剪香緋，六角亭閒客到稀。未綰金鈴與鎮惡，洗妝聊共醉斜暉。

宿亢村

一椽粗足蔽風雨，展帙燒燈有鼠窺。漏永却忘身是客，繼膏頻唤小沙彌。

王禄店南夾道榴實

縶馬奪牛原世態，撤垣滯穗即英流。古來鑽核猶名下，益信伊家可狎鷗。

訊古戰場有述

廣武不留英武魄，謀雲猛雨化燐光。離離茂草芊芊樹，今日牛羊鬥牧場。

嗣惠亭用壁間韻望子産墓

遺愛于今志野亭，苔封華表重南陘。寥寥漢史循聲後，道左偏多嗣德銘。

鼂啓道中紀輿夫互語有序

據彼輩言，數年來穀值涌貴，閭泣絶炊。頃風雨應時，遂致減糶，而獨以大梁豐兆，歸功京師象嗚，亦異聞也。

傳説都城象有聲，果然風雨愜西成。日中頓減春來糶，屈指從前萬感生。

望山鋪南三里店夾路榴實更延于王禄

千株榴實亘山灣，肯爲行人一破慳。嘗怪周行瓜李處，偏從誨盗峻賢關。

新野南航淯水至此凡三渡矣

曲曲瀠澴界野航，多情鑒我影儴徉。前溪漢水兼天湧，亦受兹流走大洋。

飲六宜亭

軒蜿松�隱石臺，緑樽時借泛幽開。何緣拾得琅玕實，欲向人誇壺嶠來。

負渡有序

尺溝駛溢，舟彴俱無，在水平橋北。

短衣跣足壯夫佗，隔岸兒童偶語多。應笑斯人官様少，不知幼亦學馮河。

五泉風快

晴初野潤逗風菲，細細泉香襲葛衣。松隱不迷蜓上下，尋聲雞處午烟微。

鼇山午憩接華陽王飛翰惠詩扇口占

下榻玄霏入憶間，俄傳摛藻到鼇山。驅車載去王風遠，曲媿巴人取次删。

長門怨

初月樓。以下戊寅秋迄己卯夏。

倚欄穠李褪蜂黄，晝永難禁復漏長。不信喁喁金屋約，承恩只夢始扶牀。

明妃曲

霽照依稀五柞東，低頭顧影共旃戎。癡懷竊藥奔蟾窟，留取寒光到漢宫。
智踵傾吳我匪施，琵琶前騎不成嬉。茸茸霜下無能白，肯信君王殺畫師。

白頭吟

邛令前筵鳳支聲，如何携向茂陵鳴。生憎買賦持金者，誨我鷫裘棄舊情。
犢鼻壚頭意氣真，醉餘曾詈易妻人。於今獨伴琴臺月，羸爾行雲夢裏身。

偶然作

生澀囂塵欸静除，主人無暇欲何如。雖非陶叟嘗耽酒，豈是虞卿愛著書。

故鶴依然返故林，新花何意媚新簪。從前誤滯浮雲眼，到底終餘繫日心。
徒壁驕題駟馬車，峨冠且復羨樵漁。看來吏隱山中相，心跡相參竝子虛。
不朝不野不城市，非俗非儒非二氏。曾尋夢化漆園翁，無取智囊樗里子。

聞韓呂棊戰戲訊 己卯北上

荒洲寒夜際風饕，月步沽帘漫興豪。不識楸枰金瓦注，笑聲消燼幾蘭膏。

過歷山

槐蔭沙暄馬足間，野人熙穰集茆闤。如何江涸田蕪薉，猶自耕漁志有鰥。
舊志惟傳蒲郡南，遥流嫣汭水潭潭。附山假水同垂實，只使儀刑萬古諳。

和李雨然梅花三詠 庚辰

飾妝公主分眉翠，習舞仙人簪髻丫。一片寒香來鼻觀，却疑古榦隱天葩。右梅蕊
彤雲護月欲生寒，入望明星向曙殘。識得羅浮芳訊杳，故將餘艷綰春闌。右半朵梅花
纍纍未許鳥啣殘，止渴頻回望頰酸。莫訝調鉶資爾重，曾經徹骨一番寒。右梅實

和雨然海棠三詠

生憎豆蔻露凡胎，亦笑荼蘼競媚開。好注金莖朝醲去，高擎銀燭晚妝來。右惜花

銖衣天女降蓮臺，紺雪瓊英向座開。妙術若逢殷七七，新葩都復繞枝來。右慰花

弱質憑誰肆錦裁，敢云睡足意慵開。多情蜂蝶縈肥影，許字東風改歲來。右花對

漚生施茶偈 辛巳

誰解清凉國裏眠，望梅掘井自年年。可知一瀝驚雷莢，紛沓油囊到刹前。

贈宗弁心鑑之杭

歌舞山川志武林，鋋矛氣色遜文心。南關新重干城選，北面惟堪鄂廟尋。

憶昔張羅集鳳麟，爾今仗鉞掃鯨鯢。森森一片酬知地，好向旂常覓子臣。

題瓶花畫

移人香色有無中，不向春叢借化工。記得仙游圖洞府，伴花鸞鶴唳清風。

花燭詩爲李青藜同年賦 壬午

春來寂歷一牀書，博得香閨勝石渠。試問燭殘花醉夕，遠歸新娶竟何如。

廣陵佳麗宕渠仙，幻作瓊花媚燭筵。莫漫金釵誇十二，乍看五岳共朝天。末句用青藜自謔語。

品花刻燭總虛脾，鸞鏡星攢待畫眉。攬殺風流李公子，卧游拾得小便宜。

珠纓鄴骨門珊珊，未許緇塵一涴顏。百首比紅歸蝶夢，温柔鄉自課忙閒。

題雙壁美人圖

細草茸茸影步墀，碧闌干外静尋思。懷中璀璨藍田種，爲憶同心比德時。

有持小畫索題者

夏庭雜卉小開畦，蝶鬧禽閒入品題。猶有家園通午睡，展圖身在浣花溪。

題西府海棠

蘭叢低亞早春姿，不向香奩覓粉脂。解得逃禪捐六識，明窗對爾暫揞頤。
霓裳青鳥小遊仙，清供甘流與篆烟。自是春風欺不得，素心晨夕及芳年。

初春四日集詩牌二首 癸未

駛流羊歲奔猪日，卮酒盤花坐午陰。主往客來渾夢戲，臺觀不辨蜀雲岑。
繫猿棚柱看升降，每向兒童乞果施。絆跡依人忘旅食，天公視我恐如斯。

林可任席間聞述 有序

初春廿五日，林邀同坊兄弟飲。席間得青州捷音。并聞滄州决河，獲一碑，上鐫云：「不足之烏，無角之牛。竝出北海，實被醜謀。天厭厥亂，于斯之隅。山東之賨，必死不留。」隱一道□。

露布頻年空好音，干戈靖處見天心。更聞隱一銘碑語，分享昇平洽醉吟。

秀巖集卷十終

秀巖集卷十一

石芝軒五言古

遷寓石芝庵偶作地坐四川營，甲申季夏望。

海鷗飛宿寬，徒以翁芥蔕。題彼繞樹羽，去來仍舒泰。男子志四方，行藏惟所會。乍逢讓席塗，倏爾陀陳蔡。浮寄等乾坤，容膝何他丐。舍彼不宿桑，聊此依三昧。恍昔負笈遊，離家倚松籟。暮鼓與晨鐘，香雲時藹藹。地依故里名，清享邀冥賚。我非懷土人，遺情域内外。

憶昔行乙酉季春十九日

憶昔牖月中，龍蛇紛起陸。魑魅晝攫人，析津溷礫玉。黔首誤羸愚，釜遊謀聚族。罝羅布匹郊，豈肯開面祝。稍稍知腹誹，時已立重足。祲暈彌蓋輿，妖氛纏草木。助虐繁有徒，書種先魚肉。朘掠計百出，取盈谿壑欲。天地胡不仁，縱兹大螫毒。陽九固適逢，玉步改朅速。古人亦有言，禍福相倚伏。兵驕多僨轅，惡盈會祚促。積怨成土崩，貪心仍逐逐。整旅赴榆關，志侈展東隩。人謀寧勝天，百萬驅燐髑。踉蹌鋒鏑餘，輦金竄秦服。燕土一炬焦，酸風射耳目。威迫乍版圖，歸途争戕戮。得心斯得民，□黨難正告。露布今長安，覆轍同轉轂。

贈柳鳳瞻中丞 丙戌

驅車出東門，馳道連阡陌。雞犬異故聞，鴻雁知何客。煢煢牧芻司，徒恃鬚如戟。而况層纍上，心目非一役。斥堠暫息烽，部贅紛尋譯。皷鞈羅星文，萑警每逋責。鋤澤地未慳，孑遺懷衽席。文教尚薪傳，勳名留仕籍。佛時惟仔肩，懋哉跂成書。

瓶花

韶景擬駟追，九十纔餘二。持觴問花朝，蓂莢又七翠。引眸五色鮮，苞芳待慧鼻。園丁拔其尤，供玩攤書次。清泉滌膽瓶，活火炙幹地。葆兹精氣全，净几聊位置。曈曨帶煖風，隔櫺闡幽質。低亞窺硯南，滋滴助點易。深漏繼蘭膏，爲照貪春睡。相携胥國游，申戒崔亭詈。名花自有林，羅盆亦有蒔。得覲君子光，麗澤夫何愧。展靨似陳辭，請得逆以意。吹息競乘生，薰蕕辨共器。受命矜所獨，貴賤有定治。七政驅象儀，疇能居無事。留歡璧寸陰，榮名等寄寄。快竟如是聞，東風且沉醉。

憑冬庭效六朝體

歷落緬琳館，幽寥切太清。步簷駛羲馭，鈴閣息風旌。爐氣波輪幹，頷烟颺座楹。曙鳥未繩返，午鴿欲棱征。函丈虛前席，無雙畏後生。升堂萃魚貫，質業迴鸞鳴。玉筍庭陳瑞，金模竊比榮。寒梅初吐馥，古柏不移貞。目送隨陽羽，神衣和陰聲。役役三生石，悠悠萬古情。誰能脱塵鞅，從我陟蓬瀛。

六月十七日崇福寺同胡孝緒觀應鉢 丁亥

熇塵淹馬足，真氣隱祇林。豈作逃禪想，而諧出世心。戒壇聞此地，中外限人禽。户屨雖紛沓，傳衣未易任。燈龕明室室，清梵遞沉沉。亦有綻裓侶，程工競惜陰。王主三昧偈，梁代八關吟。摩詰覆釜山，飯僧爰矢音。時傳午食磬，香積出湯鬵。虎律三百衆，左右侍師臨。盈鉢腐儒餐，奉持懼莫禁。念彼耕耨劇，享兹經笴蟫。薰修日不足，况敢墮貪淫。一粒思歸宿，人天異往諶。感斯白業課，用廣伐壇箴。

熱客慨有序

晉程曉有《嘲熱客》詩，備悉形容。然亦有不得不冒暑相過，豈客所欲哉？主人以畏暑不即見，或甫見而故作極態以相對，吐握之誼，概乎未聞。噫！熱客何可盡非也？少反其意作此篇，代熱客解嘲。

大冶弘長養，南陸炎輪彭。寓世乘時令，寒暄宜兩忘。如何訑訑侶，耽逸傲羲皇。自侈減應酬，形役實多方。熇魂煎膏火，煩魄沸蕹塲。距人聲色烈，修士避探湯。我無夏畦病，亦鮮熱中腸。高閎雖炙手，履蹈等冰霜。擬進招凉珠，庶以效愚狂。余言不迂瑣，爾背自汗滂。蹙頞頻揮扇，瑱規何可長。偶感丙吉問，恐致干陰陽。告辭出門去，返適清和鄉。

集李青嵋新構齋頭分賦得淡字 戊子

東壁直誅茅，擬開幽徑三。退食陋自娱，歸謀酒餘甔。訂兹駘蕩辰，珍襲共評勘。亭午秩初筵，入室芝蘭荅。雖違竹林期，耳目睒玄探。卜夜未渠央，觴政恣互儳。更僕疲轄投，主人嗔時暫。相對渾相忘，焉得珠扶紺。中聖篤維桑，論交君子淡。

贈王子京南旋

朝闕不言蹊，莫集無脛寶。饗給匪伊謀，乾坤莽浩浩。在昔彈冠年，榆社多朋好。纏角兵氣微，公餘恣傾倒。勝遊委逝波，空對王孫草。星駕渚宮秋，月舫分幽討。俛仰廿載間，夢中移陵島。朅來欸禪扉，咄嗟歲月老。篇什有遺音，巵酒豁素抱。朱紘山水志，援筆爲我掃。春事未闌珊，命倌遽南導。因之平生懷，搔首向穹旻。鴻儀限攀援，鑑顏森古道。

泰華篇爲劉泗源封君賦

雙丸競西逐，萬派習東傾。誰其柱地紀，敦静府生成。盪胸生曾雲，步虚躡太清。李杜文章在，兩岳千秋名。降神及蕃翰，浩氣沃荃蘅。廣乘亘麗農，祥光纈以缾。翕吸不易訾，取携未可程。桃李蔚時采，松柏挺巖楨。作求循世德，介福肇寡營。年年春酒熟，萊綵薦華楹。

兩漢高士詠七首 再用《貧士詠》　己丑

浮雲不留景，高幹直無依。祖張東都門，簪紱有餘暉。許伯雖弋慕，冥鴻已軒飛。里居廣君惠，初服遂同歸。子孫塞怨源，衡泌賦樂饑。蕭傅亦同朝，竟嬰殆辱悲。

靈龜甘泥曳，威鳳志霞軒。孺子秉高跱，戔帛賁丘園。國事雖了了，耳目等空烟。酬知劇就列，生死獨情研。是愚不可及，豈僅在訒言。豫章有懸榻，特此禮高賢。

有道人倫鑒，鍾期之聽琴。元禮風儀整，郢入白雪音。逆旅留遺跡，龍門挺百尋。名教賴力持，澆世獲醇斟。古誼諧大導，前楷後進欽。翩翩仙舟上，清水映同心。

松柏凌風霄，植根陋部婁。枳棘集鸞鳳，地德詎相酬。正率蒲亭長，化成比西周。思過及妻子，尚餘謀道憂。郭符資師友，王令引與儔。辟徵不屑就，身外有何求。

兩龔楚翹楚，非義所難干。逢徐及李王，亂世不能官。神瀵資汲飲，岦實擬晨飡。世外金蘭契，旌心抗歲寒。我從論世際，仿佛炙襟顏。僕僕塵土中，疇克叩玄關。

汝南有顔子，栖真委蓽蓬。雲翮亢莫即，郢曲和難工。旅舍竦荀淑，折節傾王龔。汪陂視氿濫，器量迥不同。群賢樂與俱，鄙吝豁以通。我謝戴良才，惘惘將焉從。

巢許粃軒冕，禹稷志九州。譬彼麟與鳳，霄壙自爲儔。卓哉披裘叟，垂竿隱齊流。文叔共學時，匡濟切先憂。長揖歸富渚，爵禄莫能酬。東漢炳節義，客星肇前修。

詠金鐘 有序

西山産蟲，色淡黄，羽足類促織，而形聲頓殊。因厥肖似旌，名金鐘。形質小竊斛律珠，有長須二素文環節之。聲如麗譙曙撞，緩速有度。土人云：「雙尾者，三尾之配。三尾寂處，然無三尾則雙尾不鳴，故必配市。蓄之小缾，飼以瓜瓤草實，秋中亦有所育。至九月，則不鳴矣。」

物候移商律，秋聲鏑穴居。西山多聚族，野老取沽諸。促織雖淒切，鏗鏘迥不如。鼙婆稱具體，鼓翼振音徐。霜韻愔愔動，疑來鼎食初。雄雌奇偶尾，單處曷喑且。金奏應娱偶，非徒要外譽。都人咸缶蓄，晝夜嚮階除。余效封窗隙，因之警績書。

九日聽劉憲石薛行屋談登高勝概

長衢衮衮塵，不入幽人夢。良朋快幽尋，聖酒時時中。頃聞陟晴岡，攬勝環鴻絅。南海洋其前，西峰餘爽𤣩。壇樹鬱律東，雉城北雄控。周遭淥漣漪，茂樾擎高幪。俄晷盤桓三，緇流羡飛鞚。扶麓有時葩，真堪倒罌甕。鄙人分舌覭，游情紛以動。坐惜醉討緣，無端委倥偬。且泛黄華觴，賓鴻邀目送。

重陽後一日陳良輔邀同吴椿坪臺觀泛菊

登高已貿辰，方豁六虚眼。肅氣尚留青，寒烟俯周脘。疏畦貞起元，錢鏄何易簡。車馬錯外垣，有如泛素漣。梵唄步虚聲，霏微傍巘巇。主人薦菊觴，羅列雜葅弗。環景代侑醻，晻暉倩繩綰。相期雪霽時，來此再寫箋。

重陽後二日得菊潭佳趣卷

託廬在秀巖，跡隱從吾好。供職南内初，巖亦鐫兹號。愕然出處因，地設符天造。晨起坐菊庭，或持卉卷告。展閲頓眼明，家潭諧允蹈。咄咄餘姚生，爲余先箒掃。何期己丑秋，幽覭慰吾道。呼童進酎巵，對卷聊傾倒。誰與假離徽，臨風譜一操。

常吏部世德詠

華嶽撑西柱，孤高莫與儔。日月洞其腹，涇渭帶分流。地靈蔚世傑，作述耿前修。燕詒惟笥經，鴻緒引箕裘。簡通表人鏡，古道照千秋。逸範光尸祝，清風起懦偷。儷賢稱琬琰，圖史富林丘。卓犖承祧侶，因之快作求。

比聞

南陽有菊水，厥味旨且芳。居人此挹飲，壽皆百歲强。青城老人村，叢杞引溪傍。承顔逮五世，猶靡杖于鄉。鹽醯嗣入境，貞氣浸消亡。比聞西山西，淳朴閲齡長。薄土不任稼，椒杏頗登場。二葉薦茄葅，採掇候微霜。芻豢所未習，粗糲聊克腸。呲呲犬狸輩，投辛亦張皇。名利自朝市，兵刃自封疆。保兹岑寂區，時序永相忘。婚嫁鮮俗移，往來愜踽凉。無觸取盈忌，頹然歷豐荒。莫齒雲擾餘，感斯善固藏。寄語山中人，慎嬰出悦創。

情區

人物渾情區，國無情不立。五常叙斁端，七情與裼襲。誰倡破情議，强欲外輿笠。鳥獸不同群，尚可恩馴習。奈何齒髮倫，形畛翻俋俋。奥田耕穫功，仁義相灌浥。維玄視聽畢，呼應原響給。錫祉公私間，患滋過不及。自從誥誓來，曠壤疑翔集。道術矜異同，干戈循押翕。窺鼎逐鹿場，岳牧荒瑞輯。守府闇難梯，秉成快束濕。閲恤無遠猶，耳目增嗚唈。豁大載清寧，鈎黨尋傾圾。清厲階蜩螗，竊鈇圖暫觧。朘耗供逸遊，雄藩競鋒鈒。叔季趨江河，拂戾紛回慹。矯激滑祥和，支離悖出入。譬彼貪吝徒，使之領郡邑。法守濟私漁，遑顧盈路泣。俛仰絕黄緣，怨讟實囊笈。逆情譽莫干，禍福還自汲。王道本人情，當務此其急。

市炭行

墐户咸俯陽，蟄根養潛脉。朔吹欺凍爐，村氓輸煥策。入林度炭材，洞地煉薪魄。篗衡五十斤，青蚨須三百。回計七年前，例從公廠索。如望遡陽中，日日餘薰燡。本折各百鈞，寧知籌市易。山居榾柮享，老幼環慰藉。亦省貿遷泉，裋糲隨所適。㚇幹獸鏤形，對之驌脊脊。旅邸禦寒謀，不勝徵貴迫。牙儈笑進言，無以值浮責。濯濯及陵毛，樵蘇窮遠役。乘兹未涌時，程力圖廣積。物聖閱贏虧，人情愴今昔。聲接頓心酸，三嘆增瘆痻。

瓶魚 庚寅

徑尺琉璃瓶，羂絲懸綺窗。誰寫蟾輪照，揚輝自夜釭。寸柱砥中區，環泳赤鱗雙。託身雖勺滴，無煩西汲江。濡呴生理全，千里罕驚瀧。回憶清池侶，防危饕喙幢。周流渾六虛，洞畠異盆缸。下察易夭觀，有遺豁吾腔。

植樹

環堵也名園，涉趣無小大。作計延禽魚，移陰遠郊外。位置秩初賓，晨夕恆茂對。月白藻空庭，風徐馨地籟。花卉足幽求，水石藉垂績。俛爾隱市闤，原未易大塊。

贈監利羅平人上舍 故友朱峑山壻

吾友人倫鑒，盍簪類取端。雖畢尚平願，于飛叶鳳鸞。鳴陽以時出，享實必琅玕。來即金臺畔，贈持紫金丹。發之光燭室，揚氣勝芳蘭。披天懷樂令，玉潤照冰盤。楚水清心魂，擊楫耿前觀。

閲吴椿坪高觀游因書其卷

摭聽笑秦亭，烟波圍窈據。中有章甫儒，友生雨沙聚。慶弔靡屆闠，日月自朝莫。石絶封禪鐫，圃無矍相署。服食謝丹砂，神山忘久寓。目静血玄黄，衣冠鮮新故。胎禽或鳴陰，靈卉潛來去。埋照即豐桓，豈邀闔棺譽。讀君高觀游，豁我畢栖慮。

題雪椀二集

帝轅阿閣中，圖要展辰告。有聲來從容，節節以足足。因思正萬邦，曆律賓相副。靈物或前知，邕喈各示六。誰爲寫依稀，申命伶倫曷。阮隃審聽餘，樂本已洞腹。器成氣乃區，官音攸宜竹。習聞大夏西，崑陰有嶰谷。篁産節竅佳，度準三九斷。舍少清管開，陰陽十二目。還宫候氣勻，天人統和淑。同郡冷心芬，裔喆今望族。束髮慣璵璠，閲躬惟繹鵠。甫彈貢禹冠，抱耻原憲縠。見嫉入宫顔，熊轓遭折軸。處之頗泰然，學力齊寵辱。託跡爛柯樵，百年消半局。無心作解嘲，有客浮蟻醁。元龍氣自豪，豈受虚膴束。湖山領略多，唱和競蘭馥。詞場擅建牙，戰技矜崇纛。小奚負錦囊，日日盈珠玉。仙露湛金莖，魂清春雪曲。詎同偃仰伶，爭長章句塾。祖述造律能，鳳鳴筆舌續。大卷雲門休，庶幾斯風穆。余亦耽苦吟，鼓吹溷畢俗。聆君雅奏慙，矧欲探頷昱。卒業借鍼砭，奇葩紛發篚。搦管輒庸凡，能無污寶籙。

圃藝叢篁接逢時澍喜而有賦

燕都課種植，栽竹必深夏。斥圃苦不毛，清陰多野藉。亢陽歷冬春，榮木咸凋謝。買得碧琅玕，坐減食指價。不蒔恐失時，蒔之虞蔫炙。蝟縮憫孫枝，修竿委物化。烈日培壅餘，涔雲覆斗舍。詰旦滋廉纖，緑筠回槁乍。天工妙節宣，稍霽舒和奓。移辰復徐霖，檀欒覺意暇。譬彼遷土初，風氣愜欵迓。生計省經營，全無離鄉詫。疏脉引籜龍，環畝徯低亞。雖非蔣詡徑，可税子猷駕。郫筒不用沽，群賢集其下。

姚瓦泉有序

賈生醇如向余言：頃歸自臨清，聞其州西七十里地名姚瓦，秋季中有兩異鳥，自東翔集其地。群兒競捕之，旋没於土。掘之，而鳥隱泉出。其夕神人見夢父老云：「此泉能已百病。」試之，良驗。於是喧傳四方，汲無虚日。泉深不三尺，不涸不盈，取者僅足以供療病之用則已，踰分輒消於器。渠曾就人乞餘瀝，甘美，有木香氣云。時庚寅仲冬廿三日。

兵氣纏東垣，村閭減富庶。賦役幾編氓，寧堪再夭瘉。霍然軫玄穹，刀圭藴沮茹。靈羽頡頏來，闡幽童嬉處。神脉挹源源，百骸享嘔呴。昔聞白民獸，本草因之著。蠢爾飛走倫，痌瘝賴康豫。豈其齒髮儕，朘生艱借箸。願沛姚瓦膏，偏濬司牧署。賒賚瘳疾資，少寬魚肉具。六合躋春臺，無貽宵旰慮。清泓化臣心，俯仰息交惡。

贈沈昭子兼寄懷其叔聞大道丈

珍羽東南來，光耀上林枝。蜚鳴昌五穀，制作緬先資。摧藏貴耳宇，保此瑞世儀。忝餤楝實奉，徒誦緇衣詩。開緘覯印友，風木鬱同悲。儵然弓冶業，不逐陽九隳。鳴陰欣子和，蘭玉美階墀。豈必相山中，文繡競身施。汎汎題流俗，羊亡信路岐。靜徵局外觀，目送歲雄雌。平慢與和實，道將詢卜醫。會稽饒竹箭，繹鵠耿餘師。

偶然作 辛卯

釜甑語盤匙，志功將焉食。謀道豈伊人，尚煩蠡勺測。浮雲過太空，眼不受通塞。蟪蛄自春秋，飄風自南北。菉葹自蕆途，圭璋自薦國。何言斡旋能，天授非人力。情田利菑畬，壽域祛憂畫。莊逵有完轅，磊塊無留臆。鸞鳳鳴朝陽，鴟鴞亦音革。同此蕩蕩遊，相忘咄咄逼。世局縱蒼黄，尸居守雌黑。詎以風雨冥，或移吾斗極。市朝杙利名，奔逐紛於織。經世肇承處，千秋幾禹陟。

又

散帙紛盈前，莊嚴遜梵夾。偶然手一編，牘得觀心法。彈鵲珠重捐，享帚金仍乏。上士脱筌蹄，腐儒矜檢柙。蓋輿非不寥，耳目偏單胠。糠秕播揚前，薪蘭後櫪壓。好馴葉邑鱗，鼓贅司徒甲。冥神五岳圖，憺韻三毛頰。蝸廬保吉躅，蟻國聆喤呷。蓬茆際刈芟，淤塞餘畚鍤。欲憑愚移山，奚恃詞傾峽。茗鐺沸新泉，活火生霏霎。硯絶垂綸妖，瓶有時葩插。稽古訂豕魚，惱隣罕鵝鴨。生平雖靡長，入世無侮狎。且減傴僂緣，靜舒此背胛。叱馭何有鄉，鳥聲方恰恰。

昇天行

紫府羅真位，九門十八街。煌煌車馬道，芳潔瑩於揩。蒼龍蜿東榮，白虎蹲西齋。玄武北偈偈，舟羽南喈喈。紫蜺扶節立，玄鶴應琴俳。服餘乘霧縠，曳即躡雲鞋。韓衆崖來串，浮丘醒醉偕。秩筵非世味，烋飪詎庸柴。侍香班玉筍，鈞奏疊鸞釵。果薦千年實，盤磨萬歲齏。寧知拙鳩拙，豈羨乖龍乖。下視貪婪侶，何異狼與豺。相羊金銀闕，不辨雲篆牌。忘形及爾汝，大道寓詼諧。葩卉享恒春，無逢霆與霾。杖亦可航海，舟亦可凌厓。堪笑劉玄石，蚩蚩千日埋。

九月廿五日朝散同部院諸老登眺新搆天安門

象闕冠雲區，歷歷引崇階。旭光浮金碧，佳氣匝城來。帶潢疏太液，廛界辨天街。懸想重輪夕，烟蕪浄九垓。玉衡端北位，符正協三台。鳷鵲曾標觀，鳳凰已去臺。曷壯勾陳居，名勝掞騷才。緬玆萃王會，銅龍答陽開。工師拜手語，柏梁匪所儕。經營成不日，無假梯航材。攀躋同昔侶，指顧起今猜。耿耿百年心，老眼重徘徊。

贈張垣公右轄　癸巳

泱泱紫薇省，特簡命世豪。詞幟伯中原，鯨銅發蒲牢。嶙峋岱岳尊，静納溟渤濤。示我燕戕餘，萬籟失雄號。廛逐齊梁侶，臨深效詡高。搶鶡眎徙鵬，風力徒施勞。德業文章内，相去九牛毛。富貴君浮雲，千秋屬吾曹。

閏夏中伏新霽偶坐太和殿前廊挹西山朝爽

高旻收溽霧，郊國息愁霖。暠暠扶桑御，延清俶禁林。掠空歡燕雀，下上有遺音。静識天人感，軫窮協帝心。吉蠲三日内，宫闕豁沉陰。時久雨新晴。雲陛暄留潤，鋪裀對遠岑。石無膚寸觸，曙色展蒼森。詎埒東軒眺，面牆測淺深。瓜分近侍享，茶出御厨琛。雖非探幽屐，寒光襲帶襟。回思馬上賦，不直丘中吟。昔有《馬上望西山》及《遊西山雜詠》。焉得蟾輪滿，瓊漿向此斟。

裴晉卿繇侍御左遷秦臬幕

風雨節歲功，本非阿星好。蘋蘩節射鵠，聊用貞臣操。詭遇既匪長，知希何足傲。開幕倏西秦，東南存昔燾。龍馬天地用，小大無二道。君往華嶽逢，應將特立告。

冬至郊祀

圜丘氣氤氲，菁葱喬木擁。星紀正子杓，陽琯灰應動。衣冠肅壇壝，散坐紛丘壠。黄道燈滅明，遥帶寒星湧。來往駿奔儔，處處聲相踵。辨色翥林鳥，聞鐘齊跱拱。微霞匝碧霄，穹宇中孤聳。明禋率舊章，禮樂汰繁冗。是時儆疇咨，兵民交痛孔。天討猶有稽，黔滇亘蟠冢。昭格本無言，德馨承祜重。小臣忝奉璋，循職滋惶恐。

次紀伯紫扇頭韻却贈

幽蘭芳深谷，珠玉藴内悦。本非媚世資，群情競區别。古來經濟倫，去就有不屑。聲氣苟相投，締交冥愚喆。之子塵表儀，渟泓以嵂嵲。偶探行笈珍，脱贈嗛州雪。余既老紅塵，清魂溷車偈。雖謝詩酒豪，時借藏鈍拙。志趣亢淵明，林下慙靈徹。依君冷堂冷，紀有《冷堂集》。厲我節里節。余里居憲節坊。庶幾解天弢，儀一慰心結。尚有寒友編，余小集紀有序。聊足箴中熱。終覆玄草瓿，永卷白馬舌。相訂窮義經，寡過期韋絶。

紀賑

南鄉奉無私，胞與羅域内。蕩蕩如春區，詎以小康代。緬惟古荒政，謀豫功咸倍。實廪贍取携，虚筐異終妹。雖罹水旱灾，食息恬閭闠。素對耻居贏，恩誼公耄睟。比來嬰流離，形鵠色以菜。碩適挈妻孥，扶杖紛鮐背。栖止風露欺，懷鄉增憊殘。歲儉鬼伯豪，溝壑不少貸。挺險苟饕生，弱植希大賚。饘粥垂窮脊，果然難異再。來牟逾時登，吁嗟朵饞喙。帑金廿四萬，星軺迅廣逮。保此屯畝間，猶存出疆耒。布德股肱良，靡鹽且寧耐。勿令泣向隅，鼓腹熙帝載。六宇有同情，覆燾應徹晐。雨粟劇雨金，畜衆甚畜艾。按堵逭誅求，茨粱恃闠萊。林林錫福嬉，頂踵矢無愛。當阨奚計多，涓涘足塞憝。鹿臺與鉅橋，千古有遺慨。

來鶴紀事 次鳳瞻原韻

倦翮覬南枝，聯翩偪景昃。餒嗉稻粱謀，辭巢甫辨色。差池候社羽，匿跡惟堂閾。性秩靡攸同，矯矯芝田翼。鄙夷嚇腐倫，耻向雞群識。望氣就君庭，志豈徒求食。邗溝秋氣澄，對浴饒鶺鴒。供娛耳目前，詎藴幽閒德。披氅寵王恭，仙標祛塵慝。沆瀣清唳吭，玉立侔楚棘。主人富琴書，息機屏釣弋。晨夕侶素心，影弔何庸畫。不見孤山亭，別有盧耽國。昔佳今已雠，聊足布胸臆。鳴郁竊肖形，玄雍空嵲嶷。

題朱君璘廣惠神膏册

黔雷鼓氣橐，盈縮得其儕。質習有殊觸，起居頓厲階。黄岐肇仁術，胗療切根荄。二豎巧攻匿，庸醫窘循涯。一身上下開，否隔肆徘徊。所恃刀圭力，每殷仁者懷。君璘公枕秘，康乂旄倪偕。六府通泰越，七門徹霧霾。人平夭札患，我保真形骸。壽域恣游衍，逢迎致足佳。嘗從閱歷處，軫念物和乖。焉得弘斯道，垓埏盡豁諧。

聞柳鳳瞻將南還次其集中紀事韻投贈 乙未

淙淙濬洮流，齒齒峙頑燦。菀枯序不移，飛走群無亂。古來出世賢，争戰冥楚漢。偃息學癡羊，鳴求斥盍旦。君概直凌雲，託志在柔翰。微詞續麟經，游夏末能贊。每覝赫蹏章，焚香手三盥。然後正衣冠，展對文玉案。頓令鼃黽聲，委瑣齊瘖竄。向迫弓旌來，揚帆及冰泮。豈等榮通倫，出處銖銖算。且樂親朋俱，文酒時詮判。今復遂初衣，快遊溯汗漫。閒即支公廬，静尋柳下鍛。徑集羊求踪，晷矜金璧换。邗水足徜徉，卿雲歌縵縵。

酬陶生季宋 次來韻

純鈎襲古櫝，匪等錮泥塗。歐冶精氣存，鑄材其後須。臘莖分上下，麗覈貫蛟膚。昔聞逢越客，酬市千龍駒。自從赤堇合，厚直空踟躕。陸離懷幼服，全用忍須臾。陶子非好奇，首犀錯明珠。耿介欲何倚，盱衡此蓋車。提携擬報國，淬礪質原殊。我鑒謝風胡，欽斯耀六區。

暮春廿五日入朝望西山積雪　丙申

春移八十五，霡霂俶沾濡。夕挻阡陌慶，晨競廷議趨。寒光來西岑，皜皜逼襟裾。念彼藝穲穮，沍溧豈無虞。城中車馬道，蹙頞向泥塗。照耀金銀闕，繽紛奎壁區。助馥活火鐺，豔翩命罫壚。雖曰乖令行，箕畢好容殊。聊足占勝場，善遷秖斯須。蒼穹冀下采，慎施良永圖。

和雷元生中翰暮春西苑作

天闕紫府居，浮蒼亦散綺。坻島斷以連，蓬瀛迷真似。晴照襯烟蕪，微颸引蘅芷。縹緲渾茫中，香山碧雲峙。疑有却塵犀，春光凈於洗。憶昔目涉初，千章森猶是。扃鑰典司存，青蚨方賄啓。秖今重洞開，車馬紛如市。公事促晨征，沿堤頗色喜。鳧鷖出菰蒲，殿角影遥舭。鴗立杠梁間，清音滲閘水。唼藻俯泳鱗，率野靡逸兕。盪舟北涘來，窣堵接篙起。鐘鼓尋椒園，梵唄流角徵。前倚牡丹欄，群芳堪續史。轉聆太液蕖，遠香拔泥趾。每邀半日閒，耳目恣移徙。行邊景拾遺，同志得吾子。

次韻答穆玄緒

六鑿彌大千，不恕喬與佺。至人運河車，二氣息燔湲。慙余嬰世法，塵病苦相連。有時侶益友，詠餘泛聖賢。有時獨抱膝，撿點質人天。日月會實沈，六十四經躔。鉛刀寧處鈍，駑駕敢希先。向平願業畢，妖氛忽井纏。祇今肇瑣營，有類秩重筵。感懷當此日，廬墓念空縣。

和元生園宴詩四章

古今等逆旅，身世苦交求。誤循誦讀輸，徒企鹿豕遊。塵鞅苟暫息，物性共天悠。高卧有義侶，把袂有浮丘。不知畝宫外，何處寄營侔。敕厨罕兼味，命酌盡一卣。吾與二三子，坦懷審去留。皞炎恬代謝，聊乘不繫舟。

又

良辰艱屢假，嘉會靡能常。寥寥素心儔，竽瑟萃一堂。宫徵何必同，若蘅無掩芳。耿介矢静持，詎争螢爝光。漆室憂遺緯，倚闌工媚倡。寄託志原殊，汙隆道以章。有如醒醉石，坐卧辨寧攘。反復瓶夷賦，處用應致詳。

又

四序遷遐矚，長嬴此一時。斗酒集群賢，園芳雜吐蕤。坐聽迂叟言，人生重男兒。生虞不潁慧，長虞不鮐鯢。皓首躋高位，服佩空陸離。貞趨違俗好，諂訕與歲滋。舉巵揖迂叟，陰陽迭盛衰。請移胸峙岳，共盡春醅巵。

又

日月誰驅逐，氣與中吕迎。蹉跎暑以寒，即迫歲峥嶸。行樂及時意，古人不勝情。叔季雲雨交，翻覆俶友生。不逮鳴陰和，宜喑出谷嚶。乍逢任俠士，慷慨贈青萍。抗言久淬藏，借爾試不平。豈無知己感，輿蓋有傾成。

始雷孟夏望前酉夕

豐隆天號令，屏翳地疏膏。鼓潤各愜時，形區冒撅叨。窮閭傒大有，占候杳蒲皋。西郊有密雲，南山寂殷慅。司教競溺職，罔綏柬作勞。廉纖恡破塊，春盡尚滋槔。咄咄阿香車，扃鍵太固牢。導生慾出入，風伯肆飂飋。不知楚旬冬，客歲何驕嘷。乙未，寶慶屬邑仲冬朔二雷電亘日。群望絶叩閽，米珠贊市豪。氣行乾乾夕，始際振喑鞫。雄伏雌聲慵，月違離畢遭。靈零隨震虢，儵忽返重韜。吾欲訊六丁，承宣隸爾曹。德威謹濫褻，魁柄戒旁操。玄工固莫測，視聽遽應高。

何映斗同年南還因其所志題十韻贈之

碏步肇峨眉，悠悠逐偃月。偏題崖壁間，曾否遂追謁。留侯訪赤松，身世等浮垺。內顧苟牽縈，懷刑終矻矻。吾羨何水部，掀翻名利褐。獨肩五岳圖，欲棹蓬瀛筏。道力果精專，俗緣應棄核。少伯更陶朱，湖舟技癢發。謀身智有餘，髓毛難洗伐。寄託審所從，乾坤恣超越。

秀巖集卷十一終

秀巖集卷十二

石芝軒七言古

鑿竇　甲申

舊笑傷弓避曲木，今脱虎口神觳觫。况逢跖部進忠告，尚敢澀囊居大屋。戟林矢市曷循足，湯釜沉淵難卜築。古人土室甘蹺跼，聊爾浮沉違寵辱。偶度旁廬堪蠖伏，泥封洞闔彌耳目。幽房隙壁潛形曲，出入晨昏無定宿。忽聞鐵騎窮奔逐，四垂飛燄横霄酷。臺瞻廟社熛輪蹙，微垣閃爍驚瞬矚。同街咨謀尚審熟，扃口遺營發奸蓄。鬼神呵護遠回禄，痛餘思痛撫叢竹。斯人斯語有馮屬，爾竇爾竇真亭毒。

南内秀巖行　乙酉

疊石崚嶒衢洞幽，梯蹐曲曲巖之頭。回欄飛榭互林丘，面俯雕虹引碧流。周遭緑隱千朱户，静敞廊廡跨澗樓。二百年來鎖深寂，寧知今與耳目謀。巖下直廬分晝室，曉度巖居幾晡出。名呼習聽邇萊庭，胥吏趨蹌時載筆。圖書扃户有餘閒，客禽息樹同永日。倦寢層雲迷故山，步履即真那可必。

聽李又日道人彈如意琴有序

琴制小類瑟，惟首不罄。絃二十有四，長五尺有二寸。首郭微圓，闊尺有二寸，頸九寸，環首二十四柱入腹，惟釘首浮面，腹柱即約絃者，蓋取象歲氣云。首底左右有兩孔，象新月。末方闊尺有六寸，頸尺有二寸。末底二孔，如日首。末頸際亘山岳。每絃有承馬，次第自末布首，大約每八絃相次爲度。四隅有足。其彈法左手指輕按諸絃，有内外無上下，右手執蔑如意，擊絃取聲而已。如意之制，用薄蔑，寬一分强，長尺有二寸，揉曲成之。琴質亦用佳桐。此道人所創，前此未見。道人原武弁，捐妻子而修真太行有得者，名長新。

鏗讙聲久隔高聰，觮韐名流謝弋鴻。杖履太行留得住，風朝月夕倚孤桐。孫枝苞蘊元和骨，坐對彌年諦清越。斵成一段陰陽窟，析竹引之聲以發。箏琵阮筑耳滿堂，隨所各得叶宫商。天然不受猿鶴媚，悠遠獨存山水意。驅除桓赳對壘豪，光風遞處振雲璈。廣陵散已委蓬蒿，且從羽士叩幽騷。

送何荆屏同年還里

白衣蒼狗不須臾，緑綺青萍祇咄吁。形影話餘朋友續，詩書種在古今殊。社燕悠悠緱鶴並，林泉豈是傲鐘鼎。天倫睽合不勝情，夢裹征輪閱歷迴。淮南桂樹擬相招，汝畔靈椿羡後凋。我憶慈闈限弱水，望君驤首在雲霄。蕁蘆坐老秋風約，空向天涯慰寂寥。

金魚池 丙戌

年年榴火窺萍緑，讌集池亭同轉燭。沽棚夤岸息游踪，水面烘雲引屬目。投以餅餌争噞喁，小者寸餘修尺六。落照影纓混鬐鱗，浮霞鋪沼明頳玉。在昔歸騎迫重闉，邇來大道馮宵逐。誰教感慨係層瀦，臨風不是銅鞮曲。

瀛洲亭雨集 丁亥

槐龍四面吼奔浪，檻俯矩泓深一丈。聞道當年蓄泳鱗，淙流日日噴龍吭。周蕪環坐瀛洲客，奇錦藻珠蘊鮫藏。何計長流此潭潭，滿種舒荷争艷放。

觀射

東芻尺許前標的，步凖三十耦班歷。志與體謀手應之，决拾縱送恐違鏑。噌然飛羽振槁鳴，嗣弸踵發梟長聲。敬一亭前開矍相，自求正鵠略師生。

古槐吟 戊子

署宇清嚴啓北扉，隙庭嘉植緑陰圍。羃雲蹙浪琉璃碧，虬攫蛟盤拔地飛。書生繚繞連幽籟，曾裛翠華香霧霏。蓊蔚禁林多剪伐，典刑猶在切依歸。曙迎晡别經三夏，二十年來交匪乍。風雨陰晴幻我顔，壽考作人爾流亞。

梓里諸公有憶中園之作余亦感賦此篇　己丑

堇花寒火錦官城，逸陌鳴笳太守旌。舊俗遨棚始上巳，東郊處處快逢迎。花溪鼇祝海雲石，薛井鸞牋石斛堋。兵燹未干蠶稼宇，錦流樂事遂幽情。後來彈鞚相雄長，選地中園平若掌。遥集名蹄捷檄徵，路傍堵迥屠龍黨。駘鑣覂駕競春芳，况復主人忺標榜。颸叔仙遊樂返垣，蹙雲絶足悲俛仰。憶昔同人生死殊，兼聞沃野化燐區。空思却冀調金埒，坐對昭臺閲隙駒。書御遺情異今昨，羈踪會老青絲絡。妄希後福有塞翁，欲刈吉雲自漢朔。君不見芝田脱牧隔風塵，苦被駑秉殄厥真。安得華陽適水草，長年不逐弋鋋道。

灌園蘇翁歌有序　庚寅

廣漢蘇雲卿，寓豫章，其行略見隆興士宋自適所紀。

齪朝鶩市紛如織，射摑之來文捷即。東湖南岸廬者誰，修儀美髯自食力。廢地區籬架且塍，藝耘溉壅因時飭。巨鍤九尺柄等身，常使畦產歲贏仂。晝程滋翦宵捆扉，無事扃垣獨宴息。市蔬貿屨不問名，易薪易粟無二直。羨餘周急靡逋追，豈是離群遠貨殖。踆鴟沃野紆耕鑿，五岳游情偶斯得。漢陰丈人朱桃椎，園屬遺風存羽翼。豫章漕帥勤物色，土銼竹几瑩於拭。案上横襟西漢書，客來烹茗泉新挹。姓字暴自廣漢相，咄咄潛形世界偪。詰朝閴室函幣留，邈矣冥鴻不受弋。

齊瑟行有序　辛卯

樂府有題無辭，未詳所始。陳思有「齊瑟和且柔」之句。而謝靈運云：「伊昔家臨淄，提携弄齊瑟。」鮑照亦云：「空録齊后瑟。」江總：「齊絃窈窕瑟。」其所由來久矣。合採其意，擬作之。

嶧桐泗梓岱蠶絲，律吕旋宫鳳柱移。鄒魯絃歌化日熙，濫竽充耳詎知之。操迎卜夜飲傲傲，促節絙張彼一時。走狗鬥雞風以漓，雲和不御淫哇滋。吁嗟儒響久凌夷，巨倩空陳諷諫辭。

趙瑟行

沈約有《趙瑟曲》，今更其調，以方《齊瑟行》。

文山梓漆紫山桐，魏柱韓絲平棘工。吹管和律聲黄宫，岳梁連亘越疏通。邯鄲夭冶舞春風，一部鈞天仍夢中。見《史記·趙世家》。燕筑秦筝競爚聰，叢臺逸韻裊長空。絃揮五五送飛鴻，擊缶筵前響益雄。

代霽月訟陰雲　季春望夕

萬户千門敞暮春，靈霽快借滌氛輪。西園甫睨丁香結，東嶺將輝子竹節。玄兔金蟇擁玉盤，白衣蒼狗封銀闕。雲乎雲乎爾何尤，不放清光耀九州。欲遣吴剛利厥斧，戮伊聚族斷伊頭。出觜赤珠如應候，循垣白虎宜參後。中庭豈爾列陣場，豐蔀北南及左右。飛廉前日捲沙狂，猛力何難破滃囊。招却不來麾不去，世情翻覆到穹蒼。平心黽勉亮工事，膚寸驅霖膏大地。或見輪困復且霄，或呈梢木璇宫次。不然寶蓋旃檀香，溶洩幽人趺坐位。竄跡滑馬附衡旍，廻障階符隱紫冥。高叩豹閽憑凈埽，莫令壅塞羲和道。

放榜夕良輔示余中秋夕飲篇因題其後

社燕辭歸菊候來，沙颷獵獵肅金臺。燈前書版誇羅彦，益信流年後輩催。黄卷青燈嗤我老，春芳秋照娱人早。引眸歲歲閂光華，幾許鏡顔留少好。偶展中秋夕飲篇，想君捉筆縱横掃。浮名蒼狗等須臾，買笑青蚨委藿草。勞生夢覺分居半，秖此舒輪矜共翫。誰擁嬌娃俯畫欄，淺斟低唱罕遺歎。欲憑玉斧煥璇宫，莫遣流雲兆水旱。竹塢松丘融冷光，韻霜唳月聲聲誕。今雖未逮玉壺携，懸揣高吟斗轉西。鬭熱茶經尊陸羽，鐺烟縹緲砌蛬啼。人間爽致兼蓬閬，漫道昇天别有梯。君不見緑蓑獨傲寒江釣，紫陌紛馳寶勒嘶。

李子竹西見示近集有啼塵顧盼之什昔者注念老拙而作也因廣其意十二韻酬之兼柬浙中諸友

駰垣炯炯卿雲纈，帝遣洼池題汗血。充牣天閑不世材，倜然躋我孫陽列。狂颷倏卷吉雲芻，坰牧低回吁永别。寥闃傳聞甘蕨薇，浮沉或飫溟陬雪。骨存寧羨市黄金，志壯未忘驅錦韉。鼎鼎扶輿有事區，那堪伏櫪同駑劣。麟郊鳳閣冀來遊，豐草長林空蹩躠。濟濟於今集國門，權奇較勝沙丘閲。和鑾不動九衢塵，信步承恩蓮炬埒。私幸龍鍾逐玉珂，詎夷銅式標滇穴。嗚呼男兒氣概矯，猶龍肯與阜牛争爽喆。

李萬侯重倩奉其尊人之命遠訪余於京師相別蓋九載矣出示晚翠集中有寄懷老拙一章依韻却贈

龍駒咄咄秣歸時，雲步霜蹄喜範馳。戾出燕臺光宅相，慧方裴秀與丘遲。天南地北驚年換，我已顱髡子醮冠。猴棘揮刀具體呈，蝨輪飛鏃能心貫。何期旬始擾三台，落落交游重惑徊。候雁莫詢僑寓跡，雕龍徒憶瑞時才。沸鼎之旁多逸士，嗣聞柱史輕金紫。五湖遥羡范蠡舟，吴越從驅日月羽。故園燐燹懸江漢，慰藉親朋憑染翰。促膝前期與歲深，殷勤遣侍羈栖畔。龍門枝榦絶塵緣，世德遺經重火傳。倒屣乍披珠玉櫝，不矜枯蛃飽神仙。

題莊封君八袠册壬辰應其子順天司李曾明徵。

德業文章疇濟美，峥嶸作述東光里。躋堂介壽紛桑梓，駘蕩春融戲綵卮。濟邑甘棠茇父子，作求世德天申祉。龐眉鶴髮侶黄綺，潛見猶龍柱下史。火棗交梨芬齯齒，靈嬰姹女薦壺篹。崆峒使者持玄髓，金狄摩挲笑相視。髧頴揄揚應止此，我翁不直一杯水。莊君平語。憶撫曆蓂皋作士，祥開高閥于同揆。明允前徽存大理，人間抑氣銷嘉胏。聞孫京兆蔚司李，筩中筆削明五始。帶河柱華尸畏壘，循傳堪標神雀紀。政譜師承家譜矣，千秋燕翼何云已。

雙桂用昌黎《杏花》韻。

豈蕖不耐照秋空，曼陀舒白鳳仙紅。盧莊僣阜婆娑影，莊舍後山桂各色甚繁。夢裏尋芳隔閬風。八月客查南以北，雙株遠惠小山同。紫茁雨餘一兩葉，苞英默乞蓐收功。違鄉水土未能習，生意慘澹經營中。計防霜日重縈静，留蒨来秋裛露叢。小婢忽喧孕蠟蒂，有如金粟綴初楓。净拭庭除新位置，朝臨夕對意何窮。菊蘂尚封柯下上，清芬邀貯舍西東。焉得鞞枝侔棗實，因緣訪道奉韓翁。

贈宋今礎出守常郡

漢二千石資公輔，安危倚毗非小補。賦甸窮黎軫黼衣，徵賢佇企春風雨。玉樹追隨昔所欽，仙標卓爍今無伍。盤根錯節器何如，作述杓循針子午。箸借東南建隼旌，騷壇燕邸失宗盟。雲蒸小大猶龍用，塵净朝昏策馬行。鑾觸角邊看築觀，邯鄲枕畔閲浮名。知君游戲通經濟，肯向時流較重輕。

蒐閲篇　癸巳

牽牛南昃雞聲曉，虎豹閽扃弭轡繞。魚貫傳呼侍銅龍，馬蹄緹獵凌晨鳥。平蕪烟幎牧群浮，遠樹天圍村落窅。中有鈎陳肅紫垣，羽林振旅不聞喧。欻然鼓吹螯弧閃，紛爾風雷扈校奔。草暖沙融迷細柳，旌前纛殿壯和門。天顔笑促鶩鑣進，使命頻將駿足飆。鶩鑣駿足遵龍御，蕙苑蘭唐縊虎踞。基蒙獻枝至尊前，賁獲弢雄繕怒處。平日毛錐涉獵間，今來羽葆争馳遽。羽葆毛錐幾頡頏，上林羽獵及長楊。臺觀兩翼魚麗陣，路入三驅熊館傍。出火簡蒐循古禮，敞圍縱逸豈禽荒。建櫜每切阪泉警，弋獲寧諼渭水望。建櫜弋獲諧準率，物阜堯天熙舜日。雉兔芻蕘文囿寬，羽旄鐘鼓齊郊疾。不須貆豜詡虞人，已見貔貅協師律。珍錯須臾出大官，封章委悉披宣室。於皇耀德寓觀兵，士載言兮史載筆。

逸馬 四月望後。有序

人老天逸之，於物何獨不然？余憫斯騎久勞，因逸之於蓮華庵，援筆以寵其行。

[illegible][illegible][illegible][illegible]齒積唐，九年代步稱斯臧。詭銜竊轡才偶拙，雨驟風馳志頗强。豆棧無貪推後駟，寶珂罕覬壯騏裝。偶然筋力憊金埒，似悚主人芻秣將。負棘遷延圖郊役，寧勝策數及牽長。圉人重實輕前勩，從史他鬻求上襄。吾聞賤老沿薄俗，敝帷不棄欲奚償。樂騶和御慙無父，束帛歸贖感子方。駔闐躊躇非逸所，坰閑誰割食駒埸。揭來巾幗前申説，西有招提養老堂。命使媵以旃檀供，住持信受靡彷徨。莫言韡蟲無佛性，昨夕蜿蜒兆殿梁。

傳舍行

巢窟何曾湮聖跡，斥華凉作矜翬革。輕將蓬蓽陋儒風，材殫陸麓瘏匠石。未能免俗寄蘧廬，儉矯奢貪兩不居。况肯忌成毁瓦墁，博他傳舍笑拘墟。亦有龍鐘拙問舍，卜鄰靡惜千金價。翦梧祈箚太顛狂，竊快畢箕分謗卸。旁人見者雖驚怦，石火浮雲詎懀情。回思燋劫崑岡後，已拚荒郊閲此生。君不見有道居停勤灑掃，子猷僑寓琅玕繞。古賢脊脊甚今賢，鵲讓鳩居亦自矯。

省牲行

凌晨緩轡南郊路，宮殿霏微隔霧樹。衣冠濟濟肅滌寮，文繡犧犝紛在絍。牽來次報香案前，繭栗不論肥中度。東廡深鎖麇鹿群，即之馴擾靡驚鶩。物性飫貪芻豢恩，寧知登俎溘朝露。夢龜暗雁秃尾雞，巧拙智愚惟所遇。

冢相劉憲石人日邀集同譜兄弟即事 甲午

世務驅挐牛馬走，分閒人日依韓斗。尊開北海藥梅前，星聚南軒釃柏後。弓月低櫊玉漏殘，主賓談洽室蒸蘭。須臾照乘流槐火，仿佛垂龍洒露溥。天假芳辰浄揎抱，潭潭相府班蓬島。退思補過事非遲，群樂循箴時較早。三十年中水逝波，公餘命斝亦無多。相看皓首曾英妙，春鳥春花奈何老。

題楊愛竹同年竹卷有序

愛竹自洛中遺余此卷，卧治餘閒，墨君茂對，且欲移滌塵襟於淇菉渭畝中，可謂自淑以淑人者矣。因展玩，漫識數言於簡末。

春華秋實閱雙丸，嶰谷風和簇萬竿。不妬烟霞閒者主，不依峆嶁小而觀。有時包系文人腕，粉膩香清挺玉寒。肖貌雲梢纔寸尺，鵝溪絹素劇琅玕。雒陽太守胸淵奕，斐澳猗猗出搠獲。耿介天然具象先，幽光展處生垂帛。知君禮治洽神人，柯葉貫時無改易。研北檀欒奚自來，從兹陋室餘圭璧。

榮光篇爲戴冲偉封公題屏 乙未

瀛海榮光帶碧空，籬黄岸赤閱儀鴻。天開韋業聯星履，地接堯階長玉叢。新恩照耀尚書磧，司馬遺勳留史册。三立謀貽子復孫，九疇福備今仍昔。焜煌邸第慶承顔，退食紽絲焕舞斑。難老齊眉輕劫火，待炊比屋領南山。余亦萍蓬虚六秩，還丹無分庭娱失。爲公摇筆侑稱觴，愛日堂前光旦日。

大博卓錫而南説此偈志别

捷足紛紜蹶箕斗，垂頭抱樸吁荆叟。繩床天外白雲忙，經案烟中蒼兕吼。何處幽閒覓宿桑，灰池塵海溷蒼黄。觀心兀坐維摩室，洗髓無煩太上方。

秀巖集卷十二終

秀巖集卷十三

石芝軒雜體

喬木嘆 丙戌

樹木如樹人，尺寸歷全身。託根嚴密地，閱此羲軒春。豈無風雨妬，工度其何因。帶流數百年，榮謝自相巡。時有珍禽集，下絶麋鹿塵。瀛洲咫尺間，未許漫問津。如何介然車馬道，藏身不固嗟難老。誰云樗散享天年，坐使樵蘇意覬早。乃知百六兵氣纏，梗枏荆棘同秋草。中有一株號壽星，當年幽辟倚亭亭。輪囷今并尋柯斧，不及秦松丐岱靈。從來滄桑習轉轂，髠地焉知不林麓。

反勞新

歲旃蒙之作噩兮，月修玄余有述。稽定中之經營兮，先廣頦于宮室。工師遴材乎鄧林兮，窮崖谷以甲乙。審繩墨而無忒兮，落輪奐其不日。仰榱桷以俯几筵兮，肅光儀于秩秩。儼英爽之永圖兮，力普存以承陰騭。何聆鑾之難忱兮，鞠茂草而吟蟋蟀。留神栖以署廨宇兮，雖雕幾共榾柮之匹。競斧析以供炊烜兮，較樵採其功逸。彼梯航以遐致兮，恒百值以輸一。此日用而飲食兮，豈恫恫乎民質。重日溝斷兮丹青，爨桐兮且琴。委命兮一炬，倏享兮千金。若蘭膏兮遽燼，及敗輪兮罹熸。咸自取兮曷咎，孰然古兮疑今。有材莫任，有突厥黔。倚爨而吟，適勞我心。

己丑初度吴蒼浮年丈見惠佳篇依韻却贈

弱齡曬膝下，向學擬朝曈。漸摩師友力，立説糾玄融。濫竽金馬籍，遺情目介通。原無我法恃，况敢竊天功。得失委年矢，听然亡是公。隙駒擾擾移冬夏，故國豪華感太冲。邇者逢君悲歌地，不將珠璧棄璣璁。淋漓八角戴山筆，琅炳盈篇吴富風。訪道昔迷蒼玉室，授簡莫冀具茨童。誰開黄海齊雲面，濯我三潭九井中。吴，徽人。負幞應藏修月斧，妙裁直欲織空濛。鄙人尚有華陰土，贈君試拭昆吾銅。

雷元方内姪自南來訪感賦 庚寅

昔日家園别，朔吹擁行輈。今來石芝舍，白露已迎秋。昔别子周紀，今來又紀周。不覺儀璘駛，但知身世浮。昔别井閭仍富庶，今來共話丘墟處。狐鼬入室長子孫，燕雀僑依失恃怙。青青尚保鳳山林，蓬蒿應塞馬橋路。荒衢燐嘯集游魂，鷄犬聲沉自昏曙。餘生漂泊共天涯，我迫桑榆子若華。玉壘雲迷無北羽，玄亭草寂有南查。烟蕪近帶傷心碧，風雨長縈觸目嗟。促膝云云悲且喜，萍踪慰藉傒吾子。

遺懷八首 七言三句體

覆笥山扃輪廖館，麋欽樹憶真陵纂，誰泛香丸發秘簡。

又

朝朝膏露薦長裾，小小靈方乞隱居，一生竅啓竟何如。

又

方外尉遲雲母餌，箇中劉累力珠遺，少壯復來何所事。

又

探幽假得仲宣驢，續酌懷來郎玉珠，何處何時乏我須。

又

道消三益逸人室，思耿多男長盛匹，區區不較髡名實。

又

紙剪飛光失霤堂，席袪重薦倚藜牀，主子子先何有鄉。

又

洛成那管風塵鬢，不借希追霄漢駿，愚喆乘除疇正閏。

又

狐穴標奇豕的蹄，雁行論業麝空臍，燕坐觀心馬幾嶲。

卷白波有序

前人酒令中有《卷白波》者，緣東漢平白波賊，故席間倣之，以快人情。今九月内河徙蕩榆園賊巢，因取此題作紀事三解。

卷白波，傾黃流。桀魁雖負固，泥首隸陽侯。將軍亟策馬，鳥陣導潮頭。一解

白波卷，楡園遷。誰遺挽星河，洗兵不少延。因之廣鑒溺，莫僅甚防川。二解

慶賜酺，卷白波。閭閻無虎政，擊壤起遺歌。何庸樽俎謀，草木暢陽和。三解

暑雨咨 壬辰

修五行兮恒職，適節宣兮攸如。靖驕陽兮南陸，晏伏陰兮北居。候離畢兮少女，導靈液兮紫虛。塊靡破兮塵息，物恢台兮清舒。律移蕤林，時乘潤溽。疇璺炎霄，翻盆湮谷。豈媧皇之功遺，障狂津於析木。縱左右之落千，挾融火以蒸燠。慨熛龍之張餤，偏黑蜧其摧藏。希汗礎如玉髓，仰鱗涔而滌蒼。知不可乎澮集，徒搆怨於巫尪。審達夫過猶不及，曷哀益以燮雨暘。乃駃斯涷，不泓何衍。建瓴者乍，塗濘者緬。或丐威於霹霆，或藉灑於颮轉。或啓景之不終朝，或霹霡之判少選。彼役蔓其鳴池，亘靂雱而濯枝。胡燀歊之蘊鬱，格游蒙乎俯披。徙燥土而巨浸，界霋霩以涔潰。秖增愁建安之賦，何關催工部之詩。聊臚摘其積僽，聽弇師之自訟。圮屋頹垣，黴帙浥幪。漲隰坍塍，殃稼稽種。監工徒號，黔噎損用。商旅阻程，輓航滯供。萃四民之愠尤，指昊穹而恚諷。善稱君父，忠孝攸歸。以不仁委玄造，於司存其重違。雖屯膏之應沛，抑反汗其遺譏。將奉行之失當，濫鬢滴其淪隚。況勸醒之滋疢，譬飫餤而具腓。誤美怙慝，孰是延非。敢效忠告之辭，代陳救過之計。爾有蘋末之良朋，與夫泰石之昆弟。贊招凉兮披襟，邀蕩煩兮倚笙。甘澍令聞兮施身，美疆豐功兮昌歲。視群詈兮潦淫，比惡謚兮幽厲。何去兮何從，尚假旁謀兮贅喙。

後緩聲歌 癸巳

向日之葵，必有羞天之鏡。石脾入水乾，獨活淩風勁。屈軼末指奸，雒常皮兆聖。心之憂矣歌且詠。復思召水之獸，必有却火之禽。鎣鐵無堅鐵，嗽金有餘金。歲穰龍蚳見，氄罹鈎鵅臨。心之憂矣歌且吟。

續古咄唶 丙申

山有樗，水有魚。斧斤集，網罟挐。童鄧林，餌盈車。嗟材乏，嘅澤虛。揆攸自，在溢祛。悠私給，留公餘。
耕者牛，濟者舟。不耒耜，曷易疇。不舳櫂，曷從流。風雨節，人事周。歌豳雅，狎陽侯。適出處，樂千秋。
日之中，月之盈。雲撤蔀，暈規城。愁鬿狐，戹巨鯨。地維肅，天目貞。齊七政，順五行。永保此，載寧清。
天五賊，士三端。或昌見，或忌干。浮沉易，趨避難。絶盜圝，回福刋。堅意城，群侮殫。審近圖，息永歎。

秀巖集卷十三終

秀巖集卷十四

石芝軒五言近體一

甲申七夕

雌雷驅夕雨，秋籟入簷珂。獨有羈懷者，無如鄉夢何。競悲魚泳釜，空羨鵲填河。斷續砧聲急，疑聞燕趙歌。

乙酉上元同鄉共集石芝庵觀燈

蓮漏塵初定，燈輪景會清。人尋苦後樂，月倍食前明。昨夕月食。擊筑家家酒，呼茶昔昔鐺。相期秉燭意，聊用慰羈情。

又

紅妝聲匼匝，青桂影參差。游戲歸三昧，光華泛九枝。坐移不夜域，對酌早春巵。魚鑰無扃夢，陶陶度錦涓。

贈寫照王生慕周

西京人物藪，之子亦清流。能事窺摩詰，前身或虎頭。曲傳山水逸，韜摭豹龍優。不聿兼知我，移情到壑丘。

和黃慎軒秋牡丹十六首

驅霜疏老圃，丹秀恰宜秋。影日舒清豔，趹雲傲赤油。東皇憐舊賞，西顥結佳遊。好續清平奏，金風解破愁。

豈是隋園綵，何如裴第姿。春華疑隔世，臘萼不同時。客燕懷芳訊，賓鴻掠影窺。若教陶令見，把酒向新枝。

競葩時已改，無佛處稱尊。灼灼留頹景，姍姍倚醉魂。凌霜天與貌，腓卉日何恩。俗眼從青白，成蹊亦不言。

幽姿嫌錦簇，亭幹謝麻扶。澄景頹龍火，芳園煥鼠姑。蛬吟檀暈倒，風拂鶴翎殊。誰識漻天下，峥嶸九葉珠。

浮雲凡富貴，能得幾回妍。天意存嘉樹，秋容委蜕蟬。乍看烘日處，却肇小春前。稜石來相命，修篁失獨娟。

絡緯啼金井，香魂招却來。不同風葯靡，取次日精開。嗚鵙充青使，影娥得素陪。誰云辰德肅，執矩亦憐才。

雁引清商氣，龍盤烟景枝。不圖下葉候，尚有振英時。孤韻寧驕蹇，凉飔耐静持。張蘭展高賦，爲爾一摛辭。

高天如可問，爽節覼花王。蓓蕾迎風放，葳葩挹露凉。色分流火艷，侍命效殷妝。説向籬邊槿，春秋幾許長。

梧葉已乘令，花師術莫陳。蕭蕭征蟀地，忽忽囀鶯春。遇目非標異，聞名却領新。何須從籞外，蘭菊悵懷人。

名花繁族類，舊譜詑奇逢。得此回秋律，尤能起客慵。影斜增日麗，色重入杯醲。漫道寒砧裏，輕盈莫適容。

五衢聞少室，百葉訝新開。不假朱幡護，何妨青女來。神同姑射侶，駕或鶴林廻。閲盡炎凉態，芳叢絶點埃。

禾黍西風勁，春情矜獨含。品題原拔萃，狎獵遂幽探。解恨傳亭北，豐翘擅雒南。翰香秋社集，書合興餘酣。

四序春長駐，曾聞紫府居。豈逢七七術，特幻夭夭餘。避地芙蓉末，尋盟松菊初。移株興善最，欺凍迥難如。

焉得移春檻，標題建錦幢。光儀王謝集，丰度阮何雙。澹圃殊生色，群芳若受降。寄雲玉溪子，夢筆欲齊江。

白木英重爛，青霜一任賒。戎葵敢較本，根潑漫知花。香砌窺荀令，霜天覩萼華。增城教晚發，不復詡楊家。

金氣經時察，雲荄竊大還。酴醿懷執友，蜻蛚識芳顏。殘蘂酥煎供，新苞帳護攀。幸違野鹿茹，留取伴幽閒。

和朱滄起老師園居十首

仿佛嫏嬛境，天游愜素知。酬雲濡虎僕，潤卉勑蛇醫。世重潛夫論，情深束晳詩。俗塵許就澣，不獨飫分芝。

取適忘機侶，閒吟出世身。積書仙蠹質，閉户老龍鱗。谷口何私鄭，桃源不隸秦。惟餘宗炳輩，長得訪遺民。

大文天地閟，尚憶包山謠。地入仇池夢，人同桂樹招。松筠無俗韻，蘭蕙長新苗。掩卷尋儵樂，扶藜向柳橋。

蟬吟靜鳳阿，鶴夢隱龍莎。石蠹栖雲富，亭虛受月多。韋編研露點，牛篴遞風歌。褦襶稀來往，時衣換芰荷。

選勝稱誅茅，高深任地殽。晴雯留日麗，寒玉戛金敲。芳草堪紉扈，幽禽串啾嘲。問奇雖不拒，亦擾讀書巢。

無營足道心，何事入山深。善挽攢眉輸，渾忘抱膝吟。照人珠在握，命世翰如林。至此移情者，茫然廢故琴。

邵平成藝圃，康樂賦山居。欹石流分枕，斜暉髮對梳。雲霞與晨夕，魚鳥共籧廬。負笈懷三益，時來較祕書。

著述真能事，名流競改容。匠心應吐鳳，伸紙即雕龍。概日子猷竹，郵風貞白松。勑厨無異味，薇蕨及蓴葑。

搆園名解脱，遯世遂幽棲。菊蘂斑烟徑，梅香汎月谿。導輿稱盛事，課子有新題。日日群鷗狎，相將趂緑隄。

鶴猿諳日涉，來往信招呼。樹石森成列，亭臺中布膚。逃禪原有爲，處世合循愚。豈效陶朱子，千章課木奴。

夏至前直廬偶賦

尺五承明地，齋居静道心。蘭言逢擊節，華髮快勝簪。松柏看新沐，禽虫識故音。思餘星聚夕，候氣欲生陰。

繼百史挽莫文學幼輿詩四首 丙戌

俗士矜遺業，貽謀忝肯堂。多君知保璞，有子快稱觴。後進推元亮，前身或漫郎。堪憐占象緯，寂寞少微芒。

淒切滄桑感，徒殷出世心。青山何處是，白業寄情深。待價原黿采，希聲自太音。所嗟無華土，寶劍作龍吟。

著作虞卿富，詩書覓德隣。無營齊物我，有道樂天人。良驥才兼足，神龍性本馴。扶搖不假力，空羨北溟鱗。

慘澹龍蛇歲，蘭萎玉以摧。筆花徒有夢，征草悵無媒。此日騎箕去，何年化鶴來。大招難免俗，名允署丹臺。

送高念東還里

去國云耽病，林泉有舊盟。金門原寄跡，湏海欲移情。陌柳倉庚語，郵藜太乙精。緇塵祛客袂，隨處攬澄清。

背決函三域，悠悠去住心。岫雲迎倦翼，梁月度幽岑。石蘊龍門史，箋傳正始音。何時携異簡，來就讀書陰。

贈劉練溪宰江陰

星聚三時事，符分百里行。和軫驅熟路，舊曲譜新聲。申浦儀仙舄，甄山引使旌。尊前話夙好，去住總關情。

贈朱奉徽少參之任赤城

紫閣論新勣，輶軒指赤城。膴原開寸澤，監牧閱繁生。修飭今文季，廉能古仲卿。居庸關外柳，青眼送行旌。

送曹秋岳南還二首

何期鴻掰手，濡筆賦歸田。守命同磨蝎，觀生委蜕蟬。浮家仍孝友，閱世且山川。豈效悠悠侶，榮通託養玄。

不盡匡扶業，貽謀待後昆。叔通稱法鑒，元亮有蕪園。天錫湖山長，人操几杖尊。東南吾道在，聚散信乾坤。

送趙洞門還星沙

君今尋楚棹，我尚滯京華。回首逢罹共，懸情去路賒。湖平當八月，園涉茂三花。初返萊庭服，蓬壺即蔡家。

季夏六月同孫北海胡此庵左旦明梁芝三戴巖犖裴晉卿避暑農壇二首

銷夏開尊處，迎秋尚日長。壇圍松影静，卉帶雨痕香。耳目移塵境，乾坤到醉鄉。何須扃斗室，高卧話羲皇。

避喧偕静侣，近郭遂幽尋。履畝回春夢，看雲幻夏岑。荆榛迷輦路，禾黍秀齋林。俛仰還陳跡，尊罍莫厭斟。

初冬陳實庵邀集齋中即事索賦

佳會循真率，寒華尚薦芳。陽春生几席，朔氣遠盤觴。下榻慙高士，開幀憶故鄉。出示趙文敏山水。主賓皆逆旅，乍得却愁方。

入室依蘭舊，開軒泛菊清。圖書行素業，絲竹友于聲。避世同金馬，文壽承鏞章。逢場有玉京。孟公投轄意，亦是自陶情。

既序戴巖犖太常丁亥草復賦此柬之

平生作述手，處處欲追逋。果腹青精飰，開軒白澤圖。瑣言歐鼠璞，綜禮逼鶉觚。聞道揮毫際，頭蓬不暇尋。

分得中朗秘，慙非玄晏篇。隨珠命世寶，愚哲有同憐。彈鵲君知惜，探驪我遜先。封題歸舊櫝，光氣尚依然。

孟陬十九日同楊愛竹童天目向西崑暨松柏上人遊白雲觀村主王弁邀飲彌陀菴漫賦四首 戊子

諺節傳燕九，游情萃四關。奂輪殊昔搆，耕鑿際今閒。寒凝前通瀆，春蘇尚蟄山。他時追此賞，鈞奏有無間。

緩轡春光裏，仙都郭外斜。轔車紛大道，村酒詡流霞。雲浄無來鶴，山明欲放花。聖凡原混跡，何處訪丹砂。

寥落玄虛境，駢闐跡尚饒。看雲歸舊賞，走馬寂來朝。席地偏蚨集，帘丘每客邀。良辰假大塊，隨處挹清標。

廢寺開樽乍，兵荒景拾遺。管絃山水曲，士女古今詩。感序心難鐵，經霜髩易絲。主賓方外侶，莫漫羨安期。

北郊晨歸歷後湖有作

人烟移舊郭，車騎競晨坰。破寂鳴駝巷，扶欹卧攊亭。嶺明遥樹雨，風約半湖萍。偶憶山居處，從師此抱經。

陳生洲前輩挽詞四章有序

僕于生洲先生，追隨史局，司教詞林，蓋五年於兹。麗澤資深，親切芝蘭之入；典型仰止，消沉珠玉之輝。事與時移，悲同感積。署中染翰，以擬《大招》云爾。

夙望歸龍種，芳名振鳳池。南宫留藻鑑，北羽緬逵儀。寂照青藜閣，遺章碧落碑。秋聲同聽處，躡影倍悽其。

伏案披疑霧，遺情避世喧。詩書森玉律，弓冶啓金昆。入夢人琴感，探奇翰墨存。德星難再聚，何處禮游魂。

鳳卜諧昌世，龍驤蚤空群。懷珠光日月，楨國際風雲。天假師模峻，人依斗極殷。升堂虚右席，後死慟斯文。

經世陽秋手，論文伯雅杯。研鄰風習習，窗映草毰毰。天不慭遺老，人徒問夜臺。騎箕懷礪楫，光燭尚三台。

贈裴晉卿侍御督漕二首

計國借乘驄，前旌度朔風。接舲商相用，盈廪漢侯功。楫擊甘棠涘，關臨守豹雄。感懷嫌越畔，珥筆欲何工。

星占移柱下，鷁首競南趨。楓落寒江雁，兵訛擾岸凫。簡書雖可畏，民力冀全蘇。共企春風雨，熙和及轉輪。

元旦二首 己丑

苦廬驚改歲，躬閱靦生勞。米索東方朔，花悲北郭騷。時案瓶貯有新開芍藥，因用長吉見句。咿唔兒慰藉，茗艼僕周遭。鬱鬱將何語，䏼天不謂高。

雲日新庭戺，幽栖觸感屯。絶裾迷覆鑒，焚玉愴游魂。益邈塋廬夢，堪嗟皮骨存。浮生窮寄寄，未敢信乾坤。

三日次兒率伴讀幼童出就外傅

群娛方二日，奉帙喜從師。序揖朋呼出，歸矜字辨疑。背人偷點畫，屬對識敲推。旅泊逢衰莫，琴書幸有貽。

送張伯珩侍御按蜀

天險蠶叢國，星占鷺羽車。蕪田愴佩犢，石室鮮遺書。新搆資雄畫，殘黎待奠居。悠悠西望處，故業有耕漁。

送金豈凡司空假歸

南風導北鵠，不是爲移文。十載松楸慕，盈庭蘭玉芬。優游仍綠墅，舒卷自青雲。獨有無家者，悽懷鹿豕群。
歸趂蓴鱸美，編摩別息齋。湖山欣有主，文酒感同儕。夢託垂虹棹，思餘糝玉街。圖麟未峻業，豈得辦青鞵。

送蔣虎臣編修假歸

藉甚弘文彦，承恩出帝畿。布帆楊子渡，竹徑蔣生扉。琴瑟新琳館，輿觴颶綵衣。足知冠蓋里，樂事備庭闈。

送范端然之任河南臬幕

栖志嫺幽討，宦遊亦勝遊。白雲山帶郭，紅葉水盈疇。縹緲亭留句，逍遥宫引眸。平生期許在，後樂起先憂。

劉憲石學士招飲逋齋二首

退食宫環堵，南柯肯寄身。好風來净几，遲日隔緇塵。北海尊前客，西銘座右人。耽玄寧寂寞，賓戲且娱賓。
主開酣墨戰，客到每詩逋。康樂蕉華贊，淵明山海圖。微存圃稼意，不減詠觴須。静悟盈虚理，秋輪幾度孤。時蕉花大放。

中秋感懷

爽夕峨輪滿，新庭寂歷秋。瓜筵誰弄影，香几誤聞謳。風咽寒螀股，雲褰夢鳥幬。綵囊金露滴，無故學涔眸。

薛行塢大司成招飲桴菴二首

敞軒彝鼎氣，搦管化工裁。松菊忘年友，琴書步武才。夢餘春草句，客共紫霞杯。弱思樓居外，天涯信里限。

文酒陶嘉月，秋園散翠陰。羊求諳徑熟，謝鮑託交深。高遠寰瀛壁，希夷太始音。無勞投客轄，良晤惜分襟。

吕蒼忱修撰得請營兆亲賦以旌其行

玉桂儒林選，松楸孺慕餘。南帆邀錫類，朔吹冷征裾。静坐山川語，祥開雉兔居。鈞璜徵世業，翊運永終譽。

書逋齋集二首

昔賢耽吏隱，吾友志逋齋。抱膝欹琨枕，衡盱詠阮懷。禽魚親岸幘，竹樹習盤階。近市羊求徑，探奇樂有儕。
心珠迸不聿，出處總閒情。尚薄升堂選，寧邀集覽名。興觀留四始，淡静却三彭。空笑悠悠侶，乘查覓閬瀛。

三日立春 庚寅

雪圃愆冬令，愁居度朔風。占雲三建後，催蔊七番中。生計荒扉北，閒情負郭東。豈無春醞湛，不返老顏童。

贈上舍王涓來年姪還楚

杙纜黄江爽，龍文接雁行。劫灰經赤壁，故業起青箱。吾友箕裘在，他時竹帛光。臨岐春事駛，鄭重紫遊韁。

贈朱梅麓予告歸省

載筆芬前史，衡文領一經。早蕪榮子舍，晝繡入椿庭。介壽樓峰翠，追歡蠟屐亭。留連忠孝意，家國閱車軨。

挽梁素洲禮都諫二章

作述紅蘭省，應求道未孤。汪洋臨萬頃，光澤挹雙珠。石火移高躅，楸風慘束芻。貽謀堪百世，後楷自吾徒。

椽筆文壇伯，梧垣諫草雄。素餐箴七序，介守藐三公。薤露歌燕邸，龍泉搶闕宫。無緣終請益，顧影嘆心蓬。

新霽同梓里諸君子登毘盧閣環眺

塵息濃陰界，天開遠照圖。林端明野潦，鳥外接平蕪。踪跡岐同賞，鄉山隔引盱。當年憑檻幾，尚剩老眉鬚。

供張頻來地，撫松復倚樓。鴿鈴移昔覿，甕牖蹙新繆。疊翠回枯眼，洗青慰棄疇。開襟逢益友，盤礴劇丹丘。

和春坪登毘盧閣四首

車馬青門道，熇埃不入樓。如何指顧處，偏集去來憂。赤地屯膏久，蒼坰潤氣浮。群情懷後獲，阡陌盼油油。

傑構資清眺，寒光快俯吞。黄萎餘圃卉，緑澤帶苔痕。導浸魚鹽市，鋤荒薜荔村。暫分天半賞，身世頓辭喧。

層梯盤窈曲，接武遞聲跫。極目渾郊郭，振衣出栝松。觚棱來乳鸛，堞城浣雕龍。送客纔稱主，樓觀盡客蹤。

飛檻殘風雨，徒滋創守憐。聊凴瞿釋閣，一問屈平天。度世心同熱，逃禪髮已宣。法雲雖灑潤，何益劫灰然。

季夏望送曹秋岳南還二首

髮道緇塵隱，幽期出處同。桑研擾静壑，燕市有冥鴻。信宿嚶求處，留連陟望中。白雲將客路，知不賦秋風。

高寄鰲青簡，奚囊聞見存。羈懷妨彘轍，游跡自龍門。役役長安陌，悠悠夕照村。故園松菊茂，且用静心魂。

寄懷倪伯屏二首

奕局掀星野，流離憶友生。停雲驅副墨，弱水限求聲。白業聞熏習，玄言小論衡。如何來弋慕，吾道委難明。

於忽聽龐操，翱翔詠統詩。畏鄉堪避世，吴市慰來儀。管樂聊幽侶，瞿曇偶導師。君情亢霄漢，憐我尚栖遲。

秋季贈雷元方遊秦

旅依同夢寐，行笈忽臨岐。杞菊秋聲道，松楸故國思。繼韓探華嶽，入雒訪邕碑。甄睨奚囊富，阮途信所之。

贈同邑周子謀字爰度，生長江寧，未諳故里，同元方來京邸。

君家聚族宇，後圃帶雙溪。生長金陵習，興亡錦里迷。不因同命駕，那識共羈栖。此去長安陌，岷峨望更西。

張葆光侍御招飲書齋二首

避人焚草處，有客問奇來。緑潤深秋圃，香浮卜夜杯。乾坤驅莽蒼，書劍老風埃。潦倒高齋話，羈懷暫爾開。

落落同門友，菟裘並豩餘。攀枝懷舊隱，時齋桂九月爛放。泛蘂總新居。去住秋霄雁，寒暄静瓮魚。肯令焦竹訟，輕率擾攤書。

元生幼黄别來一紀孟冬四日至自江南感賦二首

汎宅新灘酌，聯檣信宿緣。水輪驅日月，兵劫徙山川。南雁留雙影，西桐慘七絃。傷心迷始卒，漫説令威仙。

湖光分畫舫，巖瀑倚東軒。屈指殊今昔，酸心話逝存。從前矜玉樹，亂後見金昆。再闢淵雲業，相期入蜀門。

懷柔鍾鑾坡書齋二首

幽墅開南雉，圖書愜素襟。養風新壅竹，邀月旋調琴。馴雀喧庭静，寒花茂砌陰。疏籬罕剥啄，何羨入山深。

循陔承要訓，扃户擅三餘。草碧康成案，華芬靖節廬。問奇時有客，甄貺乍分余。落殖生平感，圃農委不如。齋後即場圃。

南城俯集

埤堄紅蘿麓，樓觀静客思。日中雖爾爾，郭外自熙熙。衣食謀殊約，詛牙智莫施。從無兵燹患，天道豈難知。

東圃

土垣周十畝，茅屋敞三楹。竹樹離離合，葡萄顆顆晶。寒花供野酌，賖晷足游情。更愛往來侶，全無令長驚。

東皐望穫有述

淳朴山川别，蕭條畎畝秋。牧群聞有令，斂穧若期疇。擊壤歌誰嗣，吹豳事已悠。寧知溝洫意，粒食代人謀。鍾翁肇畯，今受圏矣。

春適八五吟二首 辛卯

方同阡陌去，晴朗凑馳驔。烟鎖池塘柳，風飄棟背楠。抱蹊聞玃叫，隣砎習鴿毿。横墨皤情赧，新酤減餕酣。

矯撖矜藏發，昇龕斠爚情。鎮餤邀耨蕆，栩適解懲營。視榨知儲蟻，揎蓁燁嶭蘅。彈冠芬杖履，珠斧礪彌鍧。

贈王寧我之鄞幕

昔泊蘄春涘，携尊九日湖。重來暆閏月，極目屢兵區。借箸開蓮幕，探囊佐虎符。多君蘭臭室，何事仲宣吁。

贈王覺斯宗伯奉使秦蜀修祀事二首

紫宸開有道，若職協三靈。祀册通西極，薰風拂北軿。闢彌仙伯氣，蜀儋使臣星。我有歸田賦，因之寄錦屏。

雲署停删定，龍門起壯遊。蓮峰矜秘貢，錦水剩冥搜。姓字山川借，文章杖履留。星軺携鳳友，何事嘆途修。

贈白東谷學士修祀吴楚

崇堙傳北制，入夏賦南征。暫輟編年筆，猶殷陟屺情。羡牆升降業，吴楚峙流旌。歸佩秋蘭馥，佳遊賈馬卿。

贈劉雲生工部榷税荆州

荆沙豪侈日，賈舶湊如雲。榷署絃歌裏，閒情筆墨分。駿才逢寂歷，觔畫漸紛紜。鞠草章華地，焜煌擬屬君。

李筠圃同年挽詩二章

襲蘭踰廿載，出處炯相關。幹失龍門秀，儀懸鶴禁班。反周存禮樂，赴范阻河山。極目連雲棧，悲餘漢水潺。

北斗留師範，南雍借典刑。挂冠驅鹿地，税駕茂荆庭。業嗣琴書素，魂依松柏青。應憐漂泊者，生死耿蒲亭。

盛止伯訪余燕邸遽爾言别賦贈二章

盍簪尋舊好，生死總堪論。竹徑來幽屧，蘭窗挹至言。彈冠虚貢禹，叱馭愧王尊。市駿臺邊酒，雲交感慨存。

蟻戰吁文舌，鴻冥息弋心。已搿南北跡，欲罷山水琴。忽爾飛雲翰，跫然有足音。感君敦古誼，分袂重沾襟。

七夕臺飲

秋林浮晚翠，雅酌坐氤氳。燈迥播竿照，臺虚野吹聞。行年唯拙守，服食許恒分。俯仰依靈匹，雙雙隔素雲。主人出家姬侑觴。

贈郝雪海侍御按蜀二首

蜀門扃沃野，自昔擅名都。井絡纏兵氣，於今緬壯圖。占星邀錫福，負弩耿前驅。極目西風道，綏猷報塞俱。

土滿勤西顧，觀風簡大賢。棧雲迎節澍，錦水照驄韉。蔚起文翁化，争徯叔度年。吾儕雖浪跡，攸賴首丘緣。

秀巖集卷十四終

秀巖集卷十五

石芝軒五言近體二

真武宫 壬辰正月晦

天保充庭祝，崇禋北極宫。眖甄存古樹，匠搆倚丹楓。環堵仙凡界，遥天鼓吹風。清緣難信宿，馬足慣塵中。

又

税駕玄真地，悠然静見聞。龐眉衣幘在，老眼市朝分。駐蹕傳英辟，稱觴及聖君。爐烟春殿曙，縹緲結卿雲。

紀坐客所談洮河珠子淩

嚴凝西北劇，洮水閲奇侅。玉碎迸鮫泣，雲寒閟蚌胎。人言怪少見，吾意派員洄。宿海循支氿，驪龍頷下來。

范貞女

百兩何曾御，冥婚若有期。愁雲彌子舍，父母挽留不得。皎日矢夫帷。玉雉寧甘碎，金鸞不照悲。素心通草木，庭前海棠一夕化素。豈是冀聲施。

扈駕臨雍

尼山天地永，璧水帝王尊。俯蟄將移律，飛龍式御軒。旌旗光鼓篋，俎豆薦雲門。左右峨峨彦，趨蹌集聖孫。

又

極北敷文地，凌波玉輦來。重興周禮樂，大振魯英才。袞耀岐陽鼓，松圍御幄臺。百官真見富，楹奠夢悠哉。

又

鈎陳垣壯麗，膠序氣高明。釋奠師儒禮，横經啓沃情。茶煎沾侍從，教鐸敕司成。共仰卿雲旦，李尤賦欲賡。

又

典學文明代，璋髦萃八埏。羽林思脱劍，繡服快依旃。先後原同揆，經綸肇御天。吾徒逢道泰，不負課遺編。

賜馬

蹇劣容臺署，馳驅玉筍班。雁行承御賜，駿足出天閑。不向沙丘索，真從渥水還。圉人前導處，高步信輕閒。

又

華陽徒棄擲，恩錫及臣工。戀棧嘶辭闕，離群立嗅風。先鞭吾意懶，後乘爾途窮。敝阜聊栖止，歸隨錦水東。

聞雷元方内姪捷音志喜

萍梗非長計，摶篣企振芳。蒲亭仍目斷，蘂榜忽名揚。筆陣干戈裏，家乘詩禮頏。老年逢屬慶，晝錦劇還鄉。

送大司農党于姜致政歸里二首

北極依卿月，西郊餞歲星。御裘光解組，上駟導歸軨。沾賜裘馬。接武夔龍胤，長公以計偕侍歸。頤神道德經。陳倉天尺五，松徑尚餘青。

天語嘉肥遯，星軺向寶雞。子牟心自在，賀監躅能齊。猿鶴來閒主，桑麻話舊畦。棧梅先意發，紫氣繞關西。

題四色菊册

應候籬東秀，開軒研北圖。紫雲浮玉案，絳雪照金鋪。雒圃春欄寂，龜山羽駕無。誰能同五柳，取醉白衣壺。

題絳桃白鷳册

雲霞輝几案，幽致静披襟。灼灼綏山萼，茸茸越嶺禽。華宗標夢筆，珍贈伴名琴。何似栖梧羽，能諧嶰谷音。

題月深海棠册

籟寂春園夜，何人解洗妝。横枝烟羃淡，挹蕊露珠瀼。北鳥分幽夢，西輪戀曙芳。故園空爛熳，燐火照昏黄。

送總憲房海客致政還里二首 癸巳

玄武留冠在，青丘去路賒。琴書閒歲月，松菊老烟霞。度陌春鶯曲，携壺夏檖車。清風餘兩袖，服食有胡麻。

又

緇塵違鷺軾，芳草蒨雲門。柱下標玄牝，花邊暢緑尊。規謡儀伯武，屏範耿喬孫。未竟匡扶業，峥嶸起後昆。

送大司空張蓬玄致政還里二首

夏圃懷東里，春帆帶北流。道存玄麈秘，名遂赤松遊。天不衰删定，公進禮樂二書。人咸仰作求。狂瀾看砥柱，自足傲千秋。

珠光連後乘，藥石起冥頑。物博司空筆，名高吏部山。耆英稱碩果，達德注宸環。猿鶴依依處，主人暫爾閒。

奏事南苑四首 季春六日

靈囿辰樞次，晴虹午道灣。聯鑣敷奏侶，蔭樾起居班。玉食三畋供，鈎陳疊帳環。樵蘇忘帝力，化日享舒閒。

又

丹幄臨千畝，青郊總萬幾。戴星循髮道，向日覲宵衣。野爨烟柯縝，春光草際歸。路逢饒意氣，竟是傲輕肥。

又

馳道紅門迴，鋪茵紫陌柔。狉獉寬祝網，稼穡俯迴騶。不有封章騎，寧知黼扆謀。萬方仍隔畛，錫福慊宸遊。

又

詰旦清明節，旅來獻替心。友聲開出谷，群牧適分林。扈帳邀茶酪，谘疇撤釜鬵。泰交朝野合，何事戒從禽。

農壇小憩二首

敞榻蔬畦畔，勞人道院來。偶披商仕帙，案有《商仕要覽》一書。悔墮利名隈。遲日遊仙枕，輕風樂聖杯。遥瞻松羃下，感舊重徘徊。

丘壑中扃老，風塵息處便。西岑延啓牖，北雉入浮烟。分貺芝田藪，邀題魚卵箋。春光餘廿四，纔得叩玄詮。

送梁芝三考功予告奉慈闈旋里

愛日輕彯組，薰風愜導輿。信帆青柳岸，壽斝白雲居。橘茂含飴處，蘭森訓禮餘。永無瞻屺感，何事較温凊。

送張玉調少司馬特恩還里

閲世原如此，松筠愜所招。焜煌庭訓地，尊人中丞冢公詞林。燕衎璞歸標。衣避京塵化，琴將墅石調。回尋蟻鹿夢，公歷任刑、兵侍郎。秖用緑尊澆。

贈李確庵太守補任江寧

世業開清白，官箴切飲冰。祇求褰祝網，無暇計污蠅。舊澤人尸祝，新硎郡股肱。行標循吏傳，仙李肇金陵。

又

棠茇留東海，征帆指白門。陽鱎應避轍，陰鶴豈縻樊。擘畫龍盤麗，酬知熊軾尊。羔絲恬退食，秋水静心魂。

送喬肖寰侍讀予告還里

吾道豈沉浮，人宜置壑丘。菊園歸靖節，松徑訪留侯。病得觀心法，天開出世謀。回看塵鞅裏，衣錦競宵遊。

送黄恭庭少司寇予告還里

星履追隨久，風儀愛敬存。祥開槐棘列，興寄菊松園。乘傳嬉家食，遺經與國恩。秋鴻霄漢翼，未許技鼯論。

送王定爾編修予告還里

有學能窺豹，忘機合狎鷗。蒲輪方遠出，藥裹且歸休。夏櫂員官道，秋蓴枕石洲。龍舒名勝地，負笈遂幽求。

送李五紘大司寇予告歸養

國重祥刑寄，情殷諐指歸。鳥私叨異數，驛路擁光輝。介壽新綸綍，同堂舊綵衣。更餘羅鄴軸，不復羡鱸肥。

贈余浣公宰封丘

晚成原大器，新畫肇封丘。逆往農桑課，前來父老謀。勿夷操割術，須副牧芻求。側席殷圖治，廉能是搴修。

贈吴春坪憲副之任

蒙難西川社，比閭北闕身。訂頑君欵欵，分益我津津。水鏡秋天迥，逵儀玉節新。政成仍第一，心畫豈前因。

贈周朏生司理平凉

龍圖饒武略，鷺御指平凉。家譜分循吏，人文蔚大方。雪花寒劍佩，雲氣裔書囊。好訪崆峒秘，胥庭佐乂康。

挽胡此菴學士四首

和璧矜南國，隋珠表北扉。仔肩圖命世，笥腹總忘機。作楫方殷濟，乘機遽邈歸。嘉言猶在耳，吾道嘆中微。

又

著述逢秋實，浮雲外置身。司成縣大冶，明善作傳薪。蜮射來無際，鳳歌衰有因。招辭諷宋景，耿介與天隣。

又

逐臭耽奇癖，伊余忝友生。依依蒙難往，矯矯釋回情。未竟千秋業，空留一代名。伯絃臨欲斷，山水藴凄清。

又

弓冶貽謀遠，光前啓鳳毛。闔棺雖論定，將毋尚魂忉。靈旐桃源迴，風儀玉署高。九原如可作，翊運失蕭曹。

甲午元旦

翠華祠太乙，晴旭影歸幢。蹄踐瓊瑤碎，塤喧鼓吹雙。鵷班分掖進，龍陛祝年厖。荃宰逢開泰，卿雲兆殿邦。

又

淑景開閶闔，遲曦敞御筵。饑鷹希餕食，仗馬喜朝天。濟濟從龍彦，煌煌待譯聯。素餐賒十載，長曆慶堯年。

三日招集諸友

乍雪三朝静，玄霏四座歡。誰能逢快友，尚復耻粗盤。書畫船如在，蓬壺路自寬。良辰矜尺璧，直欲拂塵冠。

十六夜月坐

子雨雲扃啓，春光喜倍還。金波晴帶潤，玉醞醉乘閒。架帙疏良夜，帷燈對老顔。泥塗遊興減，隱几即岷山。

方坦庵同年嶽降次余一日相别十年今始聚首率賦侑觴

倚麻追往事，石火閲浮生。度覽雌雄甲，占同先後庚。暫依燕市罘，共老秣陵城。世上三多祝，惟君實副名。公齊眉五男，科甲競爽，官詞林、部郎者二。兩婿孝廉。内外男孫廿餘，皆英妙。並集京邸。

送内姪瑽還蜀秋試

燕遊重閲歲，仗策復西還。競鳥金牛峽，浮雲玉壘山。槐花催夢筆，桂籍焕襟顔。振業先兹役，無辭跋涉艱。

端月三日曹峨雪劉憲石方坦庵薛行屋諸同年小集蝸廬二首

玉署晨星侶，蓬門午月觴。悲歌同改燧，南北總維桑。曾慕耆英社，俄辭少壯行。相緣真摯意，不逐世蒼黃。

又

役役平生感，悠悠出處身。老楓隨羽化，孫幹結琴因。世事堪同醉，天心不忌貧。蘭言當此夕，始信白頭新。

五日禮署兩宿

風雨彌端日，槐庭引晏陰。破床移永夜，漏屋理乾衾。燈火家家息，軒墀處處涔。懸知方澤裏，湛潔注流深。

雨集桴庵諸同館年兄首唱見示繼詠

玉堂餘五老，蘭室足千秋。座逼催詩雨，談酣久酒謀。郭南移舊邸，研北引良儔。健會他年憶，乾坤信是浮。

李爾馨文學見遺秋海棠

苔盤鋪縟蔭，石竹對夭斜。疏節通寒氣，迎秋綴落霞。不媒蜂友釀，傳乳露珠芽。浄拭攤書案，移來韻士家。

又

芳歇鳴蜩候，風舒絳甲含。恥隨金鳳媚，小遜杜鵑酣。繾葉紅絲潤，承趺碧玉參。知君勤欵意，舍北幻江南。

酬柳鳳瞻次余秋海棠韻

名竊西川豔，絲垂北籞斜。瓊宫金粟座，閬苑火珠霞。醉暈羞臨目，慵眠護長芽。不緣邀筆寵，空負到阿家。

又

生來無熟骨，芬麗習韜含。不競冬瑰賞，寧辭夏槿酣。金風憑卉妬，玉露許臺參。柳惲真知己，裁詩錫圃南。

逋齋集同館諸兄弟觀蘭

名花逢韻主，私賞頗能公。静氣偏宜月，流芳不待風。漫題蕉竹訟，爲問菊花叢。終古長無絶，寧矜入室同。

又

亮節秋同肅，閒情物受裁。當門荆棘翦，退食玉芝陪。楚畹移東閣，暹舭發北醅。幸緣分臭久，芳澤襲衣回。

原礪岳同年肇晉宗人府丞

京兆推人鏡，璿源重保衡。品才邀帝簡，禮樂贊宗盟。世曆周麟趾，官階漢介卿。清華看晚踞，端不負平生。

寒廬小集曹峨雪以詩見投依韻裁答

久别成良晤，長懷聽浩歌。龍飛七碩果，雁序五鑾坡。暫共都門酒，言旋大泖阿。秋蘆晚泊處，溯憶此宵何。

又

提携回舊夢，西竺復東湖。别緒仙舟月，重歡帝里酺。每分金薤貺，欲换寶丹膚。離索何煩計，憑依德不孤。

趙洞門都憲招觀家樂

令公娱晚節，徵麗盡垂髫。座有佳賓客，時呼慰寂寥。流雲秋幕積，芳醞飲脾驕。潦倒鈞天部，還疑赴夢邀。

又

僕僕塵勞裏，幽軒與秩筵。不因公獨樂，何自覯群仙。曲省周郎顧，情輸白傅憐。應知見慣者，久習絮泥禪。

中秋次憲石韻二首

病目慵親帙，長宵避燭明。涔雲疑潤漢，珪月忽催觥。浮藻中庭蕩，吟蟲永夜清。旅悰彌四序，豈是傍秋生。

又

爽照開秋半，寒爐倍物華。借君詩濯魄，慰我賦無家。髩頂留霜少，虚名失路遐。步簷牛斗下，萬籟入悲笳。

宗凌霄偶興南帆詩以送之得二章

僑寓成桑梓，秋風蚤脆蓴。一官成逆旅，泛宅自天倫。衣遠京塵色，杯添海岳春。親朋憑寄語，戀棧有癡人。

又

南國三千里，仙居十二樓。人間清福地，高士往來悠。前導辭巢羽，真同不繫舟。應憐久客者，松菊委菟裘。

題趙友沂册

世德星沙迴，班行玉筍清。工師疏尺度，造化畸陶成。露湛蒹葭蒲，雲深鸑鷟閎。奚囊饒錦翰，哀颯陋蕪城。

又

客舍連吴楚，交情注漢江。詩筒尋麗澤，庭訓挹淳厖。傑構空宗匠，楞材戾小邦。地靈今未歇，鄂夏耿無雙。

薛行屋同年補禮部侍郎

授簡停綸閣，清曹倚毗新。素交何久暫，惇典有臣鄰。鶴壁懸高韻，蓋堂閲静身。玉衡開鳳曆，寒谷委同春。

又

蘭譜逢灰劫，鴛班幾樂群。自公來粉署，慰我附青雲。麗澤邀天錫，漸儀鎮世紛。寅清偏氣色，吾道共氤氲。

乙未元日

兆叶天邊黑，靈分井底丹。况無剥啄擾，赢得校讐寛。椒柏消三雅，松筠耐十寒。遥瞻雙鳳闕，星履限南端。

十三夕元生兄弟小集

跡愧金門隱，珪輪老客春。誰知離索感，乍際勸酬頻。夕座環昆弟，天涯略主賓。燈前揖別影，同是未歸人。

又

帝里張燈夜，公車聚首緣。圍爐成小酌，尚友訂遺編。簪紱三傳地，烟花四照天。老夫賒逸興，童冠共頽然。

贈狄陶隣

簡命新三楚，文名舊兩都。提携軒氏鏡，探取洞淵珠。八九呑雲夢，千尋正斗樞。薰風南度處，迎楫聽歡呼。

送少宗伯呂見齋予告還里

十載鑾坡侶，容臺倚玉標。挂冠遂神武，展帙對中條。心跡雲舒卷，行藏歲莫朝。虞絃未絶耳，猿鶴静相邀。

又

暫別寅清署，南風導駟車。泓芝輝晝繡，環堵駐春華。終爲蒼生起，何言白日賒。塵緣逢頓息，繼業啓隨騧。

宋玉叔遺肅刻閣帖

瑶草未可即，凡胎幾换仙。幸分三益澤，勝讀五車緣。隴右懸秦鏡，燕臺邈楚荃。揭來光几案，閣帖覯曾玄。

贈少宗伯薛行屋予告歸省

接軫薰風度，長公新第，隨歸。還鄉愛日情。王綸光四牡，子舍颺雙旌。世擬公卿長，人兼德壽名。松筠同撫地，醉后綵衣輕。

贈劉雪符司榷滸墅

八月乘槎使，三吴賈泊潯。開流通子舍，門市見臣心。楓冷吟鶴岸，蘭馨去住林。感懷清狡窟，耿介裕官箴。

梧桐子

候雁篆晴天，西風落照前。銀床疏碧幹，橐鄂粲金蓮。鳳食何須竹，龍吟不待弦。漫云松實美，能佐偓佺仙。

送曹秋岳方伯之嶺南

司徒虛借箸，岳牧暫兼權。百粤甘棠始，千秋郎鏡懸。朔風俄席雲，嶺旭且梅烟。寰有寒暄概，輸君耳目前。

又

征帆闗北渚，使斾指南藩。每切萊庭綵，何云薇省尊。浮雲甄事業，止水閲乾坤。余亦知飛倦，臨岐空復言。

季冬朔二日雲霽蒙恩賜御筆雪村歸騎圖恭紀二首

寶墨頒天府，綸音錫禮臣。昭回雲漢倬，熨帖澤丘因。什襲防飛去，高張喜趂貧。衡茅疑故宇，策蹇近乘春。

又

陽生纔七日，瑞氣滿三台。拱璧叨宸翰，同雲綻嶺梅。晚鑣詩興壯，歸徑酒帘催。拜賜逢新霽，天人愜有開。

丙申正二日公集演文心見新劇

蜀都稽武略，春集憺文心。游戲諧佳偶，連綿見盍簪。亂離多怨曠，韻事覺消沉。酩酊椒花酌，逢場共豁襟。

三日雅集榆社孝廉濟濟開國始此

帝里初三日，鄉關十八人。到來成雅會，去住總情親。燠景移窗莫，芳醪泛座春。從兹勿替引，文物啓維新。

張穉恭中翰見投扇什六章依韻却贈兼壯行色

西京名彦藪，稽古有餘師。之子珠璣腹，同人鳳鶴姿。自嚴清濁界，匪侈白雄知。漫道交游淺，千秋式與期。

又

盥誦樵山帙，熊熊浄几前。騷壇誰執耳，文府失驅賢。技妙能金鐵，才非尚白玄。時髦矜尚友，不必別摩編。

又

書畫半船湀，賓朋萬竹除。調高常和寡，風健合滮虚。薇省光華旦，輶軒采拾餘。垂衣資黼黻，莫戀子牟居。

又

笥藏通作述，繪事具聲詩。自命符天貺，高栖絶俗思。經權看並用，簡静學無爲。全味非盈鼎，鸞嘗亦與知。

又

柳子人倫鑒，於君有舊遊。我緣稱述久，今得步趨留。道氣披羲御，春華實蓐收。欣言衰莫際，有掖進竿頭。

又

策智非途説，訂頑擬並陳。因君灾木偶，信世刻舟真。玄緒多餤古，餘編復領新。行邊春景麗，邀翰及浮筠。

上元風

疏廊開滿照，寒吹倚空聞。正是張燈夕，何言較閣文。圍爐成偶酌，傳茗餞餘薰。喧巷撾聲逼，嬉嬉擊壤群。

又

烟火違新禁，舒輪倍舊明。遨頭塵擁轡，静侶詠將觥。霧縠紛游女，霜霄引擘箏。誰同列禦寇，縹緲度瑶京。

野飈

郊原徯振槁，何自接秋聲。淡日翻輿隙，層雲裏樹轟。畦沙俄柱立，溪凝且濤驚。誰觸鼂芒怒，芳辰不耐晴。

送宮詹陳公朗分藩東省

齊魯磐東甸，甸宣倚重臣。暫辭奎壁府，載見柳梅春。倜儻詩書用，雍容德業因。君才原百倍，房杜悟前身。

送宮詹黄鷗湄涖事楚轄

鑾坡停視草，薇省式分猷。匪重蕃南顧，何因禁北求。春旌先子舍，尊人僑寓江寧。夏口候蘭舟。入望星辰履，歸來述壯遊。

書扇與鳳瞻同年侑觴

三台稽正席，七曲憶縣弧。日月同游旅，山林滯腐儒。共酣周醳釀，閒究伏羲圖。謾訊岷峨業，追歡盡嶠壺。

又

華雲藏太甲，蘭譜忝同庚。來鶴春堂景，聽鸝燕陌行。三年紛奕局，二月静雷聲。枕籍圖書裏，無營適我生。

送鄧元昭宫允分憲洮岷

西陲雄扼塞，自昔紀洮岷。鹿玉青天嶂，凌珠白雪濱。使星移泰斗，行部洽陽春。緒略長城倚，簡書重紫宸。

送羅約齋職方分憲撫昌

旌節盱江指，春光擁畫舲。兵符消带甲，文筆壯開丁。草碧丹霞洞，風清玉茗亭。烏臺連内外，履企曳台星。

贈處郡太守葉輔長

舄奕瀛洲選，焜煌禮樂司。崑山羅鳳璞，星瀨影鴻儀。硎發東甌國，勳名北海碑。三台千石邇，鄭重及瓜期。

仲春下澣同卿翰諸臣奉召詣南苑恭視閱武大蒐賜宴行宫各賦五七言律絶每體一首

應制

草暖周文囿，雲屯漢武林。龍騶殷訓旅，鵷羽簉觀岑。既飫天厨饌，重承玉座音。省躬無一得，徒失答高深。

春暇過向西崑出所藏名畫古玉共觀

每笑徵闤日，蝦群水母浮。多君精藻鑑，發笥快玄搜。肉好羅秦瘗，丹青拔宋尢。移情文雅案，春景共悠悠。

又

近市草玄居，疇知富古儲。啓函增爛若，比德詠温如。暫借孤高託，頻將鄙吝除。置身塵壒外，尚友樂相於。

先君忌辰書感季春廿一日

疇昔趨庭夢，春光舊鳳廬。年經卅六變，壠越八千餘。溪繞松楸老，雲迷杖屨初。首丘徒耿耿，淚灑向西閭。

先慈忌辰書感莫春廿六日

屬纊丁雲擾，子孫半有無。但傳浮殯地，未遂祔封圖。賜卹猶存部，號招隔命巫。廿年風木感，此日重嗟吁。

孟夏九日鳳瞻映斗凌霄亢生小集即席用寶晉齋韻四首

灰琯纔纏夏，烟疇欲麥秋。飛廉沙送籟，宿枊月將謳。素醴來三益，玄言藐十洲。癡人嘲秉燭，暇晝幾同游。

又

芍藥方抽蕊，海棠尚着花。習傾燕市酒，生澀蜀山茶。燕未移鄉語，風偏效俗譁。無將寧静景，僅博後來嗟。

又

保我身清白，從人目介通。興餘剪燭話，交獲出門功。耐冱惟松柏，隨陽耻雁鴻。共乘酩酊會，那問跡西東。

又

不速原同調，頻過卜未來。榻緣高士下，舍鮮玳筵開。篤誼逾行輩，貞求稔施枚。天涯徵閱歷，豈是暫追陪。

遲西崑不至用寶晉齋韻二首

草舍期霏玉，麻畦有直蓬。如何守硯北，不肯枉衢東。詩共何羊和，跡將巢許同。緇塵無涉處，朝市自冥鴻。

又

春晷難繩繫，南園競向榮。偶逢良晤夕，一暢客游情。獨醒君從好，幽求我爽聲。何如快倒屣，親切示周行。

秀巖集卷十五終

秀巖集卷十六

石芝軒七言近體一

甲申中秋

客燕差池失定巢，秋蟾舒御上殘梢。風鈴殿角聞霜韻，砧杵居隣亂蛬呶。家累津門非久計，朋儕旅邸見初交。夢懸蜀宅臺東賞，桂馥蘭薰入縮茅。

九日

每擬緘愁叩泬寥，卑栖何自覓高招。卿雲舊散蒼梧野，化日新舒北極朝。菊滿晉籬疇送酒，鳳衰秦閣罷吹簫。驚魂方幸離陽九，愕耳重陽又九朝。

玉署與百史夜話因得盡展途次篇什 乙酉

草草乾坤一旅亭，重來蓬觀聚文星。奚囊不乏龍門筆，幕俠猶傳玉尺經。寶劍斗間橫氣紫，娜嬛津逮炤珠青。世情何處無三豕，夜話從君鑿五丁。

贈李涵白總督大同

日月昭回草木春，簡書將去纛牙新。憲邦文武今山甫，瑞世勳名舊寇恂。三晉風行歸節制，中台星正式經綸。鼎銘循史俱千古，漫道毛錐不致身。

贈劉借菴同門督學中州

中原妖氣薄文星，誰復提衡焕六經。暫輟縉雲參畫諾，競看冶礦就模型。輶軒劍氣連牛紫，驛路鶯啼帶柳青。想得汝南冰鑑迴，盡羅麟鳳瑞虞庭。

和滄起老師棘闈中秋韻

鼓角嚴城月滿軒，文壇飛將幾分番。百千冀駿邀題值，甲乙人龍欲筆髠。開國鳳麟逢網闊，充庭珠玉羨霞掀。應知繼日搜羅力，欵欵衡端燕雀論。

和高念東秋懷四首

秋鴻也解別寒温，鏡水何情記羽痕。暫借逃禪紓落魄，憶曾邀月共芳樽。浮沉吏隱前身朔，潦倒詞場舉世髠。搔首向天無可問，摩編徒爾負庭暄。

豹隱南山霧自深，此生誤是效書淫。遠辭井里黃花酌，近逼天街素節砧。去住堪憐形弔影，短長漫較髮輸心。人間縱有丹丘在，衣化緇塵未易尋。

誰信馳驅傀儡場，爲人湊趣寫雌黄。窮途不易逢秦俠，衰德何由對楚狂。吐鳳才華空莫莫，續貂意氣漫揚揚。西風未醒蓴鱸夢，濡翼維綈詠在梁。
淺深何暇問瀛濱，橘叟閒枰覩玉塵。如此行藏寧作我，不關榮落强從人。略馬驪黄題甲乙，豢魚堂策别庚辛。陽秋自昔多顛倒，入世無勞訟假真。

和岳匡六雪浪石詠

寒光瀲灧室芙蓉，寶氣迎眸似啓封。月劃鯨波紋幻出，雲移鼇島勢紛從。品題閲世推文虎，賞鑒何人不洒龍。竊怪韓陵驕石語，可能涇渭洞然胸。

人日雅集賦呈同館諸公 丙戌

蓂開七葉肇青陽，星聚仙班陋室光。奕局閲人吹野馬，儡場標勝暫相羊。豐年憶就燈淵卜，瑞雪何賡宴閣章。莫怪花前思獨切，醒餘歸夢是他鄉。

十七日左大來張石帆梁芝三戴巖犖曹秋岳小集用秋岳拈韻二首

率秩賓筵賦酒澠，已輪圓璧上觚稜。人間賒賞移春檻，天際空懷繫日繩。草草鶯花同舊閲，霏霏珠玉又新承。隨緣聚散平生感，竹馬鳩車憶昔曾。
年來況味溷緇澠，漫向猶龍競角稜。户外車塵從衮衮，窗前盆卉引繩繩。腐儒粗糲聊分供，多士文心恰近承。潦倒莫辭燈火夕，勞生享用有誰曾。

賀元輔馮鹿菴賜婚二首上元次日

春臺布令倚三公，奉勑聯姻瀚海東。昨夕九枝光上苑，兹辰並蒂擅芳叢。商霖潤接巫陽雨，弘閣和披巽女風。自是熙朝多盛事，黄扉佳兆叶羆熊。

絳節床東相府深，昇平景物自愔愔。篚筐鄭重君王賜，琴瑟齊諧母氏心。樂擬同民消怨曠，昌符卜鳳會丁壬。合歡夜聽雞人曉，擁醉朝天日幾尋。

與白懷劬同年話别

鶯花仍故忽驪歌，促膝其如感係何。南國棠留驄史雨，西京薇澤鳳池波。誼新白首干戈後，酒對青萍日月過。别路含情憑寄訊，應輪陌柳傍鑾珂。

贈柳鳳瞻同年巡撫順天二首

蛩蚷相依兵燹餘，樽前極目薊門車。蝥弧武略孚辰告，墨盾文心陋子虚。草木舊諸驄使節，山川新式鹿轓裾。可知求莫争名實，春雨春風及潤嘘。

建牙猶是舊臺門，聲色何憑馭虎賁。但使鱗毛通響纓，不妨獉狉共乾坤。窮閻引領回天力，伏莽輸心化國恩。從此綏猷和令遠，犢牛盈野犬喑村。

贈劉練溪赴任江陰正逢初度

物候陳陳識宦遊，鷗波駒隙閱春秋。舊曾蜃市圖藹軸，今尚雷封棹翰舟。功在牧芻堪百世，跡潛詩酒已三丘。黟顛不受吴霜點，驛路風烟仗蒯緱。

賀李漢清授秩秋曹用扇頭惠祝韻

篙羽秋臺鶚雉聯，陸離探獻重庭筵。學馴西漢天人策，識具南華内外篇。如矢世推李道固，臨池吾愛柳誠懸。公餘就子分三益，競璧磚陰任坐遷。

贈冷心芬太守之任衢郡

管領湖山紀壯遊，三衢太守蜀英流。藏珍櫝厭時名買，仗策車驅肉食謀。古道照人開漢鑑，少年許國指吴鈎。治聲遠接伶倫律，莫讓崔盧射覆甌。

寄祝張北海大司馬中丞

松筠玉並淡宜秋，建隼雄藩亦壯遊。河海不波艫舳駛，萑苻銷警耒耡悠。共矜駿業傳黄石，肯遣蟬聲促白頭。遥羨津門稱晜地，群熙化日傲丹丘。

初秋送錢牧齋前輩予告還里

候雁桑乾憶舊汀，吟蟬梅里逆歸舲。論文春樹廻尊邈，紉佩秋蘭隔室馨。笈有右軍辭世帖，家藏柱史養生經。逵儀豈合鱸蓴老，振緒還期照汗青。

贈張石帆侍御按楚

新展南藩草木初，繡衣行部尚兵餘。應無桀犬膏持斧，秪有商霖挹後車。衡岳雲開鴻羽正，洞庭波静鷁舟徐。尊前欵欵殷求莫，星駕非徒畏簡書。

秋霽院中讀書擬作

閒庭緑潤族雲收，朝爽西來愜素秋。璧府瑩疑羅益友，縹囊尚論足前修。風清芸幌吟蟬續，日度花階落蠹浮。莫訝囂塵限弱水，置身原在鳳麟洲。

和答楊愛竹同年扇頭韻

蕪園松菊憶淵明，五斗寧寒日涉盟。錦里庭闈憑夢寐，天涯兄弟慰平生。杯澆磊塊頑於鐵，卷益狐疑重轉瑩。賴有盍簪詩水部，扇頭筆陣破愁城。

直宿翰苑同陳生洲前輩步月

玉署追隨信蚷蛩，虛庭浮藻逓初鐘。氣因陽長争餘栗，人向杓移指仲冬。談洽熏爐知幾炧，景延侍吏頓驅慵。凌巖弄影髫年事，幞斧於今詫再逢。

傳熙宇冢宰壽詩 丁亥

商霖舊業世猶傳，奕代才名又縠玄。有子珠明庭實瑞，如君松幹地行仙。鶯花未老耆英約，詩酒能新邁軸緣。遥憶錦堂躋獻處，恒山衛水自年年。

贈魏昭華侍御督學江寧

熙代掄英簡命隆，春和景物快乘驄。黄初士習擒辭訖，白下人文鼓槖中。賸有驊騮邀甲乙，不妨琬琰市西東。君家事業元成最，看取焜煌奕世同。

夏泛

虛擲蠶春已麥秋，孫弘閣敞繫蠡舟。我來巨浸憑身歷，誰向頹梁解手搊。避地鳥猶疑侮户，忘機魚漸欲驚鈎。環幾則壤仍耕鑿，不信青門隱故侯。

農壇次孫北海韻二首

霽徑輕颸肅畤壇，僕夫林下卸纓繁。松窩概日開茵榻，燕友依筵學舞盤。册展奇葩連擾特，果陳仙李與文官。披襟共即幽閒賞，不省人間有畏端。

天街囂氣隔瑶壇，翠纈紅翻組就繁。野鶴選松成小築，道人開圃殖紆盤。携尊此日來三益，扈藉當年萃百官。怪是雲烟仍瞥度，義疏塵客向毫端。

中元雨集梁眉居瑞柳園

濯濯薪梯卜築初，清軒雅稱草玄居。緣江客燕喧沙潤，秩竹朋尊酌雨舒。心遠自能移俗境，晝閒誰共較藏書。西來爽氣連朝夕，不拒游情狎鳥魚。

宋封公壽詩

黄華駐景照籬新，詩禮庭前別貯春。室有羲皇論甲子，帝嘉正則降庚寅。高情不作悲秋賦，良冶還開振業人。尚友猶聞勤展帙，濠梁魚鳥伴閒身。

贈蘇郡傳丞

律移陽長慶清時，黄綬風和進紫芝。雲近五湖留翰墨，酒浮三雅奏壎箎。啼雞不用吴兒榜，羅雀應傳白傅詩。歡洽婁門歌愛日，快看玉樹映丹墀。

送王鐵山還高郵

琅實桐窠及鳳雛，行藏自我德非孤。陶情詩酒何榮辱，過眼雲烟任有無。張翰蓴羹雖暫老，邵平瓜圃未全蕪。驪光甓社循如葦，底事官家乞鑑湖。

戊子二日蜀館雅集戲作迴文

榆枌此聚五經春，感昔今同異地人。竽瑟自諧難語世，茝蘭盈佩贈分賓。區區笑度杯中日，擾擾猶閒局外身。株守歷來何處是，輸情我與物懷新。

題岳朋海所藏武穆隸像卷有序

余昔得觀武穆所題曾南豐家譜並《滿江紅》手蹟，蓋行草也。今復展此隸書，「至德顯忠，繩先啓後」，凡八字。差小於曩見，乃題許虎侯卷者，懍懍如見其搦管時。公深《左氏春秋》《孫吴兵法》，於兹具見一班矣。昔在武林，拜遺壠，晉謁祠宇，曾展其裔所藏像，較此小異。史稱常人、虔人咸繪像尸祝，焉知傳寫不互有異同？千秋下聞其風者，莫不起敬起愛，又烏在區區翰墨形色間乎？爰賦七言近體，跋之以志憑弔。

建炎天不祚中興，五國游魂悵故陵。對馬願違驃騎略，誓江志切豫州能。功高槲舉供沙射，計峻巢傾爽屋徵。四字生銘三字死，昭回遺蹟起欽承。

贈李元宰侍其尊人涵白巡撫寧夏

秋雲天外賀蘭山，雁陣前輿曉度關。書劍翩翩推幼學，奚囊奕奕入新删。彦鴻吏事先蓮幕，飛虎家聲壓鷺班。羡爾此行光緒在，晨昏不僅遂承顔。

贈王渭橋封君

青箱家學起英游，玄扈皋比振鐸悠。輔嗣經詮傾魏晉，中朗秘帳重琳球。趨庭詩禮森珠樹，適志松筠蔚石樓。六十四年閒閲世，泛觴籬菊自夷猶。

贈趙復亨守平凉　己丑

朝那城外柳平堤，竹馬喧迎太守輗。夙望展籌先隴右，公餘問道出郊西。閒尋箏峽留文藻，共説簫關静鼓鼙。循吏特書今廣漢，子淵有頌續新題。

贈彭封若同年分憲曹南

緑水青山世載英，巒揚齊魯式澄清。鳩工盤錯先游刃，豸繡威儀表治紘。劍佩曹南看化犢，人從斗北慶遷鶯。素交不及員官水，影節移帆半月程。

贈吳曜如宰武康

執耳文壇蚤振譽，南鴻欣導使君輿。宓琴挾向烟霞塢，王舄回翔日月居。陶冶玉成紛美器，湖山錫寵自公餘。君家第一標循史，才望兼長起特書。

滁陽金封君雙壽詩

閒主雲泉傲素封，鹿車偕適起高蹤。傳經長盛貽謀遠，啓事山公嗣德顒。介壽躋堂稱八衮，摩編佐績尚三冬。忘機不問瀛深淺，日月亭南撫鶴松。

仲冬廿七祝薛行屋銀臺

律移葭室迓陽回，詩禮臚庭淑景開。巵泛狄雲家慶緬，珠森玉樹世春培。藏舟静壑餘書畫，夢筆高軒闢草萊。尚有松喬不及處，業標銀管籍丹臺。

以薛濤箋遺憲石學士

錦江玉屑春澄膩，洪度新裁甲陟釐。十樣旌鸞矜遠寄，三都髡兔寫雄思。堪憐碧井青燐火，偶簡丹筒瑩楮皮。自愧枯腸荒研北，好憑公幹拨春詩。

偶作有述

東北西南合有儕，漫隨兔狡洇龍乖。正名卉圃循時供，班爵文壇取次差。暫借禽魚調耳目，肯從金石乞筋骸。無營日飽洪崖飯，坐卧何慙苜蓿齋。

又

馬蹄碎踏柳沙陰，宿雨浮青出遠岑。季雅再巡來北座，伯勞長嚦向東林。魚苗不擾饞獱夢，燕麥徒揺學稼心。前後入眸咸鑿鑿，忽聞烹鶴爨瑶琴。

贈姚碧液司庾徐州

洪濤亘嶺閱英游，兵食兼營要害州。聚米久知餘石畫，如茨何用假沙籌。吟邊戲馬移蒼狗，望裏冥鴻俯白鷗。疇昔揚帆憑弔處，訏謨應快起蕭侯。

人日鄉人雅集 庚寅

杜户韶光静遠天，一時賓主萃西川。忽移綵勝冲齡眼，偶秩春盤輯瑞年。去住交情驚七易，追隨健會恐多遷。何能星聚岷峨里，賒醉梅溪柳陌邊。

題桴庵七言古有序

耽近玩而希遐觀，託會景而翻滯響，光沉致瑣，氣薾力微，數者俱非七言古之勝技。行屋兹篇，言近指遠，事切韻諧，炳炳烺烺，春容悲壯，無所不盡其妙，可謂經術史才，運以騷腕，自非留連光景可同語也。卒業之餘，塵襟頓豁，援筆書此，以志未逮。

盤梅夢不到松蘿，吟候開東憶諫珂。偏是幽齋來照乘，頓令燕市聽悲歌。擊壺欲碎千夫膽，返景頻揮數舍戈。騷譜逢能堪下駟，稜稜詩史莫君過。

上元夜散步

塵静天街月色低，出門信步任東西。寥寥沽肆熒燈火，擾擾遊踪雜女奚。舊市繁華空入夢，新年景況不堪題。同人細詠光羲句，事在蒼天志乍迷。

戲柬泠心芬

春事闌珊老客情，風流太守擁傾城。同人偶過温柔社，下榻徐開乳酪罌。枚戰售欺回笑靨，歌酣恣謔有完纓。獨慙未是瑶宫侣，也向賓筵會玉清。

贈于賡梅膳部分憲蘭州

湟流縈塞擁皋蘭，候馬亭前樹色寒。保障巖疆掄國彦，分猷憲節首春官。携將高閥元和澤，蔚起長城富教觀。聞道帶襟多勝概，公餘應足引文瀾。

贈楊愛竹同年出守河南

伊瀍帶郭古成周，熊軾朱明肇壯遊。異産尚存姚魏譜，中天勿替奭陳休。鴻都副墨來盟主，鱣宇清風見作求。第一治平誰伯仲，知君成竹裕新猷。

贈高瀑巖分巡臨清

南鵬儀昔隔溟鯤，落落逢迎識友昆。如駛春光馳梵宇，倏鏘秋駕指清源。情牽觴詠維舟岸，業挹疏耘督牧村。偶溯巖觀稽瀑語，此生聚散信乾坤。

贈裴晉卿侍御督醝兩浙

艱難式賦軫廷諏，吴越星占使者騶。烏府壺冰歸士望，牢盆珂雪集商休。閒吟閣敞浮筠圃，遠眺潮雄落桂秋。獨有鷦枝栖託客，臨岐心逐五湖舟。

贈張爾唯户部督蘆政江南

屬草綸扉起孟陽，分猷騰飽重巖疆。行邊烟樹收奚錦，望裏萑苻净野狷。入貢包茅連楚澤，會朝明燎接天香。可知警雁汀洲畔，葭露懷人水一方。

憲石召飲病足未能趨命率筆謝之兼柬在座諸公

學愧曾參病子春，藥嘗未達重攖神。夢餘龍象維摩室，座憶圭璋北海濱。覆餗舊占違晌目，凌波新曲隔聯茵。薰風不假追隨便，可是高齋厭俗論。

賦得蛺蝶花上蛺蝶春坪有此詠偶效作之

懸藤峽裏記依稀，誰遣宫奩命侶歸。不是豐翹遷橘蠹，秖緣粉拍誤胥闈。滕王伸紙尋真似，梁帝臨櫻復茂飛。栽向漆園高卧處，函三爲一是耶非。

又

奇英綵絢亂翾群，入望童幡迴不分。侍女折簪鷩羽化，游絲回罥鬥風薰。玉錢飛舞疑乘霧，粉翅輕盈如夢雲。連纈麗春如共檻，枝枝勾引鳳車紛。

心芬召飲即事

槐花新放雨初收，致爽前除託興悠。何晏第姝徵異艷，孔融座客賸清謳。飛觥不用呼盧勸，秉燭猶殷卸轄留。自哂衰顏當蹇步，尚隨英妙賈風流。

題沈石友户部小像

鍊魄翛翛二酉天，金庭逋跡小遊仙。低垂東海絲綸手，閒泛南宫書畫船。未老休文騷興逸，逃名少伯櫂情牽。蒼生望繫蒹葭畔，吏隱疇知引大年。

賦得竹影掃秋月

冷樹娟娟靜宿鳥，清宵爽籟度西隅。怪來擁彗資霜汛，却是依庭競氍鋪。虛席何人同命酌，拂塵隨處可操觚。分明濯魄篔簹谷，何必梯雲叩玉樞。

賦得野渡無人舟自横

緑潤春蕪午艤餘，濘溪烟浦罷樵漁。蛟龍不擾幽人夢，麋鹿還尋靜壑居。自擬天開同罨畫，誰能津逮探藏書。溪山傍我頻迎送，永日逍遥逼太虛。

中秋對月

爽照開庭覓主賓，詠觴無興負秋旻。但邀展帙來芸案，莫遣横矛入桂輪。五十八番吟蟀夕，尋常滿景步蟾身。金風不假垂雲翼，那得龍潭一問津。龍潭秋月，予邑八景之一。

九日飲陳良輔臺上月升乃散

臺倚秋空倚界寬，遊人小阜剩追歡。苞英露湛茱萸琖，晚照風欺竹籜冠。野雀穗畦貪晝飽，吟蛩月砌入宵寒。醉餘共話登臨舊，幾許陰晴客裏看。

贈陳曼仙提學西蜀

璧府天荒漢錦官，昭回使節五雲端。春城霧卷文星麗，夏鐸車驅蜀道難。負弩擬先忠孝坂，伐毛乞取黍珠丹。思餘石室尋鄒魯，禮樂重新起大觀。

立春上元夕四首 辛卯

塵静天街顧兔肥，催梅和氣正三微。如春世予遊人醉，不夜城連集羽輝。舊賞雅知尋舊夢，新文寧解組新機。無端素髮紛垂領，今昔何緣判是非。

八年星曆仰辰垣，世事那堪手覆翻。尚喜桂輪依静影，暫將柏子注華尊。爐烟繞案燈方蕊，藜火攤書氣益温。却是春來三五夕，腐儒鼎鼎閱乾坤。

風息星稀鏡滿匳，何須乞取夜明簾。長箋舊譜聲聲慢，逸曲新翻昔昔鹽。小酌習邀三客對，大呼頻把一題拈。人間天上雖精采，旅况無如嘆久淹。

荏苒風光逼六旬，結璘戀我奈何春。縱無名姓懸蟾窟，不乏刀圭養谷神。杓正肇元逢癸亥，日直。燈明直月恰庚寅。月建。菟裘欸欸鄉關邈，焉得華胥一問津。

良輔製丸賦柬

紛紜六鑿盗童顔，每就壺公問大還。俗骨祗妨堅石髓，靈荄猶盻餉雲山。一丸水火三三轉，二氣晨昏細細圜。堪笑仙胎虚擲却，尚從詩酒乞餘閒。

和元生春興二首

跡同矇蚋老仙經，米讓侏儒飽漢庭。語辨禽天懷太白，音留藻井失秦青。臨書淡墨依春旭，考古篝燈傍夕檽。顧影浮沉開六秩，從前都付假惺惺。

鄴籤狼籍負餘冬，求益殘編類菜傭。寄寄尚賒宮一畝，營營堪笑影三重。傳經自忝胡安國，養志徒希邴曼容。疇昔交情生死隔，衰齡倚仗劇邛邛。

和元生謝分餉地黄詩

静持無那二毛侵，服食扶衰貸杏林。聞濟坎離惟八味，勝從蓬竺息三心。乞來懷芐分昆玉，蒸出餘香比鬱金。共爾還童有分否，相將岐伯覓知音。

贈吴象賢分憲鄱陽

淵源姬牒接英游，吴椿枰門人。歷試衡樞蔚贊謀。楚甸揭竿驅沸釜，戎曹借箸利吴鈎。東湖蘭馥循卮薦，西塞雲晴振鷺遒。吏譜宗盟無第二，佇看星履曳螭頭。

宵坐書感用案帙韻二首

燈窗三復地天爻，仿佛堯庭彙拔茅。當户不留荆棘種，澄河寧事鳳麟膠。百年霜雪延高植，五日條枚息怒哮。記得蜡通忘力處，喧闐迎虎與迎貓。

閲我紛挐鬼豖爻，更誰蝸角競前茅。逃名未寤粱炊枕，學古翻同瑟柱膠。明習蝨懸心可貫，静隣蟻鬥耳頻哮。繇來社鼠牙偏利，空費肥甘豢李貓。

寄懷解拙存同年次來韻

萍絮餘生易壯年，莫隨仙驥覓芝田。破琴夢遇邢和璞，老髮雲移孟浩然。錦里城蕪歸羽詑，秦關蘭訊故人傳。低回忠孝增遺憾，自限崆峒訪道緣。

良輔遺無核棗云一名虛心賦答

纂纂瓊珠彈杏林，嘉名誰與錫虛心。味芬駢白安期種，氣熟璣青阿母岑。不向闇河誇桂實，漫從閬苑乞人參。玉門溟海曾標異，永洛分來顆顆金。永洛産無核棗，食之益氣延壽。

送穆孝廉玄緒吴文學次長還蜀

南國風烟滯客情，聯鑣長夏賦西征。子規接耳先雲棧，丙舍關心隔錦城。蕆事公車移舊夢，冠軍蕊榜肇新聲。臨岐空灑思鄉淚，不及峨輪習送迎。

贈良輔納丁姬

覓塵覓侶願無違，才色厨娘衆譽歸。嬌燕巢梁欣有詑，好花烘日淡相依。風狂不管羅帷妬，雲過長留繡榻輝。曾記稚川移萬卷，峨眉縹緲坐牛衣。

贈蔣虎臣編修典浙試

宅俊東南簡帝心，恢羅應陋築黃金。筆花自昔魁文苑，藻鑑從今重武林。棘院桂香回舊夢，岫樓海氣引長吟。當年耿耿遺珠嘆，有待嚶求載好音。

書范現斗中堂册

帝簡才兼將相權，氣蒸荃宰豈徒然。澄清孟博通今昔，燮樂希文識後先。周嶽生申開屏翰，商霖用説協人天。昇平黼座逢堯曆，贏得夔龍佐萬年。

贈高念東學士黄次辰編修典試江南

文運排擻重簡書，荷風桂月導星輿。北扉宿望推金玉，南國甄靈入獵漁。驛路再揚冰署氣，奚囊止富錦雲儲。瑩疑暫切離群感，汲引連翩壯石渠。

元生登隽志喜

驪珠璀璨貢明堂，回首龐髦昔擅場。井絡炳靈淪運劫，燕臺領果破天荒。祖孫接武符單閼，德業經時起大方。垂老萍逢欣有託，尚期載筆侍鵷行。

九月十七夕同許曼公飲良輔齋頭

問奇信步叩華樞，欵曲陳遵泛醁觚。坐對黄花真傲客，相扶紅袖宛仙姝。解醒芳氣燈前竹，澣俗玄言瑟裏竽。怪是與君浮拍屢，不應九日尚詩逋。

酬許曼公中秋惠韻

圖書盈案老秋帷，市隱那工取世資。夢破緑窗賓雁候，醉餘清甕影娥時。馬牛呼應原無我，鷗蜊逢迎更有誰。明日愁眉休豫鎖，暫賒閒睨慰幽思。

贈户曹劉岵步榷税浙關

雲司暖律轉餘冬，漸羽南儀簡命重。文苑砥瀾稱學豹，武林借箸式人龍。湖山春洽羔絲署，商旅歡生石畫封。聞道海洋通市舶，遠揚仁化引朝宗。

秀巖集卷十六終

秀巖集卷十七

石芝軒七言近體二

戲用劉季子乞筆墨韻却贈 壬辰

深深草塢一研磨，夢筆先生硯蹙波。簪盍道林書訂豕，墨浮香几學籠鵝。今來韻事從開罣，古往名流勝柱河。潯碧影天連案玉，音清入耳導騷歌。

齋頭同良輔元生諸友集韻牌作

邀君小館話春晴，洗我繁纖懶性情。映帙寒條看皎弄，近簷遥嶂羨知名。凌雲骨聳寧蛟沼，尋島花娟及鶴城。總倚初陽培慧理，茫津尚足學登行。

徐羽青户曹典試蜀中

井絡文光掩劫灰，蕩平王路五丁開。天留翰墨宗山斗，地藉風雲闢草萊。錦水濬新迎使節，璿衡依舊正中台。芙蓉會展秋城色，遲駕偉長載筆來。

庭蓮

寄興亭亭茂叔居，罘罳低護翠交餘。月庭芳氣移清沼，風苑仙標帶絳魚。燕語畫梁迷木末，蛩吟落葉恰秋初。就君細話南樓賞，携客憑欄泛夜舒。余邑南來鳳樓下臨蓮池。

贈大行張公選奉命召衍聖公

閎頌威儀肅漢官，翠華鼓篋集衣冠。師儒奉命來鄒魯，使節凌秋歷泰洹。闕里占星聯璧耀，吴門繫練拂雲看。桂香楓赤迎軺遠，莫易圜橋禮樂觀。

洮河珠子凌

洮流疏派向西傾，蔽下冰丸筐不成。信足人間彈雀用，非關水上接蛇呈。纍纍自結牟尼串，皜皜誰翻薏苡籯。爲語聖朝珍菽粟，莫同魚目溷食衡。

九日良輔招飲即事

石鼓臺門寄步高，是日自太學歸。歸尋丹室泛香醪。碧雲低護頳龍卵，玉盎分嘗翠鳳膏。跨竈奇嬰看輩出，夢蘭佳儷慶重叨。佩萸坐菊年來慣，此夕風情儈老饕。

和答解拙存同門

磻水潛璜引直漁，滄浪清濯表三閭。胸中不芥千秋業，膝下重開萬卷餘。接武鳳池爭奕奕，培風鵬翼效渠渠。羈懷莫假追隨便，形影徒憐老尚書。

壁影有序

川堂北掖之西墀有積澍，滿吸旭光。西壁槐陰密布，隙照末由。借水光炯射，瀲灧駛移，人往來東畔，壁影倒行，蓋亦借水光寫照也。向見楊升庵所紀人家壁上，或見塔影樹影倒懸，不可解。段成式云海影翻倒，此理或然。蓋海光映日數千里皆見，塔樹本直，影又重影，勢必倒也。徵此益豁然矣。壬辰仲夏十三日筆於禮署。

扶桑旭御影西墀，澹蕩新霖劃壁漪。來往紛彰看倒度，緜蠻嚶友附低垂。譬諸國史承訛筆，信有騷壇杜撰詩。海市山潮同此觀，莫將耳目錮傳疑。

游魚啖花影

弱柳磯頭亂釣絲，草融沙暖浪平時。錦雲倒醮琉璃蓋，芳靨攢波瀲灧湄。洩洩鱗鰭争趚餌，喁喁紅紫不充頤。堪憐鑑蕊盤旋處，不及巢泥燕頷蕤。右晝影

桂輪皎浸水晶宫，天展滄浪不受風。艷蔼浮沉星象表，泳鱗洄溯色香中。迎顒韡韡渾如夢，拂鬣重重近掠空。静對濠梁吾樂在，繁華春事幾能同。右夜影

薛行屋惠家榴易酒

百斛塵襟退食餘，梅花几畔静攤書。傳來勝友驚鴻札，漫數仙盤曜鳳腒。玉斝分甘寒易水，珠房沁爽馥茅廬。却慚臭味叨同録，白首交情又歲除。

陳伯聞進士遺盤梅海棠

殿冬誰遣掇仙葩，叢冶分明漏汞砂。一夜香來寒霰后，半楞艷動旭光斜。縹緗借爾通芳訊，醽醁從吾放晚衙。自是高懷孤炤處，不教塵圃點清華。

癸巳六日立春

諫木宣麻啓泰交，土牛迎氣肇青郊。禮臣捧進宜春帖，侍女看盤綵勝髾。令布陽和回御柳，天分清淑到仙茅。六符正烔寅杓次，爕理能無藉解嘲。

和憲石學士人日紀事

禮成享廟首王春，共快芻蕘與俯詢。下詔求言。魁柄獨持階直太，陽和肇布日逢人。六官莫綻山龍衮，七葉迎舒象輅茵。頻幸内院。荃宰志存謀斷遠，焜煌御墨重絲綸。

上元賜宴恭紀

羲和扶輦導蟾蠩，六膳三漿降御厨。座近五雲芬繡服，樂呈諸部雜侏儒。弛張道協賡歌世，醉飽人游享會圖。歸遺不須煩曼倩，六宫盤實及妻孥。命各撤歸。

贈成青壇太宰

同誰塵海覓星查，競向浮雲駐歲華。奎府勳名聯奕葉，入林衡鑑敵冰銜。相看詭遇悠悠際，别有貞持珞珞家。我已迷途朝市隱，就君時借指南車。

贈劉憲石少宰

輟筆承明佐統均，老成特簡賁如綸。公餘墨寶藤花署，鑒在光寒象鼎身。猿鶴不須懷夙好，前擬乞休。芝蘭永襲有前因。共期匡贊唐虞業，端屬槐亭誦讀人。公退食處。

送李梅公南還

社燕賓鴻去住寬，何須勳業夢邯鄲。浮家日狎傳經彦，混跡時同釣玉竿。已省移文來北巘，不教倚曲識南冠。閒身晉秩湖山長，那識人間道路難。

張玉調少司馬索題册二首

一經傳德重庭珍，五老尋盟際世春。黄獨怡顔邀帝錫，赤松闢徑迴天隣。朋尊香泛浮�座，野服輕宣釣玉津。水火舊離焚溺患，每從霄漢想真人。右頤養

豕突金湯乍壘時，雲崩霧塞冷旌旗。天開洌甃潛龍窟，嫗假修繩振鷺期。益信狂瀾資砥柱，不迷長夜見光儀。黑夜光燭。百年身繫千秋業，祜篤方興炯勿疑。右井巽

次吴岱觀孝廉韻却贈時署烏程學博。

雄搆梗楠側席時，鄧林衡度失工師。論心未既抒心畫，鎩羽還看振羽儀。鱣到苜齋原錫祉，蛙沿芹泮敢鳴私。吴興自昔饒圭璧，追琢傒君貢玉墀。

興象心珠集筆端，苞符發覆許人看。提携雍肅尼山鐸，從曳沉淪貢子冠。收得祥金歸大冶，歸然赤幟樹文壇。應知才學邀宸鑒，除目先題御柳韓。

和答楊錦仙來自蜀

書畫方舟狎五湖，偶從蜀坂問園蕪。芙蓉城郭迷今昔，松菊溪山半有無。荒嶺尚啼開帝望，故人空弔著書虞。年來旅況多同感，賦樹詞成筆與枯。

贈王蓼航宮允予告歸養

奕奕龍文振蚤譽，陽侯未敢汩璠璵。幼遇河變。焕來開國摛華署，歸去衡門養志廬。五鼎芬陳旌仉杼，百泉清濬照潘輿。三公此日真難易，豈是輕焚學士魚。

送單拙庵司成予告歸高密

桂風遥引指萊旌，暫徹皋比别鳳城。夙望鄉邦原祭酒，後游山斗切宗盟。青垂書帶康成案，黄蘸金翹靖節觥。笥有刀圭堪廣濟，問奇奔走魯諸生。

贈顔淡叟守池郡

金臺才子白雲司，出守池陽杏爛時。自是春田鋤足澤，更矜秋浦玉標儀。别都旌旆殷民望，異代龔黄有吏師。寄語九華山上石，静披苔蘚勒芳貽。

甲午二日同鄉雅集

春蓂兩葉萃維桑，暫得閒身讌草堂。雜劇登場疑説法，懸燈代月照飛觴。莫嫌薄豆冰霜署，賸引高軒翰墨香。健會隙駒難卜再，夜遊秉燭豈矜狂。

元宵同元生元珮小酌

晨雪晡霖鎖望舒，爍庭燈火泛杯餘。空追井里傳柑社，偶聚燕臺客竹居。世事不須論轉燭，我身原拚老讎書。英遊競茂春塘草，夢筆新裁剩起予。

宗僧南還偶拈贈偈

一日猶踦十二辰，勞勞不恕夢中身。銛矛韌盾偏同市，北斗南箕漫問津。竺度別家情繾綣，那吒析體事癡嗔。授歸左券西銘訂，大過憑消六六春。

和憲石萬壽節宴紀恩

雲晴曉闕肅千官，朱邸稱觴水陸攢。甄昵慈寧春晝永，賡颺天保泰符端。香浮龜鶴年年陛，酺洽堂簾秩秩盤。衰白未諼葵藿貢，又隨蓂莢振新觀。正月晦。

和憲石陪祀朝日壇

夾律初移晷候勻，翠華東指肇寅賓。咸池烔晦中和節，扈蹕迎曦盼鑾辰。金石叶鳴壇墠肅，籩鉶蠲吉德馨親。駿奔莫贊離明治，昕夕難諶獻替身。

寄懷姚永言同門時舟泊張灣

南國嚶求隔薜蘿，北帆風送已通河。開緘計日依三益，負弩高軒觖一過。丙舍縈懷非健病，丁年壯志起悲歌。蜀岡若許鷦枝借，頹老塵胸入蕩摩。

宿崇聖寺

寺在南海子小紅門外，今摧殘風雨矣。因奏事，初夏廿四爰止。

囿北招提剩數椽，偶來稅駕晚鐘前。村童就品烹茶水，老衲餘懷束楚年。今禁樵採。鈞部遥聞風雨閣，平蕪近綴黍禾阡。詰朝奏事行公去，回首勞勞夢幻緣。

寄贈楚督祖清淵晉宫秩

南國干城倚毗隆，牙門旌戟表清風。籌高虎帳宣威遠，鞭着雞晨厲志雄。衡霍千秋留勒石，宰庭特命賦彤弓。賽余麗澤容臺久，益部徯懷雨露中。蜀亦所轄。

與曹峨雪同年話别廿載今夏聚首燕邸喜賦

聚散天輪未可任，交情便覺老來深。花磚馺影移朝市，湖舸清謳判昔今。暫假追隨償夢訪，祗餘慷慨寄窮吟。更愁析木津前水，輕引秋帆指越岑。

寄懷林可任同年

遥聞遯跡厭塵閭，貝葉琅函傲石渠。指點浮名雲岫外，目營幽課月川初。真儒出示原如此，一室觀心或有餘。我愧家緣難釋繫，藏身圖固益牽挐。

曉署

署静窗虚半月縣，凉飔欲换午薰天。黄英弄旭西榮表，紫燕喧晴北樹前。讀易暫尋消息理，説詩閒訂正邪篇。空餘種種凌霜物，不老岷峨只老燕。

和鳳瞻鶴雙

欲倚雲笙傲帝江，八公皮相未心降。華亭幽夢原非偶，玉砌單情已獲雙。雖共凌烟寧舊侶，堪憐警露在他邦。仙書乞取陶貞白，十二層城灝氣龎。

書雪度扇

户外雲蹤几杖前，風儀濯濯憶韶年。枰中黑白參瞿老，紙上丹青見巨然。旅寓龍門歸昔夢，覺來豹霧失今緣。繁華不住人間世，草没金臺兀自燕。

曹峨雪招飲呂學士園亭雨集

彯梧蟬蓼簇新秋，學士蕪園際雨遊。苔澁緑陰驅客屐，樹懸清吹接鐘樓。交情未擬杯中盡，老眼還同物外悠。最是主人能選勝，歸途凉籟翼輕輈。

誡什二首

泉壤何曾妬蚓肥，人言頑福是耶非。酒豪乞滴鴟夷腹，詩伯求工獺祭磯。未向浮雲甄事業，那知逐日有潛飛。北窗一榻容吾懶，清晝琴書伴息機。

又

黄金何用買青春，生煉丹砂死谷神。暫就蠹魚分半字，時邀鷗鳥侶閒身。鄧林漫憤扶桑照，精衛徒歡碧海塵。虚目逢迎仍腹果，不教出處嘆迷津。

方坦菴補侍讀學士

游戲金門跡是仙，城南仍占杜韋天。移眸燕邸家人席，接武螭頭學士磚。須戟不因諧俗湼，心珠長得應時圓。撫余粃質逢揚盩，未替鵷班麗澤緣。

送曹峨雪南還

峨雪來都，自夏徂秋，周旋幾何日月。遽動歸思，同館兄弟各有贈行之章，余亦走筆繼聲，遂得四律。

舊籍鑾坡釜賦歸，今來松菊願無違。雌雄黑白猶龍用，牝牡驪黄相馬機。楓冷吴江芬雪鱠，雁先蘭棹導征衣。乾坤未拒吾儒腐，泰不連茹遯即肥。

星聚燕雲訝昔踪，纜牽秋水又吴淞。不因小鳳來阿閣，底事冥鴻跕墟封。萋草屬開三益徑，故人許欵一丘笻。菟裘天遣江南築，社鼓尋聲話老農。

老櫪偏驚客燕秋，潞河水亦解南流。卅年四會同春夢，八月孤征恰勝遊。汎宅黄香操几杖，迎門碧玉侍衾裯。居然琳館行仙伍，何必瓜田隱故侯。

壯齡陪侍紫宸班，我老無家君客還。對酒不須矜獨醒，攤書應得享餘閒。浮雲翕散俄今古，逝水奔洄亦觸蠻。欲訂遊仙時較晚，但邀容膝共湖山。

見齋念東玉立二侍郎孟秋望後載酒遊水關聞而羡之次玉立韻二首

城北烟寒碧澗秋，芙蕖冉冉接通溝。公餘不乏宗雷步，興到偏來李郭舟。幾處晚霞明遠岫，誰家清吹韻高樓。輸君半日離塵眼，共許浮醪對狎鷗。

同人心跡湛冰壺，筆舌風華妙反隅。社燕歸思憐夕棹，濠魚低泳隔前壚。試看地僻來三益，絶勝功成泛五湖。我却無緣隨杖屨，德鄰盈耳未稱孤。

王玉銘少司農餽岕茶洞橘

憶玷虚名事遠遊，圃蔬林果邈春秋。忽來蠟蒂同芳片，分貺容臺出祝鳩。漫逐仙芽甄異品，尚憐楚頌廓無求。清芬習挹芝蘭室，何用聽鸝醉若丘。

聞元珮捷音志慶并以勗之

故里風雲隔瘴嵐，天隣尺五憶城南。雁行振采回陽九，虎榜題名焕第三。旅枕粱炊凡幾閲，家園蔗啖是何諳。欲知世業鴻標遠，漫博浮華蟻戰酣。

乙未上元日偶書

雲净閒庭晚氣皚，譙鐘街鼓亂相催。寒燈屬草非疲墨，温室看花獨對梅。三五尚懸童戲月，十千空負宦游杯。何如縱葦携書畫，取次湖山記我來。

又

起步重函内景經，九明輝楯月中庭。群兒譟發藏花覆，老眼看同轉燭檽。西美繫思懷夢草，南園隱秀帶春星。京華此日身攸歷，歷歷陰晴與醉醒。

送何芝函大行南還

卜築金陵已故丘，澌光駘蕩引南舟。天連梅閣歸何遂，宅有蘭孫勝仲謀。白馬寵原交誼重，諫書餘笥世緣浮。行藏祇共雲舒卷，我欲乘查逐後遊。

鳳瞻同年初度今獲從燕邸加觴

金乳長條二月初，龍光近挹五雲居。德隣玉筍懸人鏡，行笈牙籤隱鶴書。退谷勒銘非傲世，愚溪著對且箴予。何論聚散平生感，霜鬢稱觴樂有餘。

寄答浙友張士至名中發

學仕如環幾解優，不應栩蝶溷蘧周。饑書習掩臨山墅，聽水頻登待月樓。擾擾鳴珂還野馬，亭亭藏壑有扁舟。嗟予閱世成樗散，尚對同人述四休。

次答浙友蔣聞大名薰

良驥何嗟駕鼓車，鉛刀試割刃無餘。縱令卞子能伸璞，未必虞鄉誤著書。照乘明珠妨按劍，迎門芳草忌揮鋤。名流入世原如此，心與浮雲共太虛。

病中自遣

車塵暫得却匡牀，清課如何只禁方。仙爪乞靈搔不着，神丹無分夢徒將。堪嗤戰勝臞仍故，豈解觀生老頓忘。枕上蓬萊原咫尺，不須矻矻學休糧。

病中書感

仰帘觀空鑒較清，黎丘習態晝縱横。楊朱責翟捐施薄，李白逢儀報答明。朝四暮三非我法，色莊心市自人情。覺來沴氣紛相觸，莫怪刀圭力頓輕。

徐羽青出守廣郡名兆舉

五羊城郭澹宜秋，遠駕熊轓亦壯遊。回筯功高民部選，爨桐材自蜀山收。清風拂處珠還浦，緑酒吟邊月滿樓。從此嶺南臨福曜，劍刀辭佩事西疇。

和鳳瞻落花詩

香魂招向燕巢泥，又見游蠭逐駿蹄。户掩芝蘭長住世，實貪桃李不言蹊。硏光帽側仙人舞，寶蕊襟揚佛座低。欲借錦茵邀酒伴，黄鸝聲裏醉芳萋。

春閨曲

蠶飫柔桑燕語低，偶凭春檻草萋萋。書來闗月懸明鏡，人去園亭冷翠鎞。胡蝶樹間胡蝶舞，杜鵑花畔杜鵑啼。隣琴恰奏思歸引，香灺空幃又日西。

丙申元日

曆序標先閱丙申，壯齡佳緒委飛塵。門空倒屣惟繙易，座有疏梅已對春。日影風盤駒隙駛，樹浮霜淞鶴翎皴。每懷鈍拙煩洪冶，不解虛華置此身。

又

鳳城高敞散輕烟，閱我初齡又四年。南望五雲輝紫極，東升化日麗蒼天。嬉看稺子疑今昔，坐侶伊人緬後先。欲向春華賖舊賞，疏慵無那兀中鍵。

人日集韻牌

霽圃舒容倏七辰，軒移白日獨逢人。只看竹徑鴻歸杳，那有花房蝶戀新。客夢苦驅峰萬疊，鄉心甘鎖路層輪。終南滿擬邀雲贈，玩世非同倒屐巾。

酬向西崑和元旦作

耻隨朱履謁春申，獨握靈犀却市塵。步接周行矜肆夏，風從入座挹陽春。雄呑式若胸何芥，業澼嗤余手習皴。正朔新庚第二紀，夢中猶幻鼂來身。暖步藍田看玉烟，杯行莫問厄楊年。是歲閏五。菀枯因卉分名圃，問對髡毫一吷天。每乞刀圭皆病後，安緣圖畫覓幾先。何能快侶春秋共，幽墅雲霞閱闌鍵。

真武宮臺門梅石

鬼斧瑶京鑿得來，蟾輪浮照挺花魁。清魂不墮兵焚劫，老幹長留雪玉胎。玄武宮圍松柏古，文昌閣俯水澌洄。摛華獨謝韓陵語，時引流雲送鶴回。

寄懷旦明次韻

世局翻同袖手看，承家王謝慰芝蘭。管寧異代堪稱友，弘景深山豈羨官。日出扶桑遲景煦，珠沉滄海祗光寒。懸知慷慨陳疇感，拂拂魚箋墨未乾。

閲蒐應制仝前

上苑春和景物融，禮先蒐閲暢皇風。干城肅肅來天表，頗牧桓桓出禁中。不爲文明忘習武，兼令卿尹識臨戎。微臣此日承恩燕，未敢長楊侈賦工。

次韻穆玄緒分飲賜酒

鷺車蔚起漢賢良，小隱無營自大方。胸磊久消燕市酌，手編恒炧博爐香。玉醅分挹天家賜，銀管邀題紛署嘗。莫代絣罍籌罄耻，客來猶足供行觴。

喻志吟

腕得而書之，意得而逆之，筆舌不得而疏之。雖有言，仍無言。古云「自喻適志」，豈即此與？

竹實逢歉減鳳羞，蜜房雖小有龍游。孤寒歡庇傒千厦，頑鈍情牽只五楸。我法未容蛇畫足，世情一任獸岐頭。扃園花鳥餘幽助，肯羡殘鯖乞列侯。

古篆時書各擅文，春絺秋扇漫争勳。馮唐不老難諧俗，曼倩非仙亦遇君。晉石能言何足怪，楚天雖問不相聞。長安米值消還長，啓蟄無雷雪尚雰。

東舍才疏富簡編，西間智拙擁金錢。達人入世身原外，闤市觀心耳益湔。男女易形真戲劇，牧王交夢假因緣。閒披稗史多符見，莫訝前聞盡妄詮。

有客陽陽旦欵扉，向余指點半玄微。欲從百舌探元化，直與千淙杜德機。絲咠商絃何獨感，兵訛聖鐵幾消威。人生疑殆階聞見，夢裏難忘析是非。

酬徐經如五日園齋小集

陽極林禽换習聽，步趨蹇劣限金庭。遥傳御舸鈞天樂，鄙視侯門享簋鯖。榴火照階浮草碧，荷珠翻蓋颺簾青。小園勝友時過集，蒲釀初開冷鑑屏。

題朝鮮牡丹

木藥交柯恰比肩，殿芳有待景風前。棠留稚蕊修新好，竹引孫苞助小娟。繼别大都奴火焰，循名群圃籍朝鮮。迎眸不競豪華賞，隱見霞標世外仙。

署中拈扇頭韻遣興

吏散堂簽静視聽，啾啾瓦雀下槐庭。偶思獨立身如鶴，欲豁群矇膽乞鯖。枰局從來分黑白，琵琶空自怨丹青。蓬萊兜率俱匏繫，坎止流行只枕屏。

秀巖集卷十七終

秀巖集卷十八

石芝軒五言長律

丙戌上元

前年卧西邸，兩目苦昏瞢。珪月窺窗寂，城鉦度竹仍。去年集南刹，殿廡匝懸燈。雜劇喧金鼓，傳觴混俗僧。今年猶舊賞，榆社慶多朋。烟火階庭曙，霜風鬢影鬙。此生萍梗似，我法馬牛應。迹遁新豐客，神羞矍相堋。漫論鬚比戟，且醉酒如澠。異會知誰健，同歡暫共矜。

寄毛子晉

新題賡樂府，銀管賦毛生。自厭神仙字，羞班處士名。無山不宛委，問道切瑶京。帳發中郎秘，人依樂令清。表微鉛槧在，積潤玉珠并。古處秦鴻遠，良貽晉碩貞。攖寧徵幹濟，敦薄識交情。俗駕能相許，他時擬欵閎。

贈宗凌霄東廵

省嶽新虞典，簡書重老成。東人懷宿德，柏府耿先程。氣奪潢池弄，鐔歸綠畝耕。極嵎鼇虎政，入境寂蛄聲。卧樹儒風遠，引繩藻鑑清。魯齊蒸一變，河泰麗雙明。持斧皆驄馬，蟠胸幾甲兵。看君文武用，隨試慰生平。

擬杜子美寄李太白有序

戊子秋院試庶常以此題，余用原韻擬作二首。其二則仍集杜句也。

盍簪成契闊，天際想真人。絃指虛山水，袂襓判氣神。靈駒歸蚤譽，屈蠖會時伸。任俠平生感，遊仙倜儻倫。披襟逢故舊，得句每清新。雲卧岷峨月，衣袪京洛塵。徂徠聊寄逸，雲夢隔情親。放浪金貂酒，浮沉玉署身。宮詞來潤譖，初服遂尋真。泛泛西東跡，依依草木春。有時影亦客，隨遇物堪隣。地主咸知重，奚囊不厭貧。千金空散盡，大夢尚勞頻。避地匡廬阜，遺情草莽臣。豈期同畫虎，不復展圖麟。對吏冠憐楚，懷鄉域阻秦。族雲彌漢界，矯翮罥羅辰。淹泊終難遣，艱辛孰具陳。月梁雖照色，涇水易迷濱。爲託隨陽鳥，傳書達遠津。

其二

天地空搔首，江山憔悴人。把君詩過日，回首一傷神。生意甘衰白，虛懷任屈伸。艱危作遠客，文雅見天倫。已撥形骸累，長令宇宙新。憑誰給麯糵，况乃久風塵。異俗吁可怪，交情老更親。蓬萊如可到，鄒魯莫容身。若負平生志，難知消息真。加飡可扶老，白髮好禁春。斷絶人烟久，參差虎穴隣。寄書長不達，我輩本常貧。巢燕高飛盡，江花冷色頻。班揚名甚盛，黄綺未稱臣。兵氣回飛鳥，斯文起獲麟。悠悠委薄俗，欸欸話歸秦。伏枕思瓊樹，危樓望北辰。所過憑問訊，叙舊思重陳。不及少年日，同遊錦水濱。紫鸞自超詣，耻飲涔池津。

遥和柳鳳瞻維揚秋集荷池三十韻

素志侈幽討，棲神嶠岳巔。如何隨泛梗，不遂賦歸田。百畝懷山宅，千章綴木綿。峰環青玉案，水漾緑蘿天。容裔朱明候，旖旎碧沼鮮。故人思麗采，遠道惠瑶篇。游續函關尹，情移洛浦仙。靈期李耳饗，偉託閔鴻憐。肯許無鹽畫，輕方碧玉妍。課榮憑綺檻，寓秀俯晴漣。風穆薰紅幕，星羅曄渌泉。重臺滋沃土，並蒂薦芳筵。澄鉢青霓映，昭池紫斗娟。陂迎眸炅炅，的餌腹便便。掠燕翻珠蓋，歌鸝侑酒船。接葩餘薀藻，分臭自蘭荃。妖獺資娗飾，乘鳧隱静烟。有龍時穴蟄，無鷺不盤還。音旋。質或疑山澗，莖同太始年。霞標非木末，螺實剖鮫淵。茵坐賓咸旅，火頩氣息乾。擷來光灼灼，賞處意拳拳。酌命攢眉社，腕扶啼鴂薦。瓊花齊潔娉，邗瀨寫蹁躚。阬磈粼粼照，棠舠曲曲穿。斸根森玉樹，擢蕊恍銀櫋。贈棗徒安叟，餐松謝偓佺。即兹銷永晝，已足脱塵緣。倚和江南曲，空悲蜀國絃。追陪惟夢屢，枕藉繪蕖眠。

贈陳邵公孝廉司鐸建平

玉樹森星里，皐比設建平。清容今不再，義府舊知名。庭訓詩兼禮，家乘長逮卿。鑄顔非小試，礪説已先聲。光霽門原洞，丰儀座自驚。後游宗斗極，餘藻耀浮城。厦庇俞衰朽，蓬扶遂直生。分携歌伐木，迴絶五交情。

椿坪吳文部以宅西別墅命題余顔軒曰致爽因賦此篇

德鄰翰願愜，幽墅謝圖龐。敞宇賓西巘，來飔宿北窗。寥空招景別，菀樾伏蒸降。鳥雀熙春世，琴書控大邦。主人今韓斗，寓客總潘江。拄笏延朝爽，開襟倒夕缸。有時雲作幕，入座月爲釭。雲竺移冬案，霞標豎夏幢。卉畦糅瑟瑟，松籟細淙淙。梵刹鯨音數，觚稜燕話雙。涉園饒雅致，近市絶囂哤。節序隨千變，薰陶自一腔。品題忝授簡，焉得筆如杠。

贈比部楊愛竹生第四子

伯起箕裘遠，于公閥閱高。荀龍分半瑞，薛鳳詫增毛。芝玉揚新彩，琴書永舊韜。産珠矜老蚌，結實叱蟠桃。繼述開班馬，譽嘲任杜陶。鄉邦書種絶，誰不羨多髦。

贈蕉花奉祝劉憲石學士八月初八日

裛露逋齋北，凌秋取次葩。倏移菡萏眼，空效鉢羅嗟。碧柄揮談塵，縹囊養煉砂。凋榮何鄭重，卑抑謝夭斜。六子乾坤撰，分房日月賒。唐蓂同閲曆，沈竹漫含沙。静對燃藜處，苞英入筆花。

墦祭庚寅

旅邸循家禮，清明望壠丘。延魂來近圃，灑淚寄荒楸。鵑血應悽樹，蛙聲更咽流。杯羹前想像，日月下沉浮。昔未嬰名誤，時當展墓遊。踏青携子弟，縈緑撫田疇。異地分今古，何風及馬牛。鶴歸無與語，虎守亦增愁。雖免樵蘇患，終疏繕葺謀。先壟如鑒只，呵護返菟裘。

春懷百韻

示來秋思，觸我春懷。搦管儗倫，如韻而止。

久煩玄造力，四序課行藏。兵氣仍纏角，臣音愧鼓商。溯龍直爾喙，歌鳳曲吾行。人歷雞豚社，星回虎豹閶。茵鋪幽洞細，燕話午庭長。謖謖聽松嶺，熙熙候琯房。韜琴妨咡績，染翰省呵凉。活水魚苗適，妍叢蝶使忙。新疏争射地，穠李若披霜。烹茗鑽榆燧，讐編撿竹箱。餘霞横圃樾，旭蘂湛珠光。鄉北鴻踪逸，鳴陰鶴質昂。菁葱先柳陌，憤震啓鋤疆。近限華林賞，曾酣錦瑟旁。遊虚青雀舫，夢隔白雲鄉。絶學甘禪寂，遺情侣艷妝。良辰匪易得，清福總難償。歷正敷和紀，醫傳不老方。乘時標甲乙，撫物惑驪黄。駘蕩留刁鳸，蒙茸滿謝塘。負暄渾夏纊，愜籟劇笙簧。蟻垤晴携子，蜂衙晝覲王。繁華追艮嶽，雨露怵乾岡。喬木辭蕪岸，荷錢失御潢。漫誇春富貴，聊逐景攖攘。選勝蛇添足，貪奇蝌易腸。生涯同絮梗，膏脉已旗鎗。刻玉伊耆偶，浮杯洛邑倡。滌塗看鼠出，蘇蟄却鱓創。入佩宜男草，存條帝女桑。瞻蒲耕習喜，茂堇鷙懲傷。趂婦聲啁哳，將雛羽頡頏。舒徐堦下莢，局促枕邊梁。解沍憑芒皥，瑩疑竊老彭。占雲符國泰，冀雨洗天殃。荆棘芟還盛，芝蘭僻亦芳。耳頻親蠻蛤，能莫陋蛛蜣。兔目千柯列，凫葵九子章。含桃魁果實，澤雉督牟香。罥索仙姝戲，盤繩猛士將。辛夷抽筆健，丙穴擊鮮狂。書數孳游牧，沉烟重悼亡。拂桐飛小鳳，垂欅翳修螳。紅紫增輿飾，喧豗蹴鞠蹺。名園饒宴客，煦浦集漁網。馴雀郵芸案，懸針族藻隍。臨池探瓦石，出火獵獾狼。社宰陳平擅，戎帆漢武揚。乾坤淪野馬，童冠且常羊。不見鳴鐘里，旋矜奪稍場。眠蠶營繭穸，啼鴂弔花殤。醒眼徯芸葉，煩襟傴莽煌。秖言拾薺樂，未省代桃僵。淑節年年度，中懷乙乙徨。緑肥猶潤屋，赤澀是傾囊。後獲均糭黍，前期逭望洋。號工毋巧作，賜尺緬躬量。利鈍何須逆，枯榮頓坐忘。寒蟲逢麗服，温蝨慣潛襠。松柏寧梧傲，江河讓海滂。赤繆疇買晷，白粲反迫糠。窮鬼譙延座，愁魔善匿肓。龍賓諳涴袖，虎僕禿盈牀。無力争冬夏，奚謀若雨暘。史歌傳秀麥，詩什覯甘棠。枸杞來秦郡，人參市樂浪。癡難療顧愷，慵詎軫嵇康。北里悲鬟髩，東陵罕旨瓤。寶鐔銷斗燭，短翮怯榆搶。十里憎聞蟪，三秋愛閴螿。厩多豆棧馬，裘識酒壚鷫。騶忌紘雖戚，雍門舌更愴。足知今傀儡，盡見古羹牆。付枰隨輕重，如弓任弛張。照藜逋太乙，策馬懼王良。要領圖持挈，米鹽肯襲常。乞靈從聖域，换骨憶仙漿。緘口師銘背，貞思詠采唐。如如偕梵釋，栩栩遇蒙莊。甲拆墀分翠，庚鳴日載陽。展書研治亂，讀易悉柔剛。禮樂釐三統，春秋予一匡。質成青簡訟，開墾子家荒。賴此充羊棗，因之泛羽觴。友聲求自足，韻事接無遑。儉腹叨珍饌，庸詮盪痏瘡。橘天閒奕局，蒿里閲轀輬。轉聆移今昔，終身驗否臧。考宮非孑柱，弱水豈無航。但飽青精飯，何嫌白首郎。腐儒飄逆旅，適道費贏糧。廣記陵陽子，傳經伏女娘。引慙樗櫟質，參坐木天堂。業賈舟車貨，爲農稷稻慶。晨昏審所據，衾影竟焉詳。逝者追何及，懷哉夜未央。愉君將撫劍，好我有承筐。布德誰愆令，憫人欲纂尫。聖賢如可作，項背快相望。擬假喬劉手，開牋上彼蒼。

慰燕

雙來尋舊壘，旬日倏單栖。及叶雌雄語，旋看乳哺齊。將雛争上下，覓食各東西。返照呼棚止，幾霖就室携。無端狸殄裔，避患族何閨。莫懟居停怠，周防意轉迷。

賡秋思百韻

鼇極仍遷右，渾儀半露藏。海觀無敢水，天譬曷庸商。吮墨掞魚卵，凭軒送雁行。清飈移玉律，流火度金閶。梧葉辭柯遽，蕉華引節長。橡林尋墜斗，蓮渚拾枯房。露挹莖盤爽，雲生枕簟涼。堦蛬驅景淡，社燕戎裝忙。慕蛤甘沉溺，啣蘆習警霜。豐隆喑碧落，脉望老青箱。拳蕨斑牟餌，胎珠鬥桂光。愁城如可破，酒債勿論昂。室白隣蒙叟，園腓及辟疆。石甃濡沫表，稻蠏沸流旁。鶗鴂横高漢，芙蓉憶錦鄉。賨成紓訊入，烟冷護嚴妝。魚雀恣游戲，鼠鴽互索償。長鱗諳蟄夜，藍鳸不迷方。納火熊鼬穴，淪陰草木黄。熇嵐消玉樹，吹息凜銀塘。松潤津苔蘚，泉懸戞瑟簧。養羞齊羽族，集福禮空王。績業催麻畛，禪參茁笠岡。鳳笙來鶴嶺，烏犳駕牛潢。瓜棗循園剥，蓼蘋漫藪攘。作訛紛轉聆，䰄歛每迴腸。角見應除道，霜占喜帶鎗。峨燈升遠照，嵩杵聽先倡。殷斡能榮落，隋叢忽變創。佩紉惟異卉，餞納又扶桑。執矩非偏刻，登樓底事傷。庚辛時偶察，虚昂德相頏。何術翻暄沍，私謀拙稻粱。齋心研二酉，定性却三彭。省結龜鼉孽，行離蚊蛃殃。萑洲花颷素，月路子遺芳。車胤耽螢火，宜僚效蛣蜣。賓鴻斜一字，奴橘緑千章。蔣徑存幽蔭，陶籬放冷香。花糕歸舊宴，萸酎録新將。絡緯連宵聒，貙劉舉國狂。的華扃魄固，舜若槖精亡。涸澤愀沙蜮，捕蟬憫翳螳。江楓誰繢染，風帽委踉蹡。選勝依春祓，餘酣略酒綱。鱸肥虚七筯，鷹祭儞池隍。司令猶嫌虎，居辰懼進狼。沉蓼騷辯宋，寂寞草玄揚。環堵疇輪紙，雯空覬布羊。那貪信美土，共羨少年場。蚷蝝朝朝壽，仙茆夕夕殤。總令鐘有勒，不過爝争煌。戰蟻休兵俯，營蠅抱柱僵。寒衣臨授受，紈扇起傍徨。夜蚌輸明水，晨滋藉綵囊。杜篇饒感慨，潘賦寫汪洋。楢燧虞薪盡，羔群説谷量。吹豳奚所逆，歌紵有難忘。坦腹奎圖府，長竿犢鼻褌。霧披疑對廣，氣肅倘逢滂。净樹苞鞋實，沉苽鬱黑糠。支離乾鑿度，困頓左膏肓。圓健徵毛潁，醇醨課釀牀。焉能春富麗，姑免夏愆暘。挺出遲冬荔，衰零蚤野棠。永宵嫺坐觀，静籟慰聊浪。瓠落雖無用，鶉居亦久康。炭才屯柳櫟，蔬圃減犀瓤。大冶平分意，閒人解避搶。縮羸從日御，語默任時蜇。食匪饕餮豢，裘還綻鷫鸘。侏儒偏死飽，木吏且生愴。履市恒心水，爲詩易面牆。物情原靃靡，吾道慎乖張。貫蝨煩神擬，屠龍罔技良。管窺數一二，旅寓故尋常。適越矜端甫，之齊駴饋漿。憂思哦蟀什，淫筆絀高唐。乞巧寧違俗，留耕別有莊。據梧懷振槁，熟楝待鳴陽。沆碭資澄滓，火旻借鍊剛。談輸炙輠賚，交盡解頤匡。東里辭司命，西銘志闢荒。拯邪沉井鏡，障倒濫源觴。疏懶多因暇，塵勞謝未遑。可兒袪壁疥，幾處鮮金瘡。雄雉盧延燐，豪烏腹作鯨。一圖安罄俠，三耳慘傾臧。丘壑由胡託，江湖范靡航。魄山迷聖侶，溪洞惑漁郎。琳館龍淪鼎，芝田鶴足糧。笳悲傳蔡女，劍舞感孫娘。跡滯新豐里，情深舊草堂。教魴書昔悔，遠鵬識今慶。但挈咸池要，何須季主詳。胃參羅外廓，混沌帝中央。牘誚移猿鵠，仙鸞失筥筐。卷舒師孔孟，禍福笑巫尫。保我知雄守，憑渠得隴望。昊收同鑒只，學愧達穹蒼。

懷來四十四韻和雷元生

展君紀別，觸我懷來。情等其情，韻如所韻。

浮生委抶景，窳器費洪埏。縱有心同鑑，其如骨未仙。流連尋局覆，茂對失窗芊。隱霧違初願，攀鱗限比肩。劫灰淪甲觀，珥筆貿丁年。卜地餘耕鑿，逃名勝沓騫。白頭書欵洽，緑蟻客因緣。荆棣懷榴幹，陔華補逸篇。是非悽鶴表，幼慧愴烏玄。日月消羈旅，風雲悔際乾。知希舍璞璧，徵賤筐垣甎。厭共盧生枕，思依胥國壥。舒長邀化日，觴詠即斜川。奚羨蜘蛛隱，方偕猿鶴峃。峙流原不競，心跡欲何遷。龍擾謀雲域，鶉居蔽雨椽。世情紛冷煖，吾道別芳羶。玉馬奔熙代，金門亦歲躔。鷦枝聊穩寄，雁渚逭驚翩。守拙期從好，寡營得解縣。桂薑雖具味，樗櫟豈充枅。落落知交夢，悠悠錦里烟。凌冬來玉友，雪涕語蟬聯。勿憚波濤險，尤殷老病孱。亂離追往事，否泰付高天。箕斗徒名麗，桑蓬靦户弸。幸留衣鉢在，尚保笥經傳。乞取丹砂粒，重澆玉井泉。玄亭譖虎草，曇磧換鵝箋。照乘光斯遠，陳庭寶益駢。謝蘭分茁晉，竇桂詎論燕。兀爾籌家學，相將耨硯田。瑶宫修玉斧，清廟理朱絃。博識誇鼉總，弘敷定席前。壎篪回洹谷，桃李爛春阡。蕭寺今韜潁，蝸廬近襲荃。雞群儀並聳，琛肆售争先。銛鍔應逢薛，權奇快遇歅。鴻聲垂汗簡，駿伐起燕然。匪僅衰顔慰，還看世德延。簪纓凋井邑，項背接英賢。俛仰頻增慨，胸襟未易宣。病瘳輕藥石，築小忽枏梗。莫遺樗蒲側，移時頓朽鞭。

酬陸集生孝廉同用庚韻 壬辰

百尺龍門幹，千金楚國珩。雲間推宿望，陸氏擅才名。需次南宫選，開先北斗英。鳳苞阿閣瑞，駿步渥池驚。花筆攡心錦，鸞牋擁墨兵。杜機師紀渻，任俠陋侯嬴。所以屯蒙際，全無水火攖。閒居窮大西，吾道快由庚。昌運恢麟網，哇庭振礐蘐。乾坤儒不腐，詩禮學原平。荏苒余衰拙，殷勤子和鳴。盍簪何蚤莫，並器但蘭蘅。朗挹雙丸曜，瑰觀五字城。庾塵資遠却，戠翰恍新呈。好我周行示，同人麗澤并。自矜懸榻處，暫得傲瑶京。

寄懷莊宜穉仍用所刻秋思倡和韻并書所歷

岷峨靈接炳，文物傾琛藏。不獨才秦漢，還矜甸夏商。鉞旗連象緯，詞賦爛班行。繼起開金鏡，聯翩振玉閭。亢宗閩閥邈，世澤錦流長。宦蹟輝君奭，圮書秘子房。餒胸資屬厭，熇座挹招凉。芸几紬籤暇，薇垣躡跡忙。難兄群泰斗，礪俗特冰霜。忠信輕危涉，醇厖易遠箱。高尋畢龍斷，傑搆奏明光。應宿心抒畫，爲霖首慰昂。牛羊熙牧野，鸞鳳覯巖疆。力反農桑觀，聲隆鎬沛旁。輶軒逢熟路，瓜步耿桐鄉。實幹從天授，清裁迥貌妝。卅年稽古力，一旦服官償。經務恢家譜，酬知顯義方。騷壇攬李杜，循史鼎龔黄。竊比依麻晦，繇來玷鑑塘。賴君能砥錯，示我鼓笙簧。鶴氅神仙侶，軒庭羽族王。膚朝屯岱岳，肉好空崑岡。舍築稽周道，兵教競弄潢。毀成基慷慨，横議佐攖攘。平陸濤驚目，歡筵劍倚腸。惷蒙趨灸闌，正直觸邪鎗。宗社淪崩析，恩讎習和唱。寧知小不毖，坐致大嬰創。瓦礫千村舍，烟蕪百畝桑。并幽餘舊感，井絡鬱新傷。影弔悲遷次，嚶求爽頡頏。此時侵水火，何緒汨膏粱。已判危從粲，非因饗慕彭。瓦全違遯世，板蕩漏羅殃。有地堪韜拙，無人肯歆芳。希明喧夜鴟，寶穢笑丸蜣。就琢終頑石，成材謝豫章。腹枵委宛笥，耳聾振靈香。易俗礩風下，齊賢勉月將。好原耽古樂，病幸療今狂。移柱聊和縵，補牢冀救亡。息機親海鳥，奮臂壯輪螳。豹霧容分隱，豕塗擬避蹚。瀑廬懷慧遠，壺市覓劉綱。奕局存前鑒，衣袽凜復隍。乏戈回日御，失計討天狼。前熊後揚。北馬嗟奔逸，南箕掠簸揚。訟蕉争死鹿，羸角誤羝羊。秪抱雍門泣，馴驅格攙場。仇邀胥請復，悽動楚歌殤。天地猶疑閉，身名詎計煌。縣金猜木徙，孤李代桃僵。痛定頻神慴，訛傳輒意徨。浮家同艤棹，食指向羞囊。欹棟徯休颾，桑檣企返洋。生憎年矢逼，恐受概天量。逐臭紛循武，持珠益健忘。驥羈局促轅，蝨溷漸焊襠。逃影馳彌駛，染絲淚曷滂。邯鄲仍俗枕，曲逆表肥糠。莫詡荆芟臆，須祈豎去肓。修筠糅客徑，積帙剩蟰床。占勿逢隨獲，徵惟保乂暘。牖餤加缶篕，暉引落嵫棠。芝玉芬陳室，冠纓審濯浪。敦庸防狎侮，居職戒嬉康。橘忌金苞絜，瓠甘石護瓤。飽温叨渥錫，陟降閱紜搶。雖異壤泉蚓，時師簡默螀。籃輿紓策衛，御酎省提鸘。况值金蘭集，重疏灰劫愴。依依文酒社，兀兀召周牆。損蔡丁朋益，睽弧會説張。齊竽聲抑瑟，星馬策吁良。赤白麾挐擾，蒼黃氣更常。跕淵呼汲綆，乾咽乞餘漿。幽暢聞吴會，歸休隔濵唐。歌風誰季札，化蝶又蒙莊。帝鳥遥哀語，鄉葵慘向陽。千秋扶孔業，百鍊絀根剛。有待方員用，非弢小大匡。堦羅珠樹麗，案闢硯田荒。畏壘生尸祝，嘉賓助詠觴。俟裾曳不屑，魏闕就無遑。長日年寧小，神醫物釋瘖。妖湔沉井鏡，醉發瘞封輬。託里鄰先卜，虔躬道用臧。倒瀾看屹柱，登岸羨堅航。閒作青山主，勞嗤白首郎。征車惟富醖，訪艇詎齎糧。艷曲删三婦，花蹊遠四娘。依違緣擇木，出入諦垂堂。株守衡門趣，罕矜市態慶。遐思翻夢邇，潤契啓書詳。後福川方至，前期夜未央。鳩原僑鵲宇，蠏亦假蠶筐。列子風陪御，滎公色靡尫。客塵疏了義，雲樹介相望。寄語南歸雁，蒹葭一水蒼。

和劉憲石學士癸巳元日賜宴保和殿紀恩

輯瑞初蓂莢，依光正斗杓。御筵丹禁秩，午陛紫裘邀。咫尺天顔下，千年寵遇朝。畢宮循禹制，合樂陋齊招。和律移寒谷，舞階有格苗。九如聊答貺，撫曆際唐堯。

薛行塢宮詹晉秩弘文院學士

師席青宮選，風儀北斗縣。疇咨新爵共，學士廷推始此。宿望競名宣。苞采弘文步，螭班學士磚。綵綸參鳳署，始與看詳。獻替切蟬聯。趨陛追隨密，迎春簡命先。探儲公輔業，舄奕五雲邊。

贈浙學使張蓼匪

東南饒竹箭，鏃括待宗工。萕鏡家乘在，尊公鼎元。奎圖腹笥雄。射牛占氣炯，相馬識群空。筆載冬官奥，繇工曹選用。途徇夏鐸通。祥金欣入冶，美璧競從攻。憶舊提衡地，知君振德同。

送戴巖犖以少參之南陽

廿載芝蘭室，晨星玉筍班。鷦枝移旅髩，蟬葉翳塵顔。印友時存慰，孤踪仗往還。轆轤沿宧海，傀儡閲仙關。暫輟司農畫，行彫議省綸。建旄臨淯水，攻玉耿他山。夏甸商霖用，文心武略嫺。歌驪情繾綣，末路遠箴頑。

三月二日趨召南臺恭紀

樹影圍晴鑑，澄光愜袚辰。翠華清蹕處，彤幄奉宣頻。騎射沿楊岸，方舟率藻濱。巽能聆土習，無倦訓臣鄰。容膝都俞室，繩愆醉飽身。歸途憑逝檻，舊緒競時新。

寄舊儀郎佘占一

仕途談解組，相顧幾成歸。大隱淆名實，畢栖互是非。如君真落落，故老快依依。羽静榆關道，璜來直釣磯。烟霞寧受痼，詩禮足扃扉。愧我塵勞處，頻看倦鳥飛。

李伯淳封君

致静紆陽嚳，天人理並符。婁東今宿望，斗北古名儒。學蘊羲文奥，言宗道德樞。重闈隆色養，同氣剩友于。器不薰蕕雜，交嚴涇渭趨。待炊忘儉歲，乞藥盡生徒。經濟浮園圃，光陰閲奕觚。令貽將壽斝，熊軾啓鴻圖。

甲午仲春望從耕耤田恭紀

農祥均仲律，膏胍俶公田。帝籍殷嘉粟，皇居蕆吉蠲。鑾軨乘月御，軫火爛星縣。崇壝陳牲帛，馴犛肅陌阡。三推先列辟，萬寶兆豐年。履畝豳歌導，終疇旭照偏。具員隨紺耦，平秩啓青暵。勞寢班聯飭，祈宗禮樂全。分盤沾野服，擊壤愜民天。欲假安仁筆，新摛富教詮。

雁字

羽翼同文代，仰觀則象垂。不煩髡兔顈，已見戲鴻儀。筆陣秋旻健，蘆汀篇海披。準繩斜界漢，點畫直臨池。曳白南衡嶺，書空碧落碑。牧暇傳卷帛，名塔勒遊絲。欵識霜林晚，聯翩雨粟時。雲舒蒼頡跡，風斷史游撅。化翮山頭望，形聲詑塾師。

柬柳鳳瞻同年廿四韻

狎鷗歸荏苒，附驥忝愚惷。嗣假燕臺聚，全消駒隙厖。刀圭資蠹簡，壁壘試虬鏦。四牡饒心攡，千鈞徑手扛。君才原倍蓰，我智苦難雙。每託生扶直，時分待問撞。剪裁庸協錦，泮渙小潘江。匣水開迎解，管城築受降。藏珠嗤剖腹，懷寶肯迷邦。既爲蒼生起，恒殷丹扆[亻雙]。澄清憑繡斧，追琢富良玒。振槁邀滋澤，臨岐賴楬楮。紛流明朗鑒，定力柱奔瀧。百六灾同遘，三千界際哤。幸離崑火劫，愁對菊花缸。逆旅聯茵榻，昏宵共佛釭。嘉謨引憲府，大業壽旗幢。息駕緣僵代，貞操介立矼。維揚存畝宅，秋水敞舲窗。不以塵名事，相攖觴詠腔。賜環重赴闕，負弩快聞跫。儀式雞群鶴，學卑虎幀尨。欵談霏玉屑，襟次豁茅逢。蝸舍光騰處，谿來展筆杠。

乙未羊日書懷次來鶴堂庚寅春限韻

是非紛几案，童習貸倫恬。鳳冀衝喉出，龍安託酒潛。疑蟠千古帙，塵隔一重簾。蔗喜循梢啖，花羞向錦添。問鐘隨叩別，傳火引光纖。無事慵欹枕，有時詠步檐。亭柯留蟻戰，天路讓鴻漸。每憶巖觀席，遥翻柳曲帘。村朋長沓至，野味頗能兼。太息浮名誤，栖遲莫景淹。未成神武挂，偶中左更占。射影沙憑蜮，矜蹄技自黔。颷風欺砥柱，春色蘊松髯。謾語堪捫蝨，雄鑣豈顧蟾。酌觴明厚薄，食蠏略圓尖。市態原冰炭，吾心渾米鹽。鷗來恒欵欵，舟觸益謙謙。斗室長忘歲，蒲團不受炎。瓶魚悠逝海，香鴨馥焚柟。聊此酬佳節，因之柬鳳瞻。柳中丞即來鶴堂主。

春邸書懷次子美水宿遣興二十韻

竹徑人焉往，桃源路未迷。雜形清目鑒，釁務付心篦。慧鳥知箝舌，良驄惜障泥。何言侶木偶，信步避沙堤。夏簟鋪窗北，秋糧課畝西。閒書鸚鵡賦，静憶鷓鴣啼。漫述長庚夢，空煩太乙藜。頷珠寧易探，屨價靡能齊。畏罪休懷璧，談兵且聽鞞。遐標懸霧豹，泛跡類江鷖。末踐蓴鱸約，真成猿鶴携。知音誰秣馬，愛羽自山雞。岸幘辭燕市，芒鞵逐越蹊。悠悠千古感，鼎鼎一身齎。警雁啣蘆遠，摶鵬嚇鼠低。舟車違險託，風雨有安棲。砌卉看苞玉，庭楊欲茂梯。行藏循我法，得失任天倪。逆旅聊消遣，衰齡倦品題。惟當尋老友，觴詠適潛溪。

用憲石相國投贈韻申祝

台衡明象緯，冰鑑表人倫。熙代推文虎，當年兆玉麟。光揚今閥閱，喜起古君臣。不朽夔龍業，弘裁李杜隣。秋蘭清几案，壽斝際芳辰。吾黨真榮藉，交情老益新。

次答吴岱觀學博 德清　丙申

坐擁湖山秀，峨然泰斗尊。青氊分一席，白璧耀千門。小試詩書用，弘敷德業存。交游嚴損益，嘘潤挹和温。美箭邀擻力，祥金式冶恩。玄標移耳目，素侶共晨昏。内史尋遺跡，中郎有秘論。夢花生筆潁，如水溯崑崙。詞賦宗庠體，箕裘衍寔繁。烟霞隨處塢，松雪耿前軒。罨畫溪邊景，歐餘山上言。談經安定院，適興峴窪樽。强壯違鄉國，羈愁老客園。臨岐增百感，不似向東湲。

秀巖集卷十八終

秀巖集卷十九

石芝軒七言長律

送朱滄起老師歸省十二韻　乙酉九月

抗志冥鴻久息機，偶因儀用欵朝扉。鑾坡有待讎三豕，燕市重邀品六騑。舊圃未荒元亮菊，緇塵寧涴老萊衣。蘭言日挹趨庭訓，星駕思餘罄指歸。每怪鑑湖多一乞，自開鹿洞肯相違。青溪道士分玄討，金粟如來得静依。建節湖山稱主管，導輿猿鶴羨知希。躋堂介壽逢陽長，繞膝傳經競玉輝。華髮永辭簪紱累，白雲何計利名非。人間雖祝庚桑楚，天上空來丁令威。信是五倫能駐世，岷峨吾欲訪慈闈。

春日自遣　丙戌

誤信蘧廬外寄身，從前金玉寵他人。勞薪甫熟邯鄲爨，苦李頻移太皥春。每損青裳丹棘贈，紛投慧貝紺珠紉。無憑季主甘言訹，坐使黎丘譎態臻。得失雞蟲長瑣瑣，是非鸖燕漫齗齗。近緣際遽尋閒訣，只有賒憂促樂旬。高尚先生除四殺，如來弟子證三因。遂初偶託蜘蛛隱，守静寧求尺蠖伸。文債歸毫連索錦，醉鄉注瓦等傾銀。移山逐日空疲力，流水行雲且息神。二十四番花信裏，八千里外雲顛倫。倦來觴詠嫌多事，獨向華胥閲客塵。

病間用案帙中韻舒懷 乙未

敞桯庭暇卧游恬，馴雀招群静欵簾。醫俗面牆參玉版，還童手帙勝金鹽。風牽翠浪疑移石，日影彤雲暫餙櫩。古墨健毫荒楮素，新泉活火試旗尖。何論蠖伏龍驤別，習與鴻霄燕社厭。冷極共知棲雪嶠，薰餘未必擁香匳。放情玩世咸宗贅，英慨留編有幾髯。藥踞飲罏成久假，霜窺髩鏡只頻添。猶能麗澤來三益，塵却元規不受黏。

擬題書畫舫

日纈綑紋先鷁首，墅烘霞彩上蝦簾。金題玉躞披皇壐，錦帙牙籤紬帝鹽。清晝卧遊閒是主，曙窗撿點翠浮櫩。豈倫艨艦藏兵刃，每戒鼷蟫損角尖。益友來觀情欵欵，佳醪對酌夜厭厭。人紛應接波斯舶，我快高褰軒后匳。裝潢標題勞兔頴，裛塵拂拭有龍髯。漫云四庫多遺漏，飛去全幮合算添。况遠陽侯良璧妬，風沙何處帶黐黏。

秀巖集卷十九終

秀巖集卷二十

石芝軒五言絶句

市古嘆十首

古書

善本縹緗帙，肩任僅百文。寧知來鄴架，鑒襲幾殷勤。

古手蹟

先哲輕黄金，死生茲墨寳。一朝委駔儈，秪博粗酣飽。

古法帖

摹搨經睿謨，賜頒何鄭重。不邀賞鑒緣，故紙仍逈用。

古章

選質玉晶銅，前人制篆具。肆陳瓠落同，不入沽徵數。

古畫

幗封不怒飛，涸藉丹青肆。俗眼右鮮華，劈空騰物議。

古琴

錦囊金玉裝，爭售非音故。離徽默無言，付夔惟所遇。

古窑

貢琛叨什襲，俗案供盤餐。貴賤何常品，宜通域外觀。

古銅器

制度存先冶，興亡閱市朝。幸來遷貿處，猶免化泉刀。

古漆器

堅潤鑿瓊並，全無鏤灣痕。但逢樂易者，善價復何論。

古錦

組絲出新裁，久閱成法物。不見七襄成，雲機存髣髴。

石芝詠八首

秀擢唐婆鏡，移根玉乳盤。堪憐風雨後，芳潤足幽餐。
曾聞瓊秀天，茂蔟瑶田草。不是藉丹臺，採來堅顥顥。
雲母誰裁剪，雪英半吐呑。應從玉虛洞，分氏小兒孫。
龍竇泛瑶蕖，鷗濤恣襞褶。凹處長叢芸，香風引獵獵。
菀爾蒼紋質，天然粲七明。攤書閒對較，氣魄益澄清。
層疊連理葩，光明九枝秀。誰其煮餌之，天地與齊壽。

舒華披穀霧，蹙蘂罥鱗雲。記得何巖腹，倒垂貌此君。
風葉展莖盤，月華凝玉髓。疑有弄珠人，夜深來溉水。

如意

精治二尺强，摩挲光電灼。舞法今不傳，聊持供玩謔。

廣四時詩有序

或陶或顧，前人述之核矣，今因本句拈韻。時標于題。

春四首每二句用本韻。

友鳥要長林，子魚泳新水。我原不亂群，愛爾能如此。
漏籌習浮沉，欹器箴虛滿。如何首歷時，佚遊苦晝短。
勞生縱百齡，閱序無過四。不及少年場，韶光親寤寐。
惠風無私吹，蘇圃回芳澤。但遇開樽倫，何分誰主客。

夏四首

丁香垂競雪，苜蓿長如雲。眼倦辭書立，鶯聲恰洽聞。
晝長訪舊少，軒静領新多。可怪雙栖燕，謿余倚樹哦。
兀居列叟里，誰問子雲奇。薰風時入户，惟有壁琴知。
錢荷舒碧甆，琅節買青峰。乞取林泉剩，光華吏隱蹤。

秋四首

野爨熟雕菰，水珍肥海月。江南快取逢，縱葦凌清越。
蚌胎初啓暈，雲際婉清揚。却勝中庭照，寒砧亂舉觴。
青山懷謝朓，籬菊憶淵明。入社聞歸燕，西風老客情。
蟬枝開晝爽，螢圃弄宵輝。際此偏蕭瑟，何關物是非。

冬四首

乘除及次垣，寂寞到雲嶺。獨善小昆虫，不因人暖冷。
彌空纈緒雲，入望飛茅秀。凍雀乞粒餘，盤梅慰清晝。
扃室臚多友，逢迎跡不孤。鴟夷仍自酌，意氣尚狂奴。
呵凍披圖史，乘暄撫竹松。寒齋減俗課，應接不增慵。

感興

饕羊與及牛，脂肉取不竭。受牧盡斯群，身財欣兩發。
索貢緣詩誤，猶妨宿咲人。如何析非有，猶自詡宜民。
麐楦居雞肆，倜然傲布衣。寧知軒鏡在，藏腑辨幾微。
乞取風狸杖，閒登雲鶴峰。無將驚愕態，耳目溷相從。

題牋十首　壬辰

片幅

郵筒循易簡，尺牘競新裁。不滅三年字，懷人始一開。

紅葉

秋林開絳照，遠水影丹書。爲問探奇客，草玄何處廬。

貝葉

西竺菁華片，南窗筆墨朋。書成無上諦，不數剡溪藤。

圭

不是剪桐戲，翻疑輯瑞來。鳳池誰珥筆，龍璞待鴻裁。

琅干

刻琮存肉好，班筍擅風華。看取春齋暇，倚牀試筆花。

桐葉

天下秋期至，銀床一片飛。誰將閨怨語，寫向碎羅衣。

生芻

綠滿幽人徑，青垂學士盤。贈貽雖一束，趙璧與同看。

小蕉

晴介梧雲顯，斜舒芰沼含。濡毫隨興到，謀野綠天庵。

蟠桃核

實結三千歲，池分徑尺丹。無能仙俗骨，留作畫圖觀。

五芝

靈根抽鐵幹，紫蓋覆金翹。疑拾三山秀，歸圖五岳標。

閱蒐應制 同前 丙申

扈蹕宜春苑，雲從涿埜師。建櫜同讌喜，正及勸農時。

秀巖集卷二十終

秀巖集卷二十一

石芝軒七言絶句一

題畫

遲日明窗拂帙塵，博山烟裊案芸新。展圖省識東風面，花鳥無言自在春。

題仇十洲花卉册

仿佛家畦野蓼花，貢新金穗一枝斜。如今旅食京華久，何得豚蹄祝滿車。
小徑春茵爛漫鋪，紅絲細曳緑羅襦。好教移植莖盤側，裛露分研點易朱。

洗硯

割雲溪畔弱千齡，閱主難疏穢與馨。暫借清泉供蕩滌，明窗吾欲仿蘭亭。

贈汪士亮司理岳陽

北峽南湘糜子國，先憂後樂范希文。行春不乏隨車澍，來莫歌聲沸楚雲。

草草吟

匹馬凌寒冷署趨，晚歸轂擊失莊衢。湯煎漫憶麒麟草，贏取編摩尚故吾。
臼硯髡毫四十年，老來訓詁作疑然。何能太極餐靈草，待扣鐘鳴小大便。

感興四首

雲浮宮雉影參差，尺五城南彼一時。巾幗傲人猶越射，歌聲沸地聽眠兒。
無端索葛起兵訛，誰挽銀潢洗甲那。錦繡山河紛剪綻，庚星從勸不顏酡。
林屋烟雲迴隔凡，悠然雞犬適松杉。不知入世巢由耳，泄泄如何習譨諵。
託岫誅茆憶舊丘，凌冬花草膩寒流。篁巖忽送蘇門嘯，野鳥同聲叶友求。

送易子著歸南　丁亥

壯齡紫塞志圖麟，書劍悠然閱世身。猶有尚平婚嫁願，相將鄉夢度南塵。
春光歷歷別京華，回棹岷江理釣車。未試秘文還洞府，不教傳食博胡麻。

送唐信卿還南

憶昔逢罹泛去舟，賓鴻社燕不相謀。今來闔閣關心處，南北無煩嘆阻修。

依依蝸舍歷冬春，南指金陵悟客身。共訂移家輕蜀坂，暫將別斝拂紅塵。

薔薇

誰將火齊飾牆東，一簇彤雲漫碧空。莫遣他家十姊妹，海棠樹下醉春紅。

和愛竹見示二章 戊子

夢覺平分閱世緣，中山博得華山眠。無情最是寅杓轉，一夕楊岐倍惘然。右除夕。

冲融景物不郵悲，從俗連宵學賣癡。恰有春醪能遣興，筆花消息研田知。右元日。

送王寧我之葭州

十年踪跡感萍浮，世難同君豁遠眸。蘭若冬春閒討舊，天涯明日又葭州。

願弘康濟未全舒，氣概英英陋志蜍。生意會隨窗草茂，笈函不乏等身書。

送聶咸有左遷潞安別駕二首

宦業浮沉閱爨粱，秋風易水照行裝。懷君岸幘豪吟處，分野依然是故鄉。

發鳩天外慶雲浮，抱犢山中玉籙留。此去服官兼問道，不將霜髩敝貂裘。

花燭詩爲楊澹淵同年賦 八月初九日

三年寂寞擁玄宅，求侣何心理鳳桐。金屋乍能空冀北，猊音不必問河東。
菊花方蘂桂花開，刻燭詩成擁夜來。玉洞流霞供合巹，蓮房多子兆含胎。
見獵嬰懷自古然，名姝輩出况幽燕。秖今戰藝争長日，君亦偷閒學少年。
感郎燈下贈雞頭，玉粒壘壘玉笋柔。笑語雨情無似此，裏邊欠實外難抔。

新安洪生季聯爲余寫照因其索贈口占二絶應之

身與枯蟬共大荒，時從栩蝶訂行藏。憑將汎海移情手，寫取忘機木石傍。生善絲桐。
菴同老寄未全僧，世外松芝結夢朋。猶有三冬遺業足，表微染翰果君能。布景題以《訓子圖》。

送友蒼南遊四偈 己丑

豎指横眉讋野犴，偶思息步別桑乾。黄鸝聲裏桃貪實，拚倔松筠共歲寒。
潑墨乾坤費屬錢，忙時茶飯倦時眠。如今識取安心法，好跨崑崙棹鐵船。
軍持冀北又江南，倡倡紅塵處處庵。收拾筌蹄寬物與，不教蠅蠹擾人參。
十寸纔知一尺長，篝燈乞火漫張皇。靈龍不假升天木，飛錫何嫌屢宿桑。

書高唐神女賦後

縱筆巫陽詡逸遊，誣辭作俑爚千秋。色荒或有淫魂感，楚國君臣夢聚麀。

九日和楊愛竹見惠故友張仲修畫竹扇韻

錦城玉石埋焦土，寶笈猶緘概日枝。把玩菊庭聞過雁，數竿風戛疊悲思。
故人憐碧迷三徑，我輩鷦鷯借一枝。遺墨獨留孤挺韻，暫因佳句慰縈思。

春正六日劉念恒向西崑暨陳周諸子集荒齋小酌 庚寅

晴齋快展攡玄草，六日新篘對客開。共惜虚名循北斗，幾回春事換東梅。劉示余《太玄納音說》。
棊酒逢場鬥勝新，銜盃環座剩閒身。那知疾景真同馬，屈指驚馳半幹春。向陳對局，俗呼兹辰是馬日。

冷心芬分貺新茶兼示郊興新篇次韻作試茶歌十章

初摘沙坪到錦城，書窗閒課試鐺聲。如今舉似蒼溪産，亦自臨風快體輕。升庵品蜀茶，以沙坪居首。
聽溪樓外碧蹊斜，春杪山歌戛雁沙。記得煮泉衡蚤晚，幽香都不讓蘭花。中巖所産，即以本地泉烹，早晚之味如一。
赤甲黄畦蒼翠鋪，横江晴照影浮圖。山僧鄭重雲芽供，洗墨池邊聽鷓鴣。凌雲所産，收貯經年，色味不變。
塵勞暫息得天游，品草題花合性悠。偶憶提筐雜遝地，旗鎗倚蓋膩青油。
蒙頂砥膚亂莽群，舊傳苦汁漱沉醺。何如雀舌舒三兩，先馥村姑白苧裙。

老葉披霜歷攝提，不能叢灌室山雞。忽移洗律吹寒火，行剪蒼雲漲綠谿。

三峨天畔昔追歡，老衲携琴坐石彈。神水活烹雷莢嫩，豹囊翼腋上雲盤。

玉英金片鬥新芊，騎火蒸攤忌敗烟。鄰邑玉蟾與定理，土人啖不辨中邊。二寺所産玉蟾佳甚，邑人以定理值廉，競市之。

月寮風使擅清幽，明月寮出峽州。清風使，徐恪製，建茶名。盜葉姦芽屏異丘。却怪後來輕薄侶，仙芝誣詆酪蒼頭。謝宗稱茶酪蒼頭，即王肅稱酪奴意，以其解酲也。

騷壇森伯謝凡娉，侑餉龍團到草亭。未識蘇家十六品，虚從陸羽乞茶經。

冷心芬飲金魚池有走馬觀妓之作因以見示口占奉答二章

蔭柳觀儵醉晚風，秋波横帶管絃中。陸郎按轡周郎顧，水鑑天鋪信畫工。

寶鉸丰神出緑陰，臨濠投餌怪魚沉。誰知蹀躞勾欄外，亂攪芳叢擲果心。

劉憲石貽詩見召口占奉答二首

崚嶒碧玉長琅玕，爲許羊求博静看。濁骨獨慙林下侶，清陰咫尺隔蹣跚。逋齋秋移竹石。

舊友新君石丈偕，高情幽賞滿逋齋。應憐抱膝長吟者，不得分酲向緑槐。

華清宫

煖玉芙蕖水殿開，香輪羽葆蔟蓬萊。何期引鳳朝元閣，御笛纔翻阿濫堆。

長生樹杪帶星河，香拂霓裳水不波。誰遣塞酥將艷骨，月明冷落馬嵬坡。

徂懷柔道中四首

轂擊朝闍向郭墟，空懷壕蘖蔭黿魚。烟蕪直北防秋處，牧馬奔塵竭稽餘。

郵店村莊尚識名，頹垣無樹宿秋聲。獨憐車馬寒沙路，指顧猶餘黑子城。

百里褰帷入大荒，逢迎童屋隔邊牆。於今守戍無庸日，只有行人憚路攘。

沽市寥寥日欲晡，沙河饑渡惱輿夫。滑泥茆舍茶烟息，愁聽前期半百途。

贈高銘柱守備太原二首

玉帳銅符控五原，兵農氣色壯雄藩。低回保障前賢地，誰與橫經課素餐。

弧矢標閎志四方，韜鈐初試晉汾陽。須知井牧連營陣，廉李餘威欲雁行。

除夕擬作宮詞二首

紫明供奉侍幽閒，剉角媒人散銓班。撫卷不眠懷尚友，沉榆焚旦待箴頑。

頌成椒柏薦芳卮，爐燼寅杓已暗移。春宴預籌歌舞處，嬪妃沾賜吸華絲。

題畫 辛卯

世外閒情木石居，冥蒙松壑靜樵漁。褰帷畠射千峰旦，何事燃藜較閣書。

登臺口占二首

高臺寄目旅魂清，侑斝仙鬟擬玉京。還似御風乘霧客，步虛聲度月華明。
天河斜界女牛星，遠圃來禽掠眼青。充葅紅蕖仙俗骨，玉壺持勸却娉婷。

哭雷幼黄内姪四章

仙井瑩廬已就墟，君家玉樹尚森餘。何期冀北空群際，却是崦西落照初。
亂後聯翩慰寂寥，南枝共訂寄鷦鷯。衰齡賴爾扶持力，溘露那堪慟此朝。
三紀韶華閱鵠蝣，飄然厭俗駕雲虬。名場不假黄粱枕，天闕應修白玉樓。
腕辭不律眼辭編，不向祇洹即侶仙。料得軒渠塵土狀，肯同丁鶴語留連。

許曼公見示七夕篇并和拙作口占二章奉答

砌蟀微吟竹塢前，塵勞暫息枕書眠。清風朗月懷玄度，快誦明河七夕篇。
世好何須問瑟竽，閒情幽賞付操觚。交梨火棗饒銀漢，乞與人間長史無。

中秋坐月二首

射策風簷三兔秋，桂輪浮斝午橋頭。如今見獵何情緒，静倚魚天看斗牛。
晨趨圜玉門精新，薛卞迎眸別儗倫。試問高空千古照，幾家虹氣出荒麟。

題曼公岫雲詩後四首

閒情未肯老西風，出岫雲橫吸酒虹。料得豪吟燒燭案，孟光應亦訝梁鴻。
黄華倒暈蘸秋巵，宋玉緘情理夢姿。不使娉婷逋一態，笑他百首比紅兒。
分得雲英露一杯，文園消渴頓滋回。何須更覓玄霜杵，席上琴心即病媒。
舊縛還因喝棒禪，詩脾酒膽委浮烟。如今倚岫雲生袂，酣筆琅琅二十篇。

秀巖集卷二十一終

秀巖集卷二十二

石芝軒七言絶句二

壬辰中秋内城道院

霽後舒光滿道宫，鐘餘對酌客窗同。誰知顧兔摧藏厄，亥子乘除頃刻中。是夕子刻月食。

贈邑僧如初偈

雲霧何曾久住天，迅流時見有廻船。江淮異派同歸海，去燕來鴻四十年。

贈鄉僧遷如偈

天籟清延秋樹根，牧童横吹度漁村。影頏正鵠雲霄表，白晝誰傳已夕昏。

閲心史二首

宋社誰令北餧蠶，龍宫衮冕是新諳。書年己卯今仍昔，筆舌長留鄭所南。

刳心血顯圖存趙，三百餘齡避綆牽。不是大明天向閉，重函何自出甃泉。

題白薔薇册

倚巖刻玉引枝長，蜀國知名七里香。不省蘂珠宮裏伴，雲車何事萃唐昌。

題竹上轉枝牡丹册

葳蕤蔓引附青雲，富貴浮名豈共芬。縱得實成非鳳食，閒輸粉翅鬧斜曛。
亭亭直節謝浮埃，不分妖縈作蝶媒。試看貫時柯葉在，殘英空憶委莓苔。

題山丹册

月臨粉膩殷春雨，日及嬌柔襯晚烟。却有刻瓊封蠟蒂，纔時舒艷度朱天。
拔地琅株絢綺霞，黍珠漏洩洞仙家。漆園夢叟尋真至，碧玉砂牀駐鳳車。

題照水粉團花册

彈艷苞脂映碧湄，酒柑曾記聽鸝時。於今見似懷鄉土，夢攬芭蕉寫舊詩。

題廻紋錦牋 癸巳

廻峰遠帶雁行分，脉脉閨吟蹙疊紋。裁錦與君逢得未，苔階滿目散朝雲。

題博山雲牋

窗銜旭照熏沉木，幌羃浮雲出博山。臨罷蘭亭披古帙，此身冉冉倚松閒。

大蕉葉牋

茸茸書帶垂盤碧，摻摻修篁對案青。何似偃波盈丈膩，劈窠晴圃寫黄庭。

琴牋

緑綺誰裁向陟釐，清音緘擬寄鍾期。漫將五柳無絃曲，輕擲箏琶貿聽兒。

鸞牋

十樣新裁出益州，褷褷鏡影掠雲浮。骨凡迴隔瑶池夢，青使何緣到案頭。

魚牋

鱗腹緘來尺素書，故人暢飲卧林於。釣璜輕擲垂竿樂，潦倒韜鈐逐後車。

蝶牋

圖展滕王竹石邊，翛翛覓侶午風前。拈來案上鄱陽白，細寫南華物化篇。

竹册牋

析簡聯編載漆書，嶼倫新製雪藤舒。今看意創存方策，液膩絲闌匠古初。

蓮瓣牋

華天禎艶逐風飄，辭却龍房十丈標。膩粉已能光竹素，清香猶得貯詩瓢。

束素牋

雙結雲裁一色渾，戔戔有待賁丘園。閒窗戲搨鍾王帖，裂取齊紈勝魯璠。

書宗衲册有序

宗教分招，跰疲千喆；言詮接盛，聲塞四虚。夭折毒鼓之撾，輕揮玉斗；眯蒙慧日之照，頓却金鎞。豈大道之紆回，固群趨之雜遝。亡羊難覓，縱鶴罕還。譬適越而北轅，嘆望秦以東笑。噫呼沉洄，直引津梁。匪願力之弘深，必機權之當可。伊何人也，且莫遇之。失此時兮，形神惑矣。爰申偈答，用贊桴鳴。

凌空鴻雁叫清秋，影掠澄潭不暫留。却是月汀群動息，傳蘆逌警自圝尤。

逐日移山智與愚，静看砌卉怒斯須。偶思即食峨巔鳥，半義聲聞捷信符。

甲午仲春望玄武山亭召觀騎射

五雲深處四陽蓂，秉耒歸臨振旅亭。合飭兵農光帝載，天田迤北羽林星。
犀渠繁弱騁天閑，雹掣雷轟萬歲山。摧敵英聲烟霧裏，兩甄齊止陣雲閒。
赳赳干城百戰功，桓桓世胄萬夫雄。分鑣競獻穿楊技，猛雨謀雲萃禁中。
神武師中鏡九天，花朝騎射指揮前。是日清明。品題今昔英雄譜，共慶風雲五百年。

和鳳瞻鶴詩四首

晴空振翰亦舒筋，燕雀喧庭静者君。仿佛玉亭知有憶，九皋陰處悵離群。右鶴立。
神山幽客曾題鮑，華表前城記語丁。何似優游三益徑，玄譚韻事日身經。右鶴行。
唼萍刷羽午風輕，影入寒流習振纓。有意絶塵非異境，請看壁上畫寰瀛。右鶴浴。
世外風儀説阮何，緱山逸伴切觀摩。含情顧步東西水，松引蟾輪挂女蘿。右鶴想。

秋署卧青七月朔

開秋清籟發蟬株，晏坐觀心一事無。半榻恰逢辭俗敗，南窗槐蔭北窗榆。
除卉牆陰湊署冰，偶然科祖涵真僧。塵緣不涉邯鄲枕，閲盡浮華是曲肱。

孟秋四日太和殿候奏事口號

雨旦趨蹌叩絳楓，封章午未達重瞳。坐依殿柱餘秋爽，尚得賒眠笑語中。
虎豹天閽未峻扃，目懸將命雨冥冥。晻光殿角分微霽，始逐班行出禁庭。

秋祀宿城隍廟道房口號

亥市當年士女稠，玉堂清燕剩朋遊。祝釐今夕寒釭舍，犬吠蛙鳴別一秋。
疏林遲月影西稜，霜戛譙鐘入夜弦。僕從醉眠渾閬苑，黑風飄墮是知能。
塵息清宵託閉關，此身坐踞道人閒。同誰擲却邯鄲枕，茗飲藜羹訂訂頑。
巾幘褒衣出世儀，向余長揖進甌匙。燈前顧影殊今昔，惆悵金風剪鬢絲。

乙未天壇人日

□幹苞荄一望同，帝城春色蔟壇東。噪烟翥鵲知迎客，驂擁貂裘旭照中。
塵静光浮萬木森，喜逢人日破沉陰。頓令百感消清界，緩轡迎眸愜道心。

九日太歲壇即事

雞鳴道院肅衣冠，奉祀循時引詣壇。饗德百神應受職，熙朝禮樂兩儀官。
昨薄高春霡霂來，寒松洗眼若相猜。凌晨飲福回輿處，又逐紅塵落聖杯。

案瓶芍藥浹旬尚亭亭競妍因次鳳瞻韻

案頭餘艷借園扉，未許游蜂浪破圍。十日尚堪留坐卧，懷人千里送將歸。霓裳霞帓稱修膚，一種閒情倚玉壺。應笑維摩徒健病，蹣跚瘦骨倩笻扶。

次鳳瞻蒸松鑪口占

旅食幽閒傲鼎鐘，况兼高卧侶元龍。庖人引領絲綸貢，魚水新歡兆佐饔。

季冬初五雪夜即事集韻牌

漏滴冰堂婉夜聲，莫嫌松茗却餘酲。紅塵佇掃玄篇案，一曲高歌轉倦生。癡宜書幕换長年，爽競荷衣杖影邊。酌否隨緣居且僻，虚廊閒步韻霜絃。

丙申春三日擘橘侑酌集韻牌

净几繁羅鬥品清，盞浮菊酒愜幽情。覺來馥抱含津潤，仙李丹萍浪得名。麗節春醪暫助娱，孤身雙侶適歡扶。熱消寒玉垂條紫，逸况真風趚静須。

五日東輿

四垂雲擁天如夢，五日風和雪欲蒸。自是城東延賞趣，醉人春色巧相仍。

六日早之天壇

競雪霜蹄傍樹遲，瑤臺引盼辨重簷。經行道院希人跡，摇曳垝垣露草帘。

九日諸友小集即事集韻牌

晴姤烟霄未盡披，勞君雅集動茄奇。暫吾引筆豪還拙，道拾村釀亦自知。
嬌唱妙彈聊遣興，勸酤然燭底争攀。捫今憶往經行迹，雁緲鵬遥隔面顔。

閲蒐應制同前

入望春郊狐兔奔，三驅鐃吹静和門。乘陽布令回鑾處，天保同聲獻至尊。

病坐小齋偶展陶集拈園日涉以成趣門雖設而常關得十二絶句

花半辭株半賁軒，緑陰鳥止悄無言。扶笻暫借舒筋力，猶得攤書向小園。
舌腕驅芿惟紙筆，胸喉郵置習參术。年來老况强支持，鳳曆消磨百十日。
子竹回青跂雨浹，餘葩引艷妨風劫。養心馴至曲肱時，深淺何庸辨厲涉。
青鞵竹杖從何始，僕僕塵勞同磨蟻。南華披展卒初章，潦倒濁醪良有以。
偶憶中巖曉夏行，籜龍雀舌門新鐺。尋音飛度猢猻徑，幽榻青圍踞陟成。
高尋尚友五車具，不合時宜一肚厝。賴有繩床與麴君，相將弋獲清真趣。

衛足庭葵介竹根，虛心仙棗覆蘭蓀。主人熟卧栖禽去，剝啄何緣得到門。

莫道憂天事屬癡，更看填海志尤奇。文從子厚鈔三戒，句愛香山賦四雖。樂天有《四雖吟》。

北堂之北垂堂血，西嶺迤西何嶺雪。風木淒淒怵旅魂，蜀雲蜀月來燕設。

非釋非儒博詈嗤，問心問影作然疑。夢鄉錯履迷荆棘，棠棣空嗟室遠而。

春柳苞緋夏菊蒼，三春柳、六月菊，皆園卉名。馬蘭紫蔟刺蘼黄。莫嫌小圃無娱客，卮酒盤肴只率常。

藥餌相扶得暫閒，不須臨水復登山。語梁紫燕探花蝶，逐隊喧闐妬閉關。

省興十二首 再用陶辭韻

每韻止用同音，以備一體，皆託物，故稱興焉。

老驥無端局促轅，空懷戢武縱平原。跡同戀豆長迷棧，誰識羈愁正牧園。

籠鶴初來喧置馹，料糧官給錦裁衵。回思子和蜃雲邊，竟溷雞群消月日。

仰羨仙凫來去葉，近看野雀朝昏欇。空寥世界釋憂虞，未與稻粱稍意涉。

簧舌明珠蒙薏苡，龍鐔耿介將焉倚。意中山水付知希，手禁絲桐有所以。

守拙桑鳩乍甚醒，得隨玄石樾愁城。最憐力不勝醹啜，醒眼枯腸靡一成。

偃鼠飲河酌孔取，鷦鷯一枝成歡聚。悠悠世俗矐紛華，疇解攤書飫指趣。

營蠅誰遣近瑜璘，慧鳥疑聞舌莫捫。世事不堪恒及悔，漫將蘭藝又當門。

城絶妖狐竊虎眭，俄驚白晝競綏綏。頓令豎髮扶剛膽，委貝鏘鳴不雜雖。委貝佩之令人志强，夜行能伏鬼魅虎狼。雖貝佩之令人病痁。見《相貝經》。

兜堅坐對仍饒舌，手把軒于褎葰葰。耳食從來汨獨矜，軒轅寶鏡徒虛設。
不信蒙莊智鷊鴯，何緣老氏反嬰兒。隨時却有安心法，已辨行藏素位而。
細娛楚楚詡蝣裳，華錯雛雛羡鼎嘗。試問白楊風度處，幾家温飽傲旂常。
半豚充餌引貪鰥，弓影臨杯速腹癏。癖嗜蟠疑無可藥，請看挺走利名闗。

秀巖集卷二十二終

秀巖集卷二十三

客竹居偶存一

五技草叙

劉子玄以史有三長，是矣。才具膽力，學綜見聞，識該補正，此文士之所同也，而何以觭輕之？惟夫詩本性情，兼取氣韻，容有長於文史，不獲登騷壇者。昭明之選，總冠以「文」，識者猶以不足攝詩，則文士之不通於詩人久矣。

吾師胎仙氏，固藝苑通才也。匡時經濟，裕自下帷，性命之餘，資以應世。其建杓黄國，匪僅以博洽聞，有貴於博洽矣。先是諸生時，應試博古，稱時雋白眉，此鼎臠耳。乃俯仰之感，忠義勃然，豈非荃宰結懷，蘭茝比臭，適迎其所欲言耶？使其聯翩甲乙，何愧科名，竟以刖獻難平，追武定遠，又不遂。始得繇升成均，以空冀群也。雖屢厪豪傑扼腕，而造物之暴露先生全才，亦大費乘除矣。昔劉元海耻絳灌無文，隨陸無武，若遇先生，擊節當何如？

管子曰：「龍被五色而游，故神。欲小則如蠶蠋，欲大則極天地，欲上則凌雲，欲沉則伏泉。」孔子之稱聃曰：「吾今見龍，合而成體，散而成章，乘乎雲氣而卷乎陰陽。」先生棲玄養晦，抱一守雌，似宗猶龍氏之旨。發爲詩文，翕闢變化，夭蟜蜿蜒。倘所謂天用莫如者耶？抑光怪陸離，探珠驪頷者耶？不則生於千歲五金者耶？弟子窾啓，幾無以規先生。先生猶欿然自牧，取荀子五技之説以命編，志窮也。夫窮於遇，有之矣，窮於技，豈其然？且以窮著，君家聖俞已名於宋，矧先生尤軼而上乎？愚方龍之，而何致鼯之？《易》之潛龍，曰「學以聚之」，先生諸生時志也。當兹利見大人，龍驤事業，於是焉在？益信匪僅以博洽聞。時崇禎辛未季夏朔，蜀仙井門人某題。

紫函集叙

古之至人，不悠悠于仕進，不碌碌于隱淪。其出也有爲，其處也有據。所云精以治身，緒餘理物，此其概已。文始道宗，老氏其所授，則理國修身之要。約以四言，不過曰「静心守一」。雖恢傑博洽之鍼砭，固御囂定變之槖籥也。周治盛紀成康，文始職大夫，又青宫賓友，度世有懷，豈肯尸位？惟不求聞達，建樹無得而考焉。不然，史以衆真詘之也。静一基化，首表軒轅，曹、諸葛兩相國得其遺旨，以始終漢業。其于保形煉氣，不亦致廣大乎？世因羽士末流，概疑上真。世作帝師之説，等一静一，而轩輊殊標，夏蟲不可語冰，所從來矣。昔人謂天上無不學问之神仙，又豈有不經濟之神仙耶？總之，静一其本領也。紫函居士澄神大度，卓識撝衷，墳索之氣迎人，津梁之思無類，不求聞達，而出處大概，旨契猶龍。由此言之，其爲文始後身也審矣。

甘十洲詩稿叙

古之畸人，類有所託而逃，即陋至營什一如陶朱輩，自有中扃，非市駔故智，而况乎寄情澹遠者乎？元亮嗜飲，故託於酒；東坡不嗜飲，間託於禪。今取其全集讀之，稜稜氣節，無復名位利害足以攖其寧。此豈高陽徒、瞿曇學所能辨耶？十洲沉酣二集，恒以自隨。不獨慕其人，遇亦似之；不獨倖其氣骨，託且兼之。始而飲，非有意于陶也而已陶；兹止酒，不自知其蘇也而已蘇。其見于詩，孤情霞舉，曠致淵涵，具蘇之體，得陶之神。静對之，則十洲賅存而陶蘇又遁，即深知十洲如余，亦不測其所託何若。則後之讀其集者，陶之蘇之，猶夫意之也。

題李德潛贈言

韓昌黎之傳何太學，獨惜其仁義之積者多，施者不遐也。其意以乘其位，行其志，移孝作忠，錫類敷德，群行焯焯，豈止數十餘事乎？今觀德潛，亦純孝人也，仁勇人也，雖吶吶不勝衣，而見義猛決充諸心，行諸太學，已如斯矣。嚮用方新，展布有地，可以川而不澤，時也。余券異日建立，其以副特達求賢之遇者，資之仁義，不可勝用，何蓄之精，應陰慶爾。時崇禎丙子仲春望，蒲亭友人某題。

千柳墅集叙

詩近體而亡羊，文則昔而待兔，此學力之封也。競侈麗以楮玉，窮鏤劇以棘猴，此性情之遁也。斲輪甘苦，心手自知，何學力非性情。御車疾徐，轡蹄相適，何性情非學力。詩文之道，或標法格，或貴風神，要其大端，非導於天然，則循乎定軌，豈非性情、學力之故乎？然二端不備，則不能兼長。昔人謂六代文如其詩，唐人詩勝於文，又豈氣運風習亦能轉性情學力之軸乎？

吾友映斗何子，淵源家學，肆力騷壇，著述甚富。余未能盡發其藏，偶從几案間翻閲一帙，寥寥詩文數則，詩則結構整嚴，文則機神挺秀。其所以調性情，融學力，詎謂無因？深其所就，直將冶氣習而歸大雅，寧受氣習轉耶？即余亦得與窮性情、學力之變矣。崇禎丁亥孟夏朔。

笈詠叙代

家操鉛槧，競握蛇珠，後賢兼例，前輩餘波，居然可覩。乃才由學暢，興與時乘，不獨代有盛衰，抑亦人具工拙。太白感淪於憲章，子美徵知于得失，良有以也。某幼業《毛詩》，未探風雅，章句而外，筌蹄置之，稍知篇什。雖有見獵之喜，難免强效之顰。自審世之不善讀詩，莫愚若也。横槊命賦，益戛戛乎難哉。

公于《毛詩》，亦童而習之，獨能精以導性情，緒以組帖括。且其秀鐘文獻之邦，游酣騷雅之域，生長見聞，緣既非偶，甄陶翰墨，名豈浪垂耶？盥誦《笈詠》，以文通之筆，抒子長之胸，疊翠類山，層瀾肖水，繡錯貌寰，有藴藉，入絪緼，不過因物付物，固已靡材弗材矣。公之善讀詩，殆與人大有徑庭哉。今雖表帥戎機，不廢吟詠，才興所搆，經緯無窮。子雲曰：「軍旅之際，戎馬之間，飛書馳檄用枚皋；廊廟之下，朝廷之中，高文典册用相如。」公庶幾兼躡其藩矣。

詩叙

《書》曰：「詩言志。」《記》曰：「志之所至，詩亦至焉。」審乎槖籥聲氣，不涉荃蹄，組織性情，别存機軸，時雖升降，籟具依希，《三百篇》自在人胸腕。乃騖博有亡羊之多岐，束法競鼓瑟而膠柱。志先荒矣，遑問音律。若矜詡豪華，沉酣俗羡，役志畢庸，拾餘糟粕，更不必論已。

明興，以詩名家者，類與唐人争尸祝，儗以倫亦有至有不至，要其志之所在，或疏通知遠達乎《書》，廣博易良達乎《樂》，潔静精微達乎《易》，恭儉莊敬達乎《禮》，屬辭比事達乎《春秋》。得之或偏或全，皆有以融液温柔敦厚之旨而出之。

以愚所聞，晉裕王巽姿天挺，令德玉成，其衷冲然有以自牧，而又皭乎不受一滓，多讀書，樂善不勌，搦管高吟，持節下士，僉謂漢獻平、陳思、梁孝，以一長鳴者，王皆兼而有之。夷考厥夙，遺情房闥，適意琴書，華林有魚鳥之親，凈几尚鍾王之友，志趣迥爾不侔于時。搢紳以迄韋布，靡不進贄蟪蛄之響，出繪龍虎之章，翹材之館弘開，曳裾之英狎至，王之晉接無虚日，無怠容，志氣交動，肅雍和鳴，日新富有之業，有自來矣，《詩》云乎哉！今之焜煌實録，炳蔚綸褒，鑿鑿信史，王志不磨，王詩斯在，徵風雅于友邦，洵莫京矣。

嗣賢踵武，鴻緒光昭，繼志共推，言詩無忝，是父是子，克長克君。謂先美弗傳，亦知仁之累；矧佳言如屑，忍珠玉之藏。爰壽棗梨，並延帶礪。某得竊卒業焉，什不滿三百，披其辭，逆其志，其櫽括六經之根原，而錯綜三始之妙義乎？後之誦斯篇者，先後一揆，忠孝同致，咸得因辭以溯志矣。

佛花詩叙

心遠地偏，塵凈菩提之樹；色空悟合，風開智慧之花。先正有言，業從心造；大《易》之旨，吉自悔貞。惟神昧省愆，即蒙難判；移江橘枳，既識清居。易何回光，非彼岸條枚。幻苦趣之人天，新内訟之耳目。有善知識，作大因緣。君子懷刑，吉人爲善。謂浮生無住，共結念而依法王；乃意蘂恒舒，忽真如之影龕壁。留春玉幹，光燭三衹日月珠；發性天香，氣周五百旃檀海。且懺功告竟際，肆赦覃敷。何聖澤之昭回，及佛慈之普度，捷於響給，兆有開先，是耶非耶，諦空思議。盛矣大矣，妙契有無。得世界于蓮華，詠萃王中丞之片石；異根株於衆草，芳傳岑嘉守之長歌。熊子彙什成編，朱子命余弁刻。夭喬咸若，此足徵天地之無私； 珠玉盈拔，聊以志露雷之皆教。

涂之瀾詩叙

詩以抒性情也，而有四助焉。 花朝月夕，快雪惠風，以迄瞑烟晴霞，時移景更，或黯淡而暢乘之，或閒適而感繫之，是謂天助。 海岳蕩胸，禽魚生趣，與夫見聞之擊節，悲憤之衝冠，非善氣相迎，則義類旁觸，是謂物助。 佳賓勝友，鼓吹休明，俗諺村謡，暗符風雅，皆得掇之冶之，雖一時應酬，深於劘勵，是謂人助。 前言往行，若覿羹牆，四海窮荒，皆歸指掌。 因而竭吟哦之力，劇鉥之工，以僕命風騷，不僅於讀千賦則能賦，誦千詩則能詩也，是謂學助。

四助不備，則性情不靈。 古今以聲律名者，縱代有升降，詣有偏全，可以此概之矣。 梁山稱蜀才藪，涂子以夙望敓巍科，振譽薇省儀曹，手未嘗一日釋卷。 充使皇華，衡文齊魯，感時觸事，口未嘗一日廢吟。 所得于四助居多，篇什盈帙，性情具存。 即以詩豪自命，升古作者之堂而何慚也。 時付梓人，期與宇内知音者共鑒，屬余弁端。 自惟分麗澤久矣，不敢以不文辭。

贈聶尹思擢雲中少參序

宣雲不戒，介馬越而肆躪。 在事諸臣，褫不終朝。 雲中北東、北西二路稱敵衝，而屯牧部劇，啓事每鄭重其選。 兹焉核成績徵才，以聶君往，曰： 是昔令長社，渠保相廣義儲，懲巨憝，拒逆輸，而致湧甘泉，蝗不入境之異者也。 是晉棘寺而麗郵罰，慎平反，以明允贊危難，讞獄者也。 是分司民曹而井井計畫，不煩聚米，即條覆黔省善後屯墾諸務，具見一班者也。 以浚築百里者固圉，以保嬰拔薤者用衆，以祥形者靖猾夏而禦盜姦，以筦計輸而躬討屯牧之實，政蔑弗濟。上可其奏。於是東上谷而西三關，倚君左右之矣。夫程績用人者，銓衡事也；因時責效者，朋友誼也。

君往矣，今之雲中猶昔之雲中也耶？厥敝何在？救之何以？百聞不如一見，誠有如古人言者。逮夫置身功過中矣，防禦有韎韐，餉芻有司儲，帥牧有郡邑，鎮統有督撫，而分巡者於兵備員中，分乎否乎，職業當明一。前議復五堡而未克，復增戍高山聚落，而亦弗克增。頃邊騎突入，孰不引咎積弛，不知一人一事，營堧不足而穴堤有餘也。質於今應議修及增戍改戍，又不知幾何。堡以爲衛，堡有專轄乎？是忘輔車之説也。地利當審，二邊城粟茭之積，惟弘治中多至支六七年或四五年。自屯政不舉，而釀乏於本折，積困於欠支。或議於歲例招買外，倣常平法，糴熟別儲。不知屯牧初意，既收飽歌騰槽之利，而又省運輓之勞，預祲歉之給，法甚良，可久而不久者，何也？時勢。當權三豢，夷更欵塞而窺關，士卒化敵愾爲囂誶，死綏之義罔聞，揭竿之風不戢，何得非整飭使者，責乎法紀，當肅四惟？是谿夫蘧廬者以掣肘委卸，谿夫偏執者借狥同解嘲，均國家事，均有事邊陲者任之。吾自循吾職守，猶虞不及，何暇向他人較功過耶？以君之才諝學識，向之明試，若彼其副干城望，猶掇之也。僕仍效燕人故智，談操舟於吴越人前。止以今雲中非昔雲中，朋友因時責效之誼，期藉手以逭宵肝慮者，不得不出於此。

賀陳贊皇特簡端揆序代

昔人謂作史三長，惟涖官亦然。處多故之時，事聖明之主，尤非程力習謀，丐靈弋獲所可幾也。非其人，鮮不負任。伊艱之投，豈曰崇陟。今上臨御十有三年，親賢任能，慮無遺策，而海宇脊脊，所與共宵旰圖者，惟輔臣是賴。詢考其勤，庶或有夔龍應運。至是，西蜀陳公庸以少宗伯晉佐密勿，僉曰允哉。先是，上見諸臣于平臺，以時事下問，惟公對揚稱旨，兼取先臣丘文莊重險議以進，指畫詳明，音節鴻壯。諸臣次第敷陳訖，上命公直抒所見，申厥未竟，慷慨颺言，左右咸服公之才之學之識。上咨之俞之，嗣有兹命。或以徵庸所肇，而不知納誨講幃，應求孚若上，在公匪伊朝夕矣。余曩識公于同官，循循自牧，迫叩其風旨，淵博有倫。而人競我却，衆諉獨肩之概，每從忽處得之。且商榷洞于觀火，幹理捷于發硎，私擬扶衰救時。其選也，間質其鄉之先進，謬以余爲知言。今去國八閲歲，始聞公拜命，將賡頌王褒之恐後，亦竊比于許劭之評，不盡誣矣。

漢陸生有言：「天下安，注意相；天下危，注意將。」其時文武分職，義類交成，朝羅謀斷規隨之英，而專閫亦多敦儒術、沉幾遠略之才，以故帷幄決勝，捷操左券。今席武功餘蔭者，錮習膏粱；而生長邊陲，長槍巨劍，類莽見麤心，不諳時務大體。安危注意，不得不萃責于機樞之地。論政本于今日，綦重且艱哉。公惟武緯而文經，探儲不窘于肆，應甫就列，毅然以天下爲己任，戢志寅恭，期有裨于精明惇大之聖治。以故知無不言，言無不盡，其所獻替，雖不立異，亦未旅隨也。静正陳伏，不即矗翹，處實辭名，安之如故。陳群於是乎長者，公之謂矣。至夫廣益集思，資謨啓沃，有吐握風，人之以利病來告者，倍于往時。公于外事無不周知，其于備顧問，詳而核，要而理，有以也。

公梓里同朝者，謂余悉公夙行，將與共事，介書徵言于余。余昔承乏綸扉，儀式前型，則有若公鄉之楊文忠、趙文肅、陳文端、文憲之數君子者，精白乃心，斧藻厥德，或定變禦難，中外晏如，或補衮陳謨，終始一致，其才其學其識具在也。公皆兼而有之。余前公典機務，蚤夜自惟，毋愛所知，以讓美遂垢，而智術短淺，無能祈進尺寸，視天下元元末莫，吏治呰窳，盗寇延訌靡寧宇，鰓鰓虞上知人之明累。及公輔政，未及逾年，斡旋表正，孚信者遠，天下翕然從風，想望太平，公所成就可卜矣。夫太平無象，惟心所開。故得諸百年者，恒懼失諸一旦；受諸殷憂者，恒懼墜諸逸豫。君上不欲忘毋逸之箴，而臣子不願享無事之福。緊惟余與公，單厥心，竭厥力，無徒才學識是矜，以啚格于皇天。惟列聖在天之靈永孚，于休是錫。惟皇上無疆祉福是何，於以光昭内靖外攘之業，以無貽上知人則哲之累，相事其無忝哉！《書》曰：「襄我二人。天休滋至，惟時二人弗戡。其汝克敬德，明我俊民。」余望公亦惟時矣。

賀顧青城給諫叙

器不適用，雖值劇兼金，徒以耳食升也。實不符名，雖享逾拱璧，猶以弋獲録也。惟言亦然。昌之易，使世收其用難；效之大，使身居其名小。有心國是者，必有以處此。皇上廣闢門之典，集中外臣工北面敷試，盡拔置南北省臺，泰茅連彙，夬莧中行，稱盛事矣。公以大行晉兵垣，其條對數百言，鑿鑿石畫，天子嘉之，士論韙之。夫本問學，徵諸事業，有定志矣。貞獻替券，諸應求有恒職矣。在昔星軺所及，所目營而心計之者，緩急應有成畫。第風移勢貿，日異月殊，方以爲曲突之謀，而倏同逝波之挽，自以爲亡羊之補，而僉謂刻舟之求，議將何從乎？知而不言，與言之無當，其弊與欲言格于時、雖言後于事等。朝廷用一人，期收一人之用。今内鬨外訌，救切溺焚，上儆宵旰，懸韜鐸以徵者，舍是更無急務。誼迫同仇，借箸有在，徒高謇諤之風，欲與古名臣競衡衮鉞，愚以爲猶非見垣刀圭也。車之能轉千里者，要在三寸之轄。在兵言兵，其必有轄矣。部曲之練玩，糧餉之核冒，防守之堅瑕，力戰之勇怯，皆得而問而不必問。使良、平運籌，韓、白建纛，謀雲猛雨之後先奔奏也，可以無言也，而不必不言。掣之狗之，均靡當耳。人臣報塞，期有濟于軍國，而况夫職掌攸關乎？公惟先事盱衡，洞悉窾要，居中糾駁，卓有主持，所謂非其事勿仞，非其名勿就，殆庶幾焉。唐虞之世，臣工終身一官，雖無越俎之代，才實相兼。後世歷練其才，居無嘗職。公在兵言里，例有公賀徵詞，不佞朋友交勖之誼止此，曷敢以諛辭餃。

兵，而當則靡所不當矣。諫議以人重，人以諫議重耶？愚故曰居其名者小，使世收其用者難也。公晉秩梓

賀司農莊星銘奉勑總督省直勦餉序代

國家于餉，務計綦嚴而審。梧垣柏署，駱驛道途，尚有剩法乎哉？復勰勰輸輓中絶，兗、徐、青、淮之催督，各有專委。天子固鄭重斯任，有非心計大臣仔肩而布畫之不可。若勦寇所需，孔亟矣，特勑我星銘公往。蓋以轉輸佐詰戎，任繁且鉅。自有寇患以來，民力窘于歲歉，偏穰坐于齎盜，雖同仇切滅此朝食之懷，如嗟仰屋何？夫司計持籌于內，有司殿最得而課之。至騰飽攸資，嗷嗷仰給，偶一不償所願，脱巾隨之，專其責于督使，非僅一最殿有司足以稱塞。其視兗、徐、青、淮何如哉？

我公則何如哉？公忠孝名流，奮揆上品。懋績幾徧寰區，下不負學，上不負君，自名燥青衿時而已然矣。當其起家廷尉，明允宣私；歘歷部曹，絜庾助順；嗣出守雒州，師帥檇李，非大且夕者，不以經綏猷。雖志淡榮進，未嘗蘧廬守官，故所在蜚聲，無改厥素，璽書增秩，端在斯時。而乃請告歸里矣，當事以魯臬啓事，尋復以滇臬啓事。公皤然曰：「此報塞時，非養高時也。」未幾，晉浙大參。浙之人，貞静者盡乎吏，愛戴者盡乎民。方岳五載，初終一致，以績最進階中丞，撫治南國。攀卧道左者，咸歌九罭以遲公。雖然，藩與撫劇任也，越與吴重地也，以公經濟長才，張弛妙用，安民察吏，響給駕輕，尚何煩劇足以棘手哉？夫以才惟是學仕自盟，勞瘁不避，圖南之息，偶寄松筠，借寇徒殷，遑問棠芾玄亭，錦渼並襲，拂衣清風矣。夫以才品蔚著，未克竟緒如公，俾東山之猿鶴久私，北極之鵷鷺不借，觖望奚翅桑梓？乃廷推少司空，天子超次而簡焉。公才品上徹宸鑒，匪一日矣。兹復佐計行間，紓憂宵旰，公不蘧廬官守，况以有用之才，處報塞之

地，其襄謀撻伐，尚有出于航輓外者。

昔人有言：漢不得蕭何，則遠餉不足而軍有饑色。唐不得劉晏，則財賦無餘而師有負容。知公克勝斯任矣，以視晝諾冬官之長，才學無所用之，又何如哉？不佞濫竽政地，悉當宁縈慮者寇氛，盱衡者兵餉，宣力心計之臣，尤所惓惓。厘聖注者，脂車伊始，答貺斯存，使他時子淵之頌，專美蜀都，分賁奚翅桑梓！勉旃，事君信友，在此行矣。

左曙樓封公壽序 名之楨

甲戌分較南宮，彬彬名儁，共集一門。今歷八年所，或以程績升華，或以宿望要陟，雁行星履，多于荀龍，異姓昆季，于斯爲盛。菊月之望，適左子大來尊公初度，同門諸子僉謂曙樓公壽八十有一，健食履，稱人瑞，宜賀且就養燕邸。而大來以靡盬行，感餘瞻岵。誼稱猶子，何可不代娛萊庭，因謀侑進觴之辭。

余聞公顯栗于詩書，腴澤于政事，雖業循千秋，而情遺後獲。鄉宗敦素，國重典刑，必歸之。則公之取願約饗給愈延，大較可覩已。當其名燥膠庠，不博一第，群代公搤掔，公自若。自令而刺，自南皮而徽、而秦，拮据興除，張怠起廢，一時吏畏民懷，士若于治，令譽蒸蒸升聞。其于登庸，猶掇之也。群代公手額，公自若。已而睠言松菊，輙遂初衣，挂狀留犢，尸祝在人，課讀綜耕，峙流自喻，志趣豈復猶人哉？迨大來成名進士，宰邑蜚聲，張皇庭訓，群溯源作述，歸功不盡之貽，公亦自若。

夫人有限精力，始耗于躐榮通，既耗于戀祿位，終耗于圖似續，乃百求而未必遂，私慮滑和，甚于鴆毒。公惟静致而素行之，無事不一，無時不然，百福景從，且莫測情所棲泊，奚塵態俗聲得以芥蒂？于是知公引年，有進于人事矣。公喜樹藝，請以樹藝喻。柳子之傳橐駝也，曰：「愛之實害，憂之實讎。」其説曲以暢其能，順夫天以致其性，其術通于養人。公喜遊，更端以遊喻。南華之詮逍遥遊也，曰：「小知不及大知，小年不及大年。」其説淵以廣，其無待以遊無用之用，其理具乎養生。公大耋，手不釋卷，杖屨無擇，區胸次寥，寄餘于二者，精以繕性，緒以理人，其遺情亦自若也。淑厥子以及厥子之友，俾伯壎仲篪，鼓吹熙化，内治外寧，物無夭閼。公引年實遠且大，何必執酳乞言新圜橋耳目，以券稽古力哉？其于人事，猶數數然也。咸謂余言悖史，爰書之弖。

朱完素憲副壽序

世有永年而不必榮進，榮進而不必聞譽，聞譽而不必作述相成，非天之有以嗇之也，其人之德之薄，未足承天佑之備耳。若夫顯厥身，昌厥後，所歇歷之地，尸而祝之，所未盡歇歷之地，繼起者箕而裘之，不亦千里而一賢，百年而一士哉？而今乃于完素朱公見之。

公裔大儒，襲忠孝遺澤，纂緒其難哉，而况乎恢待振之業，勿替以引乎？公蔚起首善，以名進士宰兩劇邑，不避怨勞，定亂鋤奸，期以生道佚道予民。民之德之，卅載如一日。夫能聚久戴之情而彌新，其所取携，寧一朝一夕之故與？毓陽周公，填撫遼陽，疏請公司李寧前。公曰：「事不避難，職思其憂，臣道也。」既涖事，諸所籌畫，大有裨于填撫者。攝行兵憲事，軍民懷畏，共干城倚之。獨以介性不諧于時，託病旋里。已而起之田間，歷任計部，榷政無廢，以廉幹聞。嗣秉憲楚、豫，訓練容畜，無事豫其綢繆，有事力圖折禦，治部賴以晏然。自令而監司，口碑之不足，而祠之書之。如《平盗録》《憲衡雜著》《藩工紀略》《代庖末議》《備兵議略》諸刻。公不朽大業，可概見矣。所謂歇歷之地，尸祝者已。

公遂初衣，子若孫森森玉立。仲子以學資並茂，開先賢書，未竟之緒，光大有託。後之似續，亦如公之率封。公遺訓以著乎文章，施乎事業，未盡歇歷之地，何患乎不被若德哉？所謂繼起箕裘，良匪誣已。

今春秋七十有五，精神不衰，食履健甚，誦讀騎射如疇昔。天之福公如此，其具非公德厚積，有以善承之耶？憶昔晤公于界首舟次，分益經濟，旨趣高深。私擬用世英流，迥乎出世真彥。公惟厚積而紆用，自克未艾疇艾之，奚必引年于似續以明考祥也？仲子介壽留都，因勒質語，以侑南山之巵。

李母鄒太孺人八袠序

閨閣者流，秉坤貞全德，古今無多屈指。蓋世祿之家，薰心靡麗，而儉素之習，易幅見聞，自非元祉天篤，人事克承，奚以永勿替之引？《易》以積善餘慶，系于厚載之坤。坤，婦道也，母道也，而厚則久徵也。吾郡李給諫母鄒太孺人，實體備之矣。當其適瀛洲先生，自佐養佐讀外，未嘗泛及出梱事，豈其才智艱侈而天性淵沉，嘗欿然有以自抑者？治業門内，上下同之，君子能勞，後世有繼，此敬姜之訓也。太孺人何脗合乎？無亦從篝燈之餘，竊聆大義？以視里媪擊鮮佩錦，揚揚詡得意，相去得失何如哉？案上圖書，秘石麟之寶；膝前盼鮒，謝乾雀之哺。太孺人之以安貞襄義方，尤屬無疆之應矣。

即墨公擢比部，卒于官，太孺人携兩稚子扶櫬西歸，蕭然行李，道路惋息。襄事後，阡陌所營，僅克朝夕，兵燹洊至，遑計田廬。太孺人謂：「吾手尚在，絲枲兼資，何遽慳吾母子衣食緣！」虔功如故，課讀如故，且不以給諫碩果，姑息遇之。嘗誡給諫曰：「天予李氏，若予若靳，將無厚積，有憖昭爍待人。盍刻勵以張前緒，以無即落殖。」以是給諫攻苦下帷，不數年而升賢書。越三年，捷南宮，對稱臨軒，而首躋青瑣也。服官以來，箴函狎至，獲上信友，慈訓斯存，則太孺人以安貞襄義方之明效也。今壬午仲秋廿五日，其設帨辰，計守女貞于鄒，修婦道、正母儀于李，閱春秋凡八十矣，無一非茹荼日月，即無一非承祜日月，將予姑靳之天道，業歷三紀。以太孺人厚積不厚享之志氣，迓而衍之，介福寧有艾哉？

嘗稽之古先，太孺人壽彤史者，歐陽文忠公母韓國鄭夫人，其父崇公舉進士，歷泗、綿二州，廉而好施，俸入不使有餘，卒于官。生修甫四齡，以貧自力于衣食，用勗文忠于學，卒爲名賢相，母之教也。劉忠定公安世，初除諫官，其母夫人曰：「諫官，天子耳目，天下事得具言，汝父平生願爲之不得也。汝得之，當捐身報國。」忠定正色立朝濱，九折不悔，母教然也。吾鄉張魏公母夫人計氏，其夫太師君悦，官華州，蚤卒。浚始能言，即令誦父所爲文，能記事，即告以父言行。甫冠，與計偕，母送之，條勗戒詔數十端，書之策授焉。浚貴，所爲不當，必變色示戒。嘗誦其父紹聖初對策辭曰：「臣寧言而死于斧鉞，不忍不言以負陛下。」浚以忠直聞，母氏教也。三母不惟聲隆千古，闔俱享有遐齡，事相類。今至太孺人而始四。此余謂閨閣秉坤貞全德者，指不多屈也。梓里謀稱百歲觴，屬辭不佞，敢以是籍手給諫以侑祝。

秀巖集卷二十三終

秀巖集卷二十四

客竹居偶存二

異魚圖贊箋序

客嘗執是編而問曰：「用修豈有託乎？始鯤終鯨，志辨化信也，志京觀義也；附始膏以自焚之鼂，志懲貪智也；終離以著象之鱺，志式度禮也。」余曰：唯唯，否否。試類廣之，東方蒼龍之宿，蟲之鱗者屬焉。春令蟲鱗，而大人之占曰：「衆維魚矣，實維豐年。」豈非天地仁厚之氣，先於在淵見端哉？聖人作則畜四靈，先壓淰鮪失情之慮，甚深遠矣。其見於《易》，貫以率類，包不及賓，信著中孚，物信應感，未可盡誣也。序《詩》者曰：「《天保》以上治內，《采薇》以下治外。始於憂勤，終於逸樂。」於是萬物盛多，能備禮，可告功神明，而《魚麗》詠焉。至「魚在在藻」，則慶遂性而德至淵泉；「三星在罶」，則傷無魚而百物雕耗。魚無當於盛衰，而盛衰之兆由之，奚翅感陽而陟，食清而游，符於君子出處之道，足以引情濠梁上哉？贊圖者，偶也。箋補贊者，亦偶也。嗣閱箋而有感，未必非偶也。是編亦可以興乎？崇禎庚午仲春立。

異魚圖贊補引

戊午之役，觖望禹門，自分泥蟠畢此生矣。同社多挾策走長安，而余復負笈入山寺。章句瀋餘，既所憎對，覓話老衲外，惟日披古函散帙，以喻適志耳。偶簡升庵先生《異魚圖贊》，不避疏淺，漫摭見聞，詮次如卷。已而老衲見之，戲謂曰：「羨淵不如結網，獲鮮可以忘筌。」余服膺其得斲輪微旨。異日，持青脊墨頭十數魚，名曁《山海經》所載珠鱉之類來訊，則又升庵先生所遺者。余因類搜其遺補之。維時陽萌寒谷，氣啓負冰，聊借筆墨作濡呴緣，以傲簡蟫曰：「余將彈鋏衡泌，不欲自爾分飽神仙字也。」稿成，命兒子輩較正魯魚，乃亦仿箋如左。凡三卷，又閏集一。萬曆戊午長至日。

刻龍乘引

憶昔落魄風塵，寥寥知己。歲維甲子，令際玄冬，姑託跡霧隱，分眠老衲，三竿沙暖風晴，時就碕岸枕流，箋鱗朋羽，俗慮塵緣，盡以黑甜鄉消之，此《華胥逸史》所由述也。已而闈牘傳至，間一披閱，胸怦怦其欲鳴。櫪驥嘶風，匣鋒吼壁，時助余之嘆息。《龍乘》之輯，豈余脊脊筆墨哉？篋藏十餘年所，偶爾簡視，友人旁從臾曰：「馳馬試劍，此一時也，無用之用，亶其然乎？烏知昔之鞅鞅，非今所詡詡耶？仍當作墨甜觀也。」爰以壽梨，世或不乏同余有今昔感者。崇禎戊寅孟冬望。

龍乘引

嘗齋居無事，睠懷古今豪邁之舉，未有不假呵護之靈。輙希馳騁中原，揮斥六極。乃偶効者盛氣自亦憍，而躁露者又不能韜伏喻志，兩者皆譏。至於材非空冀，難慶子陽之精；氣愧藏豐，永謝茂先之鑒。亦且咨嗟悒鬱，效慷慨骯髒之韏，則抑何與？雖然，莫邪爲鈍，鉛刀爲銛，却驥不乘，策駑取路，古人已太息之矣。形質皮毛具在，能禁其不技癢詭遇乎？余志《龍乘》，別其名，列其事，真贋妍媸，於是乎在齒牙。餘論各以其類附識之，以見望氣而求，臨坂而泣，古今即有同情，原非刻畫品題、名浮于實者可同日而語。世但患無至寶與有寶不知自愛耳，苟其英宕不群，落落獨賞，亦姑屏息韜光，以待異日，毋令風塵物色有權也。有客見而笑之曰：「凡物不得其平則鳴，君其以《龍乘》鳴。」天啓甲子仲冬朔。

總論小引

俠而不逸，役於氣神，斯不足矣，所以貴乎迎刃也。駿而不豪，僨于力德，斯不全矣，所以貴乎傑駭也。古人以之配標，豈所謂合之雙美者乎？

匣龍小引

有文事者，必有武備，劍之爲器，通乎文武者也，古人咸佩服焉。其他帶賜進遺，標重于經史，鋒銛華飾，雜見乎篇章，將令天下後世，共賞其寶，值百值千，有貴于用之者矣。至於雨夕花辰，雪臺月榭，對客浮觴，擊壺説劍，氣概平吞，不能上下，干越有靈，當亦自快知己。而或謂與武人説劍未若文士，文士不及女郎，豈非以奮厲争長，劍神餘辱，縱横睚眦，劍術濫觴乎？余散掇遺編，彙合成帙，姑以祛長夜之勑魔，斷塵嬰之邪蔓而已，尚未暇擇其人而與共説也。龍泉太阿，當知我矣。天啓丙子歲仲冬望。

廐龍小引

少讀韓昌黎《馬説》，雖悲其遇，未始不惜其逢人輒鳴，不能俛伏皂櫪，以俟知己，致令三上書，爲人口實。嗚呼！其真無伯樂耶？其未遇伯樂耶？夫鑒謝伯樂者，謂其無一失也。天下之馬，若滅若没，若亡若失，此其萬無一得之數矣，而竟難秘天機于沙丘，又何嘗敝敝焉求夤湔袚哉？然則攀車解紆，或俟他時，即申折湛潰之感，殊覺多事矣。余按圖徵實，蓋欲爲濫賞者峻一閑也。亦使具空群之質者，潛德自珍，無與駑𩦲競長，無因牛皂偃蹇可耳。天啓甲子仲冬望。

福泉私習引

福泉距邑南十有五里，石岑帶溪，灌木隱刹。余幼業其中，同業無不章句，而獨竊韻自文，攡指代斵，效顰作者。搦管有營，覆瓿爐燼，任厥攸遇，甫知收輯，寥寥三帙爾。若章句者，見之鮮不以荒業貽譏矣。余既私淑古人，敢復公質之師友，經始福泉，借以私詺。丁卯初伏日。

館課引

登籍南宮，咿唔告訖；厠名玉署，作述更端。學規凜於官方，課藝勤於計弊。於是晝而扃户誦讀者，正聲正宗；歸而篝燈稽循者，半今半古。回溯私習，匿醜從吾；取譬劇場，節腔有板。乃錦心繡口，既遜同儕；恃癡骨妍皮，少求外飾。久之觀摩日益，蒙擊天悠。學海學山，亦能有至；是珍是礫，總付公衡。今且弟喆兄賢，雁行壁府；餘兹章尋句摘，蠹食青箱。惟館閣考成，上下咸歸藥石；聊楮毫存録，晨昏用志韋弦。庚午長至日。

會景堂稿引

會景堂者，燕都蜀館，在乾石橋北。己巳、庚午，余獲託廬。自翰苑退食，以僻遠，過訪跡稀。討論之暇，惟潁生墨客追隨，擬搆應酬，靡日或曠。雖於館閣兩試無與，實因兩試僕僕也。準臆删留詩文各帙，爰借堂以旌稿。此堂閱文士多矣，能保其不軒渠兹帙。

南軒隨筆引

辛未，遷居大木廠東，寓内南軒，聊足披灑。然既撤館，漸奫塵事矣。以三載循習，手口翻不耐閒，日未拈弄，臨卧尚覺格格有一逋缺。事必率圖塞責，方遂黑甜。家人恒笑其匆遽失當，輒以他辭詔之。迄壬申夏，將束裝使楚，簡帙之，僅詩文一册，湊泊云多，不及讀書中秘時，惴惴避殿趨最，刻意攻研，差有可觀。始知物我相形，長短互度，得力正弗淺也。孟夏望日。

入蜀淡墨引

壬申，奉使榮藩，秋中竣事，前此《楚聲》有述矣。暫憩荆沙匝月，乘傳西征，距公車將六閱回星，始愜定省。於是揚帆上溯，親朋遠餞，棋酒相逖，鷗猿遥狎。水程三日，岸態屢遷。至夷陵，辭舟登陸，俶歷險危，自白沙九灣詣秭歸。陟降烟雲，迤邐谿壑，淳朴山川，良非誣語。繇歸達夔，奇恠萬狀，絳巖給盻，花綴杜鵑，碧阜捎雲，藤縈百尺，景通四序，氣變曙晡。行十二峰中，與峽望迴絶，且數有浮嬴，豈得名六六僅舟觀耶?道傍古榦，接有花梅者。過東西瀼，想子美當年，比隣定勝今日。登梁山白兔亭，憑檻觀瀑布，綠帶鋪垂，晶流迸注，沍冬響濺，未有改觀。若灑潤挾嵐，益助瀧勢。僧曰：「月宵臨此，疑玉龍之弄珠。」意欲探源蟠龍洞，以家累未果。宕渠瑯琊驛刁悍習，濡滯客程。宿漢州公署，則余昔年隽博士弟子員所。入錦城，以人事栖遲幾旬。取道眉州、青神而還仙井。計沙市啓行，至是閱五旬，乃抵里。沿途輿中閒詠，止署載書，古律共八十有一首。仲冬朔題於來鳳居之北軒。

再北征引

趨春明如織，匪利則名。蜀轅北馭，尤倍艱虞。舍逸就勞，疇是驅之?余癸酉春仲，持節報命，嗣計偕之再北也。先子於京華止兩經，即不復入，余曷能然紀再北?恐繼玆形役，尚屬權輿。至信陽，竦然忠告，爰遣妻室返襄，迂途避寇所。届扃城，度柏鄉，戒心稍釋，同童若虛別駕酣嚜南和醇醪，追述行麓闃聲，弃輿野竄，幸未携家人，受此驚惶。仲夏望前，至京邸。簡笈詠，渡汴河後纔三四章，兵氛之短人興致若此。

研北文逋引

蜀舊館内庭，古檜離立堦東西。庭後古槐森蔚。北垣下，一臺高三尺强，長近丈，磚郛而土心，上置一太湖石，似筆牀，團石卵布地，雨不沾濡。倚槐各竪有石，餘畝可藝蔬。余接北榮拓一室，左右掤牖，面臺疏扉，夏月攤書其内，凉颸鼓壁琴，節余哦誦。客至，可以行觴。周遭竹卉繁植，臺綴時葩，盤魚泳，樹樾鳥雀快依，蔬之畦者架者無缺供，主人徒爾静享，翰墨蓁蕪，何以答靈貺?落殖手棘，迫悚厥衷，用是勉修文事，無玩愒嘉旹。甲戌迄丙子夏，詩文分帙之，各一卷。余將有浙之行，取而封諸笥，標以「研北文逋」，俾區别於他集。

吴越閲我引

浙之役，六月陛辭，南輿歊發，雨暘靡避。歷鄒魯，戾止徐州，以不耐暑。前此既鮮運艘克塞之虞，改陸而舟，不得不暫停候艙。城垣高培，與河身歲積。衢次有瓦梁石脊長亘僅閾等，訊之，則舊廟與坊，壅沙沉抑。入署，路蜒蓮沼，頗有村致。住三日，鼓棹黄流。入淮，遇副考王雲臺給諫，聯舟而進。所經名勝，僅隔舲一盼而已。以中秋之四日抵杭城公署。比闈事竣，湖山佳概，領略賓筵，尚足給喻志之什五。例宴畢而黄改庵自閩來，方得屏騶從，與之肩與幽討，又粗得二三。將束裝，京城戒嚴，檄諸督撫入援，行隨師後。從嘉興别覓小舠，趨平湖，謁羽皇施座師。時友人黄元素宰兹邑，曹峨雪同年相與晨夕東湖弄珠閣，復識余游踪。繼此泊閶門則遊虎丘；泊無錫則遊慧泉；泊京口則遊北固、金山；泊維揚，而鹾使李光岳邀遊梅花嶺；泊高郵，刺史李青藜邀遊甓湖東岸園亭。繇宿遷登陸，至郯城，旅雪驛站，艱滯信宿，乃别廢觀。以十二月初入春明，暑往寒歸，景延筆荅，盡是編矣。丙子除夕題。

歸紀引

丁丑，以烏私，遂請。適内兄雷伯石出守星沙，初夏由潞河並舫南發。比解纜，或此室附彼艙，則彼男就此男，他日易附如之。晚泊，各歸舟次，率以爲常。兵艟糧艘，所遇競豪，惟斂容以謝。天中前二日，泊清源，中使司閘，吝啓關。同社郭玄倪佐刺史郡，泛蒲相留，六日始過閘。入黄河，失前橈，舟子逐流得之，方克濟淮。以季夏望五鼓渡揚子江，六小舟翼拽，達曙杙京口。遲二日，鎮司李雷雨津自姑蘇還，三山及鶴林諸勝，因緣地主，獲次第窮之。復邀遊茅山，不果。暑退，仲秋幾望，上溯金陵。時内兄携家先之官矣，獨留季子隨余返里。蕪湖晤閔户部齊瞻，有信宿繾綣。安慶遇順風，水不揚波，一日而達湖口。楚江颶作，江豚吹雨，長年極力斡旋，取泊白螺磯港。副舟抵莫不至，翌午到，則檣帆失恃，幾隸陽侯。黄州晚泊之颶更甚，鄰艤四十餘舟，拔維漂去，中流號泣，與⿺走白聲争慘。亟挈家登岸。余舟幸纜稠固，且繫巨樹身，乃免。處處戒心匪一。抵荆，循陸路峽州西行，山川凡兩閱矣。自梁山入墊江，則初跋涉。渝州以往，風鶴之餘，無城不閴寂。至榮德女家，知吾邑亦然。因慈闈遯跡仙人山李宅，單騎探訪，走巉危荆榛中。與弟兒輩定歸期，復返榮，挈家言旋。以戊寅正月之四日抵里。羈絆浮名，圖定省之艱虞若此。游子展此編，前鑒斯存矣。

初月樓引

幼嬉顧兔臺畔土區，倏羃突烟，益諸儲廪。巷厥左折，旋達鳳麓。址居坎位，實右後庭，較外闥中衢，層壘幾丈地設也。匪力培昔析隸，余不得而樓。先大人樓其賓址，三楹攸居，正樓敞檽具，卯酉基下而頫兹區。賓樓北其牖，亦頫兹區。三面樓兹區缺搆，每望舒度雉堞，則鳳麓林影啣光，斜睨卯檽，越後宇觚棱，坎居皎展，布櫳罕届，麗中則受光，惟臺也全。今不復析隸，撤突移廪，余得而樓之。雖地勢界崇卑，官樓俶秩如也。遂徑巷坎樓偝，不使溷中庭錯趾。以落成夕，望舒欽宇，三面讓光，雖偶疑偏，取顔甍楯，以志肇端。頃余里居，秩卷籍于上，謝客獲就而繙閲。樓上下俱設几案，從事搦管。兹焉居多，因以昔顔樓者顔今集。己卯上元題。

和陶自序

陶詩寄託高遠，切實敷陳。「不知有漢，無論魏晉」，以之自評文行攸肖。夫然難乎其繼矣。尚友君子，取法乎上，置身羲皇、懷葛之世，何必遜陶，矧區區章句竊比乎？自昔江文通、韋司直、柳柳州、白香山輩效之，眉山蘇氏兄弟和之，後有王季重律之，致殊聲應，各有擬倫。余獨何人，亦妄希繼組于諸君子後也。且和且律，又雜取古人言，即事而次其韻，神情緬邈，豈遽能肖貌哉？聊以寄余尚友之意。然屬和瑣而風斯下矣。

範驅餘札引

筆燥墨函，研匣紙束，几案間兀如也。其驅之雲擾靡寧，固心手相謀際乎？而心手孰驅之？或過乎情，或不及乎情。其徵也，確者徵之，伏者表之，抑揚以貌之，影響以倫之，有不受驅其徵也。雖然，資引也因時因事因人，匪意克先匠，恒有授簡宛成，不侔掰搆，紬思弋獲，未經取携。又疑有驅而終，非受驅之大端也。硌碌子有云：「翔者互之，蠕者羽之，貿質移性，而不有厥初，造物敺物截矣哉！」夫不受驅而能驅外，因就中引驅兀處，就相謀，初自在也，而頓易，不幾乎交睫而截驅乎？余固未之逮也，而有志。鳳麓書室主人安自識。

集句自序

余幼耽音律，知操觚即旁肆《風》《騷》。鳥飛準繩，猶意之也，未能步趨先正，亦不知抱耻後塵。耳目有遇，必韻拈之，甫脱稿，移時輒焚去，自恃無積習痼胸，稂思蘖腕，第以游戲法喻適一時。度弱冠，益得肆志古今雌黄家異同，私韙敦厚温柔之教，摩編恒御，搦管翻慵，其即景閒哦，逢場屬和，不過日月至焉而已矣。自上公車迄於今，以口占志道里，志歲眚，凡流覽應酬，異聞畸夢，靡或遺之，自謂得游戲力居多。大亂後，性情蕪蕆，筆腕凋枯，雖欲游戲而不可得。乃見聞所觸，格格難緘，悲泣當歌，憧憧莫主，每展卷帙，未嘗不訝古人之先竊比我也。於是觸類摭拾，以寄心所欲言，并不忍出諸口者，庶幾積習稂思有藉澣耨。但句古人之句，不意古人之意，間字古人之字，并不音古人之音。孰支離是？以古人未盡能逆吾志，是之取爾。雖然，終歸於游戲云，古人未必不笑余之拙于竊比也。旃蒙作噩之歲上元日識。

又跋

此集録成，有客見而題曰「百衲琴」。余惟絲聲哀，一切悲感之情類于操縵，譜之是余志也。且琴瑟志義資也，君子之所樂聽。余義不逮古人，而有志焉。是故調工不入嗜竽之門，絃安未遇山水之耳，惟廉以立志者能淵静自賞。不然，聲諧反舌，鳴埒奸鵒，識者未免有遺譏。曷若撫柴桑無絃桐，與磨兜堅相對哉？客曰：「奚其然？不夷不惠而可矣。」余曰：「以語於金聲而玉振之則不班。」

衍囈語引

「衍囈語」，不盡囈語，即事而疏之，觸類而長之，遂歸之衍也。人具形神以有生，靈府統鈞，官骸效職，形遇謂覺，神遇輒謂之夢，是以役耳目者名真，静行習者反題以妄矣。憧憧朋思，世競敝舌髇毫以從事，不於何思何慮一問消息，烏所與于聖作明述耶？斯昔人有處世大夢，胡勞其生之嘆也。余葺《華胥逸史》

四卷，既博搜古人事類藝文，以廿四目彙之，他聞自景别集閏卷附後。自戊午來，間有以韻語自識者，吹影鏤塵，漫希縣解，電光石火，不劃空輪。試問副墨云云，欲何長短，形役神役，其累一也。今次録成帙，弁以斯名，受詒宜樹，株守華胥，尚恐問消息於何思何慮之未必得也，真妄所不暇計矣。

又小引

晝夜營營，分閲我生，夢覺一也。已事不居，來無探儲，真妄一也。或感而通，無因忽逢，明晦一也。昔昔景乘，寥寥韻稱，去取一也。大造詔以默默而應以呶呶，其於靈承乎淆矣。

操縵録序

古樂之失傳多矣，惟絲竹勿替。若通乎士庶之嗜習，竹不逮絲。延至末季，不過取其聲娱耳，韻諧調，暫借以適意云爾，於感格之妙，概乎罔聞，非古法失傳之故與？夫聲藴於材，秩於制，工於法，變化於專，指徽之外，天籟禪焉。是故有操之急從之緩者，有叩之紆應之直者，有正律在此而寄響於彼者，有單取不符合比乃協者，得手應心之妙，匪由師授，矧譜按乎？故學者法也，非聲元也。兹摭古今可考者，綴於編括，以四名鳌爲十卷，曰「離音弋載」，曰「樂統博稽」，曰「遺音綴筆」，曰「絲系衍紀」，總目以「操縵録」。而絲音大備，以俟神而明之者之復古。余拙于鼓弄，心頗好之，净几展帙，竊附於五柳先生之撫無絃，豈能丐靈羲農，黽學以冀安絃哉！

遺音綴筆引

制肇宓庭，聲傳孔座，偕琴進御，並竹升歌，準狀取裁，宮音攸尚明。無故而不徹，通大祀以諧鳴，乃叔季罕嫺致，譜編遺彙，不獲與筝琶競奏，而徒附離絲空名。豈趙曲之未，工將齊門之過，抑偶徵攟録，用備補亡。

秀巖集卷二十四終

秀巖集卷二十五

客竹居偶存三　詩文雜引

引

唐集生癸韞草引名大成

訓詁之學，不可通於經濟，此不明經術經世務之解者也。古人道以器見，萬以一賅，本領大，苞韞自不凡。雖押闔揣摩，亦必冥洞夫域中大局，而後可以規方隅。彼夫淺露者，皆僨轅類也。武侯退處管樂，指失蕭曹，亦其本領有以勝之，何嘗敝敝聲帨？自二表出，而有用文章不多，伯仲攸韞，不既淵乎？唐生制義，皆可輕重布之，不獨應徵陳言，行間草檄，鑿鑿乎其有當也。今即山澤舍輝時乎，而圭章琥璜，何用不宜？慎無與善鬻櫝者競詭遇之捷可耳。

黃侍御詩稿引

昔人擬山水主人，獨屬閒者。所謂閒，豈覓侶猿鶴、遺情世務之謂歟？耽風月而夷猶，處盤錯而咋愕，彼其人胸次柴柵，舌腕紛㷍，即享以山水清音，尚不能得之傳譯，矧能歷以耳目，闡厥性情乎？侍宁幼嗜聲律，至今不勸，讀其集，時逝筆能駐之，景逋意能追之，情變辭能綜之，曷嘗瀋拾漢魏，錦掇晉唐。而舟車所至，三才之蘊，靡不摭入奚囊，視夫衮衮風塵，駑鑣局促，勞勞肩荷，末路張皇，求俄悤不得者，所境遘何若？而欲操三寸，管羅萬有，官神整暇，如侍宁者，可多得哉？長湖山而殿邦國，侍宁閒神知饒辨矣。

宋賓自候鳴草引

山情水致，參座騷壇；鳥語蟲吟，竄身樂府。緣夫志一氣動，籟答天隨。渾指月以忘機，搏虛空而構景。遠近之取甚約，推納之用靡窮。洗耳目鉛華，光生白賁；入盃枰色韻，腹畜雌黃。豈鯖雜五侯，錢經萬選，可同科哉？宋子賓自少耽聲律，博極圖書。闢異追逋，憑三寸不聿；工神斧鬼，覓千古草玄。無師之師，自適其適。棘闈卞璞，徒誇龍虎之姿；爨下邕桐，倏寫鳳麟之泣。小試厥技，用賓于王。受牛羊而求牧芻，際鴻雁之集中谷。酬知共矢，情見乎辭；製錦争長，才符其識。歌喧來暮，洵一鳴之驚；譽永咸休，等應候之響。縱不乞靈于祭茗，已堪賡詠于遺棠。作賦而大夫，居然能事；障狂以砥柱，豈伊異人。宗譜延清，廣平開唐，正始我輩。含毫吮墨，振世希聲。大雅扶衰，嘗鼎臠知全味；無邪了義，從發軔得指歸。交勗有成，共保斯日。

食鏡引

人資生于物。夫物莫不生于陽，死于陰，亦有陰生而陽死者，是則兩間仁義氣，生殺之機互具焉。殺于物則氣益雜，美疢滋毒所從來矣。莫良于九穀，而合制乖方，燀燔爽候，且不能保其無害，矧夫他味之觸同反異，戾性違時，不勝枚舉，小足以滑和臟腑，大足以斲根遐齡。《易》曰：「《頤》之時大矣哉。」閔子《食鏡》，爲人計生，無遺品矣。詳攷其損益忌，臚列乎劑治解輔，使夫日用舉箸，習符養生，儉歲充腸，相忘屬厭。溥哉仁人之用心乎！且夫禮始飲食，其見乎《月令》《內則》諸篇，所以節宣朶頤之道，既精以詳。閔子解經而深于《禮》者也，緒端見乎此矣。

劉墨仙登陴詩引

遺世獨觀，識原區表，憂時託興，情在筆先。昔人誦詩論世，每有古人不遇我之感，非傲睨夫雷同，竊疑慮其岸異也。蓋棄時有爲，艱險不避，師友切靡，志物無他。乃權不我假，雖欲引耻郊壘，正義干城，尚虞不祥于冶，慷慨壯懷，筆舌難抑，志之所至，詩亦至焉。《登陴》十八首，豈徒吟而已哉？在昔元次山以《舂陵行》《賊退》諸詩示子美，子美曰：「今盜賊未息，知民疾苦，得結輩十數公，落落參錯天下爲邦伯，萬物吐氣，天下乂安，可待矣。」使子美而見《登陴》詩，咄嗟嘆賞，豈在次山下哉？古人見我，應有同然者矣。

傳

玉並柱史傳

玉並柱史，相傳有庳君之後，以王父名爲氏，世代綿衍，族類散見象郡、象林等處，咸以堅白鳴，嘲者題以白晳、斥以殊角云。有字像者，通三才之撰，世掌三《易》。有名笏者，書思對命，表肅臣紀。其名箸、名挾者，始見用於商辛朝，伯仲方頂圓踵，丰儀特異，端直整齊，皙潤而文雅，居恒切磋有成，誓出處與偕也。當進用時，箕子極諫，不聽，退而唏曰：「二子善導，欲黨引朋招，靡所不至，希固寵必，薦玉氏杯以進助，一之已甚，其可再乎？」象、玉二氏見用，王授之柄，沉湎無日，載胥淪亡。二子伺頤指使，多方依阿，益蒙親暱，錫之腰金，官拜柱史，時人謡曰：「二子聯行，玉質余相。」日進御者三，紂猶嗛嗛不足。嘗把臂摩挲，戲呼以「齊肩大士」。有不在際，輒左右顧盼，鞅鞅食不下咽。雖糟丘肉林之幸，未嘗不侍供奉班。迨太白懸首，周王録其罪，骨裂而棄諸野，因作《象詩》以垂戒，俾成童舞之。子孫浸微且遯跡，無敢衒售。

周穆王時，有君牙，歷仕司徒，厥後以王父字氏。而象氏後遂竊通其譜，易姓曰「牙」。傳至漢，又有名箸者，别號玉並君。高祖喜其修潔，亦授柱史，每命侍食。一日，張良入計事，語以酈食其立六國後議，良見柱史在御，因請前席，借之共籌。柱史條其不可者八，漢王輟食吐哺，納之，促銷印，進封頡羹侯，子孫世襲勿替。有再見昭烈世者，先主方具食，曹操從容言曰：「今天下英雄，惟使君與操耳。本初之徒，不足數也。」柱史裔有在坐者，甚不平，顛仆失色，上感迅雷示威。

厥後族益繁，多不自矜貴，或徙他業。有名章、名管、名筒者，喜翰墨，與文士友。名帶者，次列司服。名節者，信詔令。名牌者，辨品秩，貞肅朝儀。名楴、名櫛者，修容閨閣。名棋、名博、名骰者，縱横角勝，漸與市井之徒伍矣。以其趨愈下，前美莫彰。於是有犀氏、駝氏、檀氏、烏氏、斑氏、漆氏，皆附籍柱史之裔以希用。而牙氏嫡派反有竄跡外國者，曰許安伯敦，曰家羅，曰秀布，曰翁威生鐸。

後詠史者追闡前勳曰：漢家四百年天下，盡在張良一借間。而玉並柱史之名，始有以別于他族。太史公曰：「質本天賦，品由習殊。」或謂象氏本支傲産，及其柄用，恣所饕餮，無能邁種，以致顛隮人國。牙氏遇豁達大度之主，又獲俊傑挾持，以殫厥用。柱史何負于殷而何昌于漢哉？忠佞靡常，待以君子，彼將君子自爲也。

方外四益友傳 有序

余喜聞過，以過告者，指不多屈。豈謟諛瑱纊，未除不獲，循伯玉自審直友，且望望然去之輿？追紀四人，用申退補。

張仲修

始余就試成都，有初南楊公鏘者，士林逸品也，鑒齊汝南，向余藉藉張布衣不置。因訪之廬弼教坊南。叩闔者久，始躬延入座。廳事僅足布武，案陳文具數事，左右設竹小椅各二，此外蕭然也。寥寥叙譚，吶出諸口。臨別，惟云從不回望，希恕疏簡，仍閉户入。久之投契，不介爾我，稍悉其生平。

阿翁松潘參戎，有丈夫子三，布衣居仲，名懋德，字仲修。年十有四，參戎棄養，屬纊前，三分室之所有筆遺諸子。迨大事克襄，奉主祔祭，仲獨慟號，跪白諸宗長曰：「孤受親恩十有四年，未能竭力鬻長伸養一日。忝承成業，介馬勞存，坐享罔功，咎增悖逆，不惟不忍，且不敢。請公諸家祠。」伯兄攘臂曰：「父業子承，古今通義，若甘矯情而背遺命，寧不畏幽譴？某及弟代收。」欣畀之，恣所割糜，勿問。於是市目多以騃癡歸之。

所先聘某氏，母聞而有悔心，獨女父賞其志氣，邁倫允光，堂搆卜吉，延居甥館。因幼落學殖，命偕諸子業弓矢。久之，工縱送者競易張製，而他作不售。某兄弟辱詈其奪業，則奮而徙成衣。久之，士大夫非張摫綻弗服。同師者辱詈尤甚，則徙而瑣貿遷，以無負食力初志。久之，有渝山人梁應井號野雲者，挾律奕書繪技，趨蓉城僦居。張附邇，喜其事近文雅，願學焉。久之，寫生染渲及草體一二種，志精專，咸能臻厥妙。藩臬掾史，持箋扇索書繪者踵集。食力之餘，稍足潤屋，而介持如故。初南嘗語余，丙辰元旦，夙興詣臬司拜賀，以張居直外屏，假坐。少選，甫排闥進，見其焚香于庭，披髮束帬，跣足跪禱，刺刺有辭，而聲不辨。客至罔顧，疑其魔魘，亟呼之，始趯起。訊其故，則曰：「吾疾世之忤逆奸回，虐人利己，種種諸惡狀，力不能肆諸市朝，庶幾乞靈蒼天，特允化厲，徧殛若輩乎，是吾志也。」

久之，來星海先生督學蜀都，公暇訊山人通文墨者，掾史僉稱懋德張姓其人。而先之箋扇，來展視，喜亟，命進之。張以編民禮叩謁書齋，來降階，掖入座，誨之曰：「汝應自稱布衣，以公祖先生稱我也。」與語頓合，尤嘉其敦樸坦夷，有道氣，鮮俗情。每延入，必對酌竟日，出所藏古帖幀，研究源流，俾端攸入。張領略捷變，靡不工，而竹尤孤詣，書法兼通，文義曉暢，皆來教也。從此來自居師，以門人位張，革前稱謂，寵遇有加。留或踰旬，或匝月，始令寧家。往覗之，扃户益力，交游盡疏。來冀其他有干謍，可克食力，而仲修志不及此，來器之，重惜之。久之，教以射，不月而馬步俱中彀。又示以論策各一，令其熟誦默訬，至于點畫無差乃已。將以武科掖進，纘繼前休。逮就試，馬步射已冠軍，末場佯病不入。來出闈責之，弟曰：「偶劇病，德福薄，不克承受鴻恩有如此。」復戚譏，則曰：「竊他人筆墨，僥幸成名，古人所謂沐猴而冠，寧能不愧於心！是欲遂吾志也。」久之，誅以順風之呼，力辭曰：「某素拙文事，今書通大義，繪事方古人，臨摹亦不失矩矱，厚享生成，方歉圖報，敢復漁利溷公，仰玷憲度乎？寧瘠填溝壑，不敢失吾志也。」言輒泣下，來撫之曰：「里人愚汝，吾亦不敢復智汝。」贈以五十金，仍力却。來嘆曰：「子未達于尊長賜、少賤不辭之義矣。子既篤義，余焉敢以不義蒙子？」齎給其家。來秩滿南遷，語之曰：「數載師生，情誼方篤，忍不出疆話別乎？余取道安居，汝先往候，令余戚屬不患東道無主人。」已屬其多方計助，張至，事事拒絕，令無可通殷勤。來聞之嘆美，遇益欽，復解橐贈以五十金，賦詩志別。

壬申夏，余奉使節之武陵，遇諸荆，邀與同行。每傳餐頃、連床夕，未嘗不以聖賢處世大道相質。余經匡權導，思治其偏，融其執而不可，韋弦如故。至澧，華陽郡王以梓誼，欵留書院，諄乞墨君之貺，竟不奉命，先余而行。攸令余非羽，與張素交，猶夫余也，遣力迎余及張。余以節在，未便越疆，促之去。非羽多方計紓食貧，雖于名義無傷，張概却至力，却其脱贈，追及余，而返荆。

甲戌冬，訪余于燕邸，貴游乞畫竹無虛日，贈章盈笈。之吴，董玄宰先生見而嘉其品詣遒邁，題所刻竹册前曰「坡仙後身」。積贈金三十，偶一新交吴士，竊窺之，詐以三喪未舉告，辭甚悲，罄以相畀，窮旅勿計也。

丙子秋杪，訪余于武林，討湖山之勝，胸次豁開，識力凝而適莫遺。與之言詩，大有致。訓二子，不令其諳世法，業帖括，克自振舉，黌序有聲。

贊曰：耻詭隨急周卹，敬賢疾惡，其所長也。策貧不豫，售欺不更，好惡分而瑕瑜掩，亦其所不足也。軒夷隘而輕惠和，矜仲廉而一莫執，其斯人之徒與？余尤多其嗜學好問，幾澤於道。

朱峑山

楚監利高士，號峑山者，初來蜀，名王撝。丁卯春，同邑宰蔡玉虹至井研，僑寓余習静之梵室，晨夕與居，始知朱其本姓，玉其名也，而號不更。先是，繁昌李公心石遷川西副憲，經楚，有座師某，乃以甥王撝見屬，冀有助，以襄室事。謂撝智嗇性奢，虞遠役觖望。峑山亦與中表，亮節清操，純誠可託，才智足資，客游從臾，以撝名來。峑山夙慕蜀山水，慨應命西棹。書工《蘭亭》《聖教》，詩宗摩詰，圖花卉翎毛，逼黄荃。性不妄交，曳裾顯閥，鮮於道契蓬居。余與處游最久，詠酬不乏。長兒璞，就學書繪，輒微具體，因材善誘，尤其所長。比南歸，曾賦《春山行》以贈余，時尚諸生。壬申使楚，盤桓荆沙兩閲月，仲修與俱，稱一時良晤。癸酉，復再晤荆沙，余要偕北上，以家務偶有羈，然必踐斯約。此後筆札往來罔間。甲戌春，附余同年馮人天舟詣燕，途次嬰疾，至臨清辭世。寄語余促膝緣慳，知音徒託，世趨愈下，出處慎圖，無他及。余聞之，不覺涕泣涔涔，進其從，付之贈賵，令扶櫬歸楚。

贊曰：自市道雜于交游，克以道義始終者益鮮。彼挾私圖希合，惟虞不當頤氣，貴介英韶，滋鴆敗檢，則諛者助之慝也。峑山之與仲修，品行玉映，齗齗不屑浮沉。所與居游，無貴賤少長，逆耳苛繩，媕阿絶響，于成人之美有加。余與交好年深，未嘗一事干屬，一語曲承，規鑒習聆，救過不暇。對僕從，必戒其效某、毋某，以貽主累。視奧援炎附輩何如哉？孰謂流俗中無人！

福泉寺老僧正啓

俗姓喻，聚族寺麓左村。少祝髮兹寺，名正啓。戒律精嚴，誦持無懈。山俯環溪，其陽矼度兩岸，廬舍鱗次，舊米鹽小集落也，居人多寺僧戚黨。啓賦性卞直，不可磯。年十五時，偶與族雁行，喉舌相角，斥詈以淫盜頑徒，奮不能受，亟返剎扃户，繫勢机旁，自祝曰：「先去此疑根，以無速謫侮。」手刀自宫，昏暈倒卧，血流漬衣。師聞音不祥，破牖醫救，再浹日乃蘇。從此同侶應教外，禁足不他往，法字自天。余讀書兹剎，自天年踰六旬，不事梵唄，以秫釀自娱，味甲諸沽家岸集，多取給于此。生平方正，不苟笑言，旁侮詎所，必厲辭效匡。余夙慵玩戲，同類咸不余搆習，久頗有當老衲意。每來就余書室，必潔茗具躬進。夕食則來，偕余出游巖際，望隔岸晚景。有月則携法屬小沙彌，齊聲禪誦，導之往來，俟余就案，始别歸。余夜課，炧香有恒度，宴寢每後于諸執友，寒夜聞叩户聲，則老衲持温醑相勞，侑以潔蔬，進三巵則携返，且曰：「應就寢。」凡遇寒夜，必有兹舉，力辭不獲。一日辰食後，余從觀漁，即飲岸南親識家，抵莫還，朝業果曠。方然炬展卷，而老衲至，色甚不懌，曰：「吾不意公今日亦有此行。習俗移人，賢者不免。吾偲吾鑒，許之漸爽，可嘆可嘆。」余歛手以謝，不顧而去。由此落落余者旬有餘，不省何以復如初。乙丑春卒，年七十有三。余誄而往哭之甚慟。

贊曰：福泉有文學僧二，枰戰僧三，游戲僧二，皆耆宿，足資文社麗澤，然於人靡臧否，競樂就之。此老僧排擻刻切，督人如督己，不少假，群思遠避，而伊亦不願就焉。

天王寺僧可登

登衲，邑化里謝氏子，惟先其字。居寺東北隅白衣大士閣，厥下有小樓，余家居假之習業。惟先年六十餘，硜守貞趨，寡營簡接，自少而已然。歲半居村庵。其刹居也，掃地焚香宴坐，或時繙經文，問答不及世務，舉止淩峻不可犯。見人小過失，必力進箴規，引邑中今昔匪類，由小釀大，鑿鑿見聞者，不憚辭費，期於繹改乃快。惡惡過嚴，至於觸犯兇鋒，辱血噴，飽毒拳不悔。余雖亦叨心許，然對談不廢諄誡，或虞怠荒乘之，負若望。其徒了窩，字大用，即族從子，耿介修潔有師風，而稍通世法。嘗從余學詩，駸駸有入，惟思其師虎律引繩，未克卒業。蓋貌覯多秋氣，令人不股粟而寒。余每覿色以内鏡，意束神清，借惕益久，覺惟先參前，切切箴規，無倦也。與游廿年，耳未聞一諛詡語，夙秉之異於人若此。卒于甲子，年七十餘。余未嘗不悼藥石之中奪也。

贊曰：毀譽吾道所致慎，未有并譽而概慭加者，彼其心豈真不可一世與？譽有甚於美疢者，故不暇取斯。

題跋

修四川丁卯齒録跋

童而嬉無類也，入塾而與無類也，惵惵乎分甘禦務，略郤平矜，所謂温不增華，寒不改葉者有焉。其游彌外，其交彌廣，豈不各翹膠漆，耦耦則乖，形形則忌，質諸盍簪之義，不能無疑。曼倩生有言：「大丈夫相知，何必撫塵而游，垂髮齊年，偃伏以日數哉？」雖然，穉壯白首殊時矣，存没升沉佹跡矣，父子兄弟迴情矣，漸而秦越，勢所易趨，且不能保，同業之尋戈，初結綬而終隙，又何怪夙乏意氣，於譜何有？吾七十六人之售知也，其師同，則萃七十六人聲氣于一日，其志不可謂不同。故夫砥礪酬知，有進乎息呴沫濡矣。竊有慕於古之見善相告，聞過相規者；舍短取長，成人之美，操行雖異，相親友者；遇賊寧以身代，經艱危不改操者；馬厩可訪，導騶不肯代，位居端揆，無易布衣之舊者；因子拜父，事母如母，撫妻孥，傳諸其子者。惟道誼念重，加與受俱若出於適然，而不必有市德感恩之名可居也。君子淡以成，其斯以爲淡乎？方今公忠爲招師濟共，式化畛隅，以襄聖理，正虞有未盡淡者小其群。吾兄弟次第登用於時，不負君，請自不負師始；不負師，請自不負友始；不負友，又請自不負淡始。使夫觭疏暱，互德讎，界出處，而岐扶傾，濃於獨據，素心以漓，夷吾所以感鳥集，札木所以懷白翎也。安叨糠粃之前，濫竽史局，是歲代勞修譜，因得申平昔交相砥礪酬知之説，載識末簡，抑將以券靖位協恭之盛云爾。旹辛未季春朔。

題甘十洲笥携牡丹亭記

人言兒女情長，英雄氣短。夫能短英雄氣，其情正未必長。十洲於此《記》行住以之者十年，情氣分寸，胸中當自有周尺在。

書葉羽遐二體心經

羽遐天機雋發，泡影塵緣，胸腕之間具有禪理，搆此二體，超然筆徑外，正使人思絶。舉似于色空諦等作是觀。

跋淳化帖三卷

黄伯思謂此卷：「南唐人倣筆僞帖過半。臨摹古人，在得其意韻所在，筆腕稍滯，已隔千里，况鐫傳屢失耶？」彼善于此，王著輩之恕收亦可恕耳。癸未季春望。

自跋臨東坡玉沙帖

黄山谷謂：「東坡書學問文章之氣，鬱鬱芊芊，發於筆墨之間，此所以他人終莫能及。」王端叔云：「世學公書衆矣，劍拔弩張，驥奔猊抉，則不能無。至于尺牘狎書，恣態横生，恐學者所未至也。」慕公嘗寄意於公，若取似虎賁之中郎，則公門人所賦，襲其書而戴其帽，未是蘇公者爾，豈余志哉。

跋夏仲昭竹卷

余蜀都方外友張仲修懋德，少得仲昭竹軸，甚寶重而私淑之。嘗以金沙對岸卧竹林移晷，益服仲昭寫照之妙，不下文湖州。無寒暑無昏旦，手摹意擬，惟墨君之是篤。久之，遂能伯仲仲昭。余每向人道仲修竹，仲修竹因漸布人間。學之不已，變化横生。嘗僑寓姑蘇，襪材所趨，日不暇給，而仲修不厭，向以初所得夏軸脱贈，當亦忘蹄筌意乎？余頃得此卷，把玩無虚日，悵路阻寇氛，不即令仲修共鑒也。癸未孟夏識於蜀館客竹居。

跋宋陳居中所畫張公藝九世同居圖

閲牆枯荆，世趨愈下，九世同居，豈有意沽名者所能幾哉？縱觀此圖，不僅淳朴衷别一山川，于彝倫中渾具今古，信乎張氏至寶也。蜀史氏某與同官坦庵方子、旭崙楊子、湛陸劉子，暨廷尉匡岑葉子，展觀于太康伯憲臺張君書齋。癸未孟夏望前一日。

跋宋翰林張擇端清明上河圖

東京景物盛概，展圖了了。向余經過時，猶十存六七。邇聞河伯割據，今昔之感繫之矣。

跋趙松雪寫畫東坡勝蹟圖

大蘇風流藴藉，不落小乘，資識玄超，自非學力可到。趙文敏筆筆傳神，大類子瞻之於五戒。余嘗謂榆社漢唐以來，名賢項背相望，大蘇皆具體而微，故其名愈遠愈著。試展兹圖，恍身親炙，知余非於無佛處稱尊也。

自跋所書紙筆硯三賦

右晉傅咸文事三賦，不知喻麋何以獨缺，抑原有而偶遺耶？連旬炎蒸，久疏芸案際，爽雨方得，尋盟緗素，簡得宣牋一幅，書此以遺同好。凉就炎違，爰有君子之交之感。癸未中伏日。

跋自書宋廣平梅花賦

爽雨時滋，嬉及庭卉，几案間茂對浮妍，乍慰岑寂，終不及松筠古蔚。晨夕素心，形影時葩，聲氣不屬。偶展廣平《梅花賦》，頓移情于歲寒貞節候也。向兩君朗誦，誦竟書此紙。旹癸未七夕前一日。

跋東坡寒食詩與山谷跋

此余同年宗弟江石所藏真蹟。筆圓韻勝，不學古法，二公已有互評，今觀之信然。《晚香》《戲鴻》所刻，各得其一二耳。

跋趙子昂書後

文敏步趨晉人，駸駸乎入室。漢官威儀邈矣，不猶愈於禮失問諸野耶？

跋雷雨津感遇詩廿六首

唐興，以《感遇詩》擅風雅宗匠者，前有陳梓州，後有張曲江。而柳子厚謂文有二道，著作、比興，稱是選而不作者，惟陳拾遺。燕公以著作之餘攻比興而莫能及，曲江以比興之隙窮著作而不克備，文之難兼甚矣。采燕子以不留礦之金，抱碎胡琴之感，悠然有作，於卅八篇少縮，於十二首則較富矣。廣厚高莊，麗則清越，詞意優配夫理，無愧比興中著作手，當亦子厚所神許爾。系以贅語曰：「允蹈左宜，拔起右有。

咸存一心，何人與偶。途莫余逢，討古費口。朝不陳干，星日虛剖。」

秀巖集卷二十五終

秀巖集卷二十六

客竹居偶存四

議

救荒議

策救荒：止有先事儲備，可以經常。相習因循，動嗟仰屋，當嗷嗷待賑之際，雖欲躊躇蠲緩，勢不可得，此無容置喙者。其他勸貸勸輸，均糴給粥，傭役分育，一切權宜，全在地方官奉行有要，布置有方，務令枵腹實飫，無等畫餅之充。流冗一清，并杜叢奸之漸；救荒弭亂，正未可岐視耳。

先事之策，莫要於置義倉。朱子所謂即此鄉之粟，活此鄉之民，朝取暮獲者也。今議各城村，除當室聽其自囤積外，或十家，或二十家，量人丁多寡，共置一倉，守望相助，陰寓聯屬之意。其輸穀有田者，計人口六斗爲率；商賈無田者，輸減三分之一。每倉公舉一人主管籍數，歲報於官。新陳貸更，遠近通融，任其自便，公家不得侵侔，則户口衰益有恃矣。

至於官倉，除贖徵備賑外，其存留及缺官缺廪扣裁之類，盡歸本處。歲熟糴貯，別爲置倉。歲歉，減時價以糴，以接濟義倉之不逮；歲大有，又行買補。務使入有餘額，專以備荒，他費不得假變，則委積應給有恃矣。力有永，歲難必，而度支可必，烏至掘井臨渴，咄嗟何及哉？

裕國用議

國計出浮於入，須先審出之何從。其必出者乎？抑出于不意者乎？如其必出，當預儲額設之經用，以待急需；如出自不意，亦當準餘積裒益之法，以備緩急。今度支之孔非一矣，盡取足于户部，自户部司貯而各衙門無積矣。如先朝之借用于工曹，借用于同寺，借用于光禄，無有也。不惟生之途隘，并節之途亦隘矣。在户部專司出納，今未定某入應給何出，某出取自何入，某嬴餘作何存留，某不足作何通濟，隨入隨出，無所謂節，即無所謂生矣。

古者量入爲出，國不患貧；其次量出爲入，識者已有遺議；而況不量以出乎？從來議生財者，因天地自然之利，不過鑄山煮海而已。昔人循之以富强，今未見效，必有竊其權而分其利者。至括民圖裕，敝道也。議節用者，求目前澄汰之益，不過冗員冗食而已。昔人未嘗不以此省費，今亦未見效，必有隱侵耗而重漏卮者。若用一緩二，尤本計也。當事者定百年之畫，思所以勸農民於耕桑，易商賈於關市，利權不任其紛攘，賦式恰符乎經制，隨生隨節，日節日生，所謂挹乎不涸之源矣。

誌銘

韓丹水先生墓誌銘

余少習聞蒼麓銓公，文名宦業甲乎蜀都，私心嚮往。既得徐文貞公誌，暨唐宫坊、李宗伯、章水部之表之傳，未嘗不慨孤芳難乎其繼也，而丹水先生以象賢蔚著。銓公五丈夫子，先生行四，誕育於登賢書之歲，識者業自試啼時遠大器之。隨任京邸，甫五齡，從柳州守餘慶令。兩兄出就外傅，英英難兄。嘗因茗次，試以「盧仝七碗茶」，先生應聲「顏子一簞食」。銓公云：「何不言『仲舒三對策』？」雖以行義期許，而先生安貧樂道之概殆夙植焉。銓公卒于官，先生次苫凷，哀毀如成人。以太夫人義諭，得終喪。比長，伯仲以理學漸摩，經術淹貫，而尤邃於《易》。夢從異人授丹篆，自是才思濬發，胸腕軼倫。一時學使者如管慕雲、陳五岳、郭夢菊、郭青螺、黃鍾梅，皆鑒具子將，獎符何武而藉藉，先生有同聲也。先後典瀘郡與守巡使者，多以其子從學。籍滇則名於滇，籍秦楚則名於秦楚，而同郡之彪炳甲乙，出其門者勿論已。萬曆乙巳，膺明經選。閱己酉，以《尚書》冠雋於鄉。連蹇春官，假廣文一席以圖再鼓。于潙江多所造就，尋遷滇之富民令。邑處滇池委滙，託廬者厲隰，力本者苦年，且風習固僿，落殖殊甚。先生度地晷時，捐俸改治，民獲塏居。躬行原野，勸相農桑，興水利，廣倉廩，民遂哺鼓。建社學，遴師長，以端蒙習。請設廩增，立貢法，以甄士流。民蒸禮義，易洳土而沃封，澤陋俗而化國，伊誰賜與？剡牘升聞，疏榮自出，積貫在行，取列仙凫。向闕使備員言路，應於國是有所補益。蓋先生學裕機宜，識具參伍，而忠孝之質本於性成，逆知其建豎，必非苟焉而已也。乃部覆僅以南司城置之，先生曰：「乘田委吏，有先師家法在。在職營職，足矣。」謹干掫，息爭訟，載其清静，民以寧一，曹相國之成業也，謂非先生學識一班乎？臺使廉其治狀，上聞，擢司農郎。初理監兑，收支平允，軍民靡不帖息。崇禎己巳，上命榷淮關，先生期於裕國通商，不憚勞怨。維時害巨，如逆祠之額派，藩邸之補徵，尚攖攘于江上，而紳衿貸免，埠胥詭射不與焉，鼓棹寥寥，幾縮歲入。先生詢得其故，詳南北部及淮撫按，凡懲豪蠹、汰無藝之征者不遺餘力，具載《淮關瑣議》中。減料裕課，功倍前人，而憸壬失利，競含沙矣。先生且曰：「鄒有言，與奔競于風波，毋寧静修？與茷神于槧鉛，曷如玄覽，今悟矣。以此杜門省愆，苟存視息，録萬忍箴，爲保身名、保子孫計，仍願與宗族里閈約，雖酒肉之末，切莫受籠絲文之徵，皆勿妄想可也。」非有學識，能行之能言之乎？先生里居，殫精經史，務挈領要，功畢九載，纂述五經有成編。前輯《易會解》，後别著《易解蠡測》以發明之，至《損》《益》卦，未卒業而疾作。著爲《善箴》十有八句四言，生平體驗，於此益徵得力。

余癸酉之春，舟次瀘川，先生枉顧，惠以詩，風神軒舉，道氣迎人，至今志之未忘。頃冢君以墓誌見屬，曰：「先府君著述甚富，兵燹來存者十之二三。今傳注詞賦詩文等集共若干部，大都學綜朱陸，文慕昌黎，經濟師忠獻，篤義仿仲淹，纂述法康成，博洽擬兩司馬。孤曾舉似『心如牆壁，乃可入道』之語，先府君亟轉以『心如流水，乃可入道』。自號『丹水』，蓋有得于是也。至南都捐俸補文廟樂器，本郡以坊金助修黌宫，其他衣食棺槨施濟，不勝枚舉。惟是某不逮屬纊，今手所寄詩扇與書，憾餘風木，當效皋魚，相從于泉下耳。」余不覺憮然，曰：「忠孝貽謀何遠哉？是父是子，天命之矣。宦業則有滇人祠碣，鄉評則有從祀詳題，言行則有家乘具書，戔智曷足以誄之哉？第誼不容辭，且附青雲，其私也。」先生諱位甫，字某，别號丹水。其先兗州府魚臺縣人，以官籍世於瀘。生於嘉靖乙卯年月日，卒於崇禎丁丑年月日，享齡八秩有三。卒之前四日，見月光入懷，次日見寶幢滿空，其日諸孫扶翼登樓禮祖先神祇，畢乃正席瞑目。配某氏，封宜人。男二，長某，次某。女二。孫男五，孫女幾。曾孫男幾，曾孫女幾。以某年月日卜葬於四峰山之陽。史氏仙井眷晚後學胡某節其大者，誌而銘之，其辭曰：

鬱鬱四峰，閟靈房兮。峨峨遺踪，表江陽兮。緒贊司農，萃衆望兮。山斗儒宗，作述光兮。身世異逢，徒叩閶兮。善祥攸鍾，有餘慶兮。充庭璜琮，美嗣彰兮。維風穆雍，來大荒兮。

李母武孺人墓誌銘

惟棗强東白李封公之元配武孺人，其先處士有隱德，具人倫鑒，貴徵孺人於在褓，長而擇快儷，得封公，奇之，遂受字焉。年十六，歸於李氏，竭力女紅，襄其姑李孺人，篝燈課讀。舅氏内鄉君每對封公曰：「吾父子寒儒，肆力詩書，不復芥蔕家計，厥享内助，先後何巧合也。」於是姑若舅慶有賢婦，封公入則有益友矣。迨娣姒濟濟，未嘗不孺人是則是傚，和淑蒸於門内，一時以女宗歸之。即封公女弟之他適者，李孺人必舉似孺人以醮之行。先是内鄉君登賢書，介於自持，且際歉歉，食貧如故。封公之不志温飽，其恒也。賴孺人拮据中饋，襄謀俯仰，約而豐處，以相克家。雖封公抱璞不售，孺人之黽勉同心，亦云至矣。其侍姑李孺人疾也，畢極孝勞，籲以躬代姑。視願孺人婦如孺人，食報未艾。訓二子，以嚴克慈。大參公由循良宰晉，名御史，今以勘亂功蔚著湖南；而副閫効職，有桓赳聲。膝下鳳麟，經文緯武，歐荻齊芳，孟杼媲懿矣。爲封公賡胤計，置媵侍，食息起居，無偏尊倨，「小星」「樛木」，若爲孺人賦也。御下惠不傷縱，肅不傷苛，纖勞必酬，誤愆必宥，以故臧獲志孺人不衰。戚里衣食，孺人之脱簪珥者，無親疏，無遠邇，聞訃之日，罷舂相，雪涕朋誄。惟孺人退處無事之福，后昆席福于萬斯年。生于嘉靖甲子年八月初九日，崇禎己卯年季冬十一日卒於金陵采石之舟次，享齡七十有七。稱李氏婦者廿餘年，稱李氏母者五十餘年。受家君貤封者再。貞順慈儀，中外無間，可以風矣。家君某，即大參公。元配某，繼室某。次男某，即副閫公，配某。孫男三，女五，重孫三。内外裔森森玉立。孺人謀貽，未可誣也。以某年月日祔封公壽域，其子大參公寓書于其友史氏某曰：「某迎養母氏於衡之藩署，不及屬纊，抱憾終天。抑聞之，前芳莫闡，何以式後。先大人有韓同卿策之誌矣，子志錫類，其爲某誌之，以明示子孫則。」余授簡憮然，曰：「斯母若子，式穀似之，可以銘。」辭曰：「奕代馬鬣，方恒衡兮。仙李盤根，誕長庚兮。伉賢毓彦，保坤貞兮。没有同哀，生而榮兮。金玉斯瘞，百禄泓兮。」

祭文

公祭施羽皇座師文

惟斗衡之間，氣萃精彩於當湖。壽平格以應運，軼時髦而前驅。乘黄藝府，結緑德隅。月鐫名以兆異，雲薦瑞于傳臚。焕龍光兮玉署，簉皋比兮留都。後學靖不祥之冶，先正嘉無類之模。簡晉宫僚，領袖華踐。分較春官，器登瑚璉。拂吉甫之穆風，嘗伊鼎之珍臠。澤麗塵俗之觀，學益始終之典。擅修史之三長，推玉堂而視篆。貳秩宗而秉寅清，入卜甌而光鼎鉉。逮綸扉之重倚，緊星履之僉儀。經緯兮允文武，出處兮繫安危。稱明廷兮柱石，詎退食兮羔絲。佐龍飛兮薪槱，雖葑菲兮靡遺。終以人事主之義，循成功者退之時。遂初服而遄駕，抗高躅以期頤。森芝蘭之繞膝，每質禮而聞詩。共擬甘盤之應召，驚傳傅説之乘箕。某等忝侍宫牆，永懷埏埴。緬履戴兮曷輿棊之殊，悵瞻依兮等岵屺之陟。山陽之泣何從，泰岳之頽焉式。徒愴贖乎百身，作九原而靡即。聊絮酒以敶辭，寄悲思乎罔極。

公祭内兄長沙太守雷伯石文

語云積德，得全全昌。故穮蓘之，儉歲其偶；而什一之，贏息其常。匪然者既爽於我素，又何以質問於彼蒼。於維我兄，不疑者心品，難忱者行藏。世謂量薄福薄，澄之不清，撓之不濁，兄則千頃陂之洋汪。

《傳》曰：「有基勿壞，前者肯堂，後者肯搆。」兄又巋然存之靈光。物折於太剛，而兄柔克；咎徵於業黑，而兄中黄。常樅以之久視，《大易》配於無疆。取予無逢造物之妬，言行不涉玩世之狂。種種皆生之徒，乃壽僅踰艾，而屬纊異鄉。人事莫憑乎響答，天道曷諗於弓張。憶昔儷指鉛槧攸資，婁輪而員方。戊午之役，未遂頡頏。雖升沉之異致，緬式示於周行。弟輩後先兮玉署，兄既峥嵘兮宿郎。升華摧於貝錦，舊績芟於甘棠。澆胸次之磊塊，寄吴越以相羊。既而蔚起，載振豫章。晉陟民部，出守黄堂。際臨鹽之豖突，壯謀畫於金湯。智疏諛售，計弊代僵。歷滇閩之除目，徒夢槐而空桑。抑時數之多奇，豈履蹈之不臧哉？嗚呼！瓜州逆旅，鬢點吴霜。江流峨月，家夢遥將。幸仲氏之侍疾，易簀有託；計喆嗣之斆錦，遺緒克揚。此又兄之逌然於大荒者耳。弟等感繫今昔，聞訃孔傷。蘭言不再，萍聚何望。緘辭《大招》，腕莫既腸。千秋兮萬里，令威兮來翔。

公祭侯母某孺人文

方洄苞玉，圓漩孕珠。義方克贊，惟古賢姝。百兩來御，才儷德俱。相奉政公，如鼓應柎。儉以襄廉，勤以給需。先後炤燿，壼則孔都。恩覃族里，度肅僮奴。中外矜式，曰女丈夫。誕育喆胤，胎教悠殊。曷肆討論，戒擇朋徒。玉成令器，陋世碱砆。邦楨家寶，行詡仙凫。懋績溯源，荻畫匪誣。轂貽食報，福禄宜訏。方擬潘輿，導之綰符。慈訓近凜，官箴靡渝。翟珈介壽，庭綵稱愉。云胡棄養，倏閲隙駒。子羈京邸，揚顯是圖。弗逮屬纊，撫膺長吁。某等誼均猶子，夙仰懿模，挹芳蘭譜，依澤步趨。我友在疚，奚啻泣隅。含哀誄行，侑以束芻。魂其鑒只，萬里斯須。

公祭胡江石年嫂文

御貧履豐，際匪一趣。自非大賢，鮮貞厥素。何況香閨，見聞瑣錮。落落吾友，乃遘良助。德器都閒，宜家蚤譽。佐養惟虔，持户殫慮。出梱無言，承家有度。事靡巨纖，整如夙具。孺人任勞，夫子餘裕。孟晉學仕，不矜不呴。解佩交功，雞星儆寤。麗澤資深，益弘展布。教楷設臯，籌標計署。駿伐鴻流，中襄孔著。瞻屺殷懷，南陔切慕。姑媳相依，借宜内顧。人亦有言，家正夫婦。勤儉克敦，祥和旁注。戚里稱仁，臧獲孚喻。内外無間，保兹修嫮。膝下鳳麟，有待焜翥。胎教以還，引繩趨步。比匪嚴箴，義方參與。遠大是期，屏小煦嫗。作述競嶸，伊誰摩鑢。思益入門，顯揚何惡。彤史録芳，古媛並偩。鸞鏡掩光，金鏡曷鑄。某等分淑蘭薰，竊嘉令勴。式靈賚猷，允宜延祚。服政諧明，内政失遽。感繫昔今，勸存拮据。絮酒啾辭，莫罄衷愫。

祭梁門姪女文

惟靈幼秉淑姿，長嫺閫訓，吾兄若嫂私器之，謂必不儷庸食薄也。嘗侍兄芸案，女紅之暇，喜麗澤以詩書，以故操作器識，埒於須眉。憶壬申歲，奉使便省，諸女姪就先室質業考故，獨以貞慧覓倫。已而叶鳳卜於平叔，執婦道者八年。慈闈歡洽，娣姒雍諧，中外稱賢，臧獲凜則。當丁丑，流氛薄及錦官，子姓多遷避漢嘉，其以適館受餐累者，不下百餘人，而吾兒輩與焉。昕夕周旋，洪纖克舉，僉昭韙其中襄，夙擅令譽，三族儀刑匪誣已。戊寅，愚抵里，變罹隕助，偕平叔相過慰唁，每以畏風減應酬。私訊兒輩，亦謂精神靡薾。於前或偶爾，既別愚，從夫挾策南征，未嘗不憺慮風波之或悖，孱質之難勝也。聞其僑寓金陵，成樂羊厲志，精神復健。經南時，聚晤舟次，愚喜甚。因謂童門女若娣，氣質較勝曩昔，平叔必捷南宮。勸令同適燕，不果，尊夫約也。迨平叔接取來京，比隣而處，無日不相即，天涯家慶，亘閱春秋。竊意奏最駛乘，歡晤良易，詎知別愚而宣城也，嗚咽不勝，頓成永訣耶？儷雖不庸，其如食報之薄何？歷月有六，始訃至。又歷月者再，始得雪涕吮毫，以志悲思。不暇誄姪懿狀，而第追溯依依兒女之緣，自懸帨迄闔棺，合家園於逆旅，不過三萬六千場十分一耳。嗚呼痛哉！靈有知，知亦聞愚言增慼矣。

秀巖集卷二十六終

秀巖集卷二十七

石芝軒續存一

贈柳鳳瞻中丞之任詩册叙

塡撫，重任也；巖疆，重地也；合三鎭而一之，重權也。非夫才倍識周，曷以勝斯？同譜柳君，以濟經名家，克張世學，持斧所届，吏憚民懷，自南自北，輒有聲施。良由砥礪廉隅，耿介乎長劍倚天也。夫無慾則剛，才斯真才，識斯真識爾。雖然，才識濟世之具也，可恃而未可恃。嘗怪夫貌飭衷僿者，從容則遠大自矜，傯遽遂趦趄自畫，即涖一邑郡且棘手，矧克引三重乎？於是知君負淵泓矣。居恒淡寧自矢，不苟笑顰，與人藹如也，而涇渭在胸。衡世也與哉，鏡修實以之。以故理析措宜，刃游善貸，專而能咸，助收信順矣。乃其中嘗若有欿然不自足者。昌黎有言：「天下事成於自同，敗於自異。」循是説，才識可恃乎？不可恃乎？返省而臧否其獨裁喜怒，其偏據奄居，剏始不受韋弦，猶意之也，焉睹自同之韙？若夫崖岸外峻，意見内鍵，言是而行非，朝更而夕易，有一於此，我法難循。事求當而情協公，即自異，未始不可，何債轅之有？君子亦審其端本者而已。君本植，余信之，亦衆共信之。茲行也，民碞是重，名位爲輕，殘木乾谷以給求，萬不出此，何以同人弗狥，異人靡螯，熙春臺而聯岐類乎？是必有妙晝在。雖才識綽綽，君所不盡恃，余輩詎諼效助他石也？榆杜各有贈言，屬余弁首，竊附於規之頌。

劉綀溪補令江陰兼值覽揆詩序

春移柳陌，日麗槐庭，於是綀溪劉子將携宓琴以播南風。輝重郎宿，乍剖漢核，而酌北斗，光接庚躔。繇山陽歷江陰，地靈符於天造；祝鶴算賡驪什，主美溢乎賓筵。殘邑洗兵，移躋壽域；名賢製錦，許適春臺。看縱葦之風流，隨策勳以游戲。雖炊憐楚桂，裘敝秦貂。經笥便便，富於虞卿著述；詩瓢磊磊，侈比猗頓緘縢。羇客聞倚劍之歌，欣還大雅；課院陟飛鳧之績，咸備前徽。原夫學妙經權，才通織鉅。綏猷必慊俯仰，命秩勿問崇卑。而世際轗軻，身同梗絜。衣冠隔代，草木疑兵。謝幕絶肥水之書，宗茅鮮洪河之濟。爰知景命，乃眷新恩。好爵之縻，格於他忌；緇衣之好，負此同心。馳騁竟出禰衡，非無鶚薦；抱器獨淹邊讓，豈乏鴻名。公即坦然，人皆悵爾。謂畸人工瑟，不録嗜竽之堂；抑靈物懷珠，靡輕彈雀之用。遠辭雙闕，聊署一官。駕牡膏熟路之車，烹雞試函牛之鼎。悠悠旅舍，到處逢迎；咄咄天涯，頻資嘯詠。然而業抽研北，春沛江南。俾耳習談諧，知漢庭之隱曼倩；亦物回夭扎，快吴市之遇子真。矧夫牧受牛羊，慶先弧矢。尊開榆社，今昔之感并臻；路遠霓旌，夢寐之緣伊始。尚冀名書竹帛，無令鞭著祖生；功式蕃宣，不負嶽鍾申伯。青雲託永，汗簡斯存，爰拂蕪箋，各裁韻語。匪啻寵行介壽，貸筆墨之靈；庶幾地北天南，亘芝蘭之臭云爾。

賀謝苧蘿晉大司農序

惟地官卿，三代而上，職典敷教，而國用則冢宰統制焉。漢置尚書，綜委輸知功作，曰民曹，而錢穀之責，別有大司農，列九卿之一。魏文損益前制，置度支尚書。開皇以度支左右民之職，改民部。貞觀更名户部，至今因之。以地卿專天卿職，掌備財，成輔相，以左右民之義焉，厥任綦重，匪賢弗畀，所從來矣。故或以重臣判其司，或以相臣領其事，豈曰曹屬智疏毫析，特用是鄭重簡命，爲國家經制。新定凡財用在諸曹寺監者，盡歸户部。即榷務在他部者，概改隸之。斯温公一利權之議也。權一則緒紛，利所歸亦弊所集，惟通才灼識，有以挈要而澄源。

苧蘿先生，昔歷銓樞，有能聲。邇督司庾，出納清肅，殷殷民莫是求，智周回節，吏胥戢饕。雖績懋專紀，而計務必諮之有成。僉曰：先生今之杜武庫。其於督庾，猶兼判也。今上勤思化理，明試以功，衆建六卿之長，先生以少司徒晉陟本部尚書。一時同官僚屬，咸慶得人，先生亦未始不自慶生平緒出者，獲弘施也。職思其居，司庾褆福及運艘而止，計務贊謀，容有未備。所以代民請命者，進止遲速，微介越俎之嫌，而且勢格統籌，時睽進斷，縱邦計民隱之切衷，烏所用之。今事權在握矣，學術事功，展布有地，康民裕國，伊惟此時。

乃今日所不足，非財也。内無冗費，外無漏巵，即使貢賦小縮於幅幀，蠲貸必優於水旱，亦可不憂不足也。然先生以理財爲職者也，何得膜外置之。《周官》井井，安石以不善用而殃民，劉晏以善用而蓄息。余嘗怪向談理財者，班劉晏於桑、孔，不過曰食貨輕重之柄，嘗使在公家，而海宇無甚貴甚賤之慮。其智謀略同，不知晏之理財，以養民爲本，辨集衆務，以得人爲先。是以諸道豐歉災祲之狀，蠲免救助之需，皆得豫聞而爲之。所司屬雖數千里外，奉教令如在目前。遐邇情通，洪纖具舉，以故正供者無擾，耕鑿食力者亦鮮流殍也。計晏涖事之初，户口不過百萬，季年乃至三百餘萬；其初財賦歲入不過四百萬，季年乃至千餘萬。此豈無學識人所克經濟，僅以桑、孔儗倫乎？《易》有之：「聚人曰財。理財正辭，禁民爲非曰義。」夫仁義者，理財之本，而養民用人其要也。不出乎此則辭不正，辭不正則導民遂非，弱者轉於溝壑，悍者弄兵潢池，人之有散無聚，勢所必至。居財成輔相，以左右民之位者，能無惆然哉？

先生本經學以經世務者也，靖共厥位，惟乂民進賢是亟者也。其於理財，綽有要領，將超劉晏而上之，以平生第一學術，竪開國第一事功。使他日論世者，與不匱轉輸之蕭相國、勸行仁義之鄭魏公相提而述。人以名位重哉，抑名位以人重哉？知先生有以處此矣。昔余先從父與先生共事銓曹，每重先生學有本原，才識足以相副，實幹宏遠，邦國之楨也。余忝同朝後學，受益日深，見聞最悉，僚友以紀事相屬，不敢以不文辭。

賀馮次公遊泮序

熙朝作人成化，凡五閱歲矣。應運之彦，亦既雲蒸班聯，棊布郡國。猶以士習衺詭階厲，官方於育賢地加申飭焉。蓋年來師説相承，類挾鬼燐而訾日月，雖有哲父，未易施韋弦於賢胤。而涿鹿馮次公以十有二齡，脱穎而出，輒能崇雅秉正，冠軍童子科。僉曰：「次公，聞見之端也；相國，弓冶之良也。」夫鳳毛丹穴，龍種渥洼，自古記之，乃亦有不盡然者。雖美弗傳，則荷薪之闕也；世禄叢僁，則表影之回也。惟世德作求，斯家乘可述。昔袁景倩見王仲寶冲齡，有相門柏栝豫章，雖小已是棟梁之嘆。今繇次公上溯之，出牧方岳，入贊丹楓者，屹然德業彌宇，則難乎其繼。然而遠託詒謀，近禀庭訓，繩尺具在也。謦欬步超，習以成性，不見異物而遷，豈伊質獨優承與？譬諸學射者，繹鵠省括，他無移志，于命中乎何有？則兹役特義方肇的，而纂緒之嚆矢爾。

嘗考之古，勳業文章，世濟厥美，代不數人，或實茂而遇奇，或位高而名抑。若夫以韋賢、韓琦爲之父，而玄成、忠彥子之，世學邦楨，後先掩映，尚何有慙卿慙長遺譏與？且余聞相國之詔其子也，因材以篤，不戒而孚。將命多司馬之僕，家食崇萬石之風，則詔以身；非忠孝之事，經史之文，不使接於耳目，則詔以古。以故揆奮餘休，爰淑繼體，或得之以宣力折衝，或得之以蜚聲藝苑，則皆相國式穀，似之之左券也。余願次公佩服家訓，以永終譽，有光茲日之述，誕起輩出之英，俾韋、韓不獨擅美前史，或亦相國所惓惓期望者耳。敢因劉、李二子徵言并及之。

賀劉憲石學士嗣君以恩廕進成均序

歲惟辛卯，斗正寅杓，冲聖親政，疏恩在廷諸臣，秩四品以上，咸得進一子於成均，昭異數也。於是憲石學士嗣君雁行，濟濟上舍矣。余偶過，語及之，學士曰：「叨茲鉅典，未敢自外。第虞後生有恃梯榮，隳隕世業，可若何？」余曰：「不然。典學攸肇，非世官之，正世學之也。家塾邑庠，見聞猶幅俾之。質業司成，盍簪海內，雍容於釋奠鼓篋間，朝禮樂而夕詩書，豈僅一老師宿儒周旋哉？而更有進焉者。今上躬修祀典，翠華至止，多士覲光，然而翊運名世，焉知不於齒胄誕鍾，耆欲開先，志氣交動，泰茅連彙，接武以興？老成持初，英髦繼美，非偶然也。在昔劉向之於漢，齊賢之於唐，温叟之於宋，俱以妙齡補廕，一時事業文章，類能峥嶸作述。熙帝載焕，家乘易地，今茲夫豈相遠？擴塾庠之耳目，離經辨志，敬業樂群，雖官始之，肄將以成拜獻之，信以永篤，棐梯榮也與哉？故曰成均之入，世學也。且哲嗣質性端凝，堂搆選也，夙若庭訓，瑞時琛也，鳳毛龍駒之目久矣。其藉藉士林，生長齊魯之區，見聞又超於裔王謝者，異時文章事業，詎難步趨宗譜三賢？余聞竹箭以羽鏃入深，金玉以治礲增瑩，寰宇登儁，裕羽鏃冶礲之資匪一矣。哲嗣克家，應知取友學益，大志益遠，世業益昌，奚隳隕之虞？」學士曰：「諾。且將以此訓之。」

余退語人曰：「劉氏知所以持盈矣。前此孝友聲施，淡寧協矢，恢猷麟炳，度越大小馮君。至是康時養志，出處道同，端兄弟之儀，繹父子之鵠，常欲然有以自牧者，貽翼迄奕葉有餘祉，僅著代哉？而况乎哲嗣之克引之勿替乎？則世學者效也。」學士及門諸彥謀修致慶之辭，余直述緒論如前，亦使後學知我輩期許，在此不在彼也。

贈喬子茂才序

士之子恒士，農之子恒農，管氏之言也，然非定論也。夫世之象賢者多，敗類亦復不少，而邁種之彥，且參處其間。得象賢邁種而子之，豈非爲父之大幸？乃自縣弧至就外傅，以迄立身策名，顯親承祜愈篤，所以馴致之者愈慎且難。不考乎世德作求，猥云有子無咎，亦非本論也。

以余所聞喬君君掄，和閭善俗，高誼傾人，急難扶危，不在古朱、郭下，豈燕趙風氣使然與？然其無利而爲，非以干譽，又似湛於道德者。夙昔樂與賢士大夫游，功亦未可誣也。以若修嫮，曾不得丐靈誦讀以自表見，業以義概齒士林矣，而猶愢不齒。於是引緒義方，玉成令胤，垂髫錚錚家塾，張皇冶弓。甫就試童子科，輒與高選，兹蓋科名權輿矣。衆方爲君慶，君獨欿然，引歉速成，裕謀求益。余因是而知喬氏之祜未易量也。豫章雖七年始辨真謬，固百鍊彌精，本質患弗良耳。以君之庭訓之燕貽，以君胤之英姿之摩厲，實能致其難且慎者以承祜，義聞不衰，有光作述，豈僅食報一博士弟子員哉？願君恒尚令胤士志，如身愢不得齒士林，大令胤士事，如今者既冀中選，又速成是歉，力引令緒於日伸，使人咸曰：「有是父，不患無象賢邁種之子。」則將化農而士，士而名賢，綽如也。《易》曰積善餘慶，信乎其餘慶矣。喬君勗旃，吾輩之稱賀觴者，亦姑以是權輿。

贈懷柔楊侯擢郴守序

計弊莫覈於今日。前茲法守替陵，程績竟不逮往古。揆厥所由，莫不慨然曰：「吏治民生攸關，詎知罕儒效，所以鮮吏治乎？」求其皭然矯持，諜然迎解，卓然不負知不舛學，善俗而宜民，於懷柔楊令君僅見之。君以從龍英彥，受治成均，師長器之，朋儕伯之。君獨踧然卑牧，思所以正誼而廣孚者，以裕用壯行。迨試於用，地幅展籌，不以幅弗展；民艱誠化，不以艱弗誠；士窘循業，不以窘弗俾循。朝聞一弊焉，力剔之；莫聞一利焉，力興之。風人者，春風也；雨人者，春雨也；恣人游焉息焉，相忘於耕鑿之非昔者，春臺也。履其野，菑菑原隰矣；入其邑，墉雉增麗矣，黌序改觀矣；行其庭，胏嘉塵封矣，史胥屏跡矣。他如蘇驛累，賑貧甿，撫流遺，捕渠盜，以迄殊情異習之調劑，先勞懋績，載在口碑，士若民方將倚之，按堵以百年。一旦聞郴守之命，不啻奪怙恃而失衣食之源也，攀留觖望。於是因鍾子就余謀，所以壯行色者。

余謂楊君之學，學所以康民者也。又欲行所學，以廣堯舜之澤者也。懷邑淪濡三年，不謂不久，豈獨令畿輔偏篤，而遐遺楚陬耶？且楚陬不被堯舜之澤久矣，得從龍英彥往布雍和，革頑獎善，期進瘡痍於擊壤，知楊君之不憚跋涉也。爾邑懋績具在，繼其政者，踵而行之，猶將按堵以百年，亦何庸攀留之觖望哉？夫擇地見功者，小儒之智也；達道酬知者，真儒之用也，楊君裕於處此矣。

贈祖令擢守杭郡序

熊轓而長湖山，承平時以文事飭吏治則可，若夫雲擾之餘，四民失業，鞅鞈氣豪，所繇帖席，畝廛聲消，咨怨匪僅，政平訟理，遂足稱良二千石也。杭在昔俗侈靡，罕積儲，君子敦禮讓，細民嗜勇争。洎斯土者，手棘心旌，今較難哉！余友見田祖君，以贊皇令課最，超擢太守。余知其饒辦此也，仍以夙望壯行知之。

君少負倜儻，性敏慧，從厥祖大將軍歷行間，膽力智謀與宿將伯仲，大將軍器之，下馬不令其廢咿唔。既以從龍彥授政贊皇，愛君者以未習吏，代錯愕。乃下車迄報成，井井實幹，出人意議表。贊皇於畿輔雖彈丸壤，據要害，雉堞外不數里，麓襟太行，探丸派衍，嵎負莫攖，薄邑掠郵，鶻起豕突。前此令長，陷鋒壘治，才詘折衝。君至，堅埤浚隍，嚴保甲，繕五兵，作敵愾，聯守望，里閈無熒，而殲渠散黨。境内錫桑麻之福，衣冠甲第，今昔殊觀。君不以士習委諸叢蕪，於是遴師儒，贍廩餼，日程月課，絃誦蒸蒸。風鶴仳離，目擊土滿，君下招徠之令，紓易疇之科，樂依怙恃，始重棄墓廬，不浹歲而户口漸增，市耕改色。以余所聞，庭絶雀鼠之穿，家勵庠序之業，上鮮桁楊之威，下急什一之貢。《循吏》所載，龔、黄、卓、魯，實幹是亦足矣。

君行矣，以歷行間者戢兵囂，廣治一縣者求一郡民莫，上報簡命，下振家聲，具於是在，其於理杭乎何有！雖然，行百里者半九十，慎無以奏効贊皇之易，輙易杭之奏効，并易進此者之奏効。斯善承祜，以無負親友惓惓之私。

賀大學士劉憲石序

今上魁柄獨握，百度維新，明作志氣，蒸廷洽宇，靡弗虔糾共厲，弘贊光華，而尤以密勿幾繁，諭殷廣弼。於是我同譜憲石先生，繇少宰晉秩内秘書院大學士，咸曰：「簡命允諧也，荃宰允協也，猷謀允順也。上以是求，下以是應，何有於資獻永成，而納牖用缶乎！」

余惟古大臣事君，本諸樸誠，將以學識濟之寅恭，而又貞以確乎不可拔之守，湛以欿然不自是之衷，斯能廣益集思，進盡忠，退補過，不朽之業成焉，不可不謂克艱。乃先生自處裕如矣，同朝跂望其登庸匪一日矣。居其位，乘其時，獲行其志，雖欲處鐓而有所不可。故事，端揆有序，任議罔先，行止語諾，惟首列是眎，冀明謙尊，未免跡蹈脂韋。朝廷用一人，期收一人之用，必養晦以需首列，展布何日之有？漢治近古，蕭曹陳周魏丙之倫比肩，輔佐德業，炳炳麟麟，競爽於高惠孝宣間。其時君務勵精，臣任燮理，大要不過清静宜民，諸司循職而已，而表率則不肯他諉。故應守者守，應變通者變通，無不各行所信，以圖上襄，庶幾都俞吁咈之嗣響。今堯舜在御，俾皋夔稷契分效厥長，原未嘗循資徵用。膺斯選者，可曰姑徐徐乎？

先生自司李歷館銓，遇事直言，艱虞力任，中無所爲，外無所嫌，而臧否嚴持，衡鑑誠設，蓋能獨行所信以襄國是者。嘗曰：「事患不知與知而有所忌畏，則張弛道廢；尤患不肩與肩而勞怨中戰，則首鼠端萌。予不敢以勢格而疑初，偶撓而懈末也。」夫然志之所至，雖時位不侔，猶將力圖上達，矧際泰交乎？是以躐翹小智，不以滓胸，偃匼瑣情，不以繭骨，曰性界則有然。雖有柔舌，毋效鳳鳴；雖有健步，毋代馬走，曰學定則有然。夫以性學如斯，以際遇如斯，雖欲鐓處於皋夔稷契外，考志必有所不許。質諸宿昔相砥，既不侈榮名，寧甘隕實幹哉？知其表率共位，不屑於知而有所畏忌，肩而勞怨中戰，蹈脂韋之虛撝，以上負聖明眷注也。於時同升者，大名纂緒文穆，品識端凝；萊郡高閬中丞，智能俊偉，咸矯拔嚮用，不習詭隨，志同道合，固論思益友也。同朝跂望其張皇德業，繼美唐虞，賡明良喜起之頌，豈僅桑梓及吾黨私慶哉！唯拭目建豎之衆乎，其曷敢以諛辭進。

賀相國馮鹿菴予告歸省序

皇上新孝理以作忠，俯軫門閭私情，弗使大小臣工，鞅掌營業，徒抱不遑將父將母之懷。於是邀錫類者，溢格而愜願，烏哺維時，祥開道長。管引陽灰，際相國馮母太夫人設帨辰，蓋虔婦職，端母儀，閱春秋，至茲凡八秩有七。顧念功贊論思，典崇翟茀。相國所以旌勞逸訓者至矣，而猶以萊服違庭，潘輿曠御，鬱陶乎介壽弗親，乃拜疏陳請，旋荷俞音。都人士咸手額曰：絲綸重地，靡替陔華，兵食殷圖，獲謀定省，聖朝之隆孝思也如此。表率三台，起居八座，黑頭宰輔，健步慈闈，相國之膺篤祜也如此。雖然，入思教忠，出思廣孝，相國報塞其難哉。

且夫鼎養鸞章，市媪所色矜也，而賢母必求諸所自；獻可替否，臣誼矢匪躬也，而賢母每引以自娛；彼終日昵昵膝下，弗克恢荻畫一二事以見諸匡時，賢母方虞其玷子舍，奚承顏足榮哉？以余聞太夫人敦敏冲素，言動中倫，其相先岳牧，德業高深，嵩河並永，其督子若孫，世德作求，後先濟美，以故昌緒俶之，弦韋食報，貞於鼎革，將歷百年如一日，以後昆忠孝貴，以後昆名位貴耶？相國自譽髦入玉署，歷贊楓宸，凜懿誨於義方，惠叙明弼，以無貽太夫人憂。先是，銜命拜家慶，內外姻欣侈盛事，屈指已廿有餘載。世閱滄桑，而相國起東山之轍，重佐雍熙，脱劍櫜弓，載新制作，光弘壽域之日月，正惟其時。乃荃宰道合，恩洽家人，致承顏私悰，上徹天聽。今且戒裝旋珂里，率諸孫上食太夫人前，其寵榮愉懌，較先有加。昔人謂一致二極，事罕兼全。士大夫有堂搆嗣輝，而三釜不逮，飲恫於衷，或勞宣靡鹽，而望阻瞻雲，外絆於職。今相國朝辭闕，莫可躋堂，藉綸命之重，奉仁者之禄以承顏，其所全何如哉？

嘗稽位公輔而慈侍享遐福者，近古惟張文定齊賢、富文忠弼二公，咸邀恩遇，及於慈闈，縉紳榮之，謂世所未有。亦惟二公德業，炳烺寰望，克煥母儀，斯足尚也。太夫人年齡高於二母，相國荷寵奉逾于二公，其以天下第一流德業，致之黼扆，以歸美高堂，當不後於二公。以忠孝養，寧以名位養耶？中堂暨諸詞林咸相慶曰：「壽彤史昭，慈訓以光孝治，在茲行矣。」爰命某修質辭書之屏，以侑稱觴。

賀少宗伯薛行屋長公高第序

中原文獻名區，士風敦懿，不以兵革之氣，少薄蝕奎壁之光。而世族繼蒸，尤稱鼎盛。余同年友薛公行屋，以經濟鴻儒，敭歷中外，吏治文章，炳麟蘭譜。迨光華復旦之會，提衡作士，喉舌要司，錚錚無右。今佐理邦典，載熙敦庸，此其緒引也。而孝友延和，清白貽則，僉推民望。俶搆若此，難乎其繼矣。而聯翩鳳毛，各擅蚤譽。伯氏先脱潁，賢書竚竢，步武鳳池，乃再困春官。歲以定省來都，遂閉關崇效蘭若，勵破釜沉舟之志，以慰藉重闈。余偶過其地，見其氣定神閒，襟懷舒暢，筆端舌端，全不似芥蔕得失緣者，未嘗不私服其張皇家學，表建軼倫，其於科名，猶掇之也。

兹業翹楚南宫，爲諸昆友前茅，可不謂作述濟美乎？且是科恭逢皇上側席殷隆，親定甲第，以次延見，天語丁寧。膺是選者，寵榮倍於循例。而或以伯氏抱負淵泓，德器高朗，未與木天一席，不無小慊。不知梗柟杞梓，裕棟隆之用，豈必其首被丹黄？古名賢歷試而壽旗幢者，正非株株文學一途。以公門之庭訓如斯，纂服如斯，由郎署而侍從，由侍從而公輔，直掇之也。作述濟美，以表建重，不以除目重，審矣。而余獨爲行屋深慶者，以特恩予歸省，率繼起新貴人，晝繡奉觴，躋堂而分壽於兩尊人前，重孫羅拜，百福景從，洵三公不易之日。而余友父若子，可以三公兼而有之，以引伸於勿替。竊意作述濟美，以天倫重，更劇於以表建重矣。善世某徵余文志賀，藥餌滓胸，何能搦揄揚之管，聊質言以應，即一日券千秋，倘亦人間世之景星卿雲乎？

朱滄起老師六秩序

六經咸聖人壽世之書，大《易》其至乎？玄修家竊附坎離九六之用，侈口長生，而吾儒復未識三才貞一，根系乾初，學支道左，瀋拾源迷，不過入世啖三立之虛名，出世逐二氏之重影爾。

吾師滄起氏，深湛乎《易》學，身體乎乾初者也。天用莫如龍，用見無如用潛；以潛之用用，無如以潛之勿用用；以潛之勿用用，又無如以潛之用勿用。蓋我用世，世用我，與我受用於世，皆趨於薄鑠而不克堅扃，甚矣確乎其不可拔之難也！而吾師以之英齡，隨先太師南遊，踪躡龍門，奧探委宛，雖時髦遜成，而弢名隱是，修無祇悔，欿然自下，靡矜見行，氣靜精凝神定，其黃鍾槖籥際乎？是謂以勿用用潛。迨蜚聲玉署，正笏金華，著述地負海涵，大業雲蒸日麗，景會文明，寵承三錫，乃衆望攸歸，而信謹誠存，無改學問寬仁之素，氣充精實神完，殆有孚維心倫乎？是謂居見而用潛。位正司成，時丁惕厲，忠信立誠，遏逆守正，砥彝叙之頹流，勞而不伐，有功而不德，氣肅精固神止，殆思不出位，雖危無咎者乎？是謂惕以用潛。時進道革，分較春官，德業斗杓，盍簪朋慶，即謭劣如某，亦獲邀一目之羅，步武翰苑，氣蒸精盎神舒，非志大行時乎？是謂秉心淵塞，體躍以用潛。含沙倏射，乃遂初衣，祉洽天倫，政施孝友，至夫渙居以利物，無利以顯比，研舍逆取順之幾，達流濕就燥之旨，以故逆氛鎊遘，呵護貸靈，氣貞精健神閒，與鬼神合吉凶信矣。是謂戢飛以用潛。頃者蒲輪載賁，快碩果之得輿，首弘作人，用光上治，白華繫念，碧山焚魚，汾水綿山，春延子舍，紬裕后之緒，表正六經，漢代異同，宋人名理，統乎淑身，洵挈裘而振領，奚有於用世，而入山惟恐不深窺其微，敦艮以厚終也，氣下精祕神夷，庶幾知進退存亡，而不失其正乎？是謂濟亢以勿用用潛。

夫伯陽之表德於猶龍，瞿曇之徵力於龍象，俱非中正之論，莫純粹莫周流於大《易》之乾龍，而隱其義於無首，衍其旨於大終。蓋乾初居首，運行不息，惟善用潛者，有以固蒂而深根。正性命，保太和，暢四支，發事業，咸是物也。吾師深湛乎《易》學，身體乎乾初者，以勿用用潛，合見田惕躍飛亢之用，以用潛非一日矣。今且潛於勿用，豈抽添坎離輩克通其撰哉？其於久視，猶掇之也。引伸周甲，方俶起元某，世世子孫，得藉今日質辭，頻躋堂而介壽，尤至願云。

李二何編修雙壽序

辛卯夏，吕見齋別余之嶺南。間關萬里，蛇豕縱横，人多代危，而見齋色喜，曰：「吾師二何先生超然百六，適志丘園，羊城衣帶海南，吾將操几杖以從，躋堂而介眉壽乎？」比其旋，因之訊起居，則甚悵惘，以斗山在望，簡書限趨也，然述家慶鄉評則頗悉。

甲申遯跡南歸，不逢不若，芝蘭繞膝，碩德齊眉，求諸兵燹之餘，宇内所未多覯。西之歲，蜩螗糅煽，冀壘金湯，傾儲繕怒，以靖萑苻，每代令而保障。嗣罹歲儉，比屋待炊，乃簪珥脱襄，哀鴻以集。至夫載焕黌宮，振德後進，勸課有費，類取給於歸謀，人之稱内助也。不後於刑，于以是閫政克諧，允孚鄉國。蒲輪載賁，梓里欵留，咸致福先生百年，咸欲分享先生百年福也。

余聞之，手額曰：「有是哉！余年友之出處而經濟一致乃爾。」始余所聞宰曲沃，吏畏民懷，士若冶，盜不入境，循聲卓冠銅符，止謂誦讀而膺民社者應如此。迨晉秩詞林，言倫動軌，今居而古稽，鑾坡視草，鶴禁説書，藉甚雁行之表。余親切追隨，湛濡道德之餘緒，乃知平易近人，不受清濁者其器識，端肅自督，不隨方員者其操持，此其不可及者也。分較南宮，聲氣召呼，盈門玉筍，而見齋少宗伯德字道氣，尤衣缽之敬承者。

頃季公以計偕至都，道及高堂雙壽，年逾古稀。二何志循班馬，孺人勤媿敬姜，以率作諸子婦，無替見齊，詣余而言曰：「其事則兵餘罕覯，其人則亘古有光，其何以效頌？」余曰：「其事其人如此，其何以別有效頌？」因次第其語，附於信使，以侑南山之巵。

胡母蔣太夫人壽序

武陵山川龐衍，風習敦醇。居者家絃誦，利收佃漁，即貿遷者，重權本務，以故男作不慆，女業維則。入其境，有化國舒長之懷。福地洞天，古志之疑誕。然地靈所鍾，得氣之正之全，則稟而和淑，徵而堅貞，其理未可盡誣。

余年友孝緒學士，篤倫者也，言動不苟，道德日湛，汲引後游，倡闡明善。咸曰：「學力端，觀摩廣，烏知養正肇莪畫前哉！」封公以藐孤落殖，隱於陶朱，太夫人以名閨儷德，智贊素封。每念舅姑不逮養，席厚而儉奉，以寄永思。迨舉丈夫子三，私慶後出愈奇，充閭有託，借鑒鴻顥，匪彝申敬姜之訓，什一黴積，不與五車競贏，識何卓、謀何遠耶？封公即世，毅任義方，於是引蕭曹冣冢胤曰：「爾母逆情，毋骫法，近期福桑梓，出期佐撫循。」持孔孟，督仲若季，曰：「父歎于是，兄歎于是，爾共砥于是。」堂搆新矣，福履綏矣。」惟學士服膺慈訓，昕夕思所以張皇世業，以報春暉者，匪僅科名，從師取友，崇實謝華。先後售知于林可任、梁喈林兩太史，皆余同譜，皆修潔敦倫，有事性學者也。磁珀相呼，抑何不爽耶？余忝同署一日之長，學士以事兩太史者事余。逮蒙難後，遯迹韓康，部使者物色之，薦於朝，仍晉舊署。素心晨夕，以迄於今。居恒，余嘗語以絶裾内訟，望觖導輿，每聞里閈蜩螗，悔肯軒冕，學士潸然同感。今太夫人迎養都門，蘭玉繞膝，豈伊余視之頓隔神界，試回溯三十年前，營畢尚平遺志，力殫慮研何如哉？而況乎天倫叙樂際，蹈水火不濡焚之餘乎？非稟和淑，徵堅貞之證與？學士成均有造，分較南宫，再典試首善，兹壬辰復膺特簡，合海内士甲乙之。今儼爲人師，興朝英彦山斗宗之，所以恢慈訓者至矣。退食督弟若子若孫，課經史，研天人，雅雅魚魚，受飭絳帳前，率定省有恒時，薦簋卮有恒節。怡顔承志，匪僅侈科名。曩太夫人諄諄提命，思不得翹楚子弟。曩太夫人避跡兵戎，不獲貸靈罊指，今且萃止三代，門内嬉嬉，偶及引誡，猶孑不圖，總是百福，所以報慈訓者亦至矣。夫母聖善不必子賢，賢不必盡貴顯，貴顯不必克師長，其或感餘瞻屺，願拂躋堂，德美備而不必其嘗聚，以視太夫人學士坐而享此，天之福之豈云偶哉？學士篤倫者也，承歡不止，設帨之辰，群弟子稱百年觴者，於七十七秩乎權輿。知太夫人得氣之正之全，久歷而靡有加於今日也。

壽成師母邢太夫人序

余昔游文穆公先生之門，從諸同館後，竊聆初訓，何嘗不春風風人，即之肅如也。厥後循例質業，歲不過十，親承謦欬，纔三四而已，謬蒙獎藉。余鄉先進，咸徵先生器余，道扶義翼，雖受冶僅幾期，青雲之附，終身以之。先生拂衣後十有四年，而叔胤青壇少宰，接武瀛洲，余始得以世講誼訂交。因悉先生和蒸棣鄂，慶衍螽斯，刑于之化，儀式儷賢，則有若今邢太夫人者。由名閥于歸，奉毅姑惟謹。時先生蜚聲玉署，少宰以失恃待之，教育有成，雖熊祥輩起，恩字如一也。先生自史局歷綸扉，功昭内助，疏榮一品，未嘗以之驕倨族里。御貴克約，敦敏健持，虔蘋蘩，佐贈佩，僮僮祁祁，夙夜無訛。其御下也厲而温，澤周而式度，中外靡有間言，僉謂嚴守邢公閫則，雍肅方古郝鍾。太夫人涵濡有素，言動靡瑕，梱内務舉其正且大者，以無負醮往誡，以重貽夫子憂。嘗三復顔訓，以曾王兩賢，猶申鑒於古慈父孝子，階厲旁移，以是知柔嘉維則，本諸笄字先。而釁杜鴞原，澤均鳩哺，結褵後之繩尺雖不少私弛，亦惟良賦美陶，實克承之，以能濟美儀刑，而光兹堂搆，嗣起振振，孝友引之勿替。咸曰：「世德作求，孰知天之篤祜貸靈徽範哉！」在昔翟方進少孤，受鞠繼闈，自就傅迄登相，恩愛曾不少衰，隻古無兩，豈伊天性之獨鍾。若夫王祥、韋承慶之賢孝，而不見理於朱、王兩母；李夫人之仁慈，而莫致順於程興。四子一原岐視，俯仰間之難調如此，而卒能積誠感格，悔過全恩，比於屬毛離裏，尤頹流之砥柱與！太夫人之於少宰，慈愛終始無渝，視古諸賢，所遇難易較然矣。今夏季初十日，際太夫人壽豈辰，少宰所録史館張沈二子偕諸進士，以余及文穆公之門，應悉内助徽範，就徵稱觴之辭。蓋太夫人之自致其壽，與少宰之介壽於太夫人，豈筆舌能盡，而大端已不越是矣。

侍御楊母陰太夫人壽序

天倫之際，有遇不遇焉。子所祈願於親，曰貴顯，曰齊眉。而親之於子，亦不過幼期其成立，長期其亢宗而已。俯仰得全，詎非天幸？若夫義方觖望，闔教玉成，求諸席厚多助，雁行競爽之庭，指且未易多屈，矧憑藉窨於戚里，煢煢襁褓，自扶立而就傅，自舞象勺迄鬌文，自巍科歷焕業，豈僅茹荼之經營哉？貞性植之，定力持之，遠識亘之，斯克保兹悠祜。彼凱風獨非人子與？胡以未邀嗣音？柏舟也，故曰有遇不遇。我楊年伯母陰太夫人，以名閨儷邦彦，齡方十五。禮法班古賢媛，正冀勞襄竹帛，竟感集松楸，蓋虔職中饋，僅五閲歲，侍御呱呱，嗣績稍得以緩殉。安貧字之，厥提命者曰：「堂搆未崇，父志爾振。」侍御曰：「諾。」「綫傳繫鉅，父悰爾紓。」侍御曰：「諾。」「孤寡來侮，我不之延，爾思所以致愛敬。」侍御曰：「諾。」「約處俗移，我以勞克，爾思所以增益不能。」侍御曰：「諾。」於是發篋籍，授侍御，曰：「爾父手澤在茲，念茲務茲。」夙興諄諄，篝燈諄諄，少弛逸，夏楚董其後，無以孑倚姑息，以期緒恢未竟，慰屬纘遺言。已而侍御藉藉儒林，焜煌仕版，雖侍御之刻勵張皇，誠諭者素矣。侍御嘗語余：「慈闈苦節五十餘年，歷七秩有五，徒以藐孤，故今叨禄養。荆布仍前，斤斤以汏侈，隕越峻閑，至推餘分潤，恩洽族閭。前徽弗揚，子過也。」尋抗疏陳情，下部議，聖天子方崇重節孝，未敢即次迨直指，臺使核實，奏上，下中外，無間言，始獲奉俞旨，旌表建坊。行且以疏榮，復得進副珈。酌菊醖，躋堂介壽，載揚提命，弘化作人，無負學，無負委任，以無忝所生。靡一非永祚訏謨，正靡一非愛日實幹。追惟太夫人之有侍御，初虞不及育，育矣，虞不勝學，學矣，虞不逮仕，視今譽表臺班，業光日月，所以壽慈闈於千秋者匪一事。是母是子，際遇豈偶哉！於時侍御知交，共嘉厥遇，其同譜載筆史館者，進侑觴之辭。薛子賦《晉山辭》曰：「晉山崟兮，晉河深兮。度式欽兮，福如林兮。山静峙兮，河悠漇兮。保永恃兮，錫繁祉兮。」劉子賦《黄華辭》曰：「有茁黄華，嚴霜成之。我儀淑人，集蓼生之。有馡黄華，苞英倠而。我儀淑人，受命永而。」胡子賦《姑射以畢加爵辭》曰：「峨峨姑射，卿雲帶之。冰姿攸宅，祥和會之。有以泰之，世永賴之。眑眑姑射，堯風雍之。楊侯遺封，厚德鍾之。奕葉庸之，福景從之。」僉曰：「可備信史。」遂書之屏。

封公許斗南雙壽序

今上親政來，縣鐸廣徵，惟嘉言是餤。一時謇諤上達，國是克襄，首稱給諫傅巖許君。先是，給諫再起田間，入青瑣，舉朝競望其風采。諸知交相與慶曰：「淡泊寧静，其家學也；正直忠厚，其貽謀也。茲來必秉成命，所建白當有以異乎人矣。」給諫歷工垣，晉長兵垣，亦惟靖供乃位，以張庭訓。是飭非，（案：「是飭」二字疑誤乙。）尊國體，求民莫，正官邪，廣厲人材，弗以見諸章疏。嘗語人曰：「吾將藉以壽國。」一本兩尊，人所以壽身。其尊人曰斗南先生者，守誠履方，河内之賢人君子，莫不學之以軌躬，謂彦方大丘弗過也。楊孺人者，持義賓慈，河内之婦人女子，莫不學之以端閫，謂少君宣文弗加也。天貺儷德，受命偕春。月值大壯，象有取於非禮弗履，孺人之德如之。月值夬，象有取於施禄居德，先生之德如之。惟得全於天，行元亨之氣居多，故藴仁而中禮，繼體莫不嬗之，以立業而克家。今年踰六望七，齊眉健步，里稱人瑞。給諫過余曰：「梅甲午濫竽，掄材會稽。乙未奉簡書，巡視黄河决口，間道還里，快承色笑，戀戀不忍舍。家大人引資事大義相責，亟命脂車。岵屺陟瞻，陔華餘感，夫子曷一言寄侑介觴？」余言烏能重先生與孺人哉？然飫聆懿範，誼不容俾潛德弗章。先生穎悟夙具，髫齡即蜚聲士林。腹五車，治四庫，無裨經濟，不以形諸著述，雖見躓賓興，志不少抑，庶幾挾策匡時，用延卜世。即不然，所舉三丈夫子，咸能循所學，以振緒揚休。冢胤給諫君，其開先者。先生家居，孝友以植基，詩禮以耨蕆，胞與以闢闉，杞憂緯恤，以身江湖而心魏闕，給諫得之，以尊國體。事從父如父，而若敖之鬼不患其無血食，至夫閭黨貧乏者賙之，頑佻者繩之，争忿者排解之，質疑者明晰而曲諭之，靡不愜所懷，來捷於携取，給諫得之，以求民瘼。撝抑逃名，儉約株守，閉户誦讀，跡絶公門，未嘗漁獵嬴室，徒挾錫命，恣武斷以斂邑長吏權，給諫得之，以謹官邪。鑒表人倫，衆欽山斗，朋友道義相規，思告婉導，不以微眚少貸，一時與游者，化疾而從輕，給諫得之，以廣厲人材。之數者，先生刑于在是，孺人助孅在是，所以壽身之道，亦概是矣。余故曰受元亨之氣居多，有以嬗繼體於崇業也。或曰：先生蓋得猶龍氏之精而用之者也。敦樸行素，非專氣致柔乎？塞克肥遯，非沉默守中，善無近名乎？神氣翕聚，游情豁除，是壽徵也。雖然，學力用潛，盛德靡亢，余意尤玄契乎《易》時令繇復，而馴致於《乾》陽明漸升，陰昧退斂。萃於家則和順，蒸於國則清寧。厚風俗，端儀刑，拯群夭，於行習而得，一生矣。謝浮華，崇實效，拯群夭，於學術而得，二生矣。恥干進，振末衰，拯群夭，於出處而得，三生矣。充其類，給諫繇之，以贊司馬九伐，銷甲兵之氛，光升恒之運，其所以昌扶虞旦，功壽旗幢，何一非本兩尊人所以壽身者，勿替引之哉？躋堂介壽，即給諫歷期頤，尚未艾也。

秀巖集卷二十七終

秀巖集卷二十八

石芝軒續存二

硯廬詩集叙

扶輿氣質，流嵝相承，品物滋生，遂至不可窮詰。類於我無一屬者，倏而逆以志，緯以情，靡不合，非静參玄冶，出有入無，能乎哉？

吾師滄起氏，壯遊吴越，不遯龍門，有觸永言，安於博依。其時地靈人傑，諸燧取之，奚囊不及括，宜樹獻奇，因之捈志於娜嬛，移情於宛委，而奥賞響給，我法耶？天機耶？迎眸涇渭，劃景丹鉛，其有行乎不得不行，止乎不得止者耶？視彼月煆季鍊，鉥目鏤心者何如哉？

逮夫勌遊五岳，栖息菟裘，勺水拳山，苞藴萬彙。有時環邀句贈，對之嗒然；有時衆籟閬無，聲光迸出，頹景再旦，友聲幽求。祇此志此情，庶幾室維摩而天兜率，左瞿曇而右浮丘，僊僊乎驅風霆駕日月矣。迦陵頻伽，悠倡梵唄，簫凰笙鶴，迭和雲璈。吾師即空法杜機，而神行官止，日嬗化風雅之林，筆腕滋生，充乎扶輿氣質矣。静參玄冶，於是乎益驗。

今自裒若干卷，皆志至情至之語，讀者當有所遇。雖然，解脱樓山一園，即不語詩譜，正不必展卷而卒業也，亦惟静參玄治者有以遇之，愚弟子奚足與於斯。

戴巖犖詩序

語人曰儀象可别構，不笑則疑，是不知有睡鄉日月矣。今操三寸不聿，埏植行生，忽璘瑸而引盼，忽鐺鋐而達聰也，非别構一徵乎？則睡鄉猶幻解也。文心如水，每源纖而委洪，迅直其性，不能不百里一曲。亦猶山孤峙層岠，蘊露殊狀，自非童赭生趣，不以小大改觀。文士之侔造物舊矣，變易不獨在陵谷也。詩自漢魏而六朝而唐宋以迄明，或靡於前，或振於嗣，又或靡於季，復振於更，果盡時運侂帝哉？抑昌明之得儕與否也？今世守師説，矜襲珍，自不乏人，而襞習未除，風雅無當，詡之色懌，規之輒瑱，弗克受昌明之益，徒欲傲時以翂獲未之前聞。

余友戴子，不僅以詩鳴。讀其詩，清越古宕，迥出塵蹊。至夫淵旨微情，高寄感興，雖寥寥一帙，駸駸乎狎盟騷壇。乃其心欿然自牧，恖無當於風雅。遇若己而就正焉，遇勝己而就正焉，即不若己，亦不忘就正，孳孳唯規是求。頃復從諸詩伯游，相與致廣大而盡精微。是學山學海，功非一日，又有鼓舞之以成一簣，要尾閭者所搆，烏可量哉！余惟棄人所取，取人所棄。與識，能故物新，能新物故；與力，識與力固别，搆所奠基，而匠心資以濬巧者乎？戴子試持此以自驗消息，亦有無待而昌明者在。

韋念莪詩序

觀於時，歲無齊候也。徵諸物，地靡恒品也。獨於詩文執一格繩之，曰：「如此秦漢，如此六朝，如此唐宋。」舍若性情聞見，概置勿問，尸奉陳言，偏弄吹息，則亦持論者過也。他不具論，如讀《詩》，可通於五經否？讀一國，可通於十五國否？即一人，而先後謳謠拘一調否？今昔之心思異觸，彼此之耳目殊經，必欲比而同之，而性靈詘矣。

韋子是集，即事敷詞，標新領異，即無劇鉥之痕，亦鮮聲塵之逐，而至情我法，森鬱盈編，使人不能以一格繩之，可謂卓於立言者矣。雖時露斌姿，不掩貞骨，亦其少年韻致則然。余學詩四十年，未能洗發性靈，特出機軸，韋子業臻斯深詣之所得，寧止是哉？君家楚元王傅，以四言首唱於漢，蘇州以冲厚振響李杜間，而騷賦一派，肇聲伊楚。然則韋子工是道也，淵原有自矣。西蜀友人某閲是集而題之。

吴子詩序

閉户造車，出門合轍。以之儗倫著作，其不渝於膠柱者幾希。夫景留時岐，撰由耳目，兔起鶻落，少縱斯逝矣。烏能預設一格，銖兩而尺寸之乎？故讀千賦能賦，誦千詩能詩之説，猶荃蹄解也。古今以著作鳴者，非振藻於窮愁，則探頷於流覽。之二者之於性情最近，然學力不足洗發，容或不靈。

天都吴君蒼浮，足跡所到，筆墨副之，識周物鑒，業解天弢。向人絶不談詩，偶爾投贈屬和，氣韻超乘，餘力紓之繪事，咸臻妙境。余粗嘗鼎臠，欽其風雅。比將歸，出《燕游》《星軺》二集見示，炳麟乎珠璣引盼也，春容乎金玉洽聞也。淵以静纍，貫以衍修，逌乎移情而定性也。君游踪廣閲，所獲當不止此，余焉能測其所竟哉？不過約略著作大旨，知閉户合轍，非定論也。

致爽軒集序

世知山藴太古，不知軒庭藴山。或具體於累石，或肖貌於繪圖，此夫以形界之，而未能以氣吞之也。

即求諸山，地異異質矣，候異異景矣。神愜於姸舒，而遁於淡歛，雖求諸氣，而未諦氣所自致也。若夫挹沆碭於東滋，延旭暉於先矚，俄晷而四時之氣以備者，此朝爽也。惟西山也獨，亦惟安敦静持者有以體其撰而妙其用。澡身可德，修事可功，譜韻可言，貞其朝氣以不朽，故曰山立。時行盛氣，顛實揚休，非僅状君子一容，蓋全體全神具是矣。

余與同郡吴子春坪卜鄰燕市，每暇輒過從，論文拈句。嗣冷子心芬來寓致爽軒，往來益密，相長益深。時扃户静對，迎人以太古之氣，原未資山也，其所藴藉也夙矣。冷子昔未拄笏兹軒時，有《雪椀初集》，余既序而梓之。今《二集》又復韻而弁之。吴子高觀游，余既韻而跋之，兹集且序而梓之矣。得之賓山與否未可知，余第味其清標破埶，雯帶攢峰，迸露聲光，翕苞静治，四氣之和，卷舒盈帙，類有得於朝爽所搏捖也，因以極研其致。昔顔吴子之軒，所得顔吴子之詩文也。古之深有得於詩者，五官咸韻，不拘見聞，如所謂舞勺舞象，趨齊行夏，無手足非詩，矧其性情引伸乎？猶夫深有得於山者，動静與俱，不在應接如所謂宜置丘壑，亢志烟霞，何地非可韻之山，矧其坐卧時習乎？今余之極論吴子之軒，所以極論吴子之詩文也。

逋齋詩集序

景物存遺準乎情，見聞違合準乎意。故有瞭於胸而不克措諸手，瞭於手而不克喻諸人。即有喻諸人而胸手尚留格格者，非有不能嘗如此之志，而志有不能不如此之時也。心之所之，如澄陂影雁，壁絃吟風，耳目甫接，聲色俱逋，極力未必刻肖，偶然或已探儲。何者？楚鳧越乙，確有真形；仙的神囂，原屬分勢。情會意逢，捷於響給，豈待借昨夕之吹英，洗妝旭圃，停兹辰之麗矚，倍償前期乎？

此詩草四卷，逋齋戊子所著也。五言古沉鬱敦和，俛仰餘致；七言古蒼勁流連，時露豪放；五七近體整潔風華，遠捈高寄，洵得風雅遺旨。雖筆墨所託，自喻適志，而一時格格難緘，胸手相逼，不能不如此者，固戊子之情之意所移，導余稔夫志之舒以應也。其聲諧婉以憺也，其節衍凄以厲也，其思長繩以規也，其辭藴超以歷也。其神徐抑有嘗如此而不能如此者，又逋齋情意所日變化而不居也。自己丑以往，別有集在。

雪鴻齋草序

有所諦晰而吶吶，有所擬議而焉文。可以杜德機矣，而未可與理情。汎大洋者，審方隅以闇室；約嶲軌者，達闔户於莊馗。可以適道矣，而未可與冶萬有。凡目遇而象，耳遇而聲，與夫形交攸鍾，意涉若素，迫而後起，永言之，有獲皇皇述志、惟恐失者，有作乎哉？徑紆適也，繁易因也，遽暇乘也，舒戢佹也。於是有惠噓而煦潤者，芬葩而珠聯者，瑞而景垣卿漢者，怒而震虓涌號者，巨者輿笠其埒窮，細者觸蠻亦體備。或絲繡金鑄而仰止切於景從，或共被盍簪而契闊盟之生死。或拳山勺水，移海岳之觀；或昔閱今居，驚蘧廬其駛。此余手憲石劉學士玆集流連而有感也。可冶萬有，可與理情，其在斯乎？余既序戊子集，又申弁斯簡其先得余心之同然者，且將借以適道而杜德機矣。

桴庵詩序

事物靡不自簡趨繁，而聲音文字之道尤甚。點畫系而象諧會轉之類孳，呱呱載而唇齒舌喉、高下清濁之變遞。聲字離合而格之奇正華樸，情之閒遽悲愉，意之浮沉顯晦，因之億萬厥致。獨恃文人三寸不律，字規而句矩之，章繩而體衡之，然後以繁理繁之具備。第濬發愈昌，而中扃深固，有不隨聲音文字盡洩者，自非大解人莫與也。今夫物之以色香著者，久而不歇，是則可貴。使人以色香求之，而即以色香竭之，仍可以色香續之，無寧不以色香名。蓋生生之厚薄，生益厚，斯則官之不明矣。

余同年友行屋，於言志一道，古稽今質，本諸静深，初涉其藩，不敢繁也。既入其室，復不敢簡也。久之而起居於斯，群獨於斯，遂至目摭手譯，之宇恢如，乃驅翰墨，藉赫虩，日有恒御，而胸次無格格遺憾矣。頃獲涵泳其所自編，何其弸彪而疊奕也，遨遨乎其戢競也，津津乎其扶菀也。紬繹之，其緒延咀啜焉而雋永也。欻旁魄而無鄞鄂侻際，其列須麋也。或擬議而景會，或俛仰而感存，或流連若願違，或疏曠翻中結，莫不本温柔敦厚之教。而言志嘗有遺言，且言志每有餘志。人即能以香色求之，能以香色竭之乎？所謂昌濬而深扃者，《桴庵集》其庶乎？余親承厥旨，雖未能盡抉窔奧，即可測晷不可測知其超寄者，在形聲表，世應不乏大解人也。

息齋集序

豈凡先生以「息」顔齋，以「息齋」命集。余獲卒業，藹藹吉人之辭也，懔懔醇儒之詣也。夫古之立言者，軌道而捺志，使近承有明箴，私淑知竊義，不足以約趨端舛，糾史翼經，不以泚筆。而其人之表裏初終，亦於是備見。豈衒名哉，蹠實而已。正質却餙，變化以生，或俔之日月旹新，或方之江河經地。雖語明也行也，實處於莫可加增，倘亦能止之力乎？昔孔子筮《賁》，而愀然曰：「黑非黑，白非白，非正質也。」曰：「丹漆不文，白玉不彫，質有餘者，不受飾也。」意愀《賁》者，愀末流乎？不然，《象》何以極其變化，成一本諸「文明以止」也。進而求之文之所以文者，緝熙敬止，蹠其實，仁敬慈孝，信之止，固胥天下而文明之乎？德業文章，匪二道也。觀《息齋集》，與人臣子，與人弟友，其言具在，思無越畔，修辭立誠，質正而不受飾，既如斯矣。先生之自則則人，盡於斯矣。後之郛郭而糟粕，亦莫不止於斯。可謂得《賁》之亨矣。障頹瀾而披霧縠，俾世俗鉥心劌目輩，各正厥質，以不没至文，其以息文壇玄黄之戰，詎淺尠乎？息齋，退食讀《易》所也，爰取以命近集，意或在是與？

雪堂全集序

目游昌筆，惟喆匠懌諸，拘墟之徒磧諸。測周垣以寸管，眸收不在縱也；移氣化以七絃，律叶不必元也。惟懌諸筆昌，磧諸，游斯靡矣。疇能土苴古今性情岳瀆以傑搆聞乎？

吾友雪堂先生，子長流亞也。浮澧湘，跋蜀隴，江南冀北，如履户庭，屬厭峙流，曾何芥蔕。耳目之不足，又舌腕之，日而月之，幼而壯之，章而卷之，以袞茲集。望厥光氣，抑何淵以穆哉！昔昌黎亟稱紹述文辭，以未嘗蹈襲前人一言。夫僅於不蹈襲也，而又何盤庚詰曲之擬？接花果者，頓貿質味；善吐納者，易舊顔齡。是自身原無蹈襲法，奚有乎人？雪堂惟外身，故觸遇吾適也。亦惟内身，故著述吾偶也。吾役役也乎哉？

世之張雪堂者，以其詩風雅秀踔，清若浴碧而焕若繞虹也；鍧然鐘鏞，非錚錚細響也。以其文蘊藉麗鴻，佶然以生而孑然以出也；兀爾周秦，遂欲睥睨輓季也。前乎豫章者，王元之、楊大年尚音律，至晏元獻臻其妙；柳仲塗、穆伯長倡古文，至歐陽永叔集其成。接武者迭相盛衰，未易更僕。比儗雪堂，今之元獻、永叔也。

雖然，余猶夷之乎巨擘，齊士之見夫立言僅不朽之一，僅從詩文擬議之，而雪堂隱矣。昔季札聆歌，列國歷歷先師；仲尼審操，古人懔懔在前。今必由雪堂詩文以知其生平，斯不虚讀茲全集者矣。余與雪堂雁行肖形孟夫子之門，生平固蚤悉者，每服膺其忠孝性貞，道德氣湛，心儀行淑，匪伊旦昏，則善讀兹全集，宜莫余若。嘗於陟岵屺，得明發之懷矣；於規土風，得澄清之概矣；於譜宦游，得經濟之準矣；於愾滄桑，得陳疇之感矣；於賦衡泌，得吉凶之患矣。此其大略也。蓋不欲僅擬議以詩文以隱雪堂先生也。余游既不逮，筆且遜之。至夫神情寄託，志趣博依，先實後華，揆原不爽，則敘《雪堂集》亦宜莫余若也。既受命，曷敢以戔僿辭。

鴻雪齋詩序

輪扁善讀書，而止以運斤著；庖丁善養生，而僅以解牛名。貌取之，爽真久矣至矣。左方右員之難工，斷鶴續鳧之交病，則又拘墟，技止此也。余始與年友楊澹淵游，見其制義攬鉥經史，卷勺時髦，私揣寄託迥出，未由測厥蘊苞。已而晉秩來都，追隨益密。同輩或及詩文，澹淵對之冥漠，又私揣職業畔營，不遑分務。久之，倡和班露，風雅擅場，迫跡之，則仍籟静。已而戛韻絲桐，傳神澳蓦，化工在手，天致日新，亦第私欽其博依。逮守雒郡，墨君挾篇什而來，洋洋纚纚，多於疇昔偶拈。頃移節鳳宿，緘示《鴻雪齋集》，隋珠和璧，載賁蝸廬，又多於淋漓之石勒，未嘗不目駴而心忪。始余奇澹淵以時藝而不知以詩，偶訝以詩而不知其多藝，泛涉以藝而不知游藝之皆詩。甚矣貌取之爽真一至於是！抑澹淵晛融指爪，不拘於墟，有以詭人懸揣，至於是耶？余嘗怪今之競長風騷者，形似切響則有之，而三始之義，則未之聞。詩道淪喪，豈盡在摭拾遺情哉？若澹淵者，始可與言詩，尤愧余知之淺且晚也。因敘兹集，并志夙愆。

甲征草序

余於曹子峨雪，吹附塤篪，歲甲三閱。戍之甲，手目交捈，爲戴闈諸彥計釋褐。申之甲，跡懸南北，聲氣邈存，惟嗣賢振緒木天，音問未替，名山之藏，時獲資文固陋。茲午之甲，蒲輪載賁，同坦庵方子先後戾止燕臺，促膝之緣，更端經始。自夏徂秋，文酒相過，旬不一二，曾不逮疇昔追隨之頻。且師館雁行，十僅存一，而余三人皓首期會，雖老興猶堪奮末，感慨係之。夫北轅載始，一以俯暢瞻岵之懷，一以近篤嚶求之誼。爰著《甲征》，皆性情之天導者，擊楫移盼，則濟涉愴衷，麥蘄丁旹，抑陳疇同嘅，宜胸腕相驅，不自禁其淋漓卷帙也。峨雪之文之詩，本峨雪之品之志出之，海内久奉若典刑。即欲申贊，不過羽翼經史，壇坫選唐止耳，奚庸贅？惟余邀麗澤最深，尚得從狐烏訛世後，親承風雅，搦管弁言，當亦性情天導，應磁珀之呼，有不能自禁者爾，偶然云哉。

省躬詩序

古人自待重，卑瑣之途，有弗蹈也。自期遠，眉睫之計，有弗庸也。且自督嚴，自持永，恒率乎天然，而弗事矯强。循躬攸秩，物備有由，天地四方，其所有事，自始生而已有然矣。俯仰周流，非同郛廓，吉凶悔吝，響答影隨。是故蕩撿者支離，其賅存；理縛者拘攣，其束會。詭弔者祇增於駢贅，塗飾者漫雜於俳優，皆與於暴棄之甚，是尚有厥躬乎？此明學先生之所大戒也。人喪厥躬，吾亦玷吾躬，則未省之咎。省其盡性何以盡人性，正情何以正人情。興觀勸懲之道，槖籥在躬，凡夫銜口成句，觸手成篇，靡非天機，融液名理，躍前躬以及躬，物以予物。使夫少者相忘於勺象之舞，士大夫置身於晉宣子、鄭六卿風詠間，耆宿等流連於《抑》什，以庶幾頓豁其聾盲，霍抽其沉錮，人人知反躬，而吾躬斯暢，是又明學先生之所眷懷也。今見齋少宗伯，重惜薪傳，取《省躬詩》帙而重梓之，余因得卒業。稔夫先生之自待自期，自督自持，則古昔無忝，所生有如此，志之所至，詩亦至焉。非徒自鳴其私省，而實欲天下後世共昭鑒其兼善之躬。此先生之志，見齋所同志者也。

來鶴堂詩集序

今之作家，吾惑矣。甲俳諢而乙委譚，朝喔咿而夕哆咴。或臆搆而從景謀，或調夷而故語澀，於六義惘如也。今之説詩，吾惑矣。崇贗鼎而眯驪珠，忽醒醐而矜嚼蠟。題燕石以趙璧，班蚓竅於龍吟，於六義亦闕如也。夫欲以揆辭之性情，蒸洽見聞者之性情，豈襞積湊泊之緣哉？余讀同年友鳳瞻《來鶴堂集》而豁然也。雖鼎臠乎味，其意注而聲隨，趣融而響止，字無虚設，氣無蹶張，抑何丰神色澤，懍懍古人也！若笥中原有此完篇，而信手拈出者；又若世間應有此諸什，而假手次詮者，豈非元音具在目前，而不能禁心靈腕慧者，切六義以攝入哉？且余聞聲音之道，動天地，應萬物，唯其和積而誠孚。昔子晉吹笙而鶴集緱嶺，師曠鼓琴而鶴翔衛庭，口手靈妙，玄感尚且如此，矧夫性情之蒸洽耶？堂之來鶴，非偶也。若不善讀兹集，曾鶴之弗若矣。余所以卒業而復悚然也。

蒼恒詩文序

曠調官徵，不能互更吕鍾；牙辨淄澠，不能合劑甘苦。緣夫音有真音，味有至味也。故山龍黼黻，靡加布帛之温；海錯山珍，難齊菽粟之口。則異同之見立，而共習稱良耳。今詩文之弊，帝詭者亢之於詰曲礩箋，矯奇者抑之於稗諺瑣牘，兩者皆譏。夫天然之致，非其庸熟謂也；超越之詮，非其僻譎倫也。謫仙、白傅，切理敷陳，鼓碣《盤庚》，創端字句，古人何嘗有意令人可解不可解？真音至味，如是而止。故後世由可解深之，由不可解淺之，而古人性情以出，并誦讀者之性情亦不受蒙，斯大雅歸焉耳。

余宗英蒼恒氏，幼負岐嶷，淵源家學，文章政事，冠卓時髦。跡其涉獵淹通，稽討精奥，即不以詩文著，而光氣迎人，文心蓬勃，亦自難揜。今觀其著作，顯而微易，直而悠永，慷慨留連而不憤激，高睬闊步而匪矜張，較世之怪掠俚摭者奚若？不其力範性情，進揆古人性情，駸駸大雅是企哉。音斯真音，味斯真味，庶其有當夫。

癸甲集引

星查端發，羽檄紛馳。促冀北之鶯花，迴江南之杖屨。時余光封銀海，慮缺金甌，話別蝸廬，侔觀蜃市，跡岐去住，緣訂死生。嗟天步其艱難，緬國手於沉痾，鬱諸胸臆，託是謳唫。仿燕趙而歌悲，紹定哀以詞隱。平生心畫，徒切立三；逆旅盱衡，莫匡陽九。集標「癸甲」，思耿貞元。企日月光華，策周少海；奈河山沴盭，讖兆微垣。逃影何從，拂衣未忍。踉蹌吴越，匪計飄蓬。倜儻圖書，忽淪朝菌。胥濤增忿，宋筆靡招。自題焦殺之聲，誰識流連之感。賢胤珽纂成先志，哀鍥遺編。忠孝潸噓，後先輝照，駢枝蕪引，榜楬來稽。甃泉存待發之鐵函，壽棗衍不磨之椽筆云爾。集中感遇，别有弁言。同里友人某識。

雪椀初集引

人各有志，貿於地，牽於時，憎於感，而倅有應。於是有鞬韄不及固，劇鉥不及加，已格格心目間者，而舌筆從之。雖敦佻夷激，殊其旨衺，正蕩則異其標，莫非直抒其所欲吐而止，故曰詩言志也。志者，回美具焉之謂也。心菜冷子，甫授簡操觚，輒睥睨括帖，問津先型，志趣孤騫，未易甲乙，名燥藝林久矣。試之吏治，循史齊芬，今口碑自在宋也。夫文章政事，世鮮兼長，二業傾儲，類居其勝，非夫濯魄冰壺，鍊形仙嶠，能乎哉？余益知冷子厲志，回釋而美增者，在無字句前亦有以異乎？人之立志，與茲《雪椀初集》，疑追逋耳目力，與風雲月露主盟，將無僕命《風》《騷》，有待夫鼎簠六經，俎籩《書》傳後乎？冷子有云矣：「會於心，發於聲，不欲負此情景。」斯其志固泊兮其不尸，逌逌乎無所留。則夫無字句前，與有經傳後，靡非引伸志氣之境，而又烏乎有待，烏乎無待哉？解言志始可與言詩也已矣。柔兆閹茂歲極余朔撰。

聶尹思詩引

金風方觱，乃展春吟；玄化密移，寄懷頓別。若夫撚鬚俛仰，苞覽者之古今；對證刀圭，切有情之疢疾。此蓬壺日月不辨時，乘維摩斗室，衆疴紛作者也。霍然有解，豈在繁稱。調息平情，義莫悉乎《易》。六經，統救世良方，惟《易》善治於未形，且自治而人治以具，故曰「吉凶與民同患」。所謂身病脉不病，斯爲氣疏虛滯，而志與四氣之和相招乎？易真子學探象始，靈抉極先，蓋嘗精以治身，緒餘及世久矣。盡坎離妙用，以體撰乾坤，宜見宜潛，皆循其所不易。志之所志，天籟隨之。其病吟也，并以鳴天下之病也，而即以療天下之病也。

張坦公燕牋餘引

士無不能文而文心駮，亦無不能詩而詩教衰。駮者醇之，衰者振之，非深斯道者，鮮不夷若論，矧奥居乎？吾年友憲石劉子、行塢薛子，克醇振斯道者也，尤甲推坦公先生無異詞。僕嘗發中郎之秘，熊熊魂魂，博囊高寄，威鳳孤騫，寧受腐鼠之嚇，即余亦不能不甲推。近者詩文之弊，莫大乎宗祢名家，捐吾性靈。以徇究其極，不過衣冠笑貌之盜真，不則刻鵠畫虎之敗技耳，其能從事性靈，醇振斯道有幾？先生立志卓，取友端，淫哇錚響，弗使接聰，大方小乘，識別去取，而獨克楷標捄弊，宜乎所詣日益而月更，斯道不得不甲推矣。

秀巖集卷二十八終

秀巖集卷二十九

石芝軒續存三

易春秋纂義合刻序

上古風氣淳樸，飲食被衣，夙興晦息，外無他營。維時倫紀弗紊，上下交恬，動與福鄰，義刑靡犯，結繩而治，亶兹之由。唐虞以降，世衰教微，小人盛，君子萎，僭逆多，誠若少，儀象正變，與人事相表，景勢迫於不得不然。聖人有憂之力，欲挽之於羲皇以上，其爲君子謀者，無不周先事繩趨，研幾有訓，後事貞教，義史以陳而已。亂大柄，會歸自禮，平性情，懿風俗，聖作明述，分職匡扶。章句之儒，智糅臆射，遂使經世大道若背日月而馳，支離踳駁，詼詭艱深，厥失均，《易》《春秋》之傳尤甚。夫理析於畫而不辭費，義嚴於字而無隱情，豈徒作哉？則述之者之過也。昔韓宣子適魯，見《易》象《春秋》，嘆周禮之在魯，明予魯以一變至道之權，猶後世於風氣醇美區，輙進媲諸鄒魯意爾。然魯弱於亂賊憑陵，筆削罔憚，不幾乾坤易位，隕霜不殺草時哉？則亦何《易》象《春秋》能存禮於勿替也？雖然，原天以正人者，文、周之志也；盡人以回天者，孔子之志也。禮教偶蝕於一時，而昭縣在千古，二經攸存，焉可誣也！竊怪師授異同，有得有失，不循其本，膠柱刻舟，治世大具，僅供管窺蠡測之譸張，窮經愈工，而聖作志隱矣。

吾師滄起朱先生，憂先聖之憂，志在《春秋》，行在《禮》，本諸《易》，六經咸有纂義。詞類引伸，全包互發，於《易》《春秋》二編，首獲卒業。因南友合授剞劂氏，余懼拘墟者仍以章句索之也，嘗紬繹大旨，倡明扶仰之用，表正章癉之權，切義敷陳，繩趨貞教，平聚訟，約支流，何亹亹也。通其義，盡聲律，而身度挽叔季於羲軒，於先生長君子、消小人之志，暢著述之指歸，益明經術所以經世務，盛德大業於是乎在，章句云乎哉！

覓塵子内集序

余閲是編，竊有感也。夫邪論誤人，甚於鴆毒，刓形性攸關乎？是故窮理盡性以至命，莫要於醫道矣。世率以伎藝目之，無怪乎昧踐形盡性之正理也。按藥味辨自炎黄，方書以立，色脉理于僦貸季，乃對察和劑，而人得以繕其生。大聖賢經濟也，而伎藝之乎？以至岐伯之《素問》，鬼史區之《天元》，紀少師之陰陽表裏諸論，伯高少俞之詳論《脉經》，對問《難經》，而義理大著；桐君之《藥對》及《採藥録》，而君臣佐使以備；雷公之《炮（製）［炙］》，而和制導引之法以周。之七賢，皆佐黄帝以生天下者也，故其論皆主正而不主奇。惟俞跗以奇佐黄帝，不用湯液，乃割皮解肌决脉，結筋搦髓，揲肓爪膜，湔洗腸胃，漱滌五藏，鍊精盪形，以袪百病焉，遂開華佗之先。然奇矣而歸於鍊精盪形，又未始不本夫正也。余怪世之用劫藥以希速效，用詭道以資貨取者，充其類皆鴆毒也，且不得言奇正之云乎！

覓塵子正辨俱根本之論，使夫訛者不惑於似，僞者不亂乎真，病源既清，藥餌無爽矣。至《正脉》一篇，尤中肯綮，似得夫越人之真傳者。故其説一軌於正説，正則刀圭不取夫奇，不取奇則效緩，效緩則腠理和，經絡順，精神王，邪氣去，而元氣不傷。其參古今，酌常變，述此論，以正告，無非欲生天下之心也。在昔陸宣公謫忠州，裒方書以度日。范文正公自謂不遇，則願爲良醫。古仁人用心一軌於正，類如此，覔塵子其有合夫。

問辨録序

奇文奥義，無過六經。經之名，命以典常，則正以庸。夫正以庸，何有于辨？今夫言天莫辨乎《易》，言人則政事莫辨乎《書》，性情莫辨乎《詩》，是非莫辨乎《春秋》，儀文聲容莫辨乎《禮》《樂》，六經皆録辨者也。《易》獨以言天者，豈人道在天道外耶？道之大原出於天，古聖賢之學，未有不本於學天者也。《易》固學問之宗，而窮經之槖籥也。昔之檃括經義者，以執中概《書》，無邪概《詩》，春王正月概《春秋》，舉敬若和以概《禮》《樂》，而《易》以元亨利貞包有諸義，天道原不在人道外。第隱怪之徒別標一不論不議之目，欲以喑聾行習。木鐸在道，偏師曲説，尚不泯没於折衷。浸尋至戰國，楊墨誘之，從衡爚之，干戈薄之，間有談天，鮮有學天者矣。獨子輿氏昌明仁義性善之説，不憚辭費，以正人心。以人心偶即邪慝，則天道無因而見，故曰經正則庶民興，能辨之力也。今觀七篇，無一語及《易》，而先正且以善言《易》推孟子。有以測其所學者天學，所辨者天道，非從事於《易》不及此。《易》言學問，肇自《乾》之九二，天學也。學者於天，輒難言之。以潁悟如端木氏，猶致疑於夫子之言性與天道不可得而聞，而九二闡正中龍德，第曰庸言庸行，有以知君子學以聚之者斯庸，問以辨之者斯庸，而非探奇於不可論議之目也。蓋《易》簡而天下之理得，《易》之辨於言天，正其庸於言天耳。

常子《問辨》一録，釐支宗正，約詭就庸，期於實見古人之心之學，而又欲天下人共見之。際茲利見之日，兀處署齋，手編不釋，其將由夫閑邪存誠，寬居而仁行者與？俛焉日有孳孳以從事於《乾》學，厥詣寧有竟耶？余既嘉其學問之庸正，不戾於古人，猶恐世之奇其跡者有以隱其實，因序兹《録》，推原其極深研幾者有在，而非役筆舌之倫可同語也。

經世總目序

作史三長，昔人志之。惟讀史亦有三難，曰郡國之沿革也，姓名、官制之異同也，紀年之正閏建改也。披册了然，掩卷汶汶，而事之原委，人之是非，更勿問矣。善讀史者，挈其要，嘗即一端，條貫以廣其類。如歷大荒者，專壹形勢以信耳目，雖千蹊百徑，莫之或熒也。

郡國、官制，具馬氏《通考》矣；姓名具黄氏《紀要》矣；獨紀年分見於列史，或先後之參差，或彼此之斷續，歷缺統序，表無長編，既渾淪而難知，亦繁雜之惑訂。嗣得方山薛子《會紀》，本邵子《經世》之意，上下古今，以七十一甲子檃括之，鴻綱鉅目，亦云悉矣。

今觀生洲先生所輯三簡，兼推本《尚書》《春秋》遺意，約略其文於紀年間。《經世總目》斷自唐虞，《年號博録》肇端漢武，《經世通表》託始平王，皆迄於元。體簡而該，目粿而整，事實縱删，乃乘除備列，升降井然，損益百世可知，非盡託之夫不論不議也。夫已然之跡，後起者鑒焉。世代相懸，尚論規於几席，如禪繼質文之異尚，文章節義之殊標，以暨富庶攖攘柄移中興之類，言某代某年，必知其有某事，瞭然指掌。法戒因之，雖五德迭勝，固老儒傅會之恒談，要其治亂互根，亦氣數與人事，迫而形兆遞起於莫可力争者也。是故有如春如夏者，自有如秋如冬者，以漸宨其運，即復有如春者以忽隆其開，無論上遡，執以券來，而靡或爽。世閲人與，人閲世與，先生所以濡毫而有感也。

先生嘗語余曰：「世宙紛綸，史以經之；史籍龐雜，年以緯之；年禩緬邈，心綜而手核之。先後一撰，可坐而定也。」此先生讀史法也。吾師滄起朱先生每服先生史學之精，余竊緒論於步趨之餘，以文固陋有日矣。頃與商榷近史，瑩疑尤多，使獲究厥志，當有以徵信文獻，追著作於龍門。兹編特其鼎臠爾，未竟令緒端，有待於嗣英，蓋馬班以來已有然矣。

閒者齋帖考序

古人作述，類以不朽精神全注之，是以注全全傳。而文字一道其最著，事跡易湮，壽之金石，不湮矣，金石亦存亡相半，遞相葺勒，喆鑒繼承，恃存千百於什一，則古人精神又託後人精神以長在。法帖源出石經，遠溯之，實變自岣嶁岐鼓。宋人《寶刻叢編》，分郡訂核如唐之《法書要録》《書斷》，叙記類宋之《集古》《金石》諸録，以及刻目、釋論、考譜、辨議、志苑諸帙，靡不搜羅原原委委，互證旁稽，可謂攬其根要，收彼菁華者矣。緣晉唐墨蹟，宋代流布尚多，朝野共宗，摹臨不苟。靖康、紹興何時，篤嗜不替。斯宋搨之所以夐隻千古也與？

嗣後雅志臨池，覃精賞鑒，代不乏人。乃古刻寥寥，新翻競售，遂致贋鼎襲櫝，魚目混珠。持論者非葉公之好龍，則楚人之求劍，或移的以就矢，或市駿而拘圖，古法之淪舊矣。亦耳目近錮有以幅之也。

兹鼎革後，大内法物漸播市廛，北海孫子志篤鄴侯之收，於是古帖藉脛而走於門，聞風者傚則攟摭，共推先程。孫公獨以不朽精神，全注其間，謂從此四散後，將何述焉？爰汰僞存真，理繁就簡，編成《帖考》，精要寡倫，務使古人全神迸露楮墨。金石雖湮，後世得以徵文獻於百一，功非淺也。

題成均語録

人心中直以動曲而能致者，其惟善乎？天地之心，即於是見。降受無渝，存發不貳，鑑空水止，有何不明。乃鑿知者深求之而善不明，矜知者紛求之而善亦不明，則不能於自心中見天地之心也。此菴倡明明善之學，既破其童習錮見，又袪其外援支解，直引之窮理盡性，以至於命，無非欲人從自心中見天地心。而其喫緊爲人，莫要於舉《乾》之龍德以明善。夫《乾》統天之德以元，而《文言》繫以「善之長」，「立天之道曰陰與陽」，而《繫傳》以一陰一陽之道直屬「繼之者善也」。言「長」則更無一物與之敵矣，言「繼」則亦别無他物可以間之矣。天心人心，不岐兩在，自潛歷亢，何地能昏，故曰「大明終始」。善無息體，明無止法，先正異同之論，準於明善，而不得不齊明善異同之解。準於龍德，而尤覺大備。蓋「乾」道之變化而純粹精也，學問亦外王，事功亦内聖，深求之而明，紛求之而亦明也。知至至之，知終終之，即天行，即天則，又何能外自心見天地之心哉？此菴言之，庸而大變，化而精微，盡人之學也，而實統天之學也。

擬題詹言序

學之不講，先師所憂，講之不要，尤後學大患。大道以多岐亡羊，眸子以蒙粃眯岱，霄鴻以高遠臆題。而況乎岐粃高遠之踞胸，導移匪易！而況乎窮經僅以弋浮名，梯仕進，占風望氣，拾瀋效顰，逐逐於倖售伎倆之場，朋引更支，安望其尋繹立言者指歸，有以昌明而羽翼之乎？先正謂學以講而益晦，有以也。

雷子雨津，於書無所不讀，於世務無所不諳，冲懷高寄，匡濟切衷，類達表微，確循實際。其於汲引後學，迫於物躬，嘗曰：「方員非規矩弗成，勾股弦橢非規矩亦弗就，語畫一也。瑟柱非定，無當宫商；定柱而鼓，不諧音調，語變化也。然規矩傳而巧不傳，絃柱叶而動應不叶，則玄解非其人耳。」此愛己指之説也。又曰：「黄岐審藥味以療病，而周公寓之於飲食；庖丁以解牛擅技，而文惠君通之於養生。若安石之用《周禮》，豹毅之失鞭後，滯矣。善師古者不師跡，此季子揣摩之説也。通其解，文章事業，莫不綜乎變，本乎一。湊學不知原心，烏克與於此哉！」此雷子冀人人而諄諭者也。端帖括之，趨其緒及。

羅平人歷試草序

古者仕必載贄，而士贄以雉，取夫介以文。嗣此或射策，或詩賦，或論，浸假而制義，猶夫雉之遺意也。文明傳而耿介隱，於是乎衒售争長，詼譎舛襲，聲不心矣。實焉用賓，處士而盜虛聲，烏乎介，此亦衡文者過也。余諸生時，與荆士朱峑山交。峑山蓋介而文者，因以識其倩有岳風。迨過渚宫而有覯焉，竊快樂衛有雙矣。峑山即世，而其倩平人，以特等入成均，益信向譽之非阿好。因出其《歷試草》相質。夷考其時，咸帝詭狂趨，雕題鴃舌，以希一遇。使平人亦飾斯術，奚致抱璞以歸？惟其才智裕辦，而不出乎此，斯能以介文也。而即以文名，非衡文者必貴此也，而不能不貴，此平人之有遇也，所以有不遇也。兹文運聿新，介而文者進，文而不介者退，平人有不遇也，所以終有遇也。此刻猶夫贄雉遺意也。夫有大文章者，必有大建竪，其文炳蔚，俟夫虎豹變時矣。余既品次厥草，以夙誼爰假子卿墨客弁其端。庚寅季春朔。

試牘序

修辭立誠，《易》教也；從作乂，《書》教也；出言有章，《詩》教也；情深文明，氣盛化神，《禮》《樂》教也；屬辭比類，《春秋》教也。人亦有言，良玉不琢，伊本是敦；寶劍帷燈，光芒合斂。貴其所以貴者，貴審用欲弘。晝鬼怪易，畫犬狗難，則崇真之務；尺有所短，寸有所長，則矜飾之非；長袖善舞，多錢善賈，則資取之宜；以書爲御，不盡馬情，則變通之妙。持數説以攻制義，允名世矣。

晉陵張君爲海，譽擅鳳毛，胸羅鄴軸，見聞王謝，師友機雲，能持前説攻制義者，應運而游上舍，脱穎以冠時髦。未嘗以家學衒，遇仰止者而就正焉，遇頡頏者而就正焉，即不若己者，猶不憚就正。曰：「質諸六經有遺藴，綜諸邇言有玄詮也。」於是國門金懸，洛陽紙貴，終未敢自信。借攻他石，恒儆諸衷，此壽梨意也。余筆忝玄晏，烏能贊益神龍片甲、威鳳一苞哉？爰識簡端，俾海内賞鑒倫知余亦智足及此。

題閤令初政紀

嘗慨吏治之不古，若術餘於才，能浮於品，業荒於慮，於是真贋不得不淆，名實不得不爚。射覆上工，求莫下減，證聲聞之卓魯，則易玄黄之阿墨矣。無亦課績者有以導之與？漢治近古，循吏如林，類以悃愊簡易著，奚敝敝侈風裁，干浮譽，爲後世談？上理者必宗之。諺云：「不習爲吏，視已成事。」此非良牧鑒乎？雖然，良牧師意不師迹，惟宜民之是求。蓋受牧之責，國事即家事，理家事而風裁浮譽乎何庸？昔秦穆論政，善百里奚飯牛之言，漢武奇卜式牧羊之説，用令緱氏，良以宜民者師意即有餘耳。今觀張子所刻《閤令初政紀》，鑿鑿善狀，井井有倫，課實程能，無忝受牧，洵俗吏鍼砭、秕政繩墨也。新硎已如斯，嗣業烏有量乎？嘗慨吏治不古，得弗戾古者致嘉矣。因次數語紀端。

五體千文引 代

粤稽古，點畫肇自羲皇，書契衍於倉頡。秦漢以降，名類益繁，篆隸迭興，行草殊尚，而文字大備矣。

後世辨體衡法，工拙異題，於是代有擅長，人分宗派，鉛槧鈎揭，變不勝窮。

余蚤齡養拙金山，獨親古帖，沉翫之暇，間有臨摹。嗜古窮年，僅摭糟粕，未免效無鹽之刻畫，何能竊優孟之衣冠。自來長安，見聞日廣，每覽古《淳化》《大觀》，暨《絳》《潭》諸刻，非不雲漢文章，鳳龍競瑞，行草而外，未及旁搜。繹同文之義，未有諸法不一貫，而能依點畫以窮古人精神者。遂欲立的《千文》，體辨而法衡之。不揣固陋，取笈携率更、《藏真》諸名蹟，以意取似，復類廣史籀次仲之法，倣作《四體千文》，朝夕參訂，期與衆公質以庶幾同文之旨。雖皆古人糟粕，實余數十年精神攸寄也。即客歲嬰大變，寧棄家私，不忍棄此藁，足見鄙人嗜古一癖矣。今幸聖明御宇，首重觀文，余《四體千文》，懍懍生氣。因思本朝有清文業，金石昭垂，意義應可類比，請益四體，便足千秋，俾傳之後禩，咸知有《五體千文》。其於同文盛化，未必無小補云。

易贊題辭

盈天地皆《易》也。羲畫之，文演之，周爻之，孔翼之，《易》無隱象，無遁情矣。言乎不易，三《易》有定體也；言乎交易，八卦有合德也；言乎變易，六十四卦有互精也。至夫情所旁通，不獨六爻發揮，并三百八十四爻，咸相發揮。原夫參伍錯綜，《易》之門，《易》之藴也。作者謂聖，述者謂明。自漢以來，述不一儒，而明昧參焉，則糟粕相承，而筌蹄未去也。是程子致慨於孔傳後無善讀《易》者矣。

徐子《易贊》，不無然疑，乃詮次中倫，紬繹有緒，如明堂王會，秩秩厥儀，冬官工師，五材克審，不易位肆，耳目一新。又非無見而徒事紛更也。葉正則所謂依神夸表，耀文逞流，猶出入於《易》道者，庶或有間。大都聖人之言，周流六虚，惟變所適，如荷珠然，可碎可合，嘗圓而無方。徐子可以語變，可以讀

《易》矣。

息齋駢詁

余既讀息齋説，因摭《周易》《中庸》緒論以質疑。乾行不息，天學也；至誠無息，聖學也。《隨》不言宴息，《剥》不言消息乎，亦具生義也。孟子不言日月所息，《記》不言息焉游焉乎，亦具生義也。蓋天地之氣，動静互根，人氣天地之氣，以成歔歙，此息所由名也。醫家謂人一呼脉行三寸，一吸脉行三寸，呼吸定，脉行六寸，一晝夜凡一萬有三千五百息，脉行五十度周於身，此天行健之體也。夫然宴息者其時，消息者其道，孳息者其機其，可以息言而不可以息言者，則極深研幾之學矣。雖然，惟止息而後生息，有生息乃能止息。天地不能嘗泄嘗斂，而况於人乎？斯義取流行，訓兼休止，原静以涵動，動極歸静，三才一致之理也。制字从自，古鼻字。則氣之竅，从心，則氣之宰也。至人心定，氣行舒徐，其息也以踵，故能引天地真氣，鍊吾氣以還神；庸人心擾，氣行促數，其息也以喉，遂致嬰天地元氣，耗吾氣以蕩精。豈非惟止息而後生息，有生息乃能止息之明驗與？《易》本生生，《中庸》終以無聲臭，義實相通，功存密洗，豈凡先生讀《易》與《中庸》，齋中存心養氣之學久矣，其淹通可以與息矣。余聞昔子貢以倦於學，願息而事君親。今先生以事君親之餘，願息而學，俛焉日有孳孳，不知老之將至，是可以息乎哉？是可以息乎哉！作《息齋駢詁》。

禊帖綜聞引

蘭亭修禊，跡絶踵循，逸少操觚，叙稱神授。晉人風流迴隻，未易擬倫，按圖嗣響，輞川、竹溪、西園，寥寥數事而已。至夫臨摹競勝，未有如斯帖之夥而延。隋爍詞妖，斯獨壽石，而真蹟韜采，俶發貞觀，胤仿彪鐫，幾盈寰宇。於是灭劫迭罹，墨守善貸，雖乏鄭侯之收護，不隨金匱以凋殘。或以廿八行存世，方諸列宿經天，良匪誣云。余承平際得善本一二，近玩古尊今，既覩褚河南手筆，弋獲宋搨，復十倍嵦豈。澀囊暴富，隅睫豁觀，載賁芸牕，無庸譎賺，庶幾臨池韻事。侈僅遺編，因葺舊聞，用公同好。詺目凡十有四卷，斯帖文獻，徵信有餘，而以蕪識綴諸卷末，見私藏玩不後古人，總冠以《禊帖綜聞》。岷峨逸史胡某題。

題金剛蒙引

原夫筏喻，可由而不可知止，此鐘鳴共聞而不共覺。辨淄澠之舌，欲説便啞；易温涼之鱗，觸流旋斃。惟大法藏須上根人，香具返魂，不怕鼓撾，塗毒珠懷，記事奚迷。劫歷層灰，遇睡龍於深淵；力餘獲寶，覓亡羊於歧路。智漏補牢，始知降住。無二心三心，原不可得；聖賢等一法定法，又屬支離。提唱多端，期於聚沙而雨；機緣少錯，徒爾善飪以羞。觀夫敷座之宜揚，斷斷了義；豈若諸家之箋釋，喙喙争鳴。遂致章句熒心，思惟路絶，行果滋相，本性塵封。矜托鉢之腹便，翻謂粒不粘口；襲偏袒於肩右，何曾絲得掛身。對衆呶呶，自家嚼蠟；更誰默默，實地鋪茵。有御生開士研《金剛》旨，證菩提因。析義引蒙，不憚再三之瀆；息心聚訟，庶幾萬殊之歸。予後學以津梁，偲宿尊之駢贅。爰資拙弁，用質熏修。神而明之，復何假乎文字；習相遠也，尚有待夫討論。

題大博語録

緣夫業識紇蟠，咠絲自縛；是非紛眩，睫粃誰吹。憫下愚之衰充，聚聾而鼓；睎上根之覿遘，傾蓋如膠。空羡大悲，兀然獨出手眼；争長小慧，僅爾共弄猢猻。總令揭地掀天，竟是騎驢覓馬。莫不飲食鮮知味，有靦人群；若彼鸚猩雖能言，豈離禽獸。嘆行尸之役役，觸教鐸之循循。

惟大博上座，宗門領袖，平等爐錘。魑魅狐犴，讋威儀其潛遁；布帛菽粟，化臭腐而神奇。福慧雙修，切他病於由己；中邊一致，折嚚訟以片言。不億塵區戒夜行，投明須到；無垠沸海捨乘筏，彼岸先登。天假津門之建幢，人欣曲木之引墨。就叩鐘小大針芥相投，譬脂轄東西轍輪恰合。學徒編次，志法會之因緣；宗裔參研，期掃跡於喝棒。爰披語録，漫贅筌蹄。

遵化縣重修文廟記

今上統集戎功，化先文德，烝髦宅俊，網羅疏恢。于是負笈成均，品清魚目；樂群黌舍，神舉茅茹。鄒魯絃歌，自首善而畿輔，彬彬奕奕，尚不以兵燹湮也。然而有或格焉者，曲木之馘，友助未恬，吹齏之懲，形影習讋。毋論侗愚，即明者亦漸惑於禮樂百年之説矣。則表帥力微，而闡揚術疏也。昔鄭存鄉校，藥石孚聞；魯作泮宫，淮夷賓服。非夫納民軌物，廣業崇儒，固良有司責乎？當兹右文之朝，不首敦禮教，厚風俗，其何解於絳灌無文，遇漢文不能興庠序之譏也？遵罹介馬之衝，化子衿而甲胄。今且籌託廬，計食指，經圃荒蕪，教鐸沉息，有自來矣。遂令釋奠之地，宿雨郵風，榱桷几筵，莫還舊觀。

中丞柳公，展謁興慨，顧郭令曰：「神祠梵宇，不以兵革鞠茂草。以先師道德之宗，膠序禮教之本，任其淪圮，非所以追隆堂搆，儀刑宮墻也。抑何以作四民則，振頹風而上襄聖化與？」爰捐俸若干金，令毅然任其事。美材堅甓之經費，丹堊輪奐之中程，不勞民力，不損公帑，始某月迄某月，工克告竣。由是采芹明薦，升降煇如矣；鼓篋考業，進退雍如矣；筵肅老更，德觀矍相，威儀秩秩矣。俊選以行誼著，以經學名，以事業炳蔚，莫不觀摩于斯，光大于斯。斯役也，僅崇廟貌已哉？文翁肇基蜀郡，范甯創制豫章，雖立學規模，後不可問，而敦教移風之首出，古今咸歸之。彼其時猶承平宣化時也，今不戞戞較難哉？余于柳中丞同世譜，而于郭令有友生之誼，因樂而書其事。

太常卿湯道未先生修新法曆文

蓋聞祥開策鼎，肇紀于綜術序官；法表律衡，合符于章蔀中氣。溯顓夏而人統，歷殷周以建殊。莫不御協三辰，用和萬國。雖經九黎之亂，何改六德之施。三代以來，七政漸謬。閏餘乖次，春秋有晦食之説；推步疏浮，漢世失歲差之準。由《太初》至《大統》，敬授精研，考合朔與交宫，承訛徯訂。

惟西儒道未湯先生，沉酣天學，涉獵象占。胸鮮十二家之争長，仰觀恒足；跡周八萬里之遐討，參晷彌親。載寶笈而燕遊，適正朔之廷議。玄扈徐文定公，探儲促膝，快容成之再逢；闢局操觚，識守敬其未密。先生亘新儀制測算，拾前人所遺，幾閱寒暄，規畫求曆本攸當。無膠瑟柱，動四氣之和；止轉渾毬，定千歲之至。如度分緯經於天地，如曜距赤道之高卑。以至星宿有本行本輪，日月有真會視會，歲差環轉，歲實參差，節候分地而移，蒙氣馮虚而異，陽限不在二至，交食見各方隅。略舉數端，章明新法，咸疇人未及津逮，固靈臺所應珍藏。百卷著自崇禎，尚稽告朔；時憲頒諸順治，遂正撫辰。渾周髀勾股之異同，匪蠡測管窺之淺略。等一世于百世，洵可法而可傳。綸命付史館，弘宣肄習；著官生永守，以述明光。聖作奥抉天人，取徵信，釋群疑，見超今古。從兹克調玉燭，繼日策於軒皇；爰在璿衡，振風動於唐后。功非小補，學有偕宗。先是辭禄靖共，兼秩以常卿涖事；今者疏榮制諭，錫名曰通玄教師。詔富之典倍增，崇賢之恩特焕。

監弟子劉有慶等，貸靈麗澤，授指欽天。高寵辱之無驚，游情造物；淑理數於俱晰，創則明時。擬勒堅砥，用昭異數。以僕從遊夙誼，成美同心，輒邀筆墨之緣，載闡澤火之治。於時斗杓東指，庭卉南萌。俶四序之如環，春熙芸案；歸兩儀于太極，籥叶葭灰。證考驗之一班，仰智能之雙絕。敬書端委，章示來兹。

創建報恩寺記

太原城東北隅，舊有裴侍御園亭一區，今巍然招提矣。何以招提也？自侍御晉卿始。侍御何以招提也？痛母氏之殉節，斯園不忍復宴眺于斯，且以終其嫮修崇教之夙志也。

甲申春，寇薄晉陽，范夫人率子姓遯跡幽墅。郡城不守，矢歸寒泉。是斯園保有夫人令名者一朝，夫人旌斯園者且千古矣。今其子侍御君招提之，以資冥福。化景物而象教，貿絃歌以梵音。移閒適即精嚴，仁人孝子之錫類，固淵溥哉！于是進衲子而定厥議。以中三楹迎廢寺頽像，莊嚴其内，殘毀金身，補鑄于亭飭。後樓以祠白衣大士，而香陀净業，次第以舉。復念夫人迎養堂邑時，感異兆全城，其所謂太陽天子暨雲道人者，擬崇祀于堂而未果。周視樓後，搆殿故臺，以居太陽天子。中楹之左，築臺而廬之，以居雲道人。成先志也。是臺自後升而斗其前，最後垣表有毖泉冽濬而芬汲者，即夫人貞魂所自託也。侍御卓楔臺上，以志孺慕，榜曰「存澤」。又别搆净室，以妥先靈。

夫古人篤念父母，于手澤口澤所存，尚終身不替愛敬，矧潔身全德，尤百世不斬之澤係之乎？斯園之有待夫人而招提之也，豈偶然哉。余既嘉侍御孝之能終，而并慶斯園之脱浮穢而證勝因也。爰記其始末，以告來者。

重修普度寺碑記

世界，積空也；成毁，積事也。嘗聞其語矣。從事則空可頑，觀空則事曰贅。嘗諦其義矣。今之崇空者，莫瞿曇氏若。乃祇園布金，指授規則；白馬梵夾，爰肇精藍。曾不以省事明空，抑獨何與？

蜀衲如德，幼入沙門，思勤參學，生涯瓶鉢，辭巴渝而遠驅，選佛名山，靡不經歷。以學空豈，非以學事豈也。甘荼卒歲，捨筏疲津。謂帝里雄都，或逢大導，於是策杖來燕，遁跡行脚，息心止觀，卓錫隨緣。涿流之北，廢刹一區，古像雖存，習凌風雨，興懷覆笠，矢願建幢。以丙午歲栖真兹地，緇徒漸集，繕葺有加，度地鳩材，儲羸食力，蓋欲空諸所有，有事法輪。先是辛巳歲，經始創營，功成不日。殿名者，中曰「大雄」，前「天王」，後「毘盧」，東西曰配，象教有其地矣。禪堂名者、方丈名者若干，方袍至止有其居矣。樓名者二，曰「鐘」，曰「鼓」，昕夕動衆，有其具矣。而且香積餘供，周垣整固，寺仍普度之舊，耳目頓新。僉曰：「四十餘年之攻苦，以畢兹鴻構也。」德公曰：「百千萬億之檀越，以合尖浮圖也。」

行所無事，功而不居，事焉而碍於空哉？寺處孔道，自建創以迄於今，罹兵戍者不一矣。遷者世變桑滄，堅城巨鎮，茂鞠頹隍，不勝枚舉。此寺獨能保有輪奂，奠蓮座而止苾芻，焉知丙午前之峥嶸不如辛巳後，而來者之需作不猶辛巳前乎？德公空諸所有，於成毁世界，曾不芥蔕於胸。余記不既贅乎哉！

重修笑巖禪師龕墖記

蓋聞息心標領，齊法界於空虚；净行斡輪，振宗風於似續。燈傳有熖，不照盲師；珠本在衣，徒求罔象。是以泥洹邈矣，寧知月映萬川；大導歸然，豈致羊亡岐路。雖去來之乘化，亦顯晦以有時。

惟月心寶師，派衍曹溪，教弘燕國。笑以易喝，真七事之分明；秋而歷春，信三花之永茂。浮屠西墅，彈指烟蕪；衣鉢南流，建幢泡影。强敷文字，嗤嚼蠟者紛呶；接引招提，詢奕葉而闃寂。西蜀友蒼庭公，妙悟三玄，秘窮五位，辨庵羅生熟，憐碩果之孤存；譬沙礫沉埋，簡真鏐於百鍊。運回陽九，誼切在三。廼於丁亥之春，遍訪老人之蹟。謂有墖墖者，墖必不即荒淪；但無法法人，法或偶爾悠昧。跡諸净土，目斷平原，蘇剔遺鐫，事符創獲。爰就廣輪之舊，特加繕葺之功。寶所重開，奚啻探竿影草；曇華蒔放，咸知出手蓬蒿。在寶師遂磁珀之呼，於庭公等芝蘭之合烈。惟手足既搆，勝因眼正；人天用宣，宗旨炳琅。四偈寒光閃爍，祖堂突兀；千秋照用齊行，實地可謂。克終如始，百了千當者矣。鄙人遠溯高風，近嘉曠舉，節書原末，代諗來兹。相嗣表章，冀有同志云爾。

秀巖集卷二十九終

秀巖集卷三十

石芝軒續存四

題跋

重跋九世同居圖

唐張氏而後，七世不析爨者，有宋西李家。祥和蒸於雞犬，藉藉京城北崇慶里。明遠相業彪炳，宋初太宗常駕幸其常山故里，賜羊酒，俾召公侯及里中父老與常從遊者，宴飲盡歡，七日而罷，人争榮之。其子若孫，文學事業，繩繩濟美，有焕箕裘。綜張、李遺事相較，可不謂後出愈奇乎？此圖昔藏張侯，今歸李京兆雲澥，磁珀相呼，非偶然也。鼎革後，余獲載觀，感慨係之矣。

跋黄慎軒自書秋牡丹詩

富貴艷質，辰德矩之，金氣肅之，非藐姑射品不足擬倫。慎軒此卷，命句天然，揮毫僊舉，爲花神力洗鉛華，特標丰骨。想其前後臨池，泬漻兮天高而氣清矣。乙酉孟夏望，與侍御柳鳳瞻同觀於起部李青眉齋頭。仙井菊潭安識。

跋趙子昂書歸去來辭

蘇文忠、趙文敏，喜書靖節此辭，不一而足。其意當有所寄，非泛然筆墨緣也。此辭余亦喜書之，不憚煩。

題吕見齋太史所藏諸體金剛經石刻

相既全空，分猶卅二。斷靡鶴悲，續豈鳧贅。夢幻生涯，人天游戲，露珠在荷，分合如意。爲諸手眼，廣大慧智。認取菩提，奚滯文字。非了義者，是名了義。世尊云何，如是如是。

跋宋人輞川圖

圖輞川者多矣，天機清發，元氣渾完，未有及此者。摩詰□焉，呼之或出矣。旃蒙作噩之陽月望，秀巖隱史借觀□冷菴，漫識之。

跋李太白手蹟

史稱白有逸才，志氣宏放，飄然有超世之心。此其自書《襄陽歌》《將進酒》二篇，雲蒸霞變，脱盡筆墨蹊徑。想見金鑾殿草和蠻書，御手調羹，及沉香亭貴妃捧硯，進《清平調》辭時狂態也。

跋趙子昂尺牘遺贈陳生洲前輩

文敏書法圓勁，獨步元人。雖其資習所致，良由取則超乘。今傳世不下千餘紙，余前後所見所收已近百種，行草大小不倫，結搆精采，腕力畢見。此《烏程》《德輔》二牋，率爾揮毫，獨能全右軍筆意，尤可寶也。

跋趙書右軍事四則

内史臨池，意先乎法，四則已露全神。承旨學王，法準乎意，此卷可稱具體。昔人謂子昂一洗顔、柳之病，直以晉人爲師，右軍之後，一人而已，似非阿好。

跋李衛公靖獻西岳書手蹟

衛公英姿偉貌，貞觀中出將入相，圖形凌烟。幼薄章句，壯而副所期許，允稱蓋代之豪。氣志充斥，睥睨西岳，有以也。據大曆時元歸觀道士單以清所記，則公證仙班。英雄回首神仙，原理之足徵信者。載閱張燕公説别傳，能令紅拂私託喬杖，虬髯客傾家脱贈，公未佐命帝業，先有二奇人佐之。聲氣應求，良非偶爾，想西岳之靈，蚤欣冥贊矣。己丑天中，臨邛劉子彦恒出示此卷，乃宋馮文簡京舊所寶藏，曾入御府。岷峨逸史某贅識於後。

跋朱晦翁題張敬夫春風樓詩

文公書學孟德，劉恭父曾舉以相謔。孟德書曾見鄂州碑刻「湧月」二大字，大都本於元常。余所見文公此等書及徑尺書，皆變化於鍾者也。風度骨韻，森森動人。此卷不侔經見者，遂令真贋不敢定耳，恐別有此等結搆也。

題自書十供養偈後

在昔甲寅，習静邑東天王梵刹。余時春秋二十有二，初夏坐大士殿中，大用上人持箋索書，與説《十供養偈》。嗣浮沉宦海，故里且罹燹燐。今壬辰春，本刹法侶如初，自淮南訪余京邸。兩人晤對，電光火石中，尚存此色相。回憶莊嚴地與宗乘友，是夢是覺。他時歸陟層臺，刼灰何訊。上人復卓錫淮上，拈前偈書贈，以見余首丘念未能諼，不及上人宿桑之緣盡遣也。中伏同邑六十逸史某書。

書臨蘭亭叙後

玄緒持宣牋索書，不及余睟瞭腕健時。頃溽暑乍清，聊臨此以塞責，工拙匪所計耳。壬辰處暑日。

題自書貞俗解後

余舊託栖近僧寮，既無職業羈縈，得與親友烹茗酌醇，閒澆胸磊，賦《小游仙》三十首，又賦《貞俗解》三十首。如沈韻，上下平皆集唐句。今邑僧越凡持箋索書，草《貞俗解》以應。幅縮，僅能書上平及先、咸二韻。

題蕭五雲揚守所藏侯懋功山水

圖繪小致，須韻具幽靈，氣團淳朴，斯能吞吐有無，奇蒸秀幻。以丘壑胸次遇之，輒欲置身其中，無復塵纓羶嗜，詭譎耳目，烏見經濟隱淪，斷斷兩界。子美所云「天下何曾有山水」，類廣之，畫者、閱畫者均蹈兹嘆。

題王覺斯草書卷

覺斯先生語余：「某應人索書，寧作行楷八分諸體，獨鄭重草書。以草書結搆難於諸體，而見者反題以率易。」今與余書此卷，酣墨淋漓，縱横滿志，如神龍變幻，天馬奔騰，直欲與伯英競旗鼓於筆陣，宜乎其鄭重乃爾。

跋許曼公所藏沈石田畫卷

啓南識趣高邁，寄託悠寥，游戲翰墨，輒出人思議表。吴中諸先輩評騭具列，余復何言？曼公又今賞鑒家，此卷歸其什襲，信聲氣類從矣。

跋自書乙未四日及春邸書懷二章

鳳瞻同年應蒲輪之召來京。梓友晨星，唯余促膝緣厚，雖文酒之會，日月至焉，而莫齒欵曲，劇於壯年。歲在旃蒙協洽，余兩人春秋俱週甲又三。邈菟裘而暱鷦枝，謝浮名以頤家食。理所允當，志有同然。猿鶴尋盟，時形筆墨。頃剪綾見示，命書此二章，且欲繼起者知今日追隨一段佳話。從此湖岳侍游，壎篪迭奏，紅塵外清音尚有陟鼇不勝書者，豈今茲燕市偷閒語可倫哉？搦管餘哂。

跋臨蔡君謨四月脚氣帖

偶撿蔡忠惠書，而得此簡臨之，不覺自哂。與古賢同病同時，抑何脗合至是也。

跋與程幼洪庶常書册

幼洪持一册索書，正值卧病，筆墨久廢，藥餌之餘，腕力稍復，爽雨清案，因取古名人舊帖，仿佛試揮。右軍《省別疏》、大令《洛神十三行》、顔魯公《告身節文》、蔡君謨《僕四月脚氣》、蘇長公《野水參差》《人間斤斧》二絶、黄山谷《沈叡達》一書、米元章《松竹留因夏》一律、趙子昂《羲之書四則》，凡八家，五日而竟，不必其工。并以壬午夏《閒齋雜興八首》附後，用正大方。

像贊

李德潛像贊

謂膗山澤，而目廣營。攸宜簪紱，而神罔驚。自審涇渭，無私權衡。猶龍三寶，靈鷲八正。分曹砥俗，居實辭名。大道不器，至樂何生。倬哉斯人，履寧戴清。

繆爾瑞像贊

泉甘必竭，獗蚩不撅。伊人道骨，智弢神越。置身寶窟，真氣蓬勃。胥庭日月，庶幾久閱。

易子著像贊

浮雲富貴，放浪形骸。九流滙挹，三益循楷。春秋久閱，世界誰儕。非上古之葛懷，則先正之乖崖。殆易子之妙搆堂階者乎？

李青眉像贊

箕裘忠烈，難乎嗣音。有美振緒，淵塞秉心。縹緒傳德，韋弦佩箴。既營業而思畔，亦省益以盍簪。淡寧自遠，出處可諶。儀圖斯人，是古是今。胡然而魏闕也，胡然而山林也。

莫文學贊

不戚戚於貧賤，不汲汲於富貴，淵明取以自謂。晚食以當肉，安步以當車，顏蠋善於自居。以余聞莫生幼輿，或伊人之儔乎？

達摩像贊

得般若多羅，傳正法眼藏。皮肉與骨髓，惟人所證嚮。五葉果垂成，一蘆豈逐浪。嵩山面壁九年，葱嶺隻履無恙。

題汪千頃度小像

手王謝物，溷跡枯禪。鳶木戢羽，驪珠燭淵。目無巢許，心謝儃佺。庶克無忝厥天，若徒抗志雲烟；別詡陶甄，仍流輩之踬筌。余有以知千頃之不然。

白齋和尚像贊

度願雖弘，携取惟約。具人天眼，振貪慳鐸。視彼曹蝣，何殊丁鶴。萬有蘧盧，二儀郛廓。師而存耶，奚有乎按圖之錯愕。

本然和尚像贊

泊兮六塵之不涉，穆然四大以可空。活同流水，閒坐松風。介石不得，傲以白業。修竹何所，方其黃中。納須彌於芥粒，閱元會夫蟣蠓。離相尋宗，是翁是童。

疏

白衣大士聖誕疏

火宅衆生，蠢有情之善果；白衣大士，廣應世之潮音。願力弘深，因緣普徧。非女曰女，共昧法身；祈男則男，頓歸靈感。如掘地得水，無處不然；或探珠於淵，有時後獲。念頭猛省，妙湛而生光生形；塵劫盡蠲，圓通而無人無我。惟菩提之大導，始法界之昭融。爰闡勝因，適當聖誕。香花會上，企鸝羽之翩翻；煩惱場中，濯楊枝之灑潤。檀施隨種，食報維均。

西蜀會館募疏

天邊榆社，燕來應訝主人非；星里蘭言，鶺託尚餘一枝在。地當南郭，營號西川。招提之公搆何心，恍符天設；輪奐之載新不日，有待人謀。惟世講之宜敦，故時會之難廢。肇初締以引續締，失七區而圖一區。內城昔有館七。爲力殊艱，衆擧猶易。有某長老，經始建幢，議襄恢業。僝鳩無忒，際雲雷之經綸；工度則良，歷春秋而悠久。尚希同志，嘉與落成。

文昌殿募疏

三靈闡教，拱成象於在天；七曲垂庥，廣亭毒於大地。是以留心墳典，懼桂蕕之遐遺；興念宗祊，希熊祥之響答。以無疆錫極，卵翼塵塵；作不貸因材，陶埏化化。質文迭尚，崇奉人有同心；孝友長存，儀刑世而順則。惟某耆宿，首搆宏祠。式昭衆願，榱櫨杝砌。草創規模，廟貌几筵；蘧宿風雨，突逢兵革。違計鳩工。際廓宇之維新，睠妥神而未易。沿門持鉢，畢浮屠之合尖；度地布金，冀檀越之證果。

金剛寺募疏

惟金剛寺，棹大願船。念一切喑聾，非揵椎弗震；冀諸生苦集，向净土而醒。肇大士之誕辰，迄盂蘭之盛會。桑門梵唄，轉法輪於無垠；芥子須彌，廣香積於不漏。入三摩地，聲渾有無；合六塵因，相冥來往。亦曰通半滿之義，凡聖同參；庶或大平等之觀，幽明偕利。問經來五百，何以法來而文字可空；總世閱三千，能以性閱而物我咸足。非正法眼藏，莫與於斯；識苦海慈航，勿遺而彼。丐靈檀越，嘉惠招提。

隆興庵募疏

瞿曇衍教，聿來赤烏之年；貝葉傳燈，徧滿恒沙之界。夙根相引，萬法同歸。今隆興庵者，幢建東南，運乘鼎革。有善知識，作大因緣，擬於浴佛之辰，修此轉輪之法。談經禮懺，百日爲期；《圓覺》《楞伽》，滿義是闡。洒苾芻之甘露，長養功多；作檀越之慈航，濟登意篤。請先除慳吝之戒，願快際凡聖之參。

卧佛寺募疏

卧佛古刹，平則西隈。歷宋至今，閲人成古。生心無住，豈曰疲於津梁；隱几逃禪，概而等之夢幻。是相非相，得身外身。袪開士之睡魔，示招提以白業。鯨鐘鼉鼓，興替有時；雨矢風輪，摧殘無日。遂致牆宇之就圮，保無象教之或傷。上人某心維前刱，力結後因，期衆善之普存，循一笠之故事。偖持寸管，徧告四方。

白衣大士誕辰募疏

我聞大乘法，不墮生滅因。弘願度一切，似續恒河沙。滋榮無擇地，如春草甲拆，又如西畝成。農夫各厭足，時至物候匀，生意無夭閼。石田不受種，大澤富魚鹽，福祥捷響給。還以衆生故，我願恒沙衆，攝入海潮音。慈雲處處垂，寶蓮隨時見。頂禮大士生，大千登極樂，共證人天緣，億劫常衍慶，功德難思議。

秀巖集卷三十終

秀巖集卷三十一

石芝軒續存五

明刑部右侍郎肖形孟公行狀

公諱兆祥，字允吉，肖形其別號也。先籍晉之澤州，至今稱西河孟氏。世系邈不及詳，可近溯者，始祖鸞，生會，會生鉞，代有隱德，勤本務，裕而好施。常夢帝嘉世澤，將昌厥宗於東瀛。偶以貿遷至交河之泊頭鎮，樂其俗宜，遂卜居焉。鉞生傅，傅生三子，伯某，仲某，季尚質，是爲贈公。性篤孝友，數讓貲業於其昆，閭里間倚緩急之濟云多。方折員流，實肇於此。

贈公生公，幼擅聰穎，不輟誦習，於六經外百家言，靡不肆討，象緯堪輿，尤能綜其典要。言動一軌先型。贈公每私喜曰：「前緒其待振乎？」即先達亦甚器重。拈制義，不拾遺瀋，直抒所見，試輒高等，一時學使者咸遠大是斯。以萬曆乙酉科登賢書，時年二十有五。先是，夢詣帝所，簡閱陰隲籍，公名列第六。榜出，與本房名次相符。蓋累葉滋培，至公益厚，東瀛孟不替於西河孟之稱。孝廉時，相繼苫廬，哀慕畢至。終贈公暨高太安人、殷太安人制，始理舊業，又屢格春官。迨天啓壬戌，成進士，以不及早慰贈公望，缺如也。授廷評，惻然曰：「吾不如雋公有明督者，敢不憚幽責乎？」平反慎悉，不使國有骫法，人有抑情。

丁卯，典試事於蜀，甄拔多名彦。時璫燄方熾，諸士識格問禁，不無觸忌之語。房考有所過商，公輒曰：「此剛毅有幹者，録之庸何傷？豈可顧一身之名位而失天下士？」以是蜀士見擯者，亦服公識力，而自咎不獲與品題也。冢君絅宜名章明者，亦以是歲捷北闈。遠邇咸曰：「積善之慶，方興未艾。」公飭長公益虔。

服官才望，藉藉時流。銓部司官乏員，當事者採輿論推補。舊例，未有無因致者，於時亦無競躐輩，稱異數。已歷四署員外，宿弊一清，怠張廢舉。曾憶署考功時，同譜省臺代門下員役，貸恩具題冠帶者，公一切謝絶，靡不憤恚。踰月而前事有償，遂致詿誤，代題功司及關説省臺數人，皆落職。向之恚者，始相晤而謝：「非公執持，我輩幾不免。」事無曲狥，多此類。

崇禎辛未，分較戴經，録士極一時之選。轉勳郎，假歸，扃户讀書，俗聲不以入耳。時借枰局適意，亦不通尺一於春明。戊寅，起功郎。先是，以罪去者衆，積案盈篋，咸眎爲畏途。且職在勘覈，黜陟判於片言，易以賈禍。公一秉公恕，就事程衡。凡奏牘八百有奇，咸得報可，善類多所保全，不少佐穴鬥者搆怨。用是見忤叵測，降補行人司副，公處之穆如，未嘗芥蔕。尋奉命册封汾藩，餽遺屏謝。蓋公於門生故吏，雖交道接禮，亦峻拒不入，其素性如此。歷光禄，與中貴共事，嚴革常例，清冗冒，而歸羸饒于公，鼠竊斂跡。及晉同卿，馬政澄釐。㳂轉銀臺，封駁允當。此司怨勞所叢，公無一引咎事。癸未，陞刑部右侍郎，冢君亦雋南宫，賀者趾相錯。公似重有憂者，或問，公曰：「家事小獲，何能博國事大失耶？」雖職在刑名，而各鎮虛實强弱，與夫順逆驕輯之情形，燎然指掌。又不肯越俎時務，每相對咄嗟而已。命僮僕載漆宅來都，預知時事不可爲，業致身許國矣。

甲申春，闖賊長驅逼京。公時派直正陽門，從僕勸暫歸寓，公叱之退，謂：「社稷丘墟，何以家爲？吾今得死所！」遂冠帶北面而拜，涕泣迸下，曰：「臣負君矣。」遂自經。時三月十九日也。生于萬曆二年十月十一日，享年七十有二歲。

元配袁氏，本縣舉人、陝西鞏昌府同知守訓女。繼娶吕氏，滄洲進士、湖廣寶慶太守子才子、廩生音女，俱贈淑人，先公卒。繼娶何氏，青縣儒官思卿女，封淑人。男一，章明，吕出，吏部觀政，進士，同日殉難。娶王氏，東光進士、尚寶司卿元爽女，先逝。繼娶王氏，太學生元俊女，亦同日殉難。女二，一適本縣太子少保、禮部尚書余繼登孫、官生道行子、生員宗彦；一適南皮舉人高世棟子、生員高耀。孫一，培滋，其從子光明子，承繼冢君絅宜者。

公殉節已歷四稔，卜以今己丑冬十月二十二日，葬于鎮北四里舊所營兆地。其從子光明寓書不佞曰：「不肖某幼失怙恃，依叔父爲命，恩同罔極。不幸叔父身殉國難，從兄相繼淪亡，力不能籲天請卹，以慰忠魂。庶邀椽筆，闡幽以賁泉壤。」僕忝公所録士，追隨仕籍，服教更深。按公忠孝傳家，貞廉厲俗，言物行恒。雖獨居，未嘗見惰容。而接人應事，亦鮮戮志，惟不可干以私。親炙者，既愛且敬。性好施，戒殺。平生著述甚富，罹亂散逸，今所存有《牘略》《使蜀草》《公餘漫稿》《夢覺言》數種而已。喜畜圖史，工枰局。里居，待炊者無間疏戚，發廩賑饑，瘞殣焚券諸事，至今閭里尚悽述焉。

大清諭祭公，謚忠端，子謚忠僖，賜圭田，供家祠春秋二祀，稱異數云。

明吏部觀政進士孟公絅宜墓誌銘

交河孟進士絅宜公殉難之四年，從先少司寇肖形先生瘗玉有期矣。安始得摭其聞見所悉者，節而内諸封。

公賦質岐嶷，蚤失所怙，受育於祖母殷太安人。幼善病，神氣特王，又得太安人調護周至，獲即康。稍長，無他嗜，獨癖紀渻之養。每出與市兒角勝，先生笑而止之，未嘗不可其英概。迨就塾，三年輒工制義。雖先弄柔翰擅冠軍者，亦思退舍，何論等倫。一日趨庭，先生撫之曰：「兒丰度端凝，神情超脱，異日必亢吾宗。所虞英分過多，際世末流，何以濟勝？」公由是自許，益不卑庸。垂髫補邑弟子員，勵志下帷，恥事章句，解悟多出人意表。雄長小試，未嘗矜意於時。先生效職廷評，公代養殷太安人，志體歡承，晨昏無歉。甲子賓興，辭太安人而北，曰：「孫將博一第，以慰屬眷。且晉圖焉，以矢報也。」甫撤闈，聞太安人病亟，擬歸侍藥餌，倏即世，拊膺哀泣，幾欲身殉。暨放榜，止列乙科，以負訂言，泣告几筵，益哀。丁卯，薦賢書。辛未，以先生分較禮闈，格於例，鬱鬱言旋，稍以枰觴適意。有酒德，庶幾無量，不及亂，師型也。楸枰每與國手互甲乙。其他蹴鞠呼盧諸技，俱占勝場。資學高邁，率此類。甲戌之役，有一廢弁假先生簡札事發，正廠衛苛令士大夫重足之時，公在闈前聞之，悖起曰：「可若何？」遂蹶暈於地，一病幾不支。後事亦無涉，公遂抱首搖手顫之症，未就試而歸。遇閩異僧了玄，授以林子書，並行持工夫九段，公乃究心性命之學。延閩僧與處，體遂霍然。癸未之秋，成進士，觀政銓部，序當授中行。

至甲申春三月，闖賊忽逼都城矣。十九日辰時，家僮奔還，告先生已盡節於正陽門。公躃踊大哭，南鄉叩首，曰：「事急，不及往斂先大人遺骸，當即相從泉下矣。」其妻王孺人扳泣曰：「夫死忠孝，妾當先夫死節。」公長嘆曰：「若是，吾願足矣。」拭壁，書一絶句：「不戀身家不愛錢，行乎患難亦安然。忠臣節婦矢同志，仍結來生未了緣。」又題一紙，命粘庭柱，曰：「敢有毀侮吾屍者，吾當爲厲鬼誅之。」題畢，夫婦遂從容就義。僕婦左氏同經於側。公父子節義，夙刑于家若此。

先世原晉之澤州人，其可考者，始祖鸞，生會，會生鉞，世有隱德。鉞以貿遷，卜居交河之泊頭鎮。鉞生傅，傅生贈公尚質，舉儒行，從祀鄉賢，別有傳録。尚質生少司寇肖形先生諱兆祥，則公之考，同日殉難者也。母吕氏，贈太淑人。公諱章明，字顯之，號絅宜，生于萬曆三十二年八月初十日，享年四十歲。元配王氏，東光進士、璽卿元爽女，先逝。繼室王氏，即璽卿弟太學士元俊女，同殉節者。嗣子培滋，從弟光明子也。公孝友性成，材藝卓越，戒殺樂書，言動不苟。曾記捷春官夕，有訊及丈當何官，答以某殺得人，救得人，當必作司李。志氣崚嶒，胸襟灑落，使竟所表竪，裨國云多。雖賫志以往，可謂全受而完歸矣。銘曰：

天篤節義，萃一門兮。作述倡隨，凛乾坤兮。靈返星躔，炳紫垣兮。骨肉歸土，仁彌敦兮。

康大參清宇先生墓誌銘

康氏世傳康叔遠裔，自明初稱甲族于安邑者，則先生所自宗云。先生諱四海，字玄定，號清宇，世居邑之古聖會鎮，即今運城。相傳洪武中，有以人才擢御史某，生子瑛，其所知始祖也。瑛以廩生中正統辛酉鄉試，授陝西寶雞縣令。配周，生二子，次鼎，由歲貢歷任秦府教授。配張，生二子，次永瑞，由庠生授儒官。配孔，生子莊，娶王氏。生二子，長諱誥，累贈奉直大夫刑部員外郎，先生考也。配贈宜人馬氏，舉丈夫子三，先生其長也。

生於隆慶壬申十月初八日，賦質端凝，性生孝友，總角奉庭訓，英英邁倫。自運庠往返里舍，無睨視，無疾言，僉器之。及充博士弟子員，試輒冠軍。幾壯，以萬曆丁酉升賢書第七人。凡六上春官，不以屢躓挫志。迨癸丑，成進士，授北直魏縣令，廉能蜚聲。嗣以服闋，補永年，調温縣，實幹祥和，所届尸祝。尋擢西曹，主政明允，襄猷生全甚衆。于氏高閈，美不獨擅矣。天啓丁卯，以員外郎典試西蜀，入網名彦居多。先是，登進士時，夢率莊馗盈徑，紫藹芬襲，已而步大樹下，垂寶纍纍。扳掇之際，群兒環求，人予一枚，其數七十有六。是歲入蜀，所歷道里及所拔士，悉與夢符。先生由郎中出守懷慶，乂民禦寇，績懋剡章。歷任少參、廉憲，復以大參鎮渝。夔士若治，商農熙于治部，無泣不然。蓋寬厚接人，易簡軌俗，自鄉而官，終始一致。俯承者，不忍欺，不敢慢，豈弟攸塈，惟其有之。告歸後，友于叶吹，林泉取適，日督子若孫誦讀，以頤天年。寇氛倏逼，幾至隕生，觸感仳離，積鬱成痼。以順治乙酉九月初五日，終于正寢，享齡七十有四。

配大參解公學禮女，封宜人。生四子，伯廩生某，娶某氏；仲廩生某，娶某氏；叔廩生某，娶某氏；季崇禎丙子科舉人某，娶某氏。男孫九，女孫七。以某年月日，卜葬某地。

先生敦彝倫，重然諾，不營生産，不角鋒稜，德不市而周，怨不弭而遠。聞其風者，被其澤者，咸曰：「先生古道照人也，箕裘聿振，夫豈偶然哉！」蜀門人史氏胡某，踰年始得摭遺行，誌而銘之曰：「不盡之遺篤後昆，及物之業終古存。學識言動世所尊，山靈託以不崩騫。」仲弘謨，順治甲午榜元。

李母喻孺人墓誌銘

李編修母氏喻孺人，卒於京邸。卜吉，將祔兆於房山之祖塋，持狀請誌。

節其所自，則曰乃考剛。其先并人，上溯九世祖，以武功授大金吾俶，籍燕。孺人少失怙，依母劉，不以藐孤姑息，惟夙賦易良，服勤若訓，内則罔愆。

比歸封公，恒以不逮事舅姑飲憾。封公侍郭姑孺人，即姑封公所恃，生克盡養，疾克敬侍，没毋悔附孝而能終節。其内襄則曰封公勵志成均，資以簪珥。食貧解組，義命自安。以至菲奉勤施，理匡和接，頌符閭閾，歡洽小星。

節其推恩母黨，則曰渭陽不禄，迎奉慈闈，别計豐儲，娱厥出入，以養志也。有姊適熊，歷任同卿，來自豫章，申屬别計，冀合力以增益娱親之資。熊丁輿櫬，復請貸前儲，以克賻贈。雖急姊難，實體母義所必出，猶夫養志也。若侍疾慎終，所以報劉母，靡異於郭姑。

節其課子，則曰封公南遊，嗣英艱就外傅，經史躬誨，棐篤義方，機杼荻灰，光古慈範。於編修之列青衿也，誡其自畫遠大。是期迨以乙科歷上舍也，誡其小圖，前緒待振。則今兹掇高第，麟炳詞林，食報庭訓，力倍而績兼。乃禄不逮享百年，時獨哀深屬纊，王事靡盬，不違將母，修編之謂矣。余悲其志節而銘之，以慰其永思。先臚其譜系如左。

孺人卒於順治辛卯年月日，距生萬曆己亥年月日，春秋五十有三。子二，長昌垣，丁亥進士，授内翰林弘文院編修。娶某氏。次翼垣，業儒，未娶。女二，長適某，次未及笄。男孫三，女孫一。銘曰：

天篤淑儀，光隱德岐嶷，誕育楨邦國。斗杓慈孝，世維則允。贊良貽綿，燕翼潛靈。吉土厚，封植慶衍雲仍，厥百億。

巡撫寧夏副都御史李公墓誌銘

寧夏大中丞李公，蜀安縣人。繇戊辰進士，筮仕邑長，經百折而歷今官。其先世居楚衡之耒陽，按譜多貴顯。明永樂間，有祖達，以孝廉司安庠鐸，卒於官，因家焉。生三子，季某，四傳而至中丞。先考贈公某，負志淵弘，期張皇前緒，屢鎩羽於棘闈，鞅鞅鉛槧，迨育中丞。

公穎慧甲等，夷庭訓，靡弗若。贈公私語太君曰：「待張令圖端屬之子，吾願足矣。」公性敦孝友，襄事贈公，承顏慈壺惟謹。壯齡，試輒冠軍。閲四十有九，而雋春官。宰曲周，調永清，兼攝武清、涿鹿。作人疏抑，拔薤抱嬰諸美政，畿南至今口碑。以戇直觸含沙，謫補楚黄陂令。涖事，首計防禦，多有訏者。寇豕突孤城，不與鄰封俱瑕，以武功著。尋晉憲幕，移兵曹，歷監司，填撫宣雲，敭歷有聲。凡此咸已事備載家乘，不具述。

入清朝，録殺賊恢宇功，仍命以原官撫宣土。雲擾之餘，伏莽未靖，肘腋蜂蠆，負隅虎狼，乘間竊發。公惟誠孚將卒，先後授秘畫殲除之。民息風鶴之儆。時有婪虐監司，大不利於民者，業奉嚴綸鞫訊，法在不貸，乃賄夤經，迠親藩，冀邀寛政。公陳大義啓王，寧違諭去官，以毋骫朝廷大法。致觸王怒，仍堅距如初。旋以賄屬事白之，政府轉奏，上甚嘉悦，遣鑾儀衛官齎宣勅諭召之曰：「爾忠誠義直，予晝夜不忘，急思一見。此諭到日，着即刻赴京朝見。將旌爾忠直，以勸天下士大夫之盡心爲國者。」比陛見日，給大官庖廩，其特遺頒賜御食不與焉。逮獄成，諸犯伏辜，集滿漢文武於朝，宣示前案訖，傳諭百官：俱當效李某。賜貂裘金鞍上駟及金銀等物甚隆。上御内殿，親宴之，加授少司馬、總督宣大，備極一時寵遇。公矢報益虔，涖事以來，平妖逆，祝解網，三鎮寧謐，反側傾心。于是有恩如春、威如秋之誦。丙戌春，以部弁含沙，解組，戾止京邸，將有終焉庭娱之意。嗣公道大昭，戊子夏初，奉簡命，填撫西夏，例不得辭。至則討軍實，飭邊防。尋雲鎮逆煽，榆林變興，靈州之捷，幄運自公。不謂介馬甫休，北塞且耽耽思訌，策餌宣威，俯就戎索，無遺鏃而按堵，亦幄運自公。己丑秋，榆寇復犯河東，漢伯回民狂逞河西，不軌有徒，潛徯響應。公促總戎振旅，而東紳民慮蕭墻叵測，公曰：「凱旋在即，庸何他虞？」已而不爽，咸服其静定禦變，膽識過人，不知所幄運裕矣。寧有古渠二，曰唐，曰漢，引黄流以資灌溉。歲修額費，私潤則衣食之源坐枯。公課疏濬，核虚冒中飽，塞而八蜡通，兵餉不匱。別有寧安三閘，畜瀉二渠，自崩泐後，巨浸汩阡陌，勢逼張貴湃，以重二渠憂。前興築者，耗費罔功，寧人嚬談。公周視原隰，議於唐河建西湃以弱其往，於漢河建東湃以逆其來。三閘竣工，未嘗損公藏私派也。他如請瀹黄流故道，請豁王田賠輸，以及力除大憝，招撫流遺諸善政，寧人將百世倚之。居官端委在人耳目者如斯。

辛卯季冬之七日，家宴歡洽，遺經世德，引勗諸子若孫，無異居恒。倏就寢，以次日之子時長逝。距生萬曆丙戌，享年六十有六。公賦剛毅克任，與人忠慈，無宿怨藏怒，雖見詒愉，壬不之校。生平嗜學，自登仕迄節鉞，每退食，手卷不釋，著述益勤。晚泛涉外典，耽儉素，以清白貽謀，周急樂施，笥無餘帛，囊無嬴貲。嘗語諸子曰：「吾荷先世積累，以有今日。承家忠厚，服官廉平，曾未枉法，納賄虐民，差足對衾影，垂訓后昆云爾。」公諱鑑，字在懸，涵白其號。卒之後，於順治九年某月内，叨恩予祭葬，贈廕有加。以先壠阻兵燹，暫艱歸祔，兹某月某日卜殯於乾州郭東三里之清仁村。元配氏，繼配氏，俱贈封淑人。男八，某某。女四，某適某，字某。孫男二，孫女三，某適某，字某。其同郡年友某，節厥鉅蹟，志而銘之曰：

鶩兆錦江，星隕朔方。琛瘞乾封，鶴翔大荒。惟弓治之良，裕奕葉其昌。玉輝珠潤，靡擇地而光。嗚呼，安邑遥望，是惟清仁村之藏。

敕封某道監察御史趙公墓誌銘

趙封公敬之，源出天水，溯六世祖，肇籍保郡之雄縣。業續耕讀，代有隱德。節狀所臚列諱思義者，其大父。素御介守，惇厚詒謀。封公蓋季胤也。雖蚤失怙，言動修飭，若受繩義方，氣宇端凝，性資勁直。從祖大金吾臨川公器之，謂「承祧裕后，之子其選」，因取以嗣厥子祀。公偕配史孺人事臨川公暨劉夫人，服勤承志，以篤孝聞。命之督阡陌歲入，逋積多所紓貸。臨川公奇其達周恤之仁。歲儉，命之遠糴，糴盜，長令責館人鳩償，公以累衆，毅却而歸。臨川公復奇其識取舍之義。以仁與義，不逢不若，趙村之不衄賊鋒，有呵護之者矣。臨川公益券其昌後匪偶，而公固性率之，未嘗自矜幸。於時侍御就塾蜚英，公私慰光前有藉，冀臨川公躬際厥盛。倏怏怏觖望，誠信以計，附棺猶諄詔侍御也如前言。孝克終之，克似續之，公之謂矣。

語云：「不知其父視其子。」以所聞侍御成童補博士弟子員，越十載而登賢書，文名品鑒，輒空冀群，非義方明驗與？乃侍御往宰遂昌，不敢以萑苻隣警次，且曰：「簡書可畏，惟父命在。」其涖事也，尚鸞鳳，絀繭絲，曰：「視民猶子，惟父命在。」晉秩臺班，風儀表正，凡事關興替，筆涉是非，必問心而後披宣，曰：「靡罔殉以遺殃後裔，惟父命在。」侍御引父命自糾，虔如斯。先是，携幼孫視政浙東，聆輿頌則色喜；後此，訓幼孫里居，牘戒頻及，聞靖共延譽則色喜。侍御每對人言曰：「吾父之布衣粗糲，徒步減騶從也，思吾之不清白。若重然諾，明義命，公庭無封君跡，閭里有親故歡也，思吾之不貞持而敦古。若推有餘，贍不足，嚴非分之取也，思吾之封殖而昧涣居。」若其不憚以身教有如此。歷數十年猶一日，廣訓子者以訓孫猶一轍也。公篤行表俗，殆古大丘有道倫與？侍御以省養予歸，猶及永訣，諄諄訓忠勿替。

公諱某，字某，封如子官。卒于大清順治甲午五月日，距生明萬曆戊子四月日，享齡六十有七。卒後有疏遠十數輩，即柩盡哀。訊之，咸夙賴存活者。原配某，子某，即侍御。孫某。以某月某日祔葬臨川公某壠側，遵遺命也。侍御以誌銘屬余，因得而銘之曰：

大雄山川兮，傑以清。高躅攸鍾兮，拔公卿。謀裕奕葉兮，保餘榮。邦家必達兮，永嘉名。依依九原兮，愜生平。作述無忝兮，堅白鳴。

驍騎將軍鵬宇張公暨元配夫人霍氏合葬墓碑

連三岡者，前太師英國張公欽錫世塋也。其地依山臨水，北衍夭壽之支條，西擁層巒之爽靄。龍蟠珠貫，三峰列旌棨於儐從，而塋兆正承其王氣。玉案、白河，蜿蜒宗繞，右珥鎮岡浮屠，左帶桑乾名瀆。四時之氣殊標，而佳城葱鬱無改，洵天予勝概也。循周制，昭穆東西列葬，越數傳而幅於地脉。余友介石張元戎，遵先公遺命，卜地於祖塋西南之呂村。以癸巳仲冬日吉時，良奉考妣，歸魄兹宅，徵余文紀厥事。

余語介石曰：「地雖繼別爲宗，而瞻顧世塋，猶緒引于餘廕。天地嚴凝之氣，始於西南，而盛於西北。新塋世塋，總一義氣所結聚，何分兆之非同。是役也，可謂繼述之善者矣。」介石曰：「某非敢丐靈青烏，希慶燕貽，惟是藉先烈晻暉，于役四方，不獲廬墓蕆事。回溯三十年間，陵谷互遷，碑藏易處，某子若孫，保無異時，即丘壠而不克記憶者乎？此某所以低回先命，而不忍不慎乃永圖也。」余曰：「敬承先志，祖服克光，岵屺瞻懷，存亡靡二，明示後裔，永言孝思，一舉而三善備焉，是可以紀。」遂附勒於貞珉。

貞媛碑碣

逆氣滔天，彝倫攸斁，親戮而女諧室，夫刃而婦暱從，比比矣。求一龐娥謝娥不可得，矧操凜冰清，志同玉碎，如太谷侯氏門内外諸媛乎？甲申五月初，闖逆逼處谷邑，肆掠宣淫，固其故智。田喬村民侯化龍，遠出未歸。其子庠生萬方，暨姪庠生萬里輩，亦皆行遯。獨龍妻李氏持户，一時罹變相依者，子婦任氏，姪婦王氏、趙氏，長女之適庠生張翀者，次女之適庠生牛仙鳳者，并未字第三女，翀妾王氏，及翀未字二妹，又孫侯疆妻任氏，婢女蘭姐智氏，長幼凡十有三人。環聚共矢曰：「世澤承先，詩書裕後，事至此時，義不再計，寧潔身以殉節乎？」李氏率身投井，衆從之，靡有憚色。冽彼寒泉，香魂不泯矣。里人咸謂侯氏先隱公興及光朝，貽謀忠厚，所儷孫、李、王、翼四氏，咸閫範端方，有以啓正之也。異姓同處，一德同風，李氏之交勗，豈伊朝夕哉！表教化於興朝，宜其有司上聞，旌典首及矣。

杭母華氏傳

武林杭母華氏，其先祖有爲吴越王工曹者，督築塘役，工成，因家其地，世稱華家塘。子孫繁衍，耕讀相仍。氏幼秉端淑，不苟笑言，以十六歸於杭生萬春。杭，鳳陽人，始祖在明初以定浙閩功得世廕，遂籍錢塘。春以嫡胤讓爵，雖遯跡山澤，以孝友聞。氏執婦道惟謹，上承舅姑歡，旁致起三族，敬于内襄，裕如也。春豁落不事生産，簞瓢無餘。既圖新堂搆以遂頤養，積勞成羸，至不可療。氏侍疾踰旬，祈以身代。比屬纊，誓身殉之。水漿饘粥輟進，號泣無時，繼以嘔血，危篤不復省人事。覺夫撫其背曰：「衰齡父母在，堂未成立，兒女繞膝，仰事俯育，賴爾成我未竟之志。毋徒輕隕，諭以强起藥餌。」氏憬然曰：「夫言良是，宗祧單傳，無伯叔可託。今雖四子，長者甫九齡，未能承養。我死，姑舅何倚？且以諸孤相累，何以慰幽魂？」乃起事藥餌，病獲漸瘳。襄大事後，生計不給贍，以女紅菽水之供，曲盡其誠。勵諸子于學，期張淪緒。未嘗以業儉，或間然于俯仰間也。氏代事杭父母者二十餘載，無貽憾終。天代義方諸子者，亦閲歲四十有奇。歾者字其孤，存者振其業，繩繩后裔，勿替引之，里人僉儗古女宗云。蓋其才識度越市媪多矣。享年六十有七，以壽終。先是，守令高若節，曾旌閭門。至是壻某摭遺行求傳，遂詮次如右。系之以贊曰：

勃谿寠謫，閨陋相仍。德色借鉏，須麋未免。杭之落殖若彼，華之仔肩若此。不以窮約生死易操，而綜理有條，箕裘藉甚，求之末俗，戛戛乎難哉！

張仲母劉孺人傳

編修張子礎道湜，晉之沁水人。其仲母曰劉孺人者，孝廉宇聞公鉿配也。貞敏且慧，寡言笑，薄鉛華，識度班古彥男。幼侍大父莊靖公，嘗試以珍翫，弗顧，私器之，曰：「必不儷庸。」嗜書史，攻筆墨，遵父肖川公誡，弗再御，婉娩若訓若此。比于歸，虔婦事靡懈，撝抑約處，不伻出閣自華胄者。孝廉公蘋蘩有託，得勵志下帷，登癸卯賢書，以光昭宮保毛趾。中助功存，舉子道溥，自翦鬌迄能言，靡以姑息廢訓，龍駒蚤譽，豈伊無從？孝廉矧業再北，積鬱瀕危，孺人侍湯藥惟謹，不獲，邀祝身代。屬纊之際，執手垂泣曰：「惠廸逢罹，感貽我受，匪君之咎。冥昌善裔，或在孤乎？婦圖似續義方，他日將報命幽壤，君其逭慮。」迨居喪哀，當物附身附棺，無悔撫孤，稱未亡人。三年一如苫次，雖服以制斷，盡屏麗飾，怒詈笑矧，未見形於中閨。又三載而遺孤殤，孺人大慟曰：「始奪我天，以孤在，不即殉。今復奪我孤，積咎重罰，曷以生爲？」遂絶飲食，期從夫子於修文所。時宮保家居，語夫人慰孀婦：獨不計而夫宗祏乎？伯氏有子可嗣，韓姊有女可撫，令伊無子而有子，無女而有女，孰愈隕生？以翁姑命，不敢重違，稍自釋。閱數年，叔氏復育編修，宮保又屬爲之後。孺人鞠育有加，兒娛亦娛，兒病亦病，編修依之，頓忘所自出也。常隨慈氏歸寧，惟孺人是念，却食愀然，負歸乃色懌。孺人預知其必返，倚閭竢之。宮保宦游，家政悉委孺人，經理鉅細，有需輒響給。叔氏司梱外，亦於孺人乎秉成。周策遠謀，每出須廩輩意表，量出入，常使廩有餘粟，笥有餘織。庚辰大祲，孺人推八口剩資，活邑寠甚多，未嘗德色。處娣姒，和藹克終，鮮詬誶之隙。晚喜奉佛，僻退減應酬。溽暑燕私，袒服無釋體。嫠居四十年，非至戚慶弔，不一出中堂。學使者廉其懿躅，上聞，有待表閭，格於鼎革。先是，編修就外傅，弗順，恒嬰夏楚。孺人厲色相戒以父母遺體，盍不自愛。傳語傅：「兒孱不勝威，董紓督之。」慈毅克濟，玉子於成若此。季叔鈴，少失恃，善病，孺人躬乳以慰姑靈。季叔成進士，孺人成之。編修胞兄夭，孺人泣語之曰：「兒鮮昆弟，我有濟嗣，詎忿然叔氏膝下闃如，毋母我，亟歸著叔氏，代不幸嗣濟溘露。」悲益劇，引咎罙增，兩室惟編修是倚。丙戌雋於鄉，則色喜。丁亥鎩羽返，則色憂。尋臥疾，編修循孺人祝代仲父，祝代孺人，竟弗豫。編修以受恩深，請終喪，格於衆議，謂獨子出繼非禮，撫棺長慟曰：「兒不得視猶母，非兒志也。」持心喪三年，葬祭盡禮，以答罔極。取次子德瑟主嗣兄溥祀，以永仲父母血食不衰，孺人仍無後而有後矣。

史氏曰：先正有云，某列女也而爲婦無聞，某喆婦也而爲母無聞，某賢母也而爲女爲婦亦無聞，壼德其難兼哉？矧孺人祖司空，父明經，舅司馬，夫孝廉，其席貴倨幾埒唐張氏之苗夫人，而啖蔗初循，茹荼竟勵，儀方完璧，節峻寒松，緒著宜家，功收静治，含弘光大之義，殆體備之。史稱謝母之於猶子瞻止慈，羊祜之於世母蔡止孝，今於沁水張氏，某再見矣。

公祭座師康清宇文

天啓丁卯，郡國掄賢。益部以請，命公往焉。秦關紫氣，蜀道青天。期以人事，叱馭而前。七十六子，雋兆開先。無私衡鑑，有美陶甄。

溯公發祥，笥經傳德。禮義罔愆，動言維則。茂齡掇魁，戰藝五北。摩厲功深，學無落殖。癸丑春官，高騫雲翼。克新箕裘，作楨邦國。僉曰斯人，大器晚成。量才簡授，畀宰大名。羔絲砥節，鸞鳳翬英。民懷吏憚，政簡刑清。士若化治，人不愛情。龔黃比躅，卓魯齊聲。晉秩白雲，持憲明允。案疏冤積，惟慈惟敏。休媿于閭，仕同章穎。輿論攸歸，福留不盡。勷歷臬藩，西南就軫。衾影自虔，官方民隱。拂衣里門，茂對華軒。圖書盈架，佐以琴尊。身輕事足，樂佩君恩。蔚森槐桂，庭訓斯存。載光作述，楷及子孫。賢書繼起，繩繩后昆。世競盾矛，我自懷葛。口鮮雌黄，腹有予奪。從善如登，嗜義如渴。敦薄廉頑，風澤何濊。祭酒鄉邦，確有本末。泰斗忽摧，遠邇嗟咄。

某等濫竽門牆，分淑義方。才智所幅，展布靡長。低回孔鑄，有覥升堂。睠言仰止，五内盡傷。各羈雞肋，莫即玄藏。緘詞寄酹，西望徬徨。

公祭同年少司農梁眉居文

方隅傾缺，俛仰且然。悠悠人事，庶或瑕堅。厚德默孚，承祐獨偏。保兹永譽，勿替百年。

奕奕我兄，幼鄙章句。行格言倫，學崇經務。執耳雞壇，譽英周度。自淑淑人，仁居義路。炳麟蘂榜，通籍大行。星軺攸歷，求莫孔誠。峨冠柱下，珥筆風清。不刻而厲，既恢以貞。貞憲祗頹，横秋一鶚。自西而南，梓繩遒鐸。部肅閭熙，遠猷於鑠。領袖神羊，靡存圻堮。股肱建業，節鉞長江。樓船敵愾，鯨浪戢降。餘力幽討，富于芸窗。巒嘗舊集，峙嶽奔瀧。心錦隨纚，夢管如杠。混跡小乘，超然大隱。静友琴書，閒招酎醞。自命蕭疏，咸欽醇謹。矩矱斯存，步趨疑抎。箕裘有託，振美同朝。司徒遺緒，文部克昭。矧裕孫謀，作求不佻。凡百斯裔，繼述依杓。

人亦有言，慶餘積善。素瀨悲瀠，静女愁罥。視履考祥，云何爽券。不朽者三，食報方羡。某等芝蘭分臭，廿載追隨。頻消鄙吝，聞見瑩疑。豈無離索，棣思遠而。睠言長別，慟結公私。零露凋桐，寒蛩咽砌。光霽敞庭，圖史四壁。日月幾何，遽判今昔。潛然旅招，魂歸應感。

公祭葉母方太夫人文

於維夫人，鍾山閨秀，慶叶蘭祥。言規動禮，藴粹含章。幼媚女史，媲美敬姜。逮夫笄字，鳳卜攸昌。于歸贈公，柔嘉孔則。井臼蘋蘩，恪修閫職。佩贈羅賢，雞儆獲弋。昕朝無僁，助兹令德。和氣天申，誕育鳳麟。弦韋引義，堂搆載新。作乎前者，藹藹用賓。聯翩振緒，式焕陳荀。贈公展驥，碩抱浮位。教鐸廣宣，取材内治。拂衣林泉，詩酒適志。克贊義方，玉成國器。矯矯六龍，有亢厥宗。晝荻丸膽，屬望登庸。弓治有待，經營母胸。積厚報渥，三荷貤封。自辰而未，泰茅連彙。瞻屺凝禧，既榮且貴。或陳鼎養，或薦庠饎。紛答含飴，慈顔欣慰。有美南陔，求福不回。鴻章介壽，紀實義該。永貽彤管，作範將來。北堂歡洽，匪僅戲萊。以兹聖善，優承天眷。九袠彌康，人瑞共羨。司空匏繫，狄雲懸戀。翻指孔縈，風木增變。踰歲訃聞，游子如焚。撫膺定省，闇叩徒殷。迢迢苫次，不復可云。燕潯猶達，生死遽分。某等譜厠華胄，芝蘭分臭。麗澤深資，竊蒙啓佑。懿躅堪儀，悼亡均疚。奠酹陳辭，英爽如覯。

告殤子文

順治己丑二月廿七日丙辰戌時，四川成都府井研縣來鳳鄉下里胡宅次男庚第璪，以疹患中殤。卜以三月庚申朔，厝於燕都南城北四川營石芝庵巷之西園。本月晦日己未夕，其父偕母姨等，以牲醴羹飯香錢告餞柩前，曰：

哀齒天涯，猶幸爾託。奪我掌珠，彼蒼何虐。謂非我子，不有從前。劇病百嬰，旋復泰然。既是我子，應無今日。穎茁幾何，莫邀秀實。家壠遥隔，遽艱櫬歸。西園暫殯，庶慈是依。子忍棄父，父曷戀子。未免有情，誰能遺此。過此入室，難遘兒踪。撫棺告遣，悲憤填胸。嗚呼痛哉，兒其冥識。若猶余懷，尚圖來嗣。

祭亡友楚轄劉任先文

夫何玄造之難諶兮，限修嫮以百禄。躓驥步乎中逵兮，頓龍驤於幽谷。俾駿伐之莫究壽幢兮，徒名山之韜遺牘。豈弓冶無銜長兮，留不盡以引纘服。憶射覆之獲頷珠兮，期振采乎天庭。僅五馬以宣猷兮，焜煌一路之福星。雖含沙之忌成兮，終莫慁夫清寧。或中土之邀錫祉兮，稍委曲以紓貸靈。憶聯舟之溯岷江兮，俶盤桓乎京口。肆幽討夫三山兮，快杖屨之相偶。每即事以韻標兮，挹珠玉其盈斗。逮口碑之達天聽兮，竊私慶乎白璧之無咎。憶脱難而僑蕭寺兮，倚出入之相於。謇絆跡乎舊棧兮，望旌節之弘譽。沛膏施其北以南兮，稔緒業之未竟傾儲。曷賦歸田之志遄兮，遂狎松筠乎舊廬。頃冢公其來服政兮，展慰墨之欵欵。訊近履且優游兮，課詩書於蘭畹。借方外之逸躅兮，效塵緣之净澣。曾日月之幾何兮，遽愴聞乎捐館。嗚呼！追隨夙誼，篤于友生。悵望淮南，止餘令名。脱屣浮膴，應返瑶京。咽筆申誄，莫既含情。

公祭宋太夫人文

於維夫人，召南閨範，藴熾兆蘭。冲儀静秩，言動克端。志齊古媛，寧屑近觀。天昌名祚，學識畀完。于歸中丞，恪功佐讀。承歡卞闈，烝乂孔穀。逮稔服勞，豈伊信宿。内則無僭，琅邪共淑。醲醞祥和，介祉鳳阿。貸靈儆弋，蔚起巍科。詩書延澤，堂構嵯峨。載光作述，懿訓實多。中丞筮仕，亢標砥矢。直嬰憸氛，退隱沂水。鹿車得儕，玉成令子。忠孝貽謀，勿替在耳。中丞賜環，嗣喆鵷班。魚軒斐奕，戾止燕山。

薇垣玉署，緒引箴頑。徽音攸播，綸錫頻頒。夫人儉御，食侈峻砭。享奉司農，力却豐艷。義重施予，拯援切念。脱珥傾匲，皇皇靡厭。有美南陔，求福不回。含飴踵彦，務焕戲萊。冠訌逼闕，行遯餘哀。曰君父仇，誓勿懷來。栖遲越土，匪饕華膴。報韓未成，寵綏有主。促子致政，遂初潛塢。賁志全歸，素旐返魯。司農烏私，鬱結天涯。彈冠新際，八載於兹。將圖合兆，永言孝思。笥經荻畫，千祀同悲。某等審邇聞見，久乎聖善。譜或芝蘭，誼或僚掾。麗澤富資，情均悼唁。絜酹告虔，英爽來眄。

祭宗母孟太夫人文

天倫樂事，睥睨三公。韓恕詹以志養，賦潘居而增恫。伊承歡之跡異，感屬纊其攸同。軫南訃於北凷，託悲緒於商彤。愴庭訓之儵閴，賴機杼以考終。寶雙珠之在握，競抗直夫冶弓。峥嶸伯氏，烏奕南宫。操成竹而肇旌邑，允元幹之乘長風。自消息以諦美惡，思損益之懷慈衷。韋弦式佩，羔絲飭躬。迨最課而陟烏府，每郵緘以教作忠。孚徽音於持斧，慰諼樹乎儀鴻。迄導輿兮宦邸，熙含飴兮閨中。閱麻姑之桑海，總百禄於有娀。悵定省之羈靡盬，瞻陟屺而隔齊東。雖音問之欵欵，異繞膝之融融。洵乾坤兮寄宿，委聚散兮飄蓬。彼翳指兮限畫域，此望雲兮冷江楓。追稼圃之晨夕，等失計於初功。惟感均兮慟倍，幾西憶兮如窮。至夫媲德曜兮芳躅，儷元卿兮宗工。茂蘭玉兮奕葉，竪闌的兮犍戎。固内外兮無間，宜千祼兮欽崇。某誼聯松葛，休戚原通。哀母猶母，五内充充。擬大招以咽筆，申明信於瑶空。

祭劉訒韋工部文

惟喆躅之儀世，洵俯仰其延休。軌言動而内督，緬影衾以逭尤。溯棲神其高遠，匪託跡之沉浮。公挺生也有用，其待用也不侔。倏鷺車而空貫索，倏繡斧而肅征旍。倏輶軒而宣聲教，倏郎署而佐孱鳩。俔方圓之試晝，諶纖鉅其兼優。固探儲之養裕，稔肆應之才周。既著良於弓冶，爰振緒乎箕裘。詡鵷班之嗣美，啓麟趾以貽謀。杓吴都之甲第，允方駕夫前修。上憫蒼梧之蕪僿，特簡碩望以薪櫄。擬殿邦之有待，昌文運於遐陬。胡騎箕兮遄化，挹典刑兮末繇。望豫章以矢大招兮，浦雲渚閣無淹留。徒絜酒以將夙好兮，蘭言贈佩委塵漚。嗚呼哀哉！友聲何求。清風兮亮節，富抱兮遠猶。闔棺兮論定，擅譽兮千秋。

祭曹峨雪文

丙申仲春，峨雪年兄以訃至。越十日，蜀弟某病少間，始得詣冢公苫次哭之。既公奠，復有以申吾私。辭曰：

惟聲氣之交孚，匪步趨其偏暱。溯盍簪自石渠，襲蘭馨於入室。際導輿其殷懷，恒緣慳乎促膝。嗣戴闈其追隨，叶道合乎甲乙。萃佳梓於良桐，升清廟而琴瑟。緬固陋之資文，附青雲此其一。尋承顔乎南陔，耿傳德於佔畢。余衡士乎武林，消鄙吝於面質。假浹旬之因緣，訂行藏其委悉。訪師友於當湖，愜盤桓者六日。情繾綣乎餞筵，汎蟾輪而夕秩。諧絲竹之童優，韻蒹葭以遠出。恍李郭之仙舟，溯寥天而宵鴥。從此分襟，倏迫淰獝。南望冥鴻，飛止難匹。迨蒲輪而來都，依小鳳以㰦㰦。續文酒之舊歡，尚耆英其餘七。詫桑滄之曠遭，嘅健會於有卒。俄拂衣而南帆，驚崦光之西沕。限白馬於臨丘，寄束芻以告恤。撫悲惋其填膺，聊抆淚而載筆。系亂四章，曰：「壯齡附驥際龍飛，金玉觀摩快有歸。三十年來同泡影，經尋往事倍沾衣。」曰：「南宮品藻倚提携，日下絲無五色迷。屈指英游零落盡，泰梁頹折共誰悽。」曰：「浪跡南遊即玉樞，西湖聯棹復東湖。友聲重洽千秋感，荻雁尊鱸切近吁。」曰：「皤髩京華偶集歡，真風豪氣重騷壇。如何征草郵傳後，即報乘箕域外觀。」爰覼謱以愴陳，冀兄靈其鑒只。

秀巖集卷三十一終

是集名「秀巖」者，乃予先祖少師公木本水源之思，不忘仙井舊林之志，而名之也。憶予口能就食，鳩車竹馬時，每見先祖調爕之暇，退食自公，以洎懸車林下，雖風雨晨昏，卷未嘗釋諸手，興會有得，欣然忘寢食。著述等身，間即付之剞劂氏。一生自少迄暮年，汲汲孳孳，精神貫注，亦冀有後人讀而知之者。其逸目中諸書，自蜀罹寇燹，燬擲無餘，兹集僅什百中之一耳。自建業移家西河，念刊板汗牛，未遑偕載，塵扃故宅。中繼痛先祖捐館，後遂爾萍踪靡定，迄今三十年來，無日不轆轤懷抱間也。及查取此板，以久爲司閽無賴者盜典豪室，致先祖手澤苦心，幾至湮没。爰思栝棬微物，尚爾襲藏，詎名山之遺，恝忍遐棄？百計拮据，購以重價，始得劍合延津，珠還合浦。力爲刷印，布之於世，庶幾遇伯長中郎之知，則少師公應莞爾九京矣。知河南汲郡事孫蔚先識於雙清堂，時康熙歲次乙亥季春之望日也。

附録一　集外作品輯佚

詩

紀夢遊有序

別峨眉幾十稔，一夕入夢，塵襟豁然。同杖屨者，宜興陳太史實庵。世故屢更，心契仍在。所到題識，侔於身經。未能遺情，以筆津逮。時丁亥秋七月念七之辰，韻次陶靖節《桃花源》，句則攟摭唐人也。

清氣在園林儲光羲，探幽非遁世陸龜蒙。歷歷余所經韓愈，滔滔俯東逝盧照鄰。鳳想疲煙霞王勃，十年茲賞廢張說。胡乃在峨眉陳子昂，津亭暫臨憩崔國輔。貪玩水石奇李嶠，擯落文史藝宋之問。萬里秋景焯吳少微，星駕無安稅杜甫。情洽鳥來馴崔日知，野間犬時吠萬楚。松篁尚葱蒨洪子輿，別業聞新製孟浩然。青蘿拂行衣李白，玄老欣來詣李頎。白雲餘故岑王維，逸翮思凌厲高適。誰知林棲者張九齡，悠然不知歲常建。自可狎神仙劉孝孫，兼欲看定慧劉長卿。卷舒形性表王昌齡，心照有無界劉昚虛。從此得玄珠淩敬，有美不自蔽柳宗元。眷言同心友韋應物，善物遺方外蘇珽。長懷通夜魂韋嗣立，蕭然叶真契吳筠。（胡世安《譯峨籟續集·詩歌紀》）

和陳實庵同年續峨遊夢八首有序

煙霞同契，既不隔栩栩仙遊；筆墨邀靈，又復即琅琅鈞奏。合燕蜀而一視，喚醒迷魂；假壎篪之迭吹，掀翻囈案。漫依八韻，擬質三峨。

客塵睒日月，未替紫芝心。回憶光明界，橫披左右襟。鑿幽嵐子雨，天曠雪賓岑。綺夏前身侶，悠然訂遠尋。

二

並轡躋初地，歸雲一徑偏。鼓鐘今選佛，鸞鶴舊遊僊。洞閟千年雪，巖參一指禪。荒垣留斷碣，述道有遺篇。

三

昔年禳噩夢，曾賦憶峨行。天假烟霞供，人寒猿鶴盟。詩瓢雖蚤辦，斗室惜垂成。忽覺移文至，懟余伴俗情。

四

三遊有譯籟，夙締亦殷勤。靈構非私我，幽探若待君。陰晴山態易，黑白水情分。到此無他侶，逢迎只素雲。

五

勝峰雲海濇，培塿赤城標。騎羖方追葛，驂鸞亦遇蕭。春遲巖北秀，夏減日南驕。旅夢依青岫，品題總寫描。

六

無端頓縮錫，寶剎倚雲開。溪證聲聞果，山藏磊落才。神泉僧名薦，經石客詩裁。枕簟秋光裏，相將數往回。

七

西嶠乘風便，寒潭濯魄澄。山潮聞静嶺，僧樹引蒼藤。蜥蜴充龍號，貔貅學犹登。同人隨降陟，濟勝具偏增。

八

德林滿字植，修竹間墉圍。客向寥天去，僧從古洞歸。快陪蘭友話，同御鳥工衣。卜築華胥里，何須問政璣。（同前）

瞻峨樓 次壁間韻

携得雲囊入寶山，甄靈隱秀有無間。是誰肇構瞻峨閣，有客來尋坐雪顔。橘柚寒煙連野爨，漁樵分日只江環。輸情自篤三生約，策杖探奇未擬還。（蔣超《峨眉山志》卷十五）

伏虎寺志舊

春酒就芳茵，遊絲亂松毵。鈴閣泛霽光，鼠雀渾無繫。茶煙縯叢篁，風泉分仔細。當日記朋遊，誦詩窮五始。《詩》亡《春秋》作意，時有所感。（同前）

西坡癡歎寺僧遇仙，約以箬籜渡江，僧不敢承。仙以福薄惜之，僅賜丹藥令吞，致壽百歲示寂。詳《書畫》。

伐毛洗髓豈凡醫，貧壽無營羨啓期。世外煙霞蒙俗眼，洞中歲月屬龎眉。未能羽化喬凫免，空笑腸刳許鼠癡。焉得仙翁左右手，烏尤泛箬我從之。（同前）

聖積寺

初地介煙闠，雲巖疲逸想。欲乘列子風，周矚夏王壤。（同前）

瑜伽河

山徑導督任，玉液分膏土。每到西成時，幽歌喧社鼓。（同前）

凉風橋

焚輪帶飲虹，炎帝不能暑。五月披裘翁，來從木石語。（同前）

解脱橋

靈卉飾丹梯，雪淙流活活。到此利名心，一回一解脱。（同前）

幼年夢句未有所屬今舉似歸雲寺

擔頭擔雲來，目送歸雲去。雲歸何所之，意在臨江樹。松陰野鶴鳴，影落潭深處。（同前）

大峨石神水

天疏清洑洗雲根，影得寒稍帶雪痕。舊試紫茸春欲暮，掠霞歸鶴禮南軒。（同前）

福壽庵海棠

直欲喬松較偉身，肯從凡圃乞餘春。層層承屐争紅紫，輸爾幽芳碧落鄰。（同前）

山潮

勞山有山市，窅幻侔東海。峨嶺汎潮音，梅岑斯焉在。屏翳返雲車，暮霞回潤塏。土人候天時，傾耳西南待。調刀非噫氣，林籟傳款乃。寂喧疇是司，吾欲詢真宰。（同前）

歌鳳臺訂舊

老幹埋蒼蘚，琅玕匝野亭。登臺懷古處，韻澗風泠泠。疏岫不留雲，絢蒨萬景頩。危壁寒水衣，啼螿款石扃。髡友腹詩來，薦茗叩玹經。接輿歌不再，想像逸精靈。流詠悲金石，中情激杳冥。鳳兮非一鳳，或一余丁嚀。山月訟山鬼，誰歟鑒獨醒。（同前）

中峰寺

茫茫傀儡場，昔昔雲林夢。爲問荷鋤翁，曾否遇韓衆。

又

雲岫競來賓，歸然開浄域。説向采芝人，兹山或可得。（同前）

雙飛橋

澗深能怒流，谷静易延響。旭岸小舒光，乍生遊袂上。

又

樂浄牛心石，觀空天柱峰。棋聲與仙梵，時啓白雲封。（同前）

寶現溪

龍伯亦刓方，弄丸試溪面。業師轉瀍輪，息彼玹黄戰。（同前）

登萬年寺高閣次壁間韻

螺甃崇龕腋宇矗，煙巒宫岋争回復。隩陰果實續生熟，庢藹避人自艶蔟。雨乍飛空助晴瀑，猱攀鼯度厜㕒屋。惠風時醒封苔木，籜龍自乳普賢竹。邀客提衡非一目，牢落能消酒百斛。雙丸刻刻移寒燠，誰道丘陵殊載覆。作賦登高髡虎僕，擴來竗緒搆如宿。前景丐靈後景蹴，雲軒東島更西竺。詮道遺碑尚可讀，癡骨

頑皮忽振謖。有同夢雞鶩祝祝，彈冠晞髮正新沐。坦腹藏書峰頂暴，逃名不向成都卜。（同前）

初殿

躡步雲前導，嶙峋不計岑。膚箬捎籜翿，拳蕨就湯燖。初殿乾坤眼，深山鹿豕心。寧知宴坐者，亦受二毛侵。（同前）

蓮花石追紀昔遇

船藕抽芳託翠峰，不將竝蒂攬遊踪。天臺姊妹除煩惱，背向花前笑蝶蜂。

又

不染污泥出玉岑，静姝相對締盟深。莫教仁智千秋樂，化作山陽嫃塚心。（同前）

化城寺道上

覆佛祇木皮，度人亦析幹。身在七天中，始知平等觀。（同前）

梅子坡有序

始白雲禪師道行偶渴，索水不得，望前坡有梅樹，擬此纍纍梅實，可以回津。至地，地無一梅樹，而渴已止矣。今建有茶庵，後人援以名坡，漫作二偈。

既渴始求梅，非梅亦梅指。寧知舌本中，原自有梅子。

又

渴識心驅渴，心津舌已津。如何咡絲蟲，夢不到河濱。（同前）

雷洞坪

雲蟄龍蛇窟，寒生木石衣。有時聲殷殷，行道雨霏霏。軒帝霓旌滑，神農藥草肥。綏桃方果腹，叱石欲何歸。（同前）

天門石

大竗天開闢，井參可歷捫。兒孫皆崒嵂，伯仲及崑崙。薛世虬龍幹，雲班虎豹闇。市塵非不到，光晶徹黄昏。（同前）

峰頂訂舊

西越靈陵紀勝遊，境超那復納塵眸。遠巖瀑噀三千丈，匝樹風生十二樓。鳥外振衣雲縹緲，鷲頭欹枕石夷猶。此身俯踞垂天翼，丘垤何論只益州。

又

梵天色界幻瑶京，修月仙工琢不成。烏鼠餐霞腸已換，昆蟲卧雪體俱明。鯨鐘音寂千巖答，寶塔光凝白日行。到此聖凡無二諦，何須海外問蓬瀛。

又

繪雨描雲總浪歌，知希我貴自三峨。天空諸色留霞少，澗貯餘寒歷雪多。是佛是仙俱是寄，如龍如象可如何。分明記得分儀始，蒙首先天藴秀那。

又

爽霽嚴扃倚漢開，堆陵層壑辨莓苔。尋嘗光怪憑攔處，只尺平蕪界水迴。仄徑沙彌烹茗進，前林野叟抱琴來。蒼茫東北窗丘下，可是吾廬闢草萊。（同前）

己未遊峨聯句有序

時同遊者，余内父叔雷雲岡豫、小岡過、表兄李章宇泰，曁一二散人衲子。下山至聖積寺，回望峰頭積素，玉柱插天，蓋甫别即逢盛雪也。周子肖豁某持盤觴相勞。時各出扎記所得，不無異同，未能甤積成章。議聯句以次第遊踪，人各四句，轆轤暢意。適老僧輪念珠坐次，小岡曰：「須盈此數。」内父以不嫻聲律，付所記命余代韻草創。既余與内叔復字句商確如左。頃從舊帙得此稿，不勝存歿之感。追録於此，以告後人。

厲病屠維歲，聯鑣啓甲辰。宿烏蘭木剎，競筏寶瓶津。燕渡重經鎮，琳宫直接闉。樓觀初聖積，路轉尚伽濱。宗問獅峰下，幢標鷲嶺垠。嚶鳴高下處，笻策往來侁。草木諳違俗，煙霞各比鄰。此行非結夏，相訂續尋春。橋閲颼飀穴，坡躋解脱身。蝠廬雲篆古，盤澡玉峰裔。木纖遊仙導，石船普度因。龍泉郵杖盍，鳳石瘞荆榛。靉靆迷三望，芊眠矚百畇。雙流衝塹匯，一柱隱豁珍。未覓洪椿勝，空嗟藥臼陳。白巖楠藏蔚，蒼闕鳥翬夤。四會亭名舊，萬年寺構新。是僧皆可主，遇客迭爲賓。小憩懷幽討，閒評入奥甄。石能黑白水，岨習顯藏人。佛齒存侅相，經函出紫宸。唐琴留白詠，宋寶委熛輪。净業依松籟，休徒剩草茵。誰言升頂麓，我目迴風塵。拾級胸平膝，迤程腋復臏。凌虛龕鳥外，垂險幹猨臏。關越鬼門阻，梁通仙媛姺。息心雲壑賞，慰步箐巖榛。謚嶺鷲而駱，逢踪犹若麇。俯臨皆嶆嵝，仰眺益嶙峋。苔繡籠鬆木，霞緄菡萏珉。鎖天何鴿到，洗象有池潾。杖屨來初喜，衣裘擬漸絪。木皮代磴瓦，爐火費樵薪。梯峻猢猻踖，雲埋霹靂呻。欲探九老踪，更有土皇倫。八十四盤上，陰晴雨態攽。桫欏花異色，菩薩石餘霦。茗飲禪房乍，鳥呼佛現頻。凭欄銀世界，匝暈錦由旬。銅殿鑴工巧，寶臺石户陻。浮圖多玅冶，傑閣出高旻。旋趾天門石，當逵僧樹踆。月池霜汁爨，雷莢火牀捘。紆徑尋龍種，燕嵐逅兩臻。登高乘昧爽，極遠總渾淪。鏤玉棑千嶂，滮蕘曳九紳。竺巒供几案，洑派別崑岷。已歷長嬴候，仍佯大霸晨。締交情耿耿，惜別語諄諄。福地應遺覎，奚囊足濟貧。況移西域雪，近照葛天民。浣慰郫筒釀，携歸湘浦紉。佳遊同許掾，象緯逼陳荀。禪堂榜「聚星」字。（同前）

光相臺追和舊遊

竹裂啼鴉愜昔聞，宗雷高躅寄峨雲。天連羅目三山合，雨衍符文萬派分。上界芝函留綠字，下方瑶草結朱幘。秖今攝受光明海，猨鶴沙蟲欲亂群。（同前）

壬寅仲春出都二首

三紀鵷班總夢遊，都人莫漫羨歸休。鬢毛帶去燕山雪，腸土行澆晉水流。囂寂於人分閱歷，行藏如我亦沉浮。客塵未了餘生債，回首鄉關歲月悠。

匏繫京華四八春，移文久隔溷煙塵。遠辭紫閣朱門侶，閒閱清泉白石身。祖帳達晡叨異數，鑒湖投老訝垂綸。桑乾右指并州道，社結榆枌倏幻新。（嘉慶《井研縣志》卷十《藝文志》）

宿獲鹿

滹沱西度走空濛，丘壑移家類葛洪。暫假郵亭經獲鹿，自慚形影遜冥鴻。鷺飛入憶汀南草，桃注何憑冀北風。歷展紀元春甲子，尊前兒女話萍逢。（同前）

井陘道中

綿流蜿碧帶屏山，麥隴鋪青點曲灣。石徑驅跰輿力憊，桃畦引盼客情閒。耿懷發軔青天道，漫擬傳經紫氣關。棄我春光同驛馬，已輸村釀慰衰顔。（同前）

晉祠

懸甕蒙泉汎泒分，靈昭聖迹詫奇聞。近昀鋤澤熙春日，聚落人家隔暮雲。風景乍移鄉沃野，輶軒頗慰客臨汾。停驂不乏童池賞，羨爾遼天北雁群。（同前）

題浮丘山房圖

至人胸中具丘壑，手眼不隨凡近託。結廬豈必傍嶠壺？東馬交衢有幽約。我觀浮丘山房圖，繼起素園分城郭。試問濬邑西南隅，閱主幾何今炳燭。木石松筠耳目觀，一經位置超元箸。少傅經濟朝野班，耆英有待尋詠酌。筆收麗矚供卧遊，几案追隨幻猿鶴。龍鍾欲覓錦江春，何能邀蜃吐樓閣。秀巖老史胡世安書。

（陶樑《紅豆樹館書畫記》卷四）

同曹石霞唐缺庵坐話乾明寺西樓

世情一半如雲幻，道我無官著作留。蘭訊幾番音信杳，相逢人説古亭州。（光緒《德山志補》卷四）

文

序易纂

言天莫辨乎《易》。《易》，策書也，而道器互有藏用。形上遇之，器猶道；形下遇之，道亦器也。子華氏謂，《河圖》之二與四抱九而上躋，六與八蹈一而下沈，五居其中，據三持七，錯綜之旨，象告之星。孰云象者，天肇示之，繼天而以畫言則宓經，繼羲而以詞言，則文、周、孔。要期盡立象之意，而正錯綜之義。或具諸圖位，或系諸爻象，咸引而未發。後此學《易》諸儒，言人人殊，望洋四聖，洞涉各異，源流遂分。大要窮理者遺象數，倚數者略理詮，得其一端，罔非《易》也。而幾不可以若是幾，猶夫穴地得空，穿牖入照，天罔不屆，而曰天止是，豈不誣哉？

吾師滄起氏，沉潛《易》學，洞晰畫前，道器以融，筌蹄不滯，庶幾目遇無不可圖書，即無不可《易》。今涉著述之藩，所云至美至精至神靡弗備，猶不欲自標壇坫，身質翹長□裒輯衆論而折衷一是，務俾四聖心源，揭行日月，諸儒筆舌，捷答鼓桴，可不謂晷天昭昭而得其浩浩也哉！

至有取於來瞿唐錯綜之説者，以其克正卦變之譌，通象數理於一致，千古以來，特拈二字以括《易》義，見誠卓。第析伏羲圓圖屬錯，文王序卦屬綜，余尚不能無疑焉。竊意伏羲卦位正具錯義，故曰「八卦相錯」；文王卦位兼具綜義，故曰「八卦相盪」，恐非《乾》《坤》《坎》《離》《大過》《頤》《小過》《中孚》云也。載按伏羲横圖，始《乾》終《坤》綜，《乾》順《坤》逆，至《復》《姤》中，交錯圓圖，□待錯流，行綜方圖，四正交錯，四隅攝錯，縱下綜，横上綜，此皆天地自然之數，不假安排，僅謂圓圖爲錯乎？文王序卦參伍以變，蓋參此三圖，伍此圖中極、儀、象、八卦、六十四卦，五事錯綜。其初畫奇偶之數，而非有加於伏羲也。原夫先天定象，即具天下之至變，惟文王能通之，以成天下至文。極數定象，極深研幾，非至精至變至神，未易與也。僅曰序卦爲綜，且以反對當知乎？余之所以不能無疑者此也。

盥誦《易纂》，厥義大備。上之得道而忘器，下之亦援器以證道，吾師羽翼大《易》，功奚啻伯仲漢晉以來諸儒哉！余仍呶呶錯綜之説以質難，亦何辭於管窺。蜀仙井門人胡世安謹序并書。（朱之俊《周易纂》卷首）

春秋纂序

屬辭比事，《春秋》教也。事莫核於《左》，辭莫辨於《公》《穀》，雖傅會支離糅見，主於定名分，其義一也。胡文定折衷以就感箴，豈必盡符聖經，而名義貞肅，國維持張，或亦夫子所心許。迨制義翹長，剿經誚傳，而筆削之旨益晦。

滄起先生起而釐之有《纂》。理准參衡，義嚴一揆，提要之精詳，叢説之簡密，其見於各疏者，略凡例以表微，期是非之允當。一事分志，端委有條；一人附標，初終靡忒。述十二公與國者，述東周十二王陵替之迹也。其曰義之中有不義，不義之有義與？夫欲盡人以回天，而天卒不可回。欷戲！論世識洞然犀，俯仰研情，氣餘裂眥，前賢多所未及。《春秋》匪徒作，《纂》豈徒述哉！

竊意先生詳於天道，乃所以深責人事也。人事莫先於仁孝，賊仁孝莫大於亂本而習偷。抑昔聞吾研老宿之説《春秋》者曰：「託始於隱，以教孝也。訖於獲麟，傷仁厚之澤不克終也。」或問之曰：「志在《春秋》，行在《孝經》」，夫子不云乎？周以仁厚肇基，而統集於止孝。達孝之接武，有以生之，有以成之，雖天道，實人事也。東遷以還，振振公姓，纂服無聞，且淪斁多端，仁孝道喪，以致乾綱解紐，夫子冀因魯史義正之。蓋周公之裔，切企一變至道者隱，當平季尚襲賢聲，惟大義未明，祈嚮稍舛。或謂其貴惠，信邪遂父之惡。或謂其内不承國於先君，上不受命於天子。若然，奚翅賢智之過，徒狥名以貽身戮與？於不孝之大者，不書即位，疑亦削之。夫《關雎》《麟趾》之意，漸即淪亡，寧復望其行《周官》法度乎？《春秋》之作，所以救仁孝之失，盡人事以挽回天道，烏容已也。循是説，亦有合於董子不通《春秋》，必蒙首惡，蹈篡弑之義。今觀先生之《纂》，於紀仁孝暨反是者，娓娓言之，當亦行夫子之志爾。僅侈屬辭比事，無誣失也哉！蜀仙井授《易》弟子胡世安頓首書。（朱之俊《春秋纂》卷首）

超性學要序

維皇錫福，恒性班矣；私智分糅，靈承濁矣。不有孽種，亢宗何彰；不有象賢，亭毓疑薄。夫不物物匠意以成治，而莫禁不祥之躍鳴；不事事排槩以就彀，而時有應節之破的，則錫福同而自求以承福者異也。是知性學淳漓，從人介度，非天主有以抑揚之。學者能由性見天，由天驗全，深洞夫林總均秩，裒益無庸，物我參觀，功用互證，於聲臭睹聞表，順符帝則，盡人而皆修吉，庶無負臨汝默牖意乎。今觀《超性學要》譯義，娓娓數千言，疏引駁正，不憚覼縷，旨各循倫，義期蔽類，昌明天學，吃緊爲人，撮其要領，與吾儒小心昭事、求福不回之指歸，其揆未嘗不一。第吾儒之言維皇者不可形埒，而西儒言天主者，確有宗傳，斯不無差别耳。語曰：「東西海有聖人出焉，此心此理同也；南北海有聖人出焉，此心此理同也。」亶其然與！西蜀胡世安題。（轉録自徐宗澤《明清間耶穌會士譯著提要》卷四）

題喻廣文峨眉山志

己卯之峨，索山志舊著，罕有存者。有友人以喻廣文《山志》脱稿見示。搜羅博而未精，考核詳而不要，去取臆而附會多。前九卷得失參半，猶可節取，莫劣於《山史》一卷。其言曰：「自有天地，已有此山，於普賢何與？願以峨眉還峨眉，普賢還普賢。倏而陽排陰佞，又詭其説，謂佛教原空一切，普賢亦不願人以此歸之。辨駁多端，不越斯旨。夫峨眉既不以普賢顯，亦何必黜普賢以顯峨耶？今有第宅，氏甲則甲，氏乙則乙。昔曰天真皇人，吾與之爲天真皇人，今曰普賢，吾亦與之爲普賢，而峨眉自在，初未嘗易名曰普賢山也，又何必坐普賢以獨據？」信其説，遇匡廬、茅山、焦山類，將作何攻擊耶？至《物產》，有昔無而今有，或顯於前而蔑没於後者，何可勝紀。如卞玉楚珩，魯璠璵，以及劉寄奴、丁公藤、虞美人草諸屬，生植雖不識所始，而名至今存，未聞廣文有所糾正。今於菩薩石、普賢茶、普賢竹、普賢綫之稱謂，欲一手以障道路口，何恕古而苛今乎？善乎侍御馬訥齋如蛟有云：「記遊可也，記峨眉不可也。」而況乎僅駁普賢以志峨然？峨眉當文獻凋殘後，有以鏡往昭來，討論什一，則廣文之用心勤，而功亦未可盡泯矣。書以貽見廣文胡江石同年，他時晤喻廣文，面訂之。喻，同郡内江人，名志祥。己卯孟秋既望日。（蔣超《峨眉山志》卷十二）

登峨山道里紀

蔣超《峨眉山志》卷九。案：此文即胡氏所撰《譯峨籟續集》之《道里紀》一卷。《譯峨籟》今有艾茂莉女史整理本，四川大學出版社二〇一七年版，故此處但存其目。

滌矚巖記

宋中江令程建用，寓書蘇子瞻，求峨眉壕壁記。今考文忠全集答書與記，皆屬缺文，偶意逆以補之。

峨眉勝概，遊人述之詳矣。程子在昔僑寓，夷然其户庭也，郊居賓之，逌然其晨夕也。一行作吏，遂隔周旋，高山仰止，實勞我心。退食自公，步觀風臺南亭，睹壕壁栩栩巖，曰：「曷易此以貌峨乎？」於是遴邑工之尤者，意授手區，由麓達椒，凡舊所目遇足經者，形以範埴，靡不悉。夷猶其下，僑寓與？郊賓與？無假力夸娥，引賦康樂，招幼輿於巖石，跡少文而卧遊。於戲！程子之結想至矣，匠心奇矣。余惟仕籍中汩没英概非一端矣，沉禍水，湎糟丘，饕肉林，婪泉府，名位相穽，恩怨浸尋。山水幽睨久矣，貌即而神違也。蠅蟻紛逐，雖延之仙都佛國，不惟不習，且不暇。予益嘉程子之神閒而識定也。浮雲宦海，響答琴堂，其在中江也，無以異乎峨山也，豈復有軒冕市塵得以滓胸哉！且余聞絶陸嵐綻，岌藟雲埋，森壁之晦明非日月，陟英之合離以風雨，峨山之不以全身示人也久矣。惟夫積霖初霽，蕩滌清虚，俛仰之間，毫髮無隱。今壕壁乃爾，非復兜羅綿雲世界，必積霖初霽，乃克睹此。命名滌矚，庶或肖之。然去峨益遠，坐卧留連，擬議昔遊，棲神非邈，是覺是夢，烏從辨之？即仍栩栩巖之榜，亦無不可。（蔣超《峨眉山志》卷九）

志竹變

峨山竹品甚繁。龍竹、月竹、千歲竹，詳《方物》矣。有所謂紫竹者，生三年而色全；墨竹，色如點漆，俱可充器具。桃枝竹，皮滑而黄，可簟，亦可書筒。太白「桃竹書筒綺繡文」是也。棕竹，幹實有文理，可杖。濮竹，節長。孟竹，以孟月苗萌。鳳尾竹、畫眉竹，以形似，竿小，葉茸細娟媚。筋竹，堅韌，鋒之，以桐油淬煉，可代矛用；笋欲籜時，可揉作弩弦。箭竹，一名石竹，中實若老藤，小者可矢，大者仍可扶老。凡此産各有所至。若班竹、慈竹、苦竹、冷竹、束竹、澹竹、白夾竹類，處處有之。以故峨笋富於他山，僧人乾之餅之，以供餉遺。

崇禎元年之春，峨山上下周遭，竹大小各種，一時俱窬，求一菉菁者不可得。至次年，枯笴盤根，漸就腐朽，人競薪采幾盡。入望，寒沙蕪莽而已，不復冀籜龍包絲，直節返魂，斯亦物理之有據者。三年春，斤斧未赦之區，忽射地叢出，自蜩腹蛇蚹至尋丈，其興也勃焉！雖園畝移藝，不若是之迅以齊。抑有冥司之不介而孚與？其幽巖邃谷，所存枯竿，盡浮筠矣。再越歲，蓊林還昔觀，僧復無怏怏餉遺之資。噫！黄揚厄閏，豈亦此君陽九所罹，不可逃之數耶！徵所聞，志竹變。（同前）

附峨山圖説

西南屹然摩漢，首記峨眉。襟岷嶓而帶江涪，遠窮天竺，近矚蜀都。陰壑陽巖，雲溪風洞。朝暮而冬夏，降陟而晦明。花卉别鍾，禽蟲畸類。琳宫玄觀，錯飾其間，逸客騷人，迭相盟主，洵坤輿鉅望也。意接口得而宣之，有遺音矣；目涉手得而繪之，有遺形矣。神契手與口得而億中焉，翻有出人意表者，則天機離合之因也。余既集衆言以測厥藴，先兹圖以表厥儀。三百餘里郛廓，直欲尺寸規之，以引游緒，可謂操約而願奢矣。世有崇域外觀者，小中見大，略處稽詳，則普賢願王法界，可決納之矣。又何必策笻造極，置身兜羅綿雲表也。（印光《峨眉山志》卷一）

跋王詵瀛山圖卷

向見摩詰著色山水，小大遠近，似銖衡寸度而成，生趣浮動，又超界畫一等。今觀此圖，正堪伯仲。信古人游藝一端，皆以全副精神辦之。秀巖老史胡世安題。（張照《石渠寶笈》卷四十三　又胡敬《西清劄記》卷三）

家藏宋搨蘭亭叙跋

張懷瓘品行書，推右軍第一，姜夔以《蘭亭記》又右軍行書之第一。自唐以來，臨摹家咸宗之。及攷張彦遠所釋二王記札，右軍行書不下三十餘紙，非不各擅精妍，而意匠筆先，韻浮影表，無如兹廿八行之美備者也。竇泉《書賦》留連于興酣延之紀原，咄嗟其神助，亶不誣耳。余所藏宋搨禊帖十有二本，雖填影手限，鐫刻工懸，木石質分，楮墨拓異，未必盡探驪頷，而優孟衣冠具在，尚可即似求真。竊嘗疑之，右軍醒後所書數百十本，唐初應傳播人間，即遜禊日，染翰當不在褚、歐諸公下，臨摹家曷無一及者？豈右軍續書，行欵體勢，規規初本，亦如今臨搨相因，久而莫辨，遂無別録可參證異同耶？然其有意無意之妙，在諸本亦各有所得，當時用筆，果有如袁裒所謂内擫而收斂，故森嚴有法者乎？抑堯章所貴濃纖間出，血脉相連，筋骨老健，風神灑落者乎？世不能不第一右軍行書，行書獨能不第一兹廿八行哉！昔人云莊子善用虛，能以其虛虛天下之實；太史公善用實，能以其實實天下之虛，余于《蘭亭叙》書法亦云。蜀秀巖隱史胡世安識。（倪濤《六藝之一録》卷一六〇）

書家藏舊跋蘭亭卷後

此卷前本風神超俊，次本氣骨莊凝，摹刻雅稱致佳。趙文敏十三跋，今僅存五。細玩之，蓋于禊帖大有解會，因而擬之，以成其變化者。豐道生謂趙公深入右軍之室，但結構匾闊近俗，以此與王不同。識破此病，學其筆法，而于結構則專取太清樓、脩内司、星鳳樓所刻二王佳帖，及集書諸刻宗之，則其密邇永和，豈但虎賁之于中郎而已？此可謂深知文敏者。若兹卷，結構幾幾乎從心不踰矩矣。豐考功而在，寧復有遺議歟！蜀仙井菊潭安題。（同前）

跋別集舊搨蘭亭帖

首本字完，與米元章所購蘇氏本筆法畧彷彿，但「嶺」字無山，「向之」及「痛」字不缺，是異耳。疑亦褚河南所臨搨。次本淡，末鈐章久不可辨。首行少「會」字，其他字畫亦微有闕白處。十二行「世」字至十六行「將」字有斜裂痕。丰神隐秀，當亦沿派定武。三本在二本伯仲間，而筋骨匀潤，韻致悠閒，似勝之，第非初搨耳。皆莫能考其所自出。岷峨逸史處静甫安書于燕都蜀館之客竹居。（同前）

重修龍興庵碑記

都城西郊地名三家，土滿於人，麓西山而帶盧溝，有水可田，北人不習，遂令宜稻□□淪於河，以□山石間，蓋未可以年曆紀矣。辛巳歲，山右侯君諱印，挈侣至都，詣其地，樂之碩，謂同異□此，與東南所開阡陌何異，而委之蕪廢，如地利何？乃就王人購其地，鳩力菑畬，漸埒沃壤。於是粒米狼戾，八口食餘，無逋國課。先是，謀墾初以水旱有冥宰者，斯渾流派衍，溉灌攸資，因□□龍興庵，作祈報所。每邀默佑，大有頻書。甲申春，寇患剥膚，農無寧畛。嗣□朝定鼎，驚鴻漸集，因援前旨，白於計曹，復得按堵理業，以獲有秋。私念呵護貸靈，而廟貌未肅，曷以昭歲祀。爰合衆力，繕葺有加，不日竣工，殿廡增焕。虞住持無託，易即圮頽，乃□僧□獻，以垂有永。余嘉侯君兹舉，上益公輸，下資隣糴，且志神休于勿替，著民力于普存，有得於仁義一端，遂次其始。田疇拾有伍畝，禪堂四間，茶房一所，對空地一段，未以勒於石。順治二年仲冬長至日，主持克恭。（據國家圖書館藏拓片録入）

皇清誥贈光禄大夫太子太保工部尚書東閣大學士前明光禄大夫左柱國少師兼太子太師吏部尚書中極殿大學士贈太保謚文敏李公墓表

嗚呼！是有明冢輔李文敏公之墓。公諱國棤，字元治，號續溪，世居高陽龐口里。始余登籍，猶及覿其風儀修整，誨議直方。而余鄉先輩王春石稱其同館時，言動介持，務循大體，披誠絶暱，可近而不可干。蓋私淑者有年。今與喆嗣同直綸扉，授簡表兆，特節其大者，徵信示來。

公承累葉簪纓資，冠塾，雋誦《毛詩》。甫八齡，即工制義。稍長，鑒具人倫，擇交不苟，所與共業子弟，後皆峥嶸兩榜。雖沉静自貴，不欲以藝能矜長，每試輒售知于先達名公。乙巳，侍贈公疾，迄于崇封，誠信如禮，孝克有終。己酉，登賢書。癸丑，成進士，改庶常。丙辰，授簡討。己未，分較禮闈，所拔極一時之選。辛酉，與修《實録》。甲子，歷左諭德，管司業事。越明年，熹皇帝臨雍，公坐講《易》，敷陳天人大義，兼切時務，上霽色恭聽，傾動圜橋。署司成，敦明禮教，多士蒸蒸，樂即祥洽。尋晉左庶子，以夙望，遴充講幄。因進講《尚書》，借闡政要，有益宸聰。

丙寅，枚卜，由廷推第八，膺特簡，以詹事學士升禮部尚書，兼東閣大學士，入直辦事。公以狐鼠憑陵，患逼肘腋，獨力拄瀾，坐窮邪許，再疏申辭。不允，既思漢勃于呂，唐仁傑于武，匪異人任，將用行權之巽，以庶幾濟夬乎？而何示以跡！受命飲冰，矢以一身衛社稷，不以利鈍生死貳其心。如所云重名節，絶怨嫌，用人不必同己，任事不必居功，恩威期歸諸朝廷，職掌先戒其旁侵，毋選懊博長厚之名，偏執冒介勁之譽，將使天心感格，國步清寧，閑邪折逆之志，早見乎疏章，知其匡扶有本矣。以故日歷虐焰礮流中而焚溺莫侵。蓋不茹不吐，根于性成，而爵禄不入，寵辱不驚，尤足以杜忌恚者之隙。公參大政後，有甘延邊鎮告捷之叙，有三殿告成之叙，逆璫魏忠賢欲侈張己地，閣僚之崇階廕賚類逾等，公無所不力辭。雖有允有未允，卒不肯濫叨以違本志。初，忠賢構禍于戚畹也，以撼宮闈。公表正彝倫，安宮闈以錫福戚畹，逆黨頌璫功德者，遂假上傳，欲史臣撰述告廟，藏之皇史宬，以公持不可而寢。若救忤璫之令及臺諫，智能婉解，故事克濟而不及于猰噬。公在位凡看詳章奏，惟酌理法之當，不肯唯諾逢迎，亦有堅持，不可由中私竄，奪情若朱童蒙等，謬封若魏良卿等，公第存此公議，以昭示汗青而已。熹宗升遐，假遺旨以忠賢首受顧命，公執議削之，毅持于勢莫可挽之時，而深心圓智，優運其斡旋。

崇禎帝潛邸心在公者久矣，御極，遂倚公爲重。一時登極，詔立后册及一切飭厲停刑諸諭，俱公奉命撰擬，無不克當上意。以登極，覃恩加左柱國，兼支尚書俸，贈廕有加。精鏐文綺之貺，日渥卿雲，華旦荃宰，道孚群式，亨屯經綸，郅隆運掌。公獨以器並薰蕕，未能早遂肥遯，怦怦在念，抗疏乞休。其略云：

「昨年七月，先帝拔臣講席之次。適逆焰方張，謬謂忝跡鉉路，或可挽救。不謂竊柄，動借上傳。今年五月，決意乞歸，值外患孔亟，旋遘先帝奄棄群臣，引慝避位，腸一日而九回。恭遇皇上削除元兇，渙發新政。回想一年之内，猰㺄與居，虺蜴與處，種種愆尤，人非鬼責，無地自容。」蒙温旨諭留，公再疏云：「自恨待罪台司，上之不能如申屠嘉之困鄧通，韓琦之斥任守中，次之不能如望之死於弘恭，陳蕃死于王甫。悱惻城社，薰灌力窮，妻死經年，歸骨下里，絶不求卹。遠避權豎之私憐，其情可知。」上仍温旨慰留再三，乃出視事。隨有辨明心跡一疏，旨稱忠清端亮，堅意主持。又云善爲調劑，誠砥柱之倚。咸謂皆實録也。又從所奏，優卹楊漣等，以慰忠魂。因陳各邊所急，得發帑金五十萬，以濟缺餉。及條次關切聖躬十事，以上襄明作，咸荷採納。其他用人恤民之大計，杜漸廣諮之敷陳，綜名實，焚私揭，塈讒息邪，以及票擬或誤，求明示省改，歸于事理之當。凡有所請，咸獲諭旨。戊辰春，乞休之疏凡四上，忽傳首輔，公力辭，有「卿忠誠洞達允愜，元揆機衡重務，今悉委卿」之答。以詰朝進《光宗實録》，遣官敦驅入直。公因疏陳：「今天下民窮矣，而追比方急；軍饑矣，而月餉日匱。外難搆禍未息，插酋擁衆臨邊，藺賊毒焰正熺，閩寇橫戈渡海，皆《光廟實録》未經見者，今并集一時。在事諸臣，或悠忽日月，議論折衝，一旦警告，何恃不恐。願召對時勤俾任事，與言事者參稽祖制，爲經常可久之策。實力行之，天下可爲也。」有旨優答。夏初，復抗疏乞歸者五，皆不得請。五月，以母老身病，六懇，其詞切至，上感動，乃獲予告。加恩溢格，近代所無。兩朝苦心，洽于中外。其謝疏有云：「嚴嚬笑謹，幾微左右，非老成著聞，不以奉起居；女謁非外庭公選，不以承御幸。」又云：「正氣沉伏之後，利在發舒；元氣休復之時，法宜將獲。」皆切鑒前車之覆，上鑒其忠愛溢於言表，仍許以力行。抵里後，再疏申謝，有云：「吏道悠忽，邊方蒙蔽，勿謂富强爲末務，法廉爲迂譚。」上嘉悦納之。公正□□□僅三四歲，艱危歷涉，定鎮多方，涇渭之辨綦明，水火之罹無眚，豈獨學識貞勝，蓋才德之允孚矣。

其奉慈闈歡也，猶嗛嗛贈公之不逮鼎養，懋繩祖德，克篤宗盟，永贈公未竟之緒而光昌。如建家廟，置義倉，營教塾，叙廕之推錫從弟從子，事姊如兄，敦母黨如合族，皆繼志纂服之明章者。崇禎辛未季春幾望，以疾終于正寢。距生萬曆乙酉孟冬既望，享年四十有七。蓋歸奉太夫人歡三年，又嗛嗛于先訣也。凶問達于朝上，惋悼者久。遣官祭葬有加，贈太保，予廕中書，謚文敏。公元配陳，繼趙，佐養内襄，賢聲遠近無間，皆不逮公履端揆，累贈一品夫人。今宫保、司空、東閣大學士霨，趙夫人出。始有孫，其凝其恕。至其世系遡傳，生平善行，凱陽先生已詳著諸墓誌，特紀立朝鉅績，烜赫後先者，勒石以附于惇史。少保兼太子太保兵部尚書武英殿大學士西蜀後學胡世安頓首拜撰。（李國楷《李文敏公遺集附録》）

附録二　傳記資料

《清史列傳》七九《貳臣傳乙》本傳

胡世安，四川井研人。明崇禎元年進士，改庶吉士，累官詹事府少詹事。

本朝順治元年四月，大兵定京師，世安降，授原官。尋裁詹事府，授翰林院侍讀學士，掌院事。十二月，賜鞍馬。二年，遷國史院學士。尋充修《明史》副總裁。五年八月，遷禮部左侍郎。十月，丁母憂，奉旨在京守制。九年三月，擢禮部尚書。十二月，侍宴中和殿，賜貂皮朝衣一襲。十年，以覆審總兵任珍罪，徇黨附和，部議革職，永不叙用，得旨，著降三級留任。十二年二月，以病乞休，上慰留之。七月，考滿，加太子太保，廕一子入監讀書。

十三年三月，副都御使魏裔介、廣東道御史焦毓瑞交章劾世安受大學士陳之遴囑，薦其同鄉安肅令沈令式爲知府，令式庸劣，旋爲總督李蔭祖所參，植黨營私，確有可據。命世安回奏，世安疏言：「保舉令式，憑學臣、監臣薦章，非因之遴推舉。」下部議，以世安失於詳慎，罰俸一年。四月，諭曰：「胡世安在禮部最久，乃典禮甚多未協，有負委任。著革去太子太保，降三級照舊辦事。」十四年，充經筵講官。十五年，晉武英殿大學士，兼兵部尚書。十六年三月，詔以大學士胡世安奉職有年，勤勞素著，仍加太子太保。六月，考滿，加少傅，兼太子太傅。十八年正月，聖祖仁皇帝御極，仍改殿閣銜爲内三院，以世安爲秘書院大學士。十一月，以疾乞休，加少師兼太子太師，致仕。康熙二年，卒，予祭葬如例。

《清史稿》卷二三八列傳二五本傳

胡世安，四川井研人。明崇禎元年進士，官至少詹事。順治初，授原官。四遷禮部尚書。十五年，授武英殿大學士，兼兵部尚書。聖祖即位，與之俊同改秘書院大學士。以疾乞休，累加少師兼太子太師。康熙二年，卒。

雍正《四川通志》卷九《皇清人物》小傳

胡世安，字處静，别號菊潭，井研人。少有異才，事親孝。前明進士，選庶常，分校禮闈。典試兩浙，所得皆名儁。我世祖章皇帝擢爲翰林學士，遷禮部侍郎，晉尚書。國初典章文物以及曆律，多所參定。後官至大學士。及卒，聖祖仁皇帝賜祭葬廕卹有加。

嘉慶《井研縣志》卷八《人物門》本傳

胡世安，字處静，號菊潭，井研人。少有異才，稱神童，事親篤孝。崇禎戊辰進士，選庶常，未幾分校春闈。及典試兩浙，所得皆知名士。世祖龍興，擢翰林學士，教習丙午、丁亥兩科館員。遷禮部侍郎，晉尚書。凡祀典、慶賀朝儀、山川祭告、文武等威、大臣謚蔭卹典、科場事例、曆律諸書，皆援古準今，務令繁簡合度，輕重適中，一時推重，比於叔孫、張蒼焉。三蜀初定，首疏請開科，收拾人才。十五年，晉大學士。論思啓沃，攄誠竭忠，以積勞成疾，乞休，請著籍山西之汾陽。居汾三年，卒。康熙初年，賜祭葬，蔭一子。有

《易史》《譯峨籟》《菊史》《異魚考》《禊帖綜聞》《寒友編》《和陶》《度除》《秋思》等集行世。生平廉介，身後無餘貲，兩孫鬻所藏書畫以備葬斂云。出《總志》。

光緒《井研縣志》卷三二《鄉賢三》本傳

胡世安，字菊潭，榮五世孫。曾祖淵，祖長春，皆諸生。父汝爲，漢陽教授。汝爲再娶不育，副室王方在娠，夢神人緑袍朱履左右侍，已而生世安。世安少穎異，稱神童。崇禎元年，聯捷爲進士。以才望選庶吉士，授檢討。七年，分校禮部。九年，典浙江試。十年，以册封蜀世子，因乞假省親。還朝，補少詹事，兼翰林院侍讀學士。

順治元年四月，大清定京師，徵世安原官。會裁詹事府，改授翰林院侍讀學士，掌院事。十二月，賜鞍馬。明年，管國子監祭酒事。尋遷内翰林國史院學士。三年，充《明史》副總裁，教習庶吉士。四年，朝廷以天下初定，道塗梗阻，士子就禮部試者，多不以時至，有詔再選庶常，教習如故。五年八月，遷禮部右侍郎，兼内翰林國史院學士。十月，丁母憂，奉旨在京守制。服闋，補原官，管右侍郎事。九年三月，就遷禮部尚書。十二月，侍宴中和殿，拜貂裘朝衣之賜。世安博極群書，諳掌故。其典秩宗也，凡祀典、朝儀、山川祭告、文武爵秩等威、勳臣謚廕卹典、科場則例、曆律諸書，皆循前憲，垂令典，一時物望歸焉。川北初定，世安疏請舉行鄉試，以收人材，繫民望，特旨從之。十二年二月，以病乞休，奉旨慰留。七月，考滿，加太子太保，廕一子入監讀書。十三年三月，副都御史魏裔介、廣東御史焦毓瑞劾世安受大學士陳之遴屬，薦其同鄉安肅知縣沈令式爲知府。令式庸劣，旋爲總督李蔭祖所劾，命世安回奏。世安疏言：「保舉令式，憑學臣、監臣薦章，非因之遴推舉。」下部議，坐失於詳慎，罰俸一年。四月，諭以：「胡世安在禮部最久，乃典禮甚多未協。著革去太子太保，降三級照舊辦事。」十四年，充經筵講官。十五年五月，特進爲内閣大學士，入直辦事。繼而更定官制，以世安爲武英殿大學士，兼兵部尚書。十六年三月，詔以大學士胡世安奉職有年，勤勞素著，仍加少保，兼太子太保。六月，以考績，加少傅，兼太子太傅。十八年正月，聖祖登極，改殿閣銜，仍爲内三院，以世安爲秘書院大學士。十一月，因病乞休，温旨以原官加少師兼太子太師致仕。

當是時，朝廷方嚴大臣寄籍之禁。世安既致仕，以家山板蕩，族屬凋盡，乞居汾陽。康熙二年，屬疾，自知不起，集家人曰：「先帝召我以夢，吾其休矣。身爲大臣，宜具疏以謝。」口授遺草訖而薨，年七十一。疏聞，賜祭葬如例。

世安生平廉介，身後無餘貲，子孫至鬻所藏書畫以備殮葬。國朝蜀人位宰輔者，遂寧張鵬翮、華陽卓秉恬與世安，才三人。多識博學，咸佩世安云。乾隆中，詔求海内遺書，備天禄石渠之掌。世安所著《異魚圖贊箋》，甄列四庫，儒臣至謂密麗典審，視楊慎過之。别集尚三十餘種，子孫入寄籍，故放佚多不傳。

光緒《井研縣志》卷三二《鄉賢傳二》本傳附高陽李霨《胡少師墓志銘》

少師胡公之薨於汾也，以蜀道險遠，弗克歸。維時功令方有流寓之禁，公孫輩陳情籲請，乃得占籍西河行營吉壤，以妥公靈。閱二年，始獲兆域。卜葬有期矣，以尺牘介滄翁先生所爲狀，徵銘於霨。霨固嘗執經公門，荷國士之目，先生又霨省試座主也，以道義範來學，其言信而有徵，文足行遠，或將藉手報公，而竊比於蠅附也。用是不敢辭，遂節來狀爲志。

謹案，公諱世安，字處静，號菊潭，蜀井研人也。父贈公字及泉，諱汝爲，以恩選仕爲漢陽學博。作人有方，視漢陽、漢川兩邑篆，以清節稱。嘗雪一寃獄，其家假獻薪米，藏金爲壽，力却之。元配邵太君，繼李太君，又次王太君。公之在娠也，王恒夢一神人侍側，詢之，曰：「汝腹有大貴人，俟娩乃得去。」及誕公，果有異兆。公生而岐嶷，洎長，酷好經史。甫七齡，爲偶句，有驚人語。贈公嘗謂公曰：「吾家世學《禮》，恨余數奇不遇，汝仍習是經，佇望大成，以慰吾志。」公唯唯受教。弱冠，補博士弟子，試輒冠軍。贈公嘗病，公蔬食誦道經，三稔乃已。後贈公病革，公衣不解帶，禱天祈神，靡所不至。暨其卒也，哀毁甚，喪葬襄事，曲盡其誠，易與戚中禮。事王太君，承歡無倦。定省之暇，益下帷攻苦，博極群書。公嘗得異夢，至丁卯歲，省試獲薦，戊辰，遂捷南宮。滄翁先生分閲所舉也。以才望，選爲庶吉士，讀書中秘，歷官翰苑。甲戌，分校禮闈。丙戌，典試兩浙，咸稱得人。丁丑，册封，旋里省親。補少詹事，兼翰林院侍讀學士。

順治元年甲申，皇清定鼎，徵公以原官，掌翰林院事。明年，管國子監祭酒事，尋陞内翰林國史院學士。丙戌，教習庶吉士。丁亥，再選庶常，教習如故。戊子秋，陞禮部左侍郎，兼内翰林國史院學士。先是，蜀爲賊踞，王太君以疾卒，是冬訃聞於京，公以不得奔赴，哀毁逾喪贈公時，守制京邸。服闋，補原官，管右侍郎事。壬辰三月，陞禮部尚書。凡遇典禮，必考據往例，斟酌時宜，不激不隨，期合輿論而止，物望歸焉。川北甫定，公即疏請亟舉鄉試，以收人材，從之。乙未七月，進階太子太保。丁酉，覃恩加一級。戊戌五月，世祖特簡進爲内院大學士，入直辦事。繼而更定官制，以公爲武英殿大學士兼兵部尚書。己亥三月，進階少保，兼太子太保。六月，以考績，又進少傅，兼太子太傅，誥命恩錫如故事。公端謹直諒，精白一心，上深所倚重，寵賚有加。贊理綸扉，宣勞密勿，以慎同温樹，故罔得表著其事云。

辛丑十月，因病乞休。奉有温綸云：「清端恪慎，效力最久。念引年請休，情詞懇切，著以原官加少師兼太子太師致仕。」遂携家過汾水，依滄翁先生以居。癸卯六月屬疾，自知不起，集子姓囑曰：「先帝召我以夢，吾命休矣。國恩隆重，愧無以報，宜具疏以謝。」遂口占命録之，草就而瞑。子姓上聞，奉有俞旨，予祭葬如例。

公真純和易，與人不設城府，輕財好施，勇於爲義。下士有緣事者，家人離析，捐俸贖之，俾歸里。又有友人託起遺孤，公顧復教訓，不異己出，卒令成立。鄉里士應公車至者，咸割奉勞之。有歸應省試無資者，得公贈乃能就道。遇宗戚故舊緩急稱貸，傾橐應之，無恡容。有不能償者，不惟焚券，復有以周之，甚有代爲置産授室者。寒儒窶客，則解衣推食，振其困乏，未易一二舉也。

公學最博，六經子史皆窮極壼奥，貫穿解駁，茹菁含華，自成一家言。詩賦堅卓，尤不屑爲靡響。退朝暫憩，非潑墨揮毫，即燃燭注書。名山之業，最爲繁富。西京以還，六代唐宋名家卷帙，無不從事丹鉛，提要索隱，綴緝是正，見解度越前人。所著有《館課》《南軒隨筆》《入蜀淡墨》《再北征》《研北文逋》《吴越閲我》《歸紀》《初月樓》《華胥逸史》《多識續詮》《公車草》《衍藝語》《楚聲》《和陶》《嶲規揶揄》《客竹居集》《石芝集》《範驅餘札》《秀巖集》《原易》《夢易》《褉帖綜聞》《寒友編》《易史》《度除彙紀》《樊子句解》《龍乘》《操縵録》《異魚圖》《菊史》《譯峨籟》等集，皆行於世。

霨自丙戌備館員，得侍公函丈。戊戌，公登綸閣，復步趨於後。訖公之去，偕直禁闥，辟咡謦欬，風雨晨夕無間。側聆緒論，奉爲指南。考古析疑，商訂風雅，所得善誘之益爲多。晚年著《大易則通》，命霨爲序。蓋殺青未竟，公已不起。嗚呼！憶公音容，宛爾在目，歲月幾何，乃遂爲公效石言之役，寧禁其閣筆霑襟也？

又按，公家世居蜀，弗詳所始。其先有諱榮者，以《禮經》魁於鄉，登成化甲辰進士，歷官雲南僉事，是爲公五世祖。再傳生淵，爲公大王父。淵生長春，爲公王父。兩世皆有聲庠序，好善，多隱德，賫志未售。小試於及泉公，而遂大顯於公。善乎滄翁先生所云：「後之所延，必前之所啓。」慶以善衍，其信然也。

高曾以下，皆以公貴，贈如其官，妣皆贈一品夫人。公元配雷氏，佐公賢，事王太君孝，克綜家政，封一品夫人。公生於萬曆癸巳四月二日辰時，卒於康熙癸卯六月二十三日子時，享壽七十有一。子一，璞，邑學生。女一，適原任廣西道御史童公琳。孫二，薰先、蔚先，俱廕生。卜以康熙五年丙午二月廿六日丁丑，寄葬於汾州府郭外仁道邨之新阡。銘曰：

維蜀多才，古稱揚馬。子雲閎肆，相如都雅。後千百年，公其繼者。秀鍾三峨，譽騰九野。鴻文華國，霞蒸濤瀉。鉅昭黼黻，細供揮灑。啓沃謨猷，明良心寫。神功寂若，膏被函夏。群倫待鑄，祥金在冶。寒畯歡顔，大庇廣厦。上壽考終，哀榮純嘏。泰山梁木，悲填莫捨。實沈之墟，臨汾之社。公無蜀思，綏兹藏也。